ミステリー・ウィーク

ヘザー・グレアム

笠原博子　訳

MIRA

MIRA文庫

Never Sleep with Strangers
by Heather Graham

Published by Harlequin K.K., Tokyo, 2002

ミステリー・ウィーク

■主要登場人物

ジョン・スチュアート……………………ミステリー作家。ロックライア城城主。
カッサンドラ・スチュアート……………ジョンの亡き妻。評論家。
スーザン・シャープ………………………評論家。
サブリナ・ホロウェイ……………………ミステリー作家。
ブレット・マクグラフ……………………サブリナの元夫。ミステリー作家。
カミー・クラーク…………………………ジョンの秘書。
ヴィクトリア・ジェーン・ニューフィールド……サブリナの友人。ミステリー作家。
ジョー・ジョンストン……………………ミステリー作家。
トム・ハート………………………………ミステリー作家。
アンナ・リー・ゼイン……………………ミステリー作家。
ダイアン・ドーシー………………………ミステリー作家。
ジョシュア・ヴァリーン…………………蝋人形を制作したアーティスト。
セアー・ニュービー………………………ミステリー作家。
レジー・ハンプトン………………………ミステリー作家。

プロローグ

　カッサンドラ・スチュアートは美しかった。そして、そのことを自分でも十分心得ていた。人を思いのままに操ることにも自信があった。あの人を振り返らせることさえできたら。一日私を見さえすれば……。

「ジョン！　ジョンったら！」

　私の声が聞こえているはずなのに、立ち止まろうともしない。今度こそ本気で怒っているんだわ。湖につづく砂利道をどんどん行ってしまう。今度ばかりはちょっとやりすぎたかしら。でもこんな辺鄙《へんぴ》で人里離れたスコットランドの田舎なんか、もうまっぴら。いくら有名人を招いて、有名なチャリティ・ゲームを主宰しているといっても、どうせあの人のお客なんだし、あの人のゲームなんだもの。こんなところは大嫌い。ロンドンに帰りたいわ。

　でも、夫のことはよく知っている。あの人が今、何を考えているかも。あの人にはわかっていたのよ、きょうがひどい日になると。私がいらいらして無礼にふるまい、みんなの楽しみを台無しにしてしまうと。ばかな人ね、それでもまだやめようとしないなんて！この十年間、彼は毎年このイベントを主宰してきた。あの人は自分の生活や生き方の計画をまったく変えようとしない。この一週間の催しも始まってしまった。おまけにあの人はあんなことを言った、それもきつい皮肉を込めて。たとえどんなにすばらしい妻にでも――どんな女にでも――鼻づらを引きまわされるのはまっぴらだ、と。

「ジョン！」

わかっているわよ、あの人が振り向きたくない、私の顔なんか見たくもないと思っているのは。

私が何か目論《もくろ》んでいるのを知っているんでしょ。こちらの先手を打って何か企《たくら》んでいるに決まってる。私の言いなりになるものかと、好き勝手に操られてなるものかと思っている。

本当に出ていくわ。それもきょう。これが密《ひそ》かに用意していた最後の切り札。すねても癇癪《かんしゃく》を起こしてもわかってもらえないなら、家出という手でわからせてやる。

それでも今はあの人に戻ってきてほしい。情熱的に激しく愛を交わし、私なしでは生きていけないということを思い知らせてやりたい。私にもあなたが必要なのと言おう。そしてなぜ私と結婚したのかを思い出させよう。あの人を幸せな気分にして、笑わせよう。ベッドでの腕には自信がある。もっともたった今、愛人を抱いたばかりなのだけれど。それというのもあの人の瞳の奥にあるものに、耐えられなくなるからなのに。ときどきほかの誰かのことを考えているのを知っているんだから。

戻ってきて！　彼女は心から願った。最後にもう一度だけ、思いっきりいい思いをさせてあげる、私を忘れないように。そうしたらきっと……。

あの人がそっとベッドから出ていくのを待とう。それから荷造りをして置き手紙をするの。宛名《あてな》は〝誰よりもいとしい人〟よ。そして、〝あなたが退屈な友人たちから逃げ出してくるのをロンドンのヒルトン・ホテルで待っています〟と書いておこう。もしかすると……もしかすると、来るかもしれない。あの人ってなんて間抜けなのかしら！　客のことも雇い人のことも、あの人より私のほうがずっとよく知っている。誰が誰と寝ているかも、なぜなのかも。その中の何人かはとくによく知っているし。彼女は思わずにやりとした。ごく親密と言ってもいいでしょうね。

それでも彼女の心の真ん中には、嫉妬《しっと》という忌まわしい穴がぽっかりと開いていた。「ジョン！　戻ってきて！」もう一度呼んだ。このごろはずっと無力感や喪失感に悩まされている。だが今はそのほかに、これまで感じたことのない奇妙な恐怖を感じた。「ジョン！　お願いだから戻ってきて！　さもないと思い知らせてやるわよ！」

彼女の声は挑戦的であると同時にいらだたしげだった。だが彼は足を緩めない。上背があり、髪は黒く、肩が広く筋肉質の美しい男。その彼を今や失おうとしている。

彼女はパニックに襲われた。あの人は私がここで誰かと情事を楽しんでいると思っている。あの人の気を引こうとしているだけ、仕返しをしているだけだということがわからないのかしら。だって、あの人も誰かと関係を持っているのは間違いないのだから。

「ジョン！　ジョンったら！」

声はしだいにせっぱつまってくる。彼女は庭を見下ろす二階の主寝室のバルコニーに立っていた。十七世紀末に改築され、数年前にはジョン自身が手を入れた部屋の設備は十分に整っていた。美しい曲線を描く広々としたバルコニーからは地所の三方が見渡せる。中央に、三つ又の矛を持った高価な大理石のポセイドン像が置かれている。優雅な噴水も見下ろすことができる。急ぎ足で冬が近づいているにもかかわらず、噴水を取り囲む煉瓦《れんが》敷きの小道のまわりではまだばらが咲き乱れていた。ばらの這《は》う四阿《あずまや》を抜けると小道は砂利道に変わり、さらに湖へとつづいている。主寝室の壁はアンティークのタペストリーでおおわれ、部屋にはどっしりとした暖炉があるが、そのほかに非常用発電機付きの最新式温水暖房装置も備えられていた。キングサイズの四柱式ベッドが台座に載せられており、寝室の主要部分から一段下の中世風アーチをくぐると、巨大なジャクジー風呂とサウナがある。カッサンドラにもジョンにも専用の大きなドレッシングルームとクローゼットがあった。

「何が気に入らないんだ？」彼女のいらだちに、怒ったジョンが尋ねたことがある。

装飾は申し分ないわ。とにかくここが大嫌いなのよ。わくわくするようなことが何もなくて、生きている気がしないんだもの。ロンドンやパリやニューヨークとはまるで違うし、エジンバラのようでさえないわ。

だからこそここが好きなのだ、と彼は言った。

あの人は行ってしまう。どんどん遠くへ。

彼女は涙で目が痛くなるのを感じて自分でも驚いた。なぜあの人は私よりもこんな石の山やばかな友人たちのほうが好きなのかしら？「ジョン、ジョン！　ジョンったら！」

あの人は離婚の話を切り出した。とにかくうまくいかないんだ、とかなんとか言って。

でも離婚なんかいや。絶対にいやよ！　あの人にはもう、そんなことはさせないと言ってある。離婚だなんて言ったら、あの人やあの人の友人にまつわる汚らしい秘密を全部暴きたてて、顔に泥を塗ってやるわ。

「ジョ――」

彼の名前を呼びかけたとき、彼女は背後に誰かいるのに気づいた。

誰が忍び込んだのかとあわてて振り返る。「何よ！　出ていって！　あの人がよこしたの？　出ていってよ、私の部屋から。私たちの部屋から！　私はあの人の妻よ。あの人と寝ている人間なのよ。出ていって！」

彼女は再び庭のほうを向いた。

「ジョン！」

何かがすばやく動くかすかな物音を聞いて、彼女はもう一度振り返った。

一瞬、彼女は殺人者と見つめ合った、そして悟った。

「ああ！」彼女はあえぎ、必死でまた叫び始めた。「ジョン！　ジョン！　ジョン！」

背中が手すりに押しつけられているのがわかる。次の瞬間、彼女は絶叫していた。

落下していたから。

そして、自分自身の死を目の当たりにしていたから。

ジョン・スチュアートは本気で怒っていた。このままその場から立ち去ってしまうつもりだった。しかし今のカッサンドラの声には、彼を思わず立ち止まらせ振り向かせる、ただならぬ響きがあった。

振り向くと、そこに彼女の姿があった。

まさに落下していく彼女の姿が……。

まるで宙を飛んでいるようだった。いつもどおりの優雅な姿で。白い絹のガウンが体のまわりで大きくふくらみ、漆黒の髪が金色の太陽の光を受けて濃い藍色《あいいろ》に輝いている。落下するときでさえ芝居がかっていると思えるほど、優美で美しかった。

もうどうにもできない。ジョンは一瞬呆然《ぼうぜん》とした。そしてすぐに悟った、彼女がまっすぐ死に向かっていることを。悲鳴をあげ、彼の名前を絶叫し、地面へと真っさかさまに落ちていく。

カッサンドラはポセイドンの腕の中で死んだ。気まぐれな女神のように海の神に抱かれて。漆黒の髪と純白のガウンをそよがせ、まるで眠っているように。ただ……。

三つ又の矛が彼女を刺し貫いていた。

純白のガウンが深紅に染まっていく。

彼の心臓は激しく鳴っていた。彼は叫び声をあげ、夢中で走り出した。まるで彼女を受け止め、助けることができるとでもいうように。もう遅いとわかっているのに……。

彼は叫んだ。

大声で彼女の名前を呼んだ。

その体に手を伸ばし、抱き寄せる。

彼女の血が彼の体にこぼれ落ちた。

そしてカッサンドラの瞳は、物言わぬ永遠の叱責《しっせき》を込めてジョンの目を見つめていた。

1

三年後

ぞっとするような光景だった。中世風のドレスをまとった美女が拷問台に縛りつけられていて、長い金髪が責め具の上に波打つように広がっている。そしてその美女を、髭《ひげ》を生やした黒い髪の男が見下ろしている。頭上の案内板には〈〝エクセター伯爵の娘〟と呼ばれる関節はずしの拷問台〉と説明してあった。犠牲者に自白させる名人だった男にちなんで名づけられた刑具なのだ。

蝋《ろう》人形の作者の腕前も見事だった。おぞましい木製の刑具の上に横たえられた金髪のたおやかな女性は古典的な美しい顔立ちをしており、拷問者への恐怖に青い目を大きく見開いている。まともな男ならなんとかしてこの女性を救い出したいと思うだろう。一方、美女におおいかぶさるように立ちはだかって、拷問を加えようとしている男の顔は——まさに邪悪そのものだ。その目は加虐的な期待感にぎらついている。

人間が人間に対して行った残酷な仕打ちにまつわる伝説的な話を蝋人形で描き出した展示品はどれもすばらしいが、この作品はとくに優れている。

そう思いながら、ジョンは物陰の石壁にもたれていた。城内の地下室は暗く、彼がそこにいるのもわからないほどだ。ジョンは思いを巡らしつつ、蝋人形の美女を――そして今その前に立っている血の通った若い金髪の女性を眺めた。

拷問台に載せられている哀れな美女に――顔立ちも色つやも姿も――生き写しだ。長い金髪の見事な巻き毛が肩から背中へと滝のように流れ落ちている。ほっそりとしてスタイルがよく、ジーンズとそれにマッチしたセーターがじつによく似合う。顔立ちは非常に女らしい。細くてまっすぐな形のよい鼻、のみで巧みに彫り上げたような頬骨、美しい青い瞳、そして豊かで官能的な唇。彼女は興味と――警戒心の入りまじった目で展示品を眺めている。笑うにも笑えないという表情で。目の前にあるのはただの蝋人形だが、あまりにも恐ろしい場面だし、彼女はこの暗闇《くらやみ》にひとりきりだ……と思っているだろう、少なくとも本人は。

サブリナ・ホロウェイは。

彼女と会うのはもう三年半ぶりになる。彼女の参加は意外だった。前回の〈ミステリー・ウィーク〉――カッサンドラが死んだ催し――に招待したときには丁重に断られていたからだ。だが今回来てくれて嬉《うれ》しい。

サブリナが気づいたかどうかはわからないが、ジョシュアがサブリナを拷問台の美女のモデルに使ったのは間違いない。ジョシュアは知人を自分の作品に使うのが大好きなのだ。シカゴでサブリナ・ホロウェイに会ったと聞かされたとき、その口振りで、ジョシュアがすっかり彼女に参っているのがわかった。それであのとき、自分も彼女を知っていると言いそびれてしまった。ジョシュアが夢中になった気持ちはジョンにもよくわかる。ジョン自身、彼女に会ったとたんに同じ気持ちになったのだから。だがあのあと……。

確かに、サブリナ・ホロウェイはすばらしい――一目見ただけで自分のものにしたくてたまらなくなるほど。彼女の魅力の虜《とりこ》になったのはジョンだけではない。ブレット・マクグラフの心も虜にしてしまった。ジョンは頭を振った。彼女はマクグラフと結婚したのだ。すばやい求愛、電撃的な結婚――そしてスキャンダラスな離婚。

ジョンは今、二人の間の距離と暗闇に感謝しながらサブリナを見つめている。そして冷静に彼女を評価してみる。彼女には類《たぐ》いまれな優雅さと美しさがある。この数年間、隠遁《いんとん》者のような生活をしてきたジョンだが、彼女の仕事ぶりにはずっと注目してきたし、新聞やタブロイド紙で動静も知っている。マスコミはブレット・マクグラフの若くて美しいいちばん新しい妻との離婚に大騒ぎしたものだ。

初めて会ったときのサブリナのすばらしさといったら。無邪気で、情熱的で、魅力にあふれていた。だがもう、彼女にも世の中のすべてがばら色に見えるということはないだろ

ただ、サブリナからは遠ざかっていたほうがよさそうだ。ここに来ている人々の中で、彼女だけが明らかに無実なのだから。

だが離れていられるだろうか？　考えてみると、サブリナは自分の意思でここへ来たのだ。いずれの客もゲームをするために進んでやってきている。ある者は楽しむために、ある者は名を売るために。根っからのジャーナリストだったキャシーに以前言われたことがある。「カメラマンに写真を写されるチャンスを逃しちゃだめよ、あなた！」どんな作家、俳優、音楽家、美術家もそういう機会をめったに逃さないし、その意味ではこの〈ミステリー・ウィーク〉は最高の機会だった。人前に出たがらない隠遁的なタイプの者さえ、このチャンスを逃すまいとするだろう。この世界もひどく競争が激しくなっていて、名前を知られていることが飢え死にするか莫大《ばくだい》な収入を得るかの分かれ道になる。

もっとも、サブリナ・ホロウェイの名は思わぬことから売れてしまった。ブレット・マクグラフとの結婚と離婚で話題になったからだ。名前の売れ方としてはあまり芳しくなかったが、その後も地道に書きつづけ、彼女の作品は批評家からかなりの評価を得ている。ジョンはしばらくアメリカに行ってないので、誰がトークショーの話題の主になっているのか知らないが、サブリナのヴィクトリア朝風のスリラーが受けているのは確かだった。彼女は若くて美しい。マスコミはセックスアピールがあって見た目のよい人物が大好きなのだ。

サブリナに歩み寄ろうとしたとき、ジョンはべつの女性が近づいてくるのに気づいた。スーザン・シャープだ。彼は心の中でうめき、一瞬背後にある秘密の階段にすばやく隠れてしまおうかと思った。彼の先祖はスチュアート王家支持派のジャコバイトで、隠し扉や秘密の通路がたくさんある城は、逃げ道には事欠かない。

だがジョンは逃げなかった。まだ秘密を知られたくなかったからだ。彼はその場にじっと立っていた。スーザンは彼を追いつめたことに気づいて、機嫌よく近づいてくる。

「あらまあ、ここにいたのね、こんな暗いところに。嬉しいこと。ついてるわ。キスしてちょうだいな。私たちみんな、ずっとあなたに会えなくてとても寂しかったのよ」

サブリナ・ホロウェイはあまりのリアルさに驚きながら、無気味な展示物を見つめた。拷問台の上の女は今にも口を開けて叫び出しそうに見える。その目は迫りくる恐怖を否定しようとするかのように鈍く光っている。拷問の苦痛を味わわないうちに罪を告白してしまえと迫る男の声が聞こえるようだ。

サブリナの背筋をいやな震えが走った。

まあ、なんてよくできているのかしら。気味が悪い。このロッククライア城の地下の展示物を見物している人が今もほかにいるはずで、その多くは友だちなのだけれど、薄暗がりの中にいるととても不安だわ。もし突然明かりが消えでもしたら……。

そうなると私はひとりきり。暗闇の中で。いるのはあの男だけ——細い口髭とサディスティックな目を持ち、邪悪な心そのままに獲物を見下ろしている黒い髪の拷問者だけ。どの人形もあまりに本物らしく作られているので、暗闇の中で今にも呼吸を始めそうだ。手足を動かし、歩きまわり、人を殺したり傷つけたりする武器を振りかざし……。

両肩に手が載せられた瞬間、サブリナは悲鳴をあげそうになった。飛び上がったが、喉元まで出ていた声はなんとかのみ込んだ。

「どうしたんだい？」

再び背筋を震えが走った——まだなんだか怖い。だがさっきほどではなかった。ブレットが寄ってきて気安くサブリナの肩を抱く。情けないとは思いつつも、彼女はこの暗い地下室に彼がいてくれてよかったと思った。もっとも、ほっとしたと言うにはほど遠い。サブリナの心は、ブレットにしがみつきたい気持ちと腕を振り払いたい気持ちで揺れていた。いつものことだが、彼に対する感情はなんとも複雑だ。つくづくうんざりさせられることもあれば、出会ったときに感じた官能的な魅力を無視できないこともある。だが、たいていは少々いらいらさせられても寛容でいられた。

「まるで本物みたいね」サブリナが呟《つぶや》くように言った。「ちょっと怖いわ」

「そりゃいいや」

「どうして？」

「きみに怖がってほしいのさ」

「え?」

「誰かにしがみつきたくなるだろ」彼は肩にまわした手に力を込め、耳のそばで低くささやきかける。「僕たちはこの城でべつべつの部屋を割り当てられているんだ。我らの主人役は僕たちが結婚していたのを忘れているらしい。だがこれから無気味な長い夜がつづく。僕は喜んできみと同室になるよ」

「結婚していたというのは過去形でしょ。結婚していたけれど、それはずっと昔、三年以上も前のことで——結婚期間はたった二週間なのよ」

「おや、離婚するのに二週間以上かかったぞ」彼は澄まして言った。「それにすてきなハネムーンの間、ずっとべったりだったのを忘れちゃいけない」

「ブレット、結婚はハネムーンの最中に終わったじゃないの」

彼はひるまず、自信ありげに言いつのる。「でも今また、いい友だちになろうとしているよね」

サブリナは思わず苦笑した。ブレットは背が高くハンサムで、もじゃもじゃの茶色い髪とそれによく似合うセクシーな黒い目をしている。ぶっきらぼうなところが魅力的な、マスコミのアイドルだ。医学物のスリラーを書いていて、よく売れているし、批評家からも高い評価を得ている。ちょっとした財産を築いており、ときには傲慢《ごうまん》にふるまうこともある。サブリナがブレットと出会ったのは、彼女の二冊目の著書が世に出たばかりのころ――つまりブレットが三番目の妻と別れた直後だった。あんな結婚をしたのはサブリナがうぶだったせいもあるが、それだけとは言えない。あのときサブリナもつらい状況から立ち直ろうとしていたのだ。

　ごく短い交際期間を経て、二人はパリへハネムーンに出かけた――それはたまたまブレットの最新スリラーがフランスで発売されたときだった。最初サブリナは、女たちがブレットに露骨に色目を使うのをおもしろがっていた。だがやがて、そのうちのどれだけの女が彼とすでに――肉体的に――お馴染《なじ》みかに気づくと、おもしろがってはいられなくなった。それでも未来を夢見る楽観主義者のサブリナは、ブレットの過去には目をつぶろうと決心した。彼の馴染みの女たちが彼に新しい妻がいることを気にかけていないのも恨みには思わなかった。ほかの人たちの行動を非難する気はなかった。結局許せなかったのは、彼女の置かれた不愉快な立場に対するブレットの無関心さだ。彼はおもしろくてチャーミングで、恋人としてはよかった。それにサブリナが不安で頼りない気持ちになると笑わせてくれ、愛を交わしてくれた。

　だがときには自己中心的で、ひどく意地悪でもあった。大きな書店の色っぽい店主と何時間も姿を消し、若い妻が事情を知りたがると癇癪《かんしやく》を起こした。そして最後には、僕はブレット・マクグラフなんだぞ、チャンスは向こうからころがり込んでくるんだ、きみはそんなことを気にしちゃいけない、僕はきみと結婚し、きみを妻にしてやったんだから感謝してくれなくちゃ、とまで言った。

サブリナにとってあまりの言葉だった。彼女は呆然《ぼうぜん》とした。それから猛烈に腹が立った——自分自身に。考えてみるとサブリナは、過去を忘れさせてくれ、空虚な人生を満たしてくれる誰かを必死に求めていただけなのだ。だがそれは大間違いだった。ブレットが好きだったし、うまくいくと信じていた。でも間違いだったのだ。愛や結婚についての考え方がまるで違うことに気づかなかったのも失敗だった。

ブレットは妻の瞳に表れた変化、これまでなかった新たな感情に気づくと、なんとか妻をなだめ、懐柔しようとした……。

だがそのあとは地獄だった。

もう思い出したくもない。サブリナはあの経験から多くのことを学んだ。おそらくブレットも多少は学んだことだろう。いまだにブレットは、サブリナが一セントも要求せずに自分と別れたことが信じられないでいる。その後の数カ月、さまざまな出版関係のイベントでいっしょになるたびに、ブレットは必ず彼女を捜し出して寄ってきたものだ。今でもサブリナを妻呼ばわりする。ベッドに誘い込もうと彼が使う詭弁《きべん》の数々にはサブリナもつい笑ってしまう。きみは僕と寝るべきだよ。だって僕たちは結婚していたんだし、きみは僕と寝たことがあるんだもの。もう僕を知っているんだから——新たにいやな発見をして驚くこともないしね。僕はベッドでは最高だろ。それはきみも認めなくちゃいけない——当然ながら、すごく経験を積んでるからね。誰にだってときどきはセックスが必要なんだ。ただきみはごくアメリカ的な農家出身の禁欲的で慎み深いかわいいお嬢さんだから、深い関係に進むのに時間がかかる。だから基本的かつ必然的活動は僕と楽しむべきなんだよ。

これまでのところ、サブリナはなんとか彼を拒絶してきた。私が誰よりも魅力的だというのじゃない。ただこの人を捨てた女だからよ。だから今でもどうにかして口説き落としてやろうという気になるんだわ。

「まじめな話、ここにいる間、僕と同室にならないか？」ブレットが尋ねた。

「いやよ」サブリナはにべもない。

「認めろよ、僕がいっしょに寝るには楽しい男だって」

「あなたと私では楽しいという観念が違うわ」

「まわりを見まわしてごらん。ここは気味の悪いところなんだよ」

「結構よ、ブレット」

「行儀よくするからさ」

「どうかしら。それにあなたを見ていると、いつも母の戒めを思い出すの。置き忘れてどこに行っていたかわからないおもちゃでは遊ぶなって」

ブレットはにやりとした。「こりゃ手厳しい！　でも僕といっしょに寝起きすれば、僕がどこに行ってるかいつでもわかるはずだよ」

「ブレット、結婚していたときだってあなたがどこにいるかわからなかったわ。あなたをどこかに置き忘れるほど長くいっしょにいたわけでもないし。結婚が一夫一婦制のものだなんて、あなたの頭には浮かびもしなかったでしょうね」

「きみは誰にとってもそうだと思っているの？」

「人に結婚のあり方をお説教する気なんかないわ。でも自分が望むことはわかっているの」

彼は鼻先で笑った。「どれだけの人がいろんな相手と寝ているか――それも思いがけない人たちがね」

「そんなこと考えたくもないわ」

「きみ自身の友人たちがだよ」彼はなおも言う。

「ブレット――」

「わかった、いいよ。あとになって噂話《うわさ》を聞かせてと頼んでも教えてやらないから。知ってなきゃいけないときが来たって、きみは何も知らないってことになるんだ。もちろん、きみがしばらく結婚のことを忘れてちょっと楽しみたいって言うなら教えてやらないでもないけど。でも僕の気持ちは高潔だよ。きみと再婚するつもりなんだから」

サブリナはうめき声をあげた。「さっきも言ったように、私たち、楽しさについての考え方が違うのよ――結婚についての考え方も」

「わかったよ。せいぜい無関心を装っていたまえ。でもここで気味の悪いことが起き始めたら、僕のベッドに這《は》いずり込みたくなるだろうよ。でもそのときにはもう先客がいるかもしれないからね」

「それは間違いなさそうね」

「おいおい、僕は一番にきみを誘ったんだぞ。それにきみだって赤の他人とは寝たくないだろう？」

「ブレット、確かにあなたとは寝たわよ。でもあなたほど赤の他人に思える人はいないわ」

「そいつはおかしいな。きっと後悔するよ。今にわかるさ」悲しそうに首を振り振り、彼は二人の前の展示物に視線を戻した。「それにしてもすごいね？」彼はサブリナの肩に腕をまわしたまま、目の前の場面を見つめる。

「ええ、本物みたい」

「あんまり本物みたいで、こんな照明の下だと僕まで騙《だま》されそうだ。きみと結婚していたっていうのに」

「なんのこと？」

「なんのことってどういう意味だい？　この蝋人形をずっと眺めていたんだろう？」ブレ

ットはじれったそうにため息をついた。「サブリナ！　よく見てごらん。あれはきみだよ」

「なんですって？」

「僕と別れてから目が見えなくなったのかい？　見てごらんよ。あの女——あれはきみさ。まさしくね。青い目、金髪、美しい顔立ち、すばらしい体つき」彼はさらに声を低くする。「それに豊かなお尻」

「お尻なんか見えないじゃないの」

「わかった、わかった。まあそうだけど。でも彼女はきみだよ。まさにそっくりさんさ」

「ばかなことを……」顔をしかめて否定しかけた声が消える。

まあ、ブレットの言うとおりだわ。蝋人形は私にそっくり。あまり似ているので、また背筋がぞくぞくしてくる。

「いいぞ！」ブレットがかすれた声でささやいた。「震えているね。だんだん怖くなってきたんだろ。この気味の悪い城で一晩中ひとりでいるのがいやになってきている。僕のところに来たくなりかけてる。夜になると狼《おおかみ》の遠吠《とおぼ》えが聞こえて、きみは悲鳴をあげながら自分の寝室から僕の部屋へと駆け込んでくるんだ。だから怖がらなくてもいいよ」

蝋でそっくりにできたただの作り物じゃないの。サブリナは自分に言い聞かせた。それでも手足にまで震えが走る。確かにあれは私だわ。あまり上手に作られているので、ロープで拷問台にぎりぎりと縛りつけられた犠牲者が身をもがいた瞬間に、腕の筋肉が動き、血管に血が通い出しそうだ。

目に浮かんだ恐怖はなんとリアルなのだろう。

唇に刻まれた沈黙の叫びはあまりにも生々しく、今にもあたりに響き渡りそうだ。

ブレットがサブリナの耳元で暗示をかけるようにささやいた。「きみはひとりでいたくない」

そのとき、背後の暗闇から深く豊かな男らしい声が響いた。「おやおや、彼女はひとりなんかじゃないだろう？」

ハスキーな声には聞き覚えがある。

サブリナはくるりと振り向いて、この催しの主人役と向かい合った。

2

ジョンはサブリナを見つめ、明るくほほえみながらさらに言った。「実際、ひとりきりどころじゃないのさ、ブレット。ここには作家が十人も――もちろん僕たちを含めて――集まっているんだから。それにアーティスト、僕の秘書、城の使用人たちもいる。全員住み込みなんだ」

彼はなんだかおもしろがっているようだった。サブリナはブレットの腕をすり抜けて、ジョン・スチュアートを見つめた。本当に久しぶりだ。

「ジョンか」ブレットの声が急に不機嫌になる。二人は一応友だち同士だが、ブレットはスチュアートがこんなときに現れたのを快く思っていないらしい。

「ブレット、きみに会えて嬉《うれ》しいよ。来てくれてありがとう」

「こちらこそ。僕らはみんな、きみがまたこれをやることにしてくれて喜んでいるんだ。ジョン、妻のサブリナ・ホロウェイには会ったことがあるよね?」

サブリナがロッククライア城の魅惑的な主《あるじ》ジョン・スチュアートに見とれていると、その当人はいぶかしそうに黒い眉を上げ、サブリナの手を取るブレットを見やった。彼女はブレットの手を振り払ってしまいたいという奇妙な衝動を懸命に抑えた。

「サブリナ、また会えて嬉しいよ。きみたちがまた結婚したとは知らなかった」

「結婚なんかしてないわ」

「おや」

「失敬。元妻の言い違いさ」ブレットは澄まして言い、二人の間にまだ深い関係でもあるかのように、意味ありげにサブリナに笑いかける。「離婚したことをつい忘れちまって」

「いずれにしても、二人とも来てくれて嬉しいよ。ありがとう」

「ご招待ありがとう」サブリナは呟《つぶや》くように言った。

「前にも招待させてもらったんだがね」ジョンの言葉にはかすかな棘《とげ》がある。

「私……前回は締め切りが迫っていたものだから」もちろんそれは嘘《うそ》だった。作家が出席できないときに使う常套句《じょうとうく》だ。

「では欠席しただけの価値があったわけだ。この前の作品はとてもよかったから」

「読んでくださったの？」サブリナは尋ねた――少しすばやすぎるくらいに。自分を蹴飛《けと》ばしたくなる。私の作品に目を通す程度には興味を持っていてくれたんだわ。そう思うとなぜか嬉しくて頬が染まった。だが、その作品の中に生々しく描かれているロマンティックな出会いの部分を読んで彼がどう思っただろうかと考えると、さらに顔が赤らんだ。こんなに赤くなったら、心の内を知られてしまうんじゃないかしら。「あなたの最近の作品はどれも大好きだわ」動揺を隠そうとして、彼女は急いで言った。

ジョンはゆっくりと懐疑的な笑みを浮かべた。聞いたようなせりふだが、どうも信じられないねと言わんばかりだ。

「本当よ」サブリナはこのきまり悪いひとり芝居をなんとか優雅に締めくくりたいと思いながら口ごもった。ブレットもサブリナとジョン・スチュアートの間に張りつめている空気に気づき、今では興味津々で彼女を見つめている。

「本当かい？」ジョンはサブリナのきまり悪さに気づいていないようだ。それとも密《ひそ》かにおもしろがっているのかもしれない。いかにも大人で自信にあふれ、いまだに彼女を小娘のように動揺させる。そんなジョンがサブリナには腹立たしかった。彼は大学を卒業してすぐに発表した第一作、第二次大戦中のイタリアを舞台にしたサスペンスで成功したが、それ以来ずっと順調にやっている。

サブリナは努めて冷静な微笑を浮かべてみせた。おどおどしたりするものですか。「でも最新作で司祭を殺したのは気に入らないわ――あれはかわいそう」

ジョンはそれを聞いても怒らなかった。彼女の正直さをおもしろがって笑っている。

「さすがきみだ、僕に真実を言ってくれるなんて」

「真実なんて見る人によって違うものさ」ブレットがなんとなくいらついた口調で遮る。

ジョンは首を振るとサブリナを見つめ、まじめな調子に戻って言った。「いや、たとえほんの少しずつ色合いは違って見えるとしても真実はひとつなんだ」それから気を取り直したように口調を変えた。「それにもちろん、きみが忙しいスケジュールを割いて来てくれて嬉しいっていうのも真実だよ、ミズ・ホロウェイ」

「サブリナは僕も出席することや、ここが居心地いいってことを知っていたからね」ブレットが亭主気取りで言う。

「それはよかった」

「ここには親しくしているお友だちも出席することになっているから」なぜ私は、今も前の夫と寝ているのではないかとジョン・スチュアートに疑われるのを気にしているのかしら。しかしサブリナはしゃべるのを止められなくなった。「ご存じでしょう。私たち作家って群れたがるものなのよ。それにあなたのお客様は大物ばかり。招待していただいて光栄だわ」

「僕はきみにここへ来てほしかったんだよ」ジョンは主人役らしく丁重に言った。「さっきも言ったが、この前のときにも来てほしかったんだ」

そうだ。僕はずっと彼女を求めていた。サブリナに初めて会ったのは、前回の〈ミステリー・ウィーク〉パーティのほんの数カ月前だ。そのあと、彼女はブレットと結婚し――離婚した。

そして、ジョンはカッサンドラ・ケリーと結婚したのだった。

「あのころはまだ一冊しか本を出していなかったんですもの。あなたが招待なさったプロの方々の仲間入りなどできなかったわ」

ジョンは首を傾《かし》げて眉を上げた。「ダイアン・ドーシーはきみよりもっとひよっこだったが、出席していたぞ」

「だが結局悲劇的な事件が起こった。だからサブリナは来なくてよかったんだ」ブレットが言い、拳《こぶし》でジョンの肩に軽くパンチを入れるしぐさをした。「元気を取り戻したようで嬉しいよ。最近あまり会わなかったな。ところで、サブリナがすごくいい本を書いたと僕たちみんなに教えてくれたのは、キャシーじゃなかったかな？」

「そうだ」なおもサブリナを見据えたまま、ジョンが平静な声で答えた。「カッサンドラは、きみが魅力的な舞台を背景にすばらしい登場人物を作り上げ、ドラマティックな筋立てにぴったりの殺人を考え出したとほめていたよ」

「それはありがたいわ」サブリナは居心地悪そうに呟いた。「カッサンドラは死んだ――そしてサブリナはひどく罪悪感を感じている。なぜなら、生前のカッサンドラをあまり好きではなかったからだ。

いいわ、認める。あの人が嫌いだったのは嫉妬《しっと》していたからよ。一度顔を合わせたことがあるけれど、この蝋《ろう》人形展示場にいるよりもずっと恐ろしかった。

サブリナがカッサンドラ・スチュアートを憎んでいたのも、じつは当然なのだ。目の前の蝋人形とは関係のない、熱い震えが再び彼女の背筋を這《は》った。こんなふうにジョンに見つめられると落ち着かない。ブレットに亭主面をされるのはばかばかしいが、そんなブレットでもそばにいてくれるのが急にありがたくなる。

なぜならジョン・スチュアートが威圧的だからだ。ある意味では脅迫的でさえある。身長や筋肉隆々とした体つきのせいだろうか。彼はとても背が高くて百九十センチはあり、いかつい感じはあるが驚くほどハンサムだ。髪はただの黒ではなく漆黒で、その豊かな髪は襟が隠れるほど長く、額からきちんとうしろにとかしつけられている。瞳はとても個性的だ。薄茶色に青や緑や茶色が大理石模様のように入りまじっていて、あるときは金色に、あるときは夜のように黒々と輝く。顔立ちは力強さが印象的だ。四角いがっちりとした顎、幅広い頬骨、豊かで肉感的な口。高く秀でた額。三十七歳にしてアドベンチャーやサスペンスの大家として名をあげており、実生活でも、著名な国際的雑誌に世界で最も魅力的な十人の男性のひとりに選ばれている。スコットランド系のアメリカ人で、兵役を逃れるために名声や富を利用したことはなく、〝砂漠の嵐《あらし》〟作戦のときには州軍の一員として海外で任務についている。

最近はスコットランドに引きこもって鳴りをひそめているものの、年に一度最新作が発表されるときや前の作品がペーパーバックで再発売されるときなどには相変わらず新聞を賑《にぎ》わせる。ここ数年間の隠遁《いんとん》的な暮らし――それがむしろ彼の評判を高めているのだ。

妻の死にまつわる謎《なぞ》は彼に危険な魅力を与えると同時に、同情も集めているらしい。ジャーナリストの中には、スチュアートがカッサンドラの死を深く悼んでいると書く者もいれば、罪の意識から引きこもったのだ、あのとき妻が落ちたバルコニーから三十メートルも離れていたとはいえ、なんらかの方法で妻を殺したのではとほのめかす者もいた。ある者は、カッサンドラは結婚がうまくいかなかったので自殺したのではないか、つまり異常な自己憐憫《れんびん》にかられ、スキャンダルを起こし、有名な夫に責めを負わせて一生苦しめてやろうとバルコニーから身を投げたのだろうと推理し、またある者は、美しい乳房を冒す癌《がん》にかかって絶望したのだろうと考えた。いずれにせよ、あの事件が果てしない憶測を呼んだのは確かだった。ジョン・スチュアートは事情聴取を受け、マスコミ、作家仲間、ファンからあれこれ取り沙汰《ざた》された。そんなわけで、彼の毎年恒例の〈ミステリー・ウィーク〉――子供たちのためのチャリティの資金集めと本の宣伝を兼ねて人里離れたスコットランドの城で行われる有名な作家たちのパーティは、ずっと取りやめになっていたのだ。今回までは。

妻が死んでから三年たって、彼は再びロックライア城の扉を外の世界に開いたのだった。

「考えてもごらん、キャシーがサブリナの本をほめるなんてすごいことだったんだよ」ブレットが感慨を込めて言い出した。「だって普段あまり寛大な人じゃなかったもの。僕の作品は気に入ってくれていたらしいが、『メス』はさんざんにこき下ろされたよ。覚えているかい、ジョン？　ときにはきみの作品にまで猛烈にけちをつけていたっけ。きみの作品を認めるのは悔しいが、あの批判は不当だと思ったよ」

「ありがとう。たいしたおほめの言葉だ」ジョンがあまり嬉しくもなさそうに答える。

ブレットはにっこりした。「だって僕はちょっといい気分なのさ。さっき僕の『外科手術』が日曜日から一週間、ニューヨーク・タイムズ紙のベストセラー・ランキングの第二位になっているという知らせがあったんでね」

「おめでとう」サブリナは心から言った。彼の本はいつもベストセラー・リストに入っているが、その順位は着実に上がっていて、当人を喜ばせている。

「すごいじゃないか」ジョンも言った。「この一週間、きみがみんなの気分を高揚させてくれるだろう。このところ出版業界の不振がささやかれているが、出版業界いまだ死なずというところをみんなに思い出させてくれ。ところで……今年の恐怖の部屋はどうだい？」

「すごく怖くできてるよ」ブレットが答えた。

「とてもリアルだし」サブリナも言う。

「そう」ジョンは突然いたずらっぽく目を金色に輝かせた。「拷問台の女性をきみに似せて脅かすつもりはなかったんだが」彼は言った。「ジョシュア・ヴァリーンというアーテイストがこの展示のために蝋人形を制作したんだ。装丁もたくさん手がけている――シカゴの本屋の会合できみに会って、強い印象を受けたんだそうだ」

「でも、いい印象ではなかったようね、私を拷問台に載せるなんて」

ジョンは人の心を引きつけずにはおかない深いかすれた笑い声をあげた。

「いやいや、ごくいい印象を受けたんだよ。彼は油絵でも蝋人形でも必ず本物の人間をモデルにするんだ。見まわしてみれば、どれもあまりぞっとしない場面だね。ずっと向こうの隅を見てごらん」ジョンの目はまだきらきら輝いている。

私は前よりずっと大人なのよと自分に言い聞かせてみても、いまだにサブリナはジョンのカリスマ性に満ちた力強さに圧倒される。彼の深みのある声には、ここで暮らしているうちに身についたらしくわずかにスコットランドなまりがある。彼の容貌《ようぼう》、体格――彼の存在そのもの――があまりにも男性的で、アフターシェーブ・ローションのかすかな香りにさえくらくらさせられそうだ。

ジョン・スチュアートは危険な男なのよ。サブリナは自分に言い聞かせる。それにまったく赤の他人だわ、一度は他人でなくなったけれど――ある意味で。

「あの隅のほうでは」ジョンが説明している。「ルイ十六世とマリー・アントワネットがギロチンにかかろうとしているし、ジャンヌ・ダルクが火あぶりになろうとしている。その隣の展示はアン・ブリンが剣で処刑されるところだ。向こうでは、切り裂きジャックがメアリー・ケリーの喉をまさに切り裂こうとしている」ジョンは悲しそうに首を振ってみせた。「どうやらジョシュアはスーザン・シャープが好きではないらしいな。行ってメアリー・ケリーを見てごらん」

「じゃあ、私は拷問台に載せられているのを感謝すべきだって言うの？　死ぬまで果てしなく苦しめられるのを？」サブリナが言った。

ジョンはおかしそうに首を傾げた。「じつはね、拷問台の上の美女はこの部屋の犠牲者の中で命を長らえた唯一の人物なんだ。レディ・アリアナ・スチュアートといってね、のちのイングランド王チャールズ二世の父が斬首《ざんしゅ》の刑に処せられそうになったとき、チャールズを敵のクロムウェル軍に引き渡そうとした罪を問われて関節はずしの拷問に遭いかけたんだが、彼女の兄弟が、そのときにはもう王位についていたチャールズの前に彼女の無実を訴える嘆願書を差し出したんだ。このチャールズ二世は好色なやつだったから、たちまちこんなに美しい乙女を殺してしまうのはもったいないと考えて、彼女を拷問部屋から出すよう命じ、自分の寝室に引っ張り込んだというわけさ。チャールズも魅力的な男だったから、彼女を愛人のひとりにした。彼女は私生児をたくさん産んで、長生きしたんだ」

「なんて励みになるお話」サブリナが言った。

「すごくロマンティックじゃないか」ブレットが鼻で笑った。「サブリナを慰めるためにそんな話をでっち上げたんだろう」

「まったく本当の話だよ」ジョン・スチュアートが言う。

「ジョシュアはスーザン・シャープとけっこう楽しんだようだな」意地悪く笑いながらブレットが言った。「それに、なんて切り裂きジャックにぴったりの餌食《えじき》なんだ。彼女ときたら、得をしそうな男なら大いに〝楽しませてやる〟そうだから」

「そんなのはただの噂《うわさ》だよ」ジョンは肩をすくめた。

サブリナはブレットの下品な言葉に腹が立ち、人の悪口を言おうとしないジョンに内心拍手を送った。

「ジョッシュがジャンヌ・ダルクのモデルに使っているのは誰だい？」ブレットがけろりとして尋ねる。

「僕の秘書のカミーだよ」ジョンが答えた。「カミー自身とても信心深いんだ。それによく働いてくれている」

「それなら適役だ。納得、納得」

ジョンがにやりとした。「ここまでのところは納得だろうがね」

ブレットがうなり声をあげる。「じゃあ、僕の気に入りそうにないものがあるんだな？」

「おそらくね」

「僕が使われているんだろう？」

ジョンがうなずいた。

「何に？」

ジョンは金髪の美女を載せた拷問台を今にも動かそうとしている拷問者を指さした。

「髭《ひげ》がないと思って見てごらん……」ジョンがちょっと申し訳なさそうに言う。

ブレットがあえいだ。「告訴してやる！」

サブリナが思わず吹き出したので、ブレットはいっそう怒った。

「まあまあブレット、堅いことを言わないで。あなたはただのモデルじゃないの――それに顎髭や口髭が生えているから誰にもわかりはしないわ。それに、週末にはどれもチャリティに使われるのよ。ユーモアのセンスを忘れちゃだめ」サブリナがなだめた。

「やれやれ、まったく変てこだな。僕が前の妻を痛めつけようとしているなんて。それで、きみもこの悪党どものギャラリーにいるのかい？」ブレットがジョンに尋ねた。

ジョンは眉を上げた。「ああ、いるとも」

「どこだい？」

「来たまえ」

ブレットは肩をすくめてサブリナを見た。「きっとやつは王様か――ガンジーだぞ」

「ガンジーはここにはそぐわないよ。それに王様といったって立派な人間ばかりじゃない」ジョンは言った。「だが、僕はジョシュアのモデル選びにいっさい口出ししていないんだ。やつは僕に書き方を教えないし、僕もやつに人形の作り方を教えないというわけさ」

ブレットとサブリナはジョンについて通路を進み、べつの場面の前に立った。一五〇〇年代と思われるヨーロッパ風の服をまとった背の高い男が、ぐったりと横たわる女のそばに立ちはだかっている。女は横向きなので、顔は見えない。男は怒りと狼狽《ろうばい》の入りまじった表情で女を見下ろしている。長い髪は薄茶色だが、その男はまぎれもなくジョン・スチュアートだ。

「この人たちは誰なの？」サブリナはとまどった。

「アメリカ人にはあまり知られていないがね」ジョンは蝋人形を冷静な顔で眺めながら答えた。「男の名はマシュー・マクナマラ。大地主だ。スコットランド人で、自分の愛人三人と妻二人を殺した男さ」

「どうやって？」ブレットがきいた。「武器が見当たらないが」

「絞め殺したんだ」ジョンがそっけなく答える。

「どうしてそんなにたくさんの殺人を犯して気づかれなかったのかしら？」サブリナが尋ねた。

「裁判にかけられることさえなかったのさ。一族の中の大権力者だったから、言うことを聞かない自分の女を処刑するのは当然の権利だと思われていたんだ」

ジョンは蝋人形から再びサブリナへと視線を移したが、彼女にはその大理石模様の瞳が暗く冷たく見えた。ジョンがゆっくりと笑みを浮かべる。サブリナは奇妙なおののきを感じた。この人は私をあざ笑っているのだろうか？　それとも自分自身を？　なんだか怖いわ。

いや、それより悪い。

炎に引き寄せられる蛾《が》のような気持ち。こんなに時がたったのに、あんなに遠く離れていたのに何も変わっていない。ジョン・スチュアートは赤の他人で、私にはどうでもいい人のはずじゃないの。それなのに彼の強い力に魅入られてしまいそうだ、三年半以上も前に初めて会ったときのように。

あれが最初で……最後だった。

「殺された妻のほうのモデルは誰なんだい？」ブレットは尋ねかけたが、まずいことをきいたと気づいたかのようにあわてて言った。「ジョシュア・ヴァリーンの腕前はすごいね。細かいところまで観察が行き届いている」

「大丈夫だよ、ブレット。これはキャシーじゃないから」ジョンは平然と笑みを浮かべた。

「ダイアン・ドーシーさ。反対側から見れば顔がわかる」

「ダイアン……なるほど、そうだ。きっと髪が黒いんでキャシーを連想したんだ。だが、そういえばダイアンも黒い髪だな……」ブレットは咳払《せきばら》いをして、不安そうにジョンを見た。

「キャシーはあっちだよ、ブレット」ジョンは縦仕切りのついた窓の前で祈っている蝋人形を指さした。「ジョシュアはキャシーを、処刑の朝に思いを馳《は》せているスコットランドの女王メアリーのモデルに使ったんだ」

「そうそう、あれはまさしくカッサンドラだ」ブレットは長い間眺めていたが、急に視線をジョンに戻した。「あれを見ていて……いやな気持ちにならないか？」

「どれを見てもいやな気持ちになるよ——あまりにもリアルだからね」ジョンがうなずいた。「だがジョッシュは芸術家だ。これが彼の手法なのさ。それにキャシーはスコットランド女王メアリーによく似合っている」

「女性ばかりね、犠牲者は」サブリナが言った。

ジョンがほほえんだ。「歴史を振り返ってみると、確かに怪物みたいな男がたくさんいたようだ。だがここには世にも恐ろしいご婦人もいるんだよ」部屋の反対側を指さす。「あちらには〝血まみれの伯爵夫人〟と呼ばれたハンガリーのバートリ伯爵夫人がいる。言い伝えによると、彼女は若さと美しさを保つために何百人もの若い娘を殺して、その血の風呂に浸《つ》かったそうだ。気がついたと思うが、V・J・ニューフィールドがモデルだよ」

「おい、これは面倒なことになるぞ！」とブレット。

ジョンは笑った。「V・Jなら笑い飛ばすよ。それに伯爵夫人は血には飢えていたが、絶世の美女だったんだからね」彼はさらにべつの場面を示した。「あそこには財産を奪うために十人以上の夫を毒殺したレディ・エミリー・ワトソンがいる。このとおり、恐怖の部屋は男女同権さ」

「レディ・エミリーのモデルは？」ブレットがきいた。

「アンナ・リー・ゼインだよ。そしてその犠牲者はセアー・ニュービーだ」

ブレットが笑った。「セアーが女にやられるとはね！　きっとやつの気に入るぞ」

ジョンは肩をすくめた。「スコットランド女王メアリーの死刑執行許可証にサインをしているエリザベス一世はレジー・ハンプトンだ」

「ほかには誰がいるの？」サブリナが、城の地下室の暗くさらに奥まったところにある残りの蝋人形のほうを手で示しながら尋ねた。

「当然、トム・ハートやジョー・ジョンストンもいる。でもあとはきみたちで見つけてごらん。ジョシュアは城の雇い人たちもモデルに使っている。だから、ロシアの女帝エカチェリナ二世に朝食を出されても仰天しないでくれたまえ」

「サブリナ、僕たち本当に再婚すべきだよ、それも急いで！　切り裂きジャックがきみの洗濯物を取りに来るかもしれないからね！」

「あら、洗濯くらい自分でできるわ。それに朝食は必ずみなさんとごいっしょにします」

サブリナはまたジョンにじっと見つめられているのに気づいて、ブレットを蹴飛ばしたくなった。

しかしジョンは肩をすくめただけで、二人の応酬を無視した。「ジョシュアはこの展示のために一年以上もかけて制作に励んだんだ。たくさんの人の協力も得ている。ここでの展示がすんだら、人形は北のほうに新しくできた博物館に寄贈されることになっているんだ」

「作家たちから肖像権の放棄証書をもらわなきゃならんぞ」ブレットが言う。

ジョンはほほえんだ。「そいつをもらうとしよう。宣伝効果はきっとものすごいな」

「おやおや、僕は偏執的な拷問者として後世に残るわけか！」ブレットはうめき声をあげたが、〝宣伝効果〟の一言に負けたようだった。

「悪く思うなよ。どうせ僕も妻殺しとして後世に残るんだから。さて、そろそろ失礼しよう、まだ少し用事があるのでね。楽しんでくれ。ブレット、帰り道はわかるな。ミズ・ホロウェイもくつろいでくれたまえ。カクテルの時間にお会いしよう」

ジョンが力強い足取りで歩み去る。たちまち暗闇《くらやみ》が彼をのみ込んだ。

それでもなぜか彼がまだそこにいるような気がする。サブリナは思わず振り返って、もう一度大地主マクナマラの蝋人形を見つめた。

とても背が高くがっちりとしたマクナマラは腰に両手を当て、足元の女を見下ろしている。美男で誇り高く、無慈悲な権力者――大地主マクナマラはまさにジョンにふさわしい。

大きな権力のおかげで人を殺しても罰を受けずにすんだんですって？　サブリナは無理にマクナマラから目をそらし、死とのさまざまな舞踏を楽しんでいるほかの人物を眺めた。

薄暗い照明のせいで何もかもがいっそうおどろおどろしく見える。部屋は暗く、無気味な紫色の光が暗闇からぼうっと蝋人形だけを浮かび上がらせ、現実感を強めている。蝋人形が呼吸をし、身をよじらせ、脂汗をかいているのまで感じとれそうだ。それが今にも動き出して……。

拳を握りしめて妻のそばに立ちはだかっているマシュー・マクナマラ。ナイフを振るう切り裂きジャック。そして、恐怖と凍るばかりの沈黙の中で悲鳴をあげつづけるレディ・アリアナ・スチュアート。

ぞっとするような冷たい波がサブリナの体を走る。ブレットの手が肩にかかったとき、彼女はまたしても飛び上がった。

「ここから出ないか？」ブレットが言う。

きっと彼も怖くなったのだとサブリナは思った。

3

「ミズ・ホロウェイ！」

カクテルが出されたのは、客用の部屋が並ぶ二階と階下を結ぶ広い階段を下りてすぐの図書室だった。図書室は夕食のときにみんなが集まることになっている大ホールと向かい合っている。サブリナが行ってみるとすでに大部分の客が集まっていた。階下に下りる勇気を奮い起こすまで、現代風の風呂の中で長い間ぐずぐずしていたのだ。ジョン・スチュアートとちょっと顔を合わせただけで、予想した以上に動揺している。あのときばかりは、ブレットがそばにいてくれたのがありがたかった。うるさい人だが、おかげで取り乱したりひどく寂しい思いをしたりせずにすんだのだから。

図書室の戸口まで来たとたんに、サブリナは誰かに名前を呼ばれた。短く刈ったつやのいい茶色い髪をした小柄な女性が、シャンパンのグラスを差し出しながら近づいてくる。淡い青色の瞳、かわいらしいハート形の顔、ためらうような微笑にサブリナはたちまち気が楽になった。

「ようこそ、ようこそ。あなたがいらして私たちみんな喜んでいるんですよ。私はとくに。だって心からのファンなんですもの」彼女はシャンパングラスをサブリナに渡した。

「ありがとう」サブリナは答えた。「ええと、あなたは……？」

「あら！」若い女性は顔を赤らめた。するといっそう優しくかわいらしく見える。「私はカミー、カミー・クラークです。ジョンの秘書兼助手を務めています」

「ああ、ジャンヌ・ダルクね！」

カミーはさらに頬を染めた。「ええ、あれは私です。ジョシュア・ヴァリーンとは仲良しなんですよ」

サブリナは笑った。「そうでしょうね。殉教死するときでさえあんなにきれいなんですもの」

「ええ、ジョシュアはいい人ですわ。みんなをとてもすばらしい人形にしてくれたんですから。でもあなたは間違いなく、拷問台のいちばんきれいな犠牲者です」

サブリナはもう一度笑って、シャンパングラスを上げた。「確かに彼はすばらしい才能の持ち主ね」

「あなたもですわ。あなたの作品が大好きなんです。男性の作家はとてもドライでしょ。アクションばかりで人の心を引きつける登場人物がいなくて。私はあなたのご本に出てくるミス・ミラーが大好き。彼女はすてきですわ。存在感があって、思いやり深くて勇敢で、しかもそれがほどよくて」

「まあ、本当にありがとう。嬉《うれ》しいわ」

「カミー、カミー、カミーったら！」

見事なショートカットの黒髪をした中背のほっそりとした女が二人に突進してきた。肩の露出したカクテルドレスは優雅なデザイナーズ・ブランドで、靴もソフトな藤色《ふじいろ》のドレスとお揃《そろ》いの色だ。サブリナはスーザン・シャープと顔見知りだった。なぜならスーザン自身がすべての人と知り合いになろうと努めているからだ。ほとんどの作家がこの文芸評論家を恐れると同時に賞賛している。それというのも、彼女がとくに裕福な人々の社会で大きな影響力を持っており、舌先三寸で作家ひとりを成功させることもつぶすこともできるからだ。スーザン自身ミステリーを二作書いているが、有名で金持ちの知り合い連中をモデルにしているせいかとてもおもしろい。しかし、耳障りなことを独断的に言いたてるので、友だちからも敵からも好悪さまざまな感情を持たれている。噂《うわさ》によると、トークショーの出演契約をしばしば競ったライバルのカッサンドラ・スチュアートをひどく憎んでいたという。

「カミー、カミー、カミー！」スーザンは手を伸ばし、傷ひとつなくマニキュアした指をサブリナの腕に絡めながらもう一度呼んだ。「ミズ・ホロウェイを戸口で足止めしちゃだめじゃないの——私たちみんなこの人に会うのを待っているのよ。作家たちはみんな仲良しなんですからね、わかってるでしょ」

「ええ、もちろんです、ミズ・シャープ」カミーは困惑した表情でちらりとサブリナを見た。スーザンはカミーの身の程知らずをたしなめているのだ。あんたはただの助手、ほかのみんなは作家なのよと。

「カミー、お会いできてよかったわ。あとでもっとお話しするのを楽しみにしているわね」サブリナは若いカミーに言った。

カミーはぱっと顔を輝かせてほほえんだ。「ありがとうございます！」

スーザンはサブリナを部屋の中へ引っ張っていった。「元気だった？　ずいぶんお久しぶりね」

「シカゴでこの六月にお会いしたばかりよ」サブリナが答える。

「あら、そうだったかしら。いいものを書いたわね。なかなかの人気じゃない、あなたのミス・メイラーは」

「ミス・ミラーね」サブリナはさりげなく訂正した。

「そうそう、ミス・ミラー。あなたとブレットはどうなってるの、教えてよ。再婚するつもり？」

「なんですって？」

「だって、ブレットは今もあなたたちが熱々みたいなことを言ってるじゃない。二人とも才能があるし、なかなか奔放だものね。あなたがパリのホテルの部屋から〝裸で〟逃げ出す写真がタブロイド紙に載ったけど、最高におもしろかったわ。あれは絶対に忘れられない」

「スーザン、たぶんあなたには忘れられないでしょうけど、私は忘れたいの。あれは私の人生の中でもとくにつらい瞬間だったから」サブリナはきっぱりと言った。「あら、V・J・ニューフィールドだわ。彼女にはずいぶんお会いしてないの。ちょっと失礼するわね」

サブリナはスーザンから逃れて、V・J――ヴィクトリア・ジェーン――ニューフィールドのほうへと急いだ。V・Jは五十代か六十代で、作家歴はかなり長い。彼女の作品は暗くて恐ろしいが、目で見る恐怖というより心理的な怖さで、つねに人間のあり方について考えさせ、感動を与えてくれる。スリムで背が高く、髪は銀色、身のこなしがじつに優雅だ。今もすばらしく美しいが、きっと死ぬまで美しいだろう。サブリナは作家として世に出て間もなく、グループ・サイン会で彼女に出会ったのだが、そこでV・Jは、ほかの作家たちといっしょにサインをする何よりの楽しみは、たとえ誰も本を買いに立ち寄ってくれなくても、必ずおしゃべりを楽しめるお相手がいることだと言った。すでに名の売れていたV・Jは自分のファンに、とにかくサブリナの本も買ってごらんなさいよと勧めてもくれた。サブリナは今日にいたるまで感謝している。

「V・J!」今度は心から嬉しそうに、サブリナはビュッフェ・テーブルの前の女性に歩み寄っていった。V・Jはキャヴィアの載ったクラッカーを眺め、思いっきり食べてしまおうか、我慢しようかと迷っている。

「おや、サブリナ!」V・Jはほほえみながら振り返り、サブリナを温かく抱きしめた。「あなたに電話して、来るかどうかきこうかと思っていたのよ。前回、あなたが招待を断ったと聞いたときにはがっかりしたわ、もっとも大変な悲劇になってしまったのだけどね。私はナイル川のクルーズから帰ってきたばかりなの――そういうのをぜひ一度やってみたいとあなたに話したことがあったでしょ?」

「ええ、いらっしゃれてよかったわね。いかがでした?」

「神秘的で、刺激的で、崇高だったわ。歴史の流れがひしひしと感じられて、怖いくらいだった。それに私は立派なミイラ《マミー》がすごく気に入ったの」

「ママ《マミー》を愛することに異議は唱えませんがね」ブレットがサブリナの肩にするりと腕をまわし、V・Jにほほえみかけながら口を挟んだ。「なんてったって近ごろのマミーは、無邪気な少女に負けないくらい刺激的なんだから。お会いできて嬉しいですよ、V・J。とても元気そうだ。相変わらずセクシーだし。偉大なるマミーだ」

「私の子供たちはみんなとっくに大人になっているわよ!」V・Jが言い返した。「私が言ったマミーは、母親じゃなくてミイラのほうよ、ブレット。死んだ女のことを話していたの。もっとも噂に聞くあなたの見境のない女漁《あさ》りから判断すると、あなたにとってはどちらもたいして違わないのかもしれないけど。どう、元気、ブレット？　キスさせてあげるわ、ただしほっぺたの上だけよ。それからサブリナにしつこくするのはやめなさい。あなたと別れたなんて、さすがこの子には良識があるわ。それに彼女にふさわしい男性がまわりにいるかもしれないから、ばかなまねをしてその男性を遠ざけないでちょうだいよ」

ブレットは笑ってサブリナから手を離し、愛想よくV・Jの頰にキスした。

「V・J、僕こそそのふさわしい男性なんですがね」ブレットがわざと哀れっぽい声で抗議した。「たった一時の不行跡を、彼女は許してくれないんだ」

「ねえ、ブレット、私は結婚コンサルタントじゃないけれど、問題はそんなことよりもう少し根深いという気がするんだけどね。でも……」V・Jは彼に向かってシャンパングラスを上げながらほほえんだ。「おめでとう。ベストセラー・ランキングであなたの上にいるのはクレイトンだけですってね」

ブレットは慎《つつ》ましやかに頭を下げた。「ありがとう、ありがとう。クレイトンが同じ月に本を出すとはね。そうでなければ僕が一位だったのに」

「まあ来年があるわよ」

「そうだな。それにわれわれミステリー、サスペンス、ホラーの作家たち全員がここに集まったんだ、競争相手をぶっ殺す新しい方法を思いつけるだろうよ。どうだい？」

「僕らがいる場所を考えると、そいつはいささか悪趣味な言い草だな」穏やかな男らしい声がして、ジョー・ジョンストンが会話の輪に加わった。ジョーはアーネスト・ヘミングウェイに似た髭《ひげ》だらけの男で、楽しい雰囲気を漂わせている。彼が書いているのは、飲んべえだが魅力のある落ちぶれた私立探偵が毎回事件を解決する、シリーズもののミステリーだ。

ジョーは挨拶《あいさつ》代わりにサブリナとグラスを合わせて、さらにつづけた。

「つまりだね、カッサンドラ・スチュアートが自分でバルコニーから身を投げたなどと本気で信じている者がいるかい？」

「やめなさい、ジョー！」V・Jが制した。「前回あんなことがあったのに、またこの催しを開いてくれるなんて、ジョンは立派じゃないの」

「僕もそれを言いたかったんだ。だから競争相手を殺す話なんかできないよ」ジョーが言った。

スーザン・シャープがみんなのほうへじりじりと寄ってきて、憤然として言った。「人を殺す話なんかできないですって？　ジョー、これは〈ミステリー・ウィーク〉なのよ。私たちのうちの誰かが殺人者になってほかの人たちを殺し、最後に謎《なぞ》を解くんじゃないの。それがこの催しの目的でしょ」

「そうよ。でも全部架空のお話よ」サブリナが言った。

スーザンが冷たく笑った。「まあカッサンドラが死んだのが架空の話でなければいいけど。あの人が突然この部屋に入ってきたりして」

「スーザン、そんな恐ろしいことを言ってはいけないわ」V・Jがたしなめる。「もしカッサンドラが突然ここに現れたら――」

「もしカッサンドラが突然ここに生きて現れたら、ここにいる人たちの半分以上がもう一度彼女を殺したいと思うでしょうよ」スーザンがにべもなく言った。「腹黒くて恐ろしい人だったもの」

「それに頭がよくて、才能があって、すごい美人だったわ」V・Jがさりげなくつけ加えた。

「ああ、確かに。だけど考えてもごらんなさいよ――あの人が死んだときにここにいた人たちが全員また顔を揃えているのよ。お客リストはまったく同じなんだから」スーザンが言った。

「私はいなかったわ」とサブリナ。

スーザンはサブリナの存在などものの数ではないというように肩をすくめた。「でも招待はされていたでしょ。問題はあのときここにいた者がまたここに来ているということよ。ひとり残らずね。罪を問われるかもしれないから用心したほうがいいわよ」

「殺人の罪？」V・Jがきく。

「いろんな罪よ」スーザンは浮き浮きした調子で答え、V・Jを見据えた。「誰でもちょっとした秘密を抱えているものじゃない？」

V・Jも相手をにらみ返す。

「スーザン、きみが僕らのことで何かほのめかそうと言うなら――」ジョーが言いかけた。

「あら、やめてよ、ジョー。私たちはみんな大人じゃないの。どんなに礼儀正しく自制心があるように見えても、ジョンがカッサンドラのことをひどく怒っていたのをみんな知っているのよ。彼は妻が浮気していると思っていた――事実彼女は、何度か私に浮気してることをほのめかしたわ！」

「スーザン、人が誰かに〝バターをまわして〟と声をかけただけでも、あなたは浮気していると疑いそうね」V・Jがいらいらした声で言った。

「V・J、その声のかけ方が問題なのよ。要は、ジョンも妻が浮気していると思っていたし、カッサンドラも夫が浮気をしていると思っていたということよ。もし両方が正しいとすれば、もう二人の人間が関《かか》わっていたことになるわ。それに作家たちの中にはカッサンドラにキャリアをつぶされかけた者だっているんだから。作品のことでとやかく言われて、あの人を嫌っていた人も少なくないのよ」

「あなたが彼女を嫌うのは当然ですわね」小さな声がした。恥ずかしがりで控えめなカミーが申し訳なさそうにスーザンにほほえみかけている。「だって、ミズ・シャープ、あなた方お二人は大変なライバル同士だったじゃありませんか」

スーザンは眉を上げて傲然《ごうぜん》とカミーをにらみつけた。非難されるのはかまわない。カミー風情に口を挟まれたのが気に入らないのだ。「あら、私たちはライバルなんかじゃなかったわよ。でも念のために言っておきますけれどね、私はカッサンドラ・スチュアートが嫌いだったわ。あの人は人を利用し、手玉に取るご都合主義者だった。それにあんたはあの人が死んだことをありがたく思うべきなのよ。死んでなければあんたを首にするところだったんだから。もういいでしょ」彼女はカミーに背中を向け、ほかの人々に向かって言った。「私の言ったことを覚えておきなさいよ。ここにいるみんなが秘密を抱えているわ、カッサンドラ・スチュアートを憎む理由があるのは言うまでもなくね」

「サブリナはべつだよ」ジョーが穏やかに言った。

スーザンが鋭くサブリナを見つめる。「どうかしら？　この人にだって私たちみんなと同じくらい憎む理由があるかもしれないわよ。でもあなたはカッサンドラをバルコニーから突き落とせなかったわよね。前回の招待を断ったんですもの。なぜなの？　たいていの作家はこういう招待を受けるためなら——言い方は悪いけど——人殺しでもしかねないのに」

「飛行機恐怖症だからよ」サブリナは愛想よく答えた。

「どうだか」スーザンはサブリナをにらみつけていたが、やがてくるりと背を向けて、人人の輪から離れていった。

「僕はスーザンが殺《や》ったんだと思うな」ブレットがあまりにも天真爛漫《てんしんらんまん》に言ってのけたので、みんなが笑った。

「警察の話によると、誰が殺ったのでもないそうだよ」ジョーが言った。

「カッサンドラが自殺なんかするはずないわ」V・Jが言う。「自己愛の強い人だもの、そんなことはしないわよ」

「でも癌《がん》にかかっていたそうだけど」サブリナが言った。

「そうだよ、だが治療できる程度のものだったらしい」ブレットが言う。

「つまずいただけじゃないかしら」とサブリナ。

「おそらくそんなことだろう」べつの男性的な声が割り込んできた。トム・ハートだ。背が高く、やせていて、髪は白く、整った顔立ちで威厳がある。誰よりも怖いホラー小説を書く作家にはとても見えない。彼はみんなにシャンパングラスを掲げてほほえんだ。「乾杯、諸君、紳士淑女のみなさん、ブレット、ジョー、サブリナ……V・J。みんなに会えて嬉しいよ。それにサブリナ、きみの意見は当たりじゃないかな。カッサンドラはジョンに大声で呼びかけていたんだ。ジョンのほうはそのとき、彼女の機嫌の悪さにうんざりして逃げ出すところだった。彼女はもっとよく聞こえるように身を乗り出したが、少しばかり身を乗り出しすぎたんだよ。やあ、主人役のお出ましだぞ、片腕にかわいいダイアン・

ドーシーを、もう一方の腕にエレガントなアンナ・リー・ゼインを抱いて」

サブリナは図書室の戸口に目をやった。まさに主人役が到着したところだ――見事な装いで。

タキシード姿がよく似合い、胸が痛くなるほどすてきだ。背の高さと浅黒く整った顔が優雅な服装でいっそう引き立っている。髪はうしろに撫《な》でつけられ、二人の魅力的な女性と話したり笑ったりしている澄んだ瞳は謎めいて見える。

アンナ・リーは実際にあった犯罪を取材して小説を書いている。三十代後半だが、とても小柄で女性的だ。噂では、セックスの相手は男女を問わないという。

ダイアン・ドーシーは前途有望なホラー小説家と期待されていて、人間の肉に飢えた奇怪な異星生物を考え出すのがお得意だ。やっと二十二歳になったところで、ハイスクール三年生のときに最初の作品を、四年生で二作目を出版している。ハーバード大学を卒業したばかりの今、すでに四作を世に出しているベテランだ。天才との呼び声が高く、熱心なファンも多い。こんなに若いのに、またそれほど努力したようでもないのに、驚くべき成功を収めたことで年上の作家たちはとかく彼女をやっかみがちだ。だがサブリナはこんなに若いのに自分に自信を持っているダイアンを羨《うらや》ましく思うだけだった。こんなふうに自信を持てるなら、何を犠牲にしても惜しくないと思う。だが一方で、ダイアンは過酷な子供時代を過ごしたのではないか、何かがあったせいで年に似合わない猛烈な闘志の持ち主になったのではないか、という気もした。

ダイアンのことに思いを巡らせていたサブリナは、ようやくアンナ・リーが笑いながら手を振っているのに気づいた。急いで手を振り返す。

やがてダイアンもサブリナを見つけて、にっこりと手を振った。サブリナはそれにも応《こた》えて手を上げた。ダイアンはゴシック風のスタイルに凝っていて、いつも黒い服を着ている。髪は漆黒で、口紅も黒。肌はしみひとつなく白い。巨大なメダルや中世風の宝石、体にぴったりとした服が好みで、セクシーな女らしさもあり、ユニークで魅力的だ。

ほほえんでいるうち、サブリナは突然ジョンに見つめられているのに気づいた。

またしてもブレットの隣にいるところを。しかも体が触れ合うほど。

サブリナはすばやく目を伏せ、自分に言い聞かせた。私は誰とも関わりたくないのよ。失ったものを探しにここへ来たわけじゃないわ。今では私も、それなりのキャリアとたくさんの友人とすばらしい家族を持つ大人の女よ。ここへは大事なチャリティ・イベントに参加する客として来ているの。それにこのイベントは私のキャリアに箔《はく》をつけてくれるわ。

嘘《うそ》つき！

「みなさん、夕食を大ホールでお出しいたします」ジョンが告げた。彼は二人の連れに断りを言い、何か用事があるようにサブリナのほうへと歩いてくる。サブリナはあとずさりするまいと下唇を噛《か》みしめた。「ミズ・ホロウェイ、まだみんなに紹介してないのはきみだけじゃないかな。失礼、ブレット、きみの前の奥さんをちょっとお借りできるかい?」ジョンは軽く尋ねた。

「もちろんさ――ちょっとだけならね」ブレットも同じ調子で答える。

ジョンに腕を取られ、にっこりとほほえみかけられた瞬間、体中が熱くなってサブリナは狼狽《ろうばい》した。ジョンは彼女を部屋の反対側に立っている、カールした金髪の、清潔な感じのする背の高い細身の男性のところへ連れていった。ネクタイに絵の具のしみが一滴垂れているほかは非の打ちどころのない服装をした、いかにも芸術家らしい美男子だ。「ミズ・ホロウェイ、もちろん非凡な彫刻家のジョシュア・ヴァリーンは覚えているね」

「ええ、もちろん」サブリナは温かな茶色の目を見たとたんに彼を思い出した。シカゴで開かれた本屋の大会で、短い時間だが顔を合わせたことがある。サインをしているときに、販売員のひとりに紹介されたのだ。「お会いしたことがあるわ」ジョシュアと握手しながらサブリナはジョンに言い、さらにジョシュアに向かって言った。「またお会いできるなんて。あなたの蝋《ろう》人形は信じられないほどすばらしいわ。本物みたいで怖いくらい! 前の夫に拷問される悪い夢を見そうよ」

ジョシュアは顔を赤らめて、にっこりした。「ありがとう。あなたを拷問台に載せたりしてすみません。でもあなたは死ななかったんだから」

サブリナは小さく笑った。「そうですってね」

「王の命令で拷問台から救い出されたんだ」

彼女はうなずいた。「切り裂きジャックの餌食《えじき》でなくてよかったわ」

ジョシュアは鼻にしわを寄せて、声をひそめた。「スーザン・シャープにはよく似合ってると思わない?」

「しっ、スーザンは地獄耳なんだぞ」ジョンがふざけて言った。「さて、ジョシュア、まだここにサブリナの知らない人がいるかな?」

「カミー・クラークには会ったかな?」ジョシュアが尋ねる。

「ええ、チャーミングな方ね。あの人を助手にできてあなたは幸運だわ、ジョン」

「彼女はまめで、猛烈に有能だ。とても幸運だとも。さて、ほかには……?」

ジョンがあたりを見まわしていると、明るい赤毛を旧式なクルーカットにしたごつい感じの男が歩み寄ってきた。彼はジョンとジョシュアににっこりし、サブリナのほうに手を差し出した。「ちらりとだが、タホーの大会で会ったことがあるな。きみが僕を覚えているかどうかわからんが、僕は――」

「もちろん覚えているわ」サブリナは言った。「セアー・ニュービーでしょう。あなたの講演は欠かさず聴きに行きましたから。あなたは私に気づかなかったでしょうね。だってあなたのお話のときは、いつも会場が満員でしたもの」

セアー・ニュービーは残っている髪の根元まで赤くなった。作家になる前の二十年間警官だった男で、警察の仕事についての彼の講演はとてもおもしろかった。

「ありがとう！」セアーはなおもサブリナの手を握ったまま、彼女を見つめた。「マクグラフはいったいなぜきみを手放したんだろうな？」彼はきいたが、急にまた顔を赤くした。「失礼、僕の口出しすべきことじゃなかった。もちろんあの写真は見たがね」

サブリナは顔を赤らめまいとして歯を食いしばった。だが、ジョンがすぐ隣でこちらを見ているのが感じられる。それにあのタブロイド紙の写真を見たら、誰だってなぜ彼女がハネムーン中にホテルのスイートルームから裸で逃げ出したのだろうと不思議に思うだろう。

「ブレットと私は結婚についての考え方が違うのよ」サブリナはできるだけさらりと言った。

「だが、まだ友だちとしてつきあっているんだろう？」セアーがさりげなく聞こえるように努めながら尋ねる。

なんだか意味ありげな質問ね。セアーは今晩私がほとんどずっとブレットといっしょにいるのを見て、ほかの人たちと同じように、私たちが今もただの友だち以上の関係だと想像しているんだわ。

「ええ、そうするように努力しているわ」サブリナはそっけなく答えた。

「ああ、レジーだ」ジョンが言って、手を上げた。「レジー・ハンプトンは知っているかい？」サブリナにきく。

　老いているが年齢を超越したようなレジー・ハンプトンは、七十歳くらいのようにも百歳を超えているようにも見える。おばあさんの素人探偵が猫の助けを借りて、地元で起こる謎の事件を解決する話を何十冊も書いている。そっけないが知的で、とても愉快な人物だ。彼女は部屋に入ってくると、まっすぐに彼らのほうに向かってきた。

「レジー、知っていますか――」ジョンが言いかける。

「もちろんこの子を知ってますよ！」レジーは大声で答えた。とても小さくてやせているのでちょっとした風にも吹き飛ばされそうに見えるのに、驚くほどの力でサブリナを抱きしめる。食えないばあさんだという噂はどうやら本当らしい。「ここで会えるなんて嬉しいじゃないの、サブリナ！　ジョン、壊れかけたお城に住んでいる陰気な世捨て人のじいさんを訪ねてもらうのに、どうやってこのお嬢ちゃんを説得したの？」

「あなたを説得したのと同じ方法ですよ、雷ばあさん」ジョンも愛情を込めてやり返す。

「招待状を出したんです」

「とにかくあなたが来てくれてよかった。こういう催しには新しい血が必要ですからね！」レジーが言う。

「まあ新しい血が流されないように祈ろうじゃないの」スーザンが大股でやってきてまた仲間に加わり、意地悪く笑った。

「さあ、お食事にしましょうよ——おなかがぺこぺこだわ！」V・Jが部屋の向こう側で声をあげた。「ジョン、食事の時間だと言ったじゃない？　すぐに食べないと私たちみんな死んじゃうわ、それもたいして謎めいた死に方でなくね」

「おいおい、息が止まるようなことを言うなよ」ジョー・ジョンストンが言う。

「息が止まる！　まさにそれが心配なのよね」レジーが言い返す。

「さあ、ジョン、食事にしよう」ブレットが言った。「ところで、ビールは飲ませてもらえるかなあ？　シャンパンではちょっと物足りないんだ。きみはどうだい、セアー？」

「大ホールには本式のバーがある。樽《たる》出しのビール、国産、輸入ものありとあらゆる種類の瓶入りビールが揃っているから自由にやってくれたまえ」ジョンが言った。

サブリナを見下ろす目が奇妙に暗く陰っている。彼女を観察しているような、値踏みしているような。だが突然、サブリナのことなど頭から振り払ってしまいたいという顔になった。

「失礼するよ」彼は静かに言って、立ち去った。

4

レジー・ハンプトンはサブリナと腕を組んだ。「あなたは新鮮な息吹だわ。六月からこっちどうしてたの？」

サブリナはジョンのうしろ姿を見ないように努め、レジーに注意を集中した。「故郷に帰って家族と会っていましたの」

「農場の？」

「ええ。ニューヨークにアパートがあるのですが、しばらく両親や妹の家に滞在していました。妹に初めての赤ちゃん――男の子が生まれたので、みんな大喜び。何カ月かそちらで過ごして、お産のときには手伝いもしたんですよ」

「早く自分の赤ちゃんを産んだらどうなの」

「レジー、このごろはどの女性でも赤ちゃんを産むわけではないんですよ」

「でもあなたは子供がほしいんでしょう？」

「ええ、そのときが来たら」

「あなた再婚するつもりなの、あのブレ――」

「いいえ。私の話はもう結構ですわ。あなたのご家族はお元気ですか？」

夕食が出される大ホールへ入っていきながら、レジーは息子たちのこと、孫たちのこと、そして生まれたばかりの曾孫《ひまご》のことを手短に話した。みんなはまずバーに集まって、飲み物を作っている。

ブレットはまたしてもさっと現れて、サブリナにライムのたっぷり入ったジントニックを渡し、隣同士になるようにディナー・テーブルの座席カードを動かしておいたよと嬉《うれ》しそうにささやいた。席につくと、雉《きじ》や魚の豪華な食事が用意されていた。食事をしながら、みんなは大いにしゃべり、笑った。まるでハイスクールの同窓会のようだった。やがて主人席にいたジョンが立ち上がって改めてみんなの来訪を感謝し、ここに集まったのは楽しみのためだけでなく子供たちのチャリティのためでもあることを念押しした。作家たちはそれぞれすでに福祉への協力を申し出ており、これから行われる犯人捜しゲームの謎《なぞ》を解いた者は寄付金の中から大きな分け前をもらえることになっている。

「いつから始まるんだね？」セアーがきいた。

「明日の朝から」ジョンが答える。「エネルギーのある方々はどうぞ今夜旧交を温めてくださるように。ジェット機疲れの方々はお眠りください。万事例年とほとんど変わりません。細かい計画はカミーとジョシュアが練ってくれました。みなさん同様、僕も誰が殺人犯なのか知りません。朝になったら、みなさんは自分の役どころと状況の説明を受けます。そのうち誰かが、自分が殺人犯だと知らされることになりますが、そうなるとその人は見つかるまで大忙しになるでしょう。殺人犯は誰々を殺せという命令を受けます。犠牲者は洗い落とせる赤のペンキで〝殺され〟ますが、クリーニング代はもちろんこちら持ちです。何かご質問は？」

「ある、ある」ジョー・ジョンストンが大声で言った。「僕が殺人犯でなくても、スーザンを撃っていいかい？」

笑い声があがったが、スーザンがみんなをにらみつけたのですぐに消えた。「ジョー、あなたも私の殺人リストのいちばん上に載せてあげてるわ」彼女は甘く答えると、彼に指を突きつけ、引き金を引くしぐさをしながら銃声を口まねした。「それにあなたの体に流れるのは赤のペンキよりずっといやなものかもしれないわよ！」

「まあまあ、あなたたち、お行儀よくなさいな」アンナ・リー・ゼインがたしなめた。

「おっと、失礼！」ジョーが謝る。

作家なんてしつけの悪い子供同様手に負えないわとでも言いたげに、アンナ・リーは首を振った。

ジョンがもう一度立ち上がった。「僕はこれで失礼するよ、もう少しやらなくてはならないことがあるから。どうかくつろいでください。明朝九時にここでお目にかかりましょう。早起きの方のためには、六時までにコーヒーをテーブルに用意しておきます」

ジョンは両開きの扉を閉めて、大ホールを出ていった。来なければよかった。サブリナは彼の去ったほうを見つめながら下唇を噛《か》みしめた。

ブレットが、テーブルの上に載せたサブリナの手に手を重ねて、期待に満ちた目で尋ねた。「僕の部屋を見たくないかい？」

彼女は手を引っ込めながらも、つい笑ってしまった。ブレットがあまりにも子供っぽく、ひたむきで、負けを認めようとしないからだ。

「いいえ。私はベッドに入るの」

「それなら僕といっしょでもいいじゃないか」

「眠るためよ。私もジェット機疲れのひとりなの。昨夜《ゆうべ》遅くロンドンに着いて、きょうの午後ここに来たのよ。くたくたなの」

「わかったよ。もし気が変わったら、それに夜中に怪しい物音でもしたら、僕はすぐ隣の部屋にいるからね」

「ありがとう。覚えておくわ」

サブリナはほかの人たちにおやすみなさいと手を振って、大ホールから逃げ出した。

城の玄関広間にも豪華な造りの階段にも人けがない。図書室のドアも閉まっているので、急に古い建物の中でひとりぼっちになったような気がする。

彼女は急ぎ足で階段を上がり、ノルマン様式の半円形アーチがついた二階の廊下を自分の部屋に向かって進んだ。

部屋は広く、歴史を感じさせるが、設備は現代的で、信じられないほど暖かく心地よい。ベッドは厚いカーペットを敷いた台座に載せられ、バルコニーに出るドアには冷たい隙間《すきま》風を防ぐために分厚い垂れ幕がかけてあった。クローゼットと浴室は広々としており、どっしりとした暖炉の脇《わき》にはアンティークのデスクが置かれている。暖炉の火が赤々と燃えていた。サブリナは部屋に入ると、少しためらってから用心深く差し錠をかけた。

まず靴を脱ぎ捨て、ストッキングを脱ぐ。それから思わずバルコニーへのドアへ歩み寄った。窓ガラスのはまったドアの外には夜の闇《やみ》が迫っている。サブリナはドアを開けて外に出た。見晴らしのよいバルコニーからは、なだらかに起伏する野原、小さな湖の水のきらめき、遙《はる》かな山々の紫色の稜線《りようせん》を望むことができた。かすかな月の光に照らされたその風景は息をのむほど美しかった。こんな旅はめったにできるものではない。

でも来るべきではなかった。

サブリナはわななくようにため息をつき、声を出して自分に尋ねた。「あなたがここに来たのは、ジョンとの短いながらも輝かしいあのひとときが、今や完全に忘れ去られた過去のものだということを自分に言い聞かせるためじゃなかったの？　それとも、どんな結果になろうと、彼とせめてもう一夜を過ごせたらと期待していたの？」

頬が赤らむのがわかる。なんて恥ずかしい。彼がもう一度寝てくれると思うの？　私はきっと噂《うわさ》されている、かなり……気まぐれな女だと。だってブレットとあんな別れ方をしたんですもの、裸で逃げ出したりして……。

変ね。ブレットは申し分のない人だわ。友だちでいるならいっこうにかまわない。今でも追いかけられて悪い気はしないし。彼の仕打ちもよくなかったけれど、私のしたことも悪かったのよ。本気で愛してもいないのに結婚してしまったんですもの。

私が恋していたのはジョン・スチュアートだったのに。

冷たい夜風に包まれたとたん、サブリナはニューヨークに移って早々、あるパーティに出たときのことを思い出した。ひどく緊張していた。あれは彼女のエージェントが抱えている顧客のひとりで、ブロードウェイ・デビューを果たした誰かのためのパーティだった。彼に初めて会ったとき、サブリナはそのハンサムな客が何者なのか、名前がジョンだという以外はまったく知らなかった。彼はおもしろい話をして笑わせてくれ、大都市がどんなに恐ろしいか、ニューヨークのタクシーに乗ったら、どんな離れ業を使わないと生き延びられないかを教えてくれた。

確かにサブリナは飲みすぎていた。本の成功に浮き浮きし、彼のそばにいることに興奮していた。

彼は車に乗ってきていたので、サブリナの泊まっているホテルまで送ると言った。

車の中では、彼の肩にもたれて眠り込んでしまった。ホテルに着いてもまだ酔いがさめず、寝ぼけて頭がふらついていた。目を開けたとき、すぐ上に大理石模様の黒い魅惑的な瞳が見えたのは覚えている。「着いたよ」彼は言った。

サブリナがうなずいただけで動かなかったので、彼はさらに言った。

「きみの部屋まで運んであげようか。実際そうすべきなんだ。僕のところへ連れていったら、きみの弱みにつけ込むことになる。きっと自分を抑えられなくなるからね」

バルコニーで微風《そよかぜ》になぶられている今も、あのときの自分の答えをはっきり思い出せる。

「お願い、連れていって」

あの答えをアルコールのせいにはできない。サブリナは自分に言い聞かせ、両腕で自分の体を抱きしめた。でもすばらしかった。人生で最高の時だったわ。二人は車で市内にある彼のアパートへ行き、彼はサブリナを二階へ運んだ。寝室で彼女のドレスを脱がせたが、自分はまだ服を着たままで、本当にいいのかと念を押した……。

それから彼はキスした。体のいたるところで激しく燃えた彼の唇の感触を、サブリナは一生忘れないだろう。彼を、彼の肌触りを、手の感触を、腰のほくろを忘れないだろう……。

まさに魔法のような夜だった。翌日、二人はいっしょに朝食を作り、メトロポリタン美術館を歩きまわり、中国料理を食べてから部屋に戻って、夜は再び愛を交わした。ばかげた話だが、サブリナが彼のラストネームを尋ね、彼が有名な作家のあのジョン・スチュアートだと知ったのは、次の日の朝のことだった。

ジョンの〝婚約者〟のカッサンドラが現れたとき、彼はシャワーの最中だった。サブリナもタオル地のローブ姿で、顔には濡《ぬ》れた髪が張りついていた。ドアが開いた瞬間、サブリナは呆然《ぼうぜん》とした。カッサンドラはサブリナを上から下まで見たが、怒っているようには見えず――むしろおもしろがっているようだった。だが彼女はサブリナを目障りな娼婦《しょうふ》の小娘と呼び、足元にいくらかのお金を投げ出して、出ていけと言った。

サブリナの生涯最大の悔いは、言われるとおりにしてしまったことだ――もちろんお金は投げ返したが。サブリナは中西部の農村出身だが、大学を出て多少は働いた経験もあり、大学の弁論部の部長と四年間つきあったこともあったが、信じられないほどうぶだった。頭の中であの場面を反芻《はんすう》するたびに、改めて屈辱感に苛《さいな》まれ、自分自身に腹が立つ。私の勇気はどこへいってしまったの？　なぜあの人に挑戦しなかったの？　挑戦すべきだったのに――しなかった。たぶん、あまりにもびっくりし、あまりにも無防備だったせいだ。自分の服をつかみ、夢中で逃げ帰ってしまった。

ジョンが何かを約束してくれたわけではない。ただ彼は嘘《うそ》は言わなかった。サブリナにどんな生活をしているのかと尋ね、ときどき会う程度だがカッサンドラとつきあっているのを認めた。今から思うと、取り越し苦労だったのかもしれない。カッサンドラと私のどちらを選ぶのと迫ったら、ジョンを失ってしまいそうな気がしたのだ。人生は一か八《ばち》かの賭《かけ》なのだ。あのときサブリナはそう学んだ。ただ学ぶのが少しばかり遅すぎたようだ。

ジョンはサブリナがハンツヴィルにいることを突き止めた。だが彼女は母親に頼んで、ヨーロッパに行っていると言ってもらった。彼はサブリナに手紙をよこし、自分は現在誰とも婚約していないし、二人が出会った夜の時点で、どんな約束もしていなかったと訴えた。そして、サブリナの母親からどうしても本当のことを教えてもらえなかったので、どうかそちらから連絡してほしいと懇願した。

ジョンとカッサンドラが突然真夜中にラスヴェガスで結婚したと聞いたのは、ジョンに返事をしないでいるのは愚かなことだと思い直したまさにそのときだった。

それから間もなく、彼女はブレットと結婚した。

それで話はおしまい。

……のはずだった、サブリナがハネムーンで泊まったホテルのスイートルームから裸で逃げ出すまでは。そしてカッサンドラ・スチュアートがバルコニーから落ちて、大きく広げられた死に神の腕の中に飛び込むまでは。

風が冷たくなってきた。サブリナは身震いし、闇を見つめた。

月は高く昇り、雲の隙間から光を投げかけようともがいている。屋外照明が眼下の庭をぼんやり照らしていた。城は庭を囲むように馬蹄《ばてい》形に建てられている。到着したときにこの部屋まで案内してくれたメイドによると、左翼部分の端には主人のスイートルームがあり、そこには中央の庭と裏庭に面してバルコニーがついているという。

そちらのほうへ目をやると、月光に照らされたバルコニーに男が立っているのが見えた。シャツが風にはためき、髪がなびいている。背の高い姿は月を見つめて、微動だにしない。やがて男は体を巡らした。遠く離れて互いに面と向かっているのがわかる。

ジョンだ。彼を見つめながらサブリナはいぶかった。彼は苦しんでいるのかしら、妻を恋しがっているのかしら、妻の死についてあれこれ考えているのかしら。

ジョンが挨拶《あいさつ》するかのように片手を上げた。

サブリナは開いたドアのほうへあとずさりしたが、そのとき誰かが背後にいるような気がして、喉元まで悲鳴が込み上げてきた。

一瞬奇妙な恐怖を感じたからだ。サブリナはバルコニーに立っている。そしてどういう状況だったのかはわからないが、ここからそれほど遠くない場所から、カッサンドラは下にあるポセイドン像の腕の中へまっすぐに落ちて死んだ。ポセイドンの三つ叉の矛に貫かれ、夫が駆け寄る間もなく即死したのだ。泉を囲むばらの茂みにもう花は咲いていないが、ポセイドンは今もバルコニーの下に立っている。

誰かがうしろに来て押そうとしている……そんなふうに思えてしまう。

だが振り向いても誰もいない。部屋に入ってみたが、差し錠はちゃんとかかっていた。

どの部屋にもブランディが用意されている。

サブリナはブランディが嫌いだったが、グラスに注《つ》ぎ、鼻にしわを寄せてごくりと飲んだ。「この一週間生きながらえたいなら、変に想像をたくましくしてはだめよ」彼女は自分に言い聞かせた。

階下の人々には疲れていると言ってある。確かにくたくただ。時差と睡眠不足で疲れきっていて気分もよくない。

それなのにいっこうに眠くならなかった。

彼女は何時間も目を覚ましていた。顔をしかめながらブランディをすすり、飛行機の中で読むつもりで持ってきた雑誌を読んだ。

V・Jの最新作も持ってきている。雑誌を読み終えるとそちらを読み始めたが、どうしても集中できない。とうとう体だけでも休めようと決めて、横になった。

ようやく眠りに落ちたあとも寝返りばかり打ち、やがていやな夢を見た。

夜の暗闇の中を、男は亡霊のように音もたてずに階段を下りていく。万事うまくいく、びくびくすることはないと自分に言い聞かせながら。

しかし男は恐れている。なぜなら、彼女を愛しているから。

この逢瀬《おうせ》は前もって打ち合わせてある。それなのに突如として――たぶんそんな必要はないのに――不安になる。古い地下室の中にいると、まるで甦《よみがえ》ってきた命のない殺人者たちにあざ笑われ、たとえおまえがやったのでなくても同罪だと責めたてられているように感じられる。おぼろな紫がかった照明が、拷問者や首切り人たちの顔に無気味な影を投げかけている。黒い覆面をつけた死刑執行人たちは今にも動き出して、なじったり脅したりしそうだ。

男はレディ・アリアナ・スチュアートが拷問台に載せられている場面の前まで来ると、一瞬恐怖も分別も忘れて立ち止まった。彼女はすべての蝋《ろう》人形の中で最も美しい。その瞳は実物さながらに、サブリナ・ホロウェイの無邪気さと誠実さを漂わせている。身近にいる生きた女性とあまりにもよく似ていることに改めて驚き、男は思わず手を伸ばしてこの美女に触れようとした。彼女を脅かしている獣から救い出してやりたい。

「あなた!」

ささやく声で現実に引き戻され、男はくるりと振り返る。彼女が来たのだ。女は男に駆け寄り、男は女を抱きしめる。「なぜそんなに恐れているんだい? なぜこっそり会わなければならないんだ?」男は優しく尋ねる。

女は男の胸に頭を押し当てたまま首を振る。「何もかもがとても危険だからよ。私にはわかるの、あの人たちに知られているって。私たちが危険なのがわかるのよ。できることなら……」

「そんなにびくつくんじゃないよ。問題が起きてもいないうちから問題を起こすんじゃない」

女は首を振ってあとずさる。「あなたはあの人たちがどんなに邪悪で危険か知らないのよ！」

「危険なのはこっちの計略だ。過度に反応してはいけない。ただじっと待ち、耳を澄ませ、観察し……どうなるか見守るんだ」

女は男にもたれかかる。「私、とても怖いの。抱いてちょうだい」

男は言われたとおりにし、押し当てられた女の体の動きとその感触を味わう。女は男の服を押し広げ、両手で肌を探る。男自身が驚いたことに、彼のものはたちまち硬くなり、欲望が稲妻のように体を走る。男はまわりを見まわしてその無気味さに驚き、恐怖さえ感じながら、そのためにかえって興奮する。

「誰か来るかもしれない。こんなところじゃ……」

みんなに見つめられているような気がして、男はたじろぐ。黒いフードをかぶった首切り人、殺人犯、死刑執行人、ごろつき。そして十字架に架けられた聖なるジャンヌ・ダルク。

女が低く笑い、その声が男の理性を押し流してしまう。男はうめき声をあげて女とともに崩れ落ち、次の瞬間には冷たい床の上に身を横たえている。女は一糸まとわぬ姿で紫の光を浴び、飽くことを知らぬもののように男の上にのしかかって叫び声をあげる。男は女を黙らせようとするが、女は笑っている。やがて二人が果てると、女は男のそばに横たわり、二人を取り囲んでいるいくつもの顔を見上げる。「おもしろかったわ、まるで乱交パーティみたいで」

「きみはどうかしているよ」

「何言ってるの。みんなに見られているようで、信じられないほど刺激的だったわ」

男はためらった。「きみは楽しんでいたんだね……彼女を見て」はっと気がついたように男が言う。

「だからどうだというの？　あれも刺激的だったわ」

「だが、こんなふうにここで会うのは危険だよ」男が言う。「今われわれがやっていることは何もかも危険だ。これから毎日が危険だ。みんなが何を知っているのか、何を見たのか、何を疑い出すのかわからないんだから……」

「用心すればいいわ」女がささやく。「大丈夫。でもあなたがそばにいてくれなくては……」

男がかすかにうなずく。

女には自分の肉体を餌《えさ》にして、男をどう操ればいいかわかっている。なぜなら、男は彼女を愛しているのだから。

男は目を閉じた。それから再び開けると、立ち去りかけた。彼女は男を見ている。レディ・アリアナ・スチュアートは男のほうを向き、大きな美しい青い目で見つめている。

彼女は見ている。

男は彼女の視線を感じる。じっと男を見ている。見つめている……。

それは刺激的だ。

しかし危険でもある。

男は興奮と不安の両方を感じている。

まるで彼女に知られているようで……。


私はジョン・スチュアートを求めてなんかいないわ。サブリナは何度も何度も自分に言い聞かせる。私はもう愚かで単純な小娘じゃない。今ではずっと大人になり、賢くなっているわ。でも夢の中の私は裸でベッドに横たわり、求めながら待っている……。なぜなら彼がそこにいるから。そびえるように丈高く、黒い服の彼がおおいかぶさらんばかりに立ちはだかっている……。

ジョンだ。

いいえ、ジョンじゃない。背の高い男の姿は霧に包まれ、灰色がかった紫色の風がそよぐたびに違う人に見える。

あれは拷問者だ。私を痛めつけ、殺そうとしている。私は捕まり、逃げることはおろか身動きさえできない。ロープでがんじがらめにされているのだから。できることといえば、蝋でかたどられた口から声なき悲鳴をあげながら死に神の目を見つめるだけ……。

サブリナはびっしょりと汗をかき、身を震わせながら目を覚ました。そしてはっと身を起こし、あたりを見まわした。

部屋には誰もいない。暖炉の火は小さくなり、月光が差し込んでいる。

自分ひとりなのは確かだ。

それなのになぜか……。

香りとも気配ともつかない何かが空中に残っている。誰かがここにいたという感じを拭《ぬぐ》いきれない。ジョンだろうか？　それともブレット？　あるいはあのアーティストが蝋で作った中世の拷問者だろうか？

「あんまり長い間、地下室にいたからだわ」静かにサブリナは自分に言い聞かせる。だが、不安は消えない。

彼女は飛び起きた。やっぱり差し錠はしっかりかかっている。夢を見ていたんだわ。ここにはほかに誰もいない。

震えながらサブリナはベッドに身を丸め、もう一度眠ろうとした。だが月は沈み始め、やがて朝の光がもれてきた。

彼女は再び起き上がって大声でうめいた。「ああ、もういや!」

それからベッドを出るとシャワーを浴び、誰よりも早く六時のコーヒーを飲みに階下へ下りた。

だがコーヒーも太陽の光も、部屋に誰かがいたという奇妙な感じを払いのけてはくれない……。

鍵《かぎ》をかけた部屋に誰かが入ってきたのだ。

5

ずきずきと頭が痛むうえ、ひどく疲れて気分が悪く、サブリナは起きているのもつらいほどだった。

だから、朝食をとりに大ホールに一番乗りしたのは、事実上スーザン・シャープということになる。

「おはよう！　あなたが起きていてよかったわ！」やたらに元気なのがよけいにいらだたしい。「ここはすてきなところじゃない？　赤ん坊みたいにぐっすり眠ったわ」

「美しいお城ね」サブリナが答える。

スーザンは磨き上げられた樫《かし》のテーブルの前に座っているサブリナの隣に椅子を引き寄せた。「カッサンドラはここが大嫌いだったなんて信じられる？」

サブリナは噂話《うわさ》に乗りたくないと思ったが、相手がスーザンでは逃げるわけにもいかない。それに正直なところ、カッサンドラについて何もかも知りたいという気持ちもあった。

「ほんとに嫌いだったの？」

スーザンはコーヒーに代用甘味料を入れてかきまぜながら、にこりともせずにうなずいた。「憎んでいたわ。ジョンがなぜあの人に我慢できたのか、さっぱりわからない」肩をすくめてみせる。「そもそもなぜあんな人と結婚したんだか」

「でもとてもきれいな方だったでしょ。頭もよかったし」サブリナが上の空で言う。

スーザンは鼻の頭にしわを寄せた。「ええ、でも……ジョン自身だってすごい美男子じゃない。お相手ならいくらでもいたでしょうに。実際にたくさん女がいたのよ。どうしてそのうちの誰かと結婚しなかったのかしら？」

「あの方を愛していたんでしょう」

「まあそうかもね。でもこれだけは確かよ——彼女が死んだとき、ジョンは彼女と離婚する気になっていたわ」

「どうして知っているの？」

スーザンはコーヒーにミルクを加えた。「だって、私はここにいたのよ。二人は猛烈な喧嘩《けんか》をしていたっけ。ジョンは昔からここの暮らしが大好きなのよ。お金があり余っている家に育ったわけじゃないわ。ジョンの一族の遺産なんだけど、彼がここの所有者になったときには、このお城はどうにもならないお荷物だったのよ。一方カッサンドラの家にはお金がうなるほどあって——ほしいものなんかないくらいだった。ジョンは子供のためのチャリティに身を捧《ささ》げていて、この〈ミステリー・ウィーク〉ではかなりのお金を集めて

憎んでいたわね。まずV・Jのことが大嫌いだった。だって彼女は絶対カッサンドラにおべっかを使わなかったもの。言いたいことはずけずけ言うし――それはあなたも知っているわよね。ジョンがこういう催しを開くたびにカッサンドラは彼を苦しめたわ。ジョンが何かの中心になれば、あの人がホステス役を務めるのが当然でしょ――それなのに、突然こんなことはもう我慢できないと言い出して、癇癪《かんしゃく》を起こして姿をくらましてしまうのよ。カッサンドラが死んだとき、ジョンがもうあの人と別れようと決心していたのを私は知っているわ」

「もしかしたら二人には問題があったのかもしれないわね。でも二人の結婚がだめになっていたなんてどうしてわかるの？」

「だって私はジョンって人を知っているもの」スーザンは甘い声で言って、椅子の背にもたれた。「でもね、カッサンドラと喧嘩していたのはジョンだけじゃないのよ。彼女とアンナ・リー・ゼインはあの〈ミステリー・ウィーク〉の間中、とうてい友好的だったとは言えないわ。その理由のひとつは、カッサンドラがアメリカの全国ネットのテレビ番組で、アンナがこの前出した本を痛烈に批判したからよ。それにもちろん、アンナがすごい美人で、ジョンとは昔からいい友だちだってこともあるわね。カッサンドラには友情なんてものが理解できないのよ、とくに男と女の友情は。たとえ女のほうが両刀使いでもね。もっとも私だって男女の友情なんて理解できないわね。好きな男と寝たくないなんてまず思わないもの」

スーザンは肩をすくめてつづけた。

「まあそれはよけいな話だけど。キャシーは書評でトム・ハートもこてんぱんにけなしたのよ。あれで去年出た彼のすごく大事な選集に傷がついたでしょうね。それにカッサンドラはジョンがここに来ているお客の誰かと寝ているんじゃないかと不安がっていたわ。あの人自身も誰かと寝ていたらしいけどね。でも本当かどうか。だってあの人、ジョンのことが大好きだったんだから。本当よ。ただどうしたらジョンのいい妻になれるかがわからなかったのね。いつも嫉妬《しっと》しているくせに、彼を責めたててばかりいたわ。まるでほかの男たちは私をほしがっているわよ、私は特別なご褒美なんだからありがたく思わなきゃだめよ、と年中彼に脅しをかけているみたいだった。ジョンは脅されても動じなかったけど。もっともカッサンドラはいつだってみんなを脅していたわ――誰の頭の上でも何かを振りかざさずにはいられなかったのね」

「もちろんあなたもカッサンドラとやり合っていたんでしょ」

「もちろん」スーザンが笑いながら言った。「私はあの人が大嫌いだってことを隠さなかったわよ。あの人は男も認める最低の性悪女だったわ」

「おいおい！」ブレットが大声で言いながら大ホールに入ってきた。そして自分でコーヒーを注《つ》ぐと、サブリナの空いたほうの隣に腰を下ろした。「カッサンドラは本当にそんな性悪女だったのかい？　彼女、誤解されてないかな？　ジョン・スチュアートの女房になって、やつのいろんな気まぐれにつきあうのは大変だったかもしれないぞ。彼女は都会暮らしが好きで、刺激や興奮を愛していたのに、ジョンのほうはこんな田舎に引っ込んで、風が吹くのを眺めているのがお好みだったんだから」

「それは違うわ」スーザンは熱心にジョンを弁護する。「彼にはロンドン、ニューヨーク、ロサンゼルスにも家があるじゃないの」

「こりゃ大変だ」ブレットがさりげなく呟《つぶや》いた。

「誰が大変なのよ！」Ｖ・Ｊがみんなに聞こえるほどふんと大きく鼻を鳴らし、勢いよく入ってきて、親しげにブレットの髪をかきまぜた。「次の本が出てもまだ経済的に苦しいって言うの！」

ブレットはほほえんだ。「いやいや、そういう意味の大変じゃなくて。今のこの僕は幸せな男ですよ。これからすごい金持ちになるもの。サブリナ、きみは絶対に僕と再婚すべきだ」

「ご冗談でしょう」

「じゃあ、僕と寝ようよ。男はいつだって妻より愛人のほうに上等なプレゼントをするものだからね。それに僕たち相性がよかったじゃないか」

スーザンとV・Jがサブリナを見つめている。

「ブレットったら！」サブリナは息がつまりそうだった。

ブレットは彼女の抗議を無視して、突然視線をスーザンに向けた。「だがね、スー、きみは今こそジョンを弁護しているが、あの事件が起こったときにはジョンがカッサンドラを殺したんだと確信しているように見えたぞ」

「ばかなことを言わないで。彼女が落ちたとき、ジョンは外にいたのよ」

「金を払ってやらせることもできたじゃないか」ブレットが眉をひくつかせる。

「失礼じゃないの、私たちを招いてくれた人が人殺しじゃないかなんて議論し合うのは」V・Jが言った。

「だが〈ミステリー・ウィーク〉なんだからね」とブレット。

その言葉を合図にしたように、カミー・クラークが封筒の束を持って入ってきた。「おはようございます、みなさん」

「みんながここにいるわけじゃないわよ」スーザンが意地悪く言った。

どうしてこの人はジョンの助手に対していつもこんなに失礼なのだろうか、とサブリナは眉をひそめた。カミーはでしゃばりではない。いつも物静かで控えめだ。「まだ朝早いですものね」カミーが言った。「でも、もしよろしかったら――」

「ああ、僕たちの役どころの説明と指示を持ってきたんだね！」ブレットがカミーに魅惑的な笑みを浮かべてみせる。

カミーは顔を赤らめてにっこりした。「ええ、そうです。覚えておいていただきたいのですが、みなさんはお互いの役どころ以外は何も知ることができません。これから先、それぞれが次々に指示を受けとることになります。もちろん殺人犯には自分が何者か、どこで凶器を手に入れるかが知らされます。それからこれもお忘れなく。殺人犯には共犯者がいるかもしれません。殺されたらその人は死ぬわけですが、幽霊になって、差し迫った危険をほかの人に警告したり、犯罪解決を手伝ったりすることができます」

「私の封筒が早くほしくて死にそうだわ」スーザンが〝死にそう〟という言葉をわざと長く伸ばして言った。

ほかのみんなが笑い声をあげる。カミーが封筒を配り始めると、ほかのメンバーもやってきた。アンナ・リーはパンツにホールター・トップ姿でほっそりと魅力的に見える。レジーはお定まりの花柄のドレス、トム・ハートはスモーキング・ジャケットにフランネルのズボンでいかにも堂々としている。セアー・ニュービーはTシャツにスラックス姿、ジョー・ジョンストンはゴルフ用のシャツにチノパンツというカジュアルないでたちだ。ジョシュア・ヴァリーンはプレーンな白のTシャツにバギーパンツをはき、絵の具のついたデニムのシャツをはおっていて、いかにも芸術家風。そしてジョン。

ジョンもカジュアルな服装だ。ネイビーブルーのデニム・シャツとぴったりしたジーンズをはいていて、シャツの袖《そで》をまくり上げている。黒い髪がシャワーを浴びたばかりのように湿っていた。彼は遅くなってから眠ったのかしら。サブリナは首を傾《かし》げずにはいられなかった。何しろ夜遅くまで城の中をうろついていたんでしょうから。でもドアにはちゃんと差し錠がかかっていたわ。だいいち、私が若いときのあの向こう見ずな熱い出会いを忘れられないからといって、ジョンが今でも私に興味を抱いていると期待するほうがおかしいのよ。私の評判もはかばかしいとは言えないし。

サブリナは立ち上がって、コーヒーのお代わりを注ぎに行った。するとV・Jがそばに来て、私にも注いでとカップを差し出した。

「あなた、ジョンをじっと見ていたわね」V・Jがささやく。ジョンはカミーとジョシュアにおはようを言い、彼らからの最終的な指示を聞いている。

「魅力のある人だわ」サブリナは当たり障りなく答えた。

「それにしても、ジョンは殺人犯なのかって疑問は残るわね？　スーザンは本気でそう思っているのかしら？　もっとも、スーザンはカッサンドラの死を殺人とは考えないかもしれないわ。だってたとえジョンが妻を殺したとしても、スーザンから見れば、正当防衛みたいなものなんだから」V・Jはコーヒーをすすりながら肩をすくめた。「ここにいる人たちの半分がカッサンドラ・スチュアート殺害を公共のための無報酬の貢献だと思っているわよ」

「ご婦人方！　死人の悪口を言うものではありませんよ」レジーが二人のうしろからたしなめた。

「その死人がおびただしい害悪の元凶でもかな？」ジョーがレジーの背後からささやいた。

「サブリナ」カミーが部屋の向こう側から歩み寄りながら呼びかけたが、立ち止まって顔を赤らめ、言い直した。「ミズ・ホロウェイ」

「サブリナでいいのよ」

カミーは再び顔を赤くした。「あなたの封筒です。今はご自分の役だけお教えしてあります。これからあなたが何をし、どこへ行くかについてはのちほど指示を出しますから」

「すごいわね、ありがとう」

「私の封筒はある？」V・Jが尋ねた。

カミーがV・Jに封筒を手渡し、レジーにも彼女宛《あて》の封筒を渡した。

「あらまあ！」レジーが叫んで顔を上げたが、にこにこしている。「私はストリッパーの〝真紅の女〟よ――身を改めようと――あるいはそのふりをしているんですって」

「参ったなあ」セアーがうめき声をあげ、力瘤《ちからこぶ》を作ってみせた。「僕はなよなよした男性ダンサーのジョジョ・スクーチだって」

「ジョジョ・スクーチだって？」ブレットが笑った。

「自分のを見てみろよ」セアーが言う。

ブレットは封筒の中身を見ると、顔をしかめてうめいた。「僕は執事のバトル氏だ。ニューヨークタイムズ紙のベストセラー・ランキング第二位の僕を執事なんかにするとは！」

サブリナは自分の紙を見て笑い出した。

「で、きみはなんなんだい？」ブレットがきいた。

「公爵夫人よ。教会の聖歌隊を統率しているの」サブリナが答える。

「まあ、ぴったりじゃないの。ハネムーンのスイートルームから裸で逃走したレディには」スーザンは言って、ブレットをにらんだ。「そういえばあなたたち、あのとき何があったのか説明してくれたことがないわね」

サブリナはあのときのことをずっと胸に秘めてきたが、今でもその話に触れられると平静さを失って頬が赤くなるのを感じる。しかも今は、ジョンがこのやりとりを見守っているのだ。私がなんと答えるか、聞き耳を立てているのかしら？

いや、たぶんそんなことはない。なぜなら、スーザンに答えたのはジョンだったから。

「二人はきみに説明する義務があるとは思っていないだろうよ、スー」

スーザンは開きかけた口を急いで閉じ、つんと顎を上げた。

「ああ、だけどね、スーザン」ジョーがサブリナの肩越しに彼女への指示をのぞき込んで言った。「この公爵夫人ときたら、昼間は聖歌隊を指揮して――夜は高級コールガール組織の指揮に当たってるんだぞ!」

「へえ、そいつは汚い。だが誰かにやってもらわなきゃいけない商売ではあるね」ブレットが言った。「執事はそれに一枚嚙《か》むのかな?」

「執事はなんにでも一枚嚙んでいるものよ」レジーがからかった。

「性的な意味でだよ」とブレット。

「あなたならね」V・Jが言ってため息をついた。

「僕はいつも年上の女性にお相手願いたいと思っていたんだ」ブレットが言った。

「どのくらい年上よ?」V・Jが辛辣《しんらつ》な調子で尋ねる。

ブレットはいかにも無邪気そうにほほえんだ。「ものすごく高齢なお方。きみくらいかな?」

「ませた坊やだこと!」V・Jが鼻を鳴らした。

そのときダイアン・ドーシーがはじけるように笑い出した。サブリナはV・Jの陰からダイアンを見た。いつもどおり黒ずくめだ。黒いデニムのショーツに襞《ひだ》飾りのある黒いブラウス、それに黒いソックス、黒のハイキング・ブーツをはいている。「私の役、絶対に誰にも当てられないと思うわ」

「誰なの?」V・Jが尋ねる。

「新興宗教のクリシュナ教徒、メアリーよ!」

みんながどっと笑った。

「スーザン、あなたは誰なの？」V・Jが尋ねる。

スーザンは身震いし、非難がましくカミーを見上げた。「淋病《りんびょう》持ちのコールガール、カーラよ」

もう一度笑い声があがったが、スーザンはおもしろくなさそうにカミーをにらみつけた。

「わざとやったんでしょう！」

「スー、怒るなよ！」ブレットがなだめた。

「カミーがこれを作ったわけじゃない。ゲーム会社からライターを雇って作ってもらったんだ」ジョンがいらだたしげに説明する。そしてため息をついた。「大丈夫、僕のほうがひどいから」

「なぜ、あなたは誰？」スーザンがきく。

「狂人ディックだ」ジョンがそっけなく答えた。「連続殺人犯なんだ。心理学者のいとこ、サディストのサリーに治療してもらうことになっている」

「それが私だわ！」アンナ・リーが名乗りをあげる。

「そして私があなたの世話をするためにサリーに雇われている身持ちの悪い看護婦のナンシーよ！」身震いしながらV・Jも名乗った。

「それが不満なのかい？」ジョーが笑いながら言った。「僕なんか狂人ディックの母親で男装趣味のティリーだぞ！」

「やあ、ママ！」ジョンが言ったので、みんながいっせいに笑った。

「わあ、なんてこった！」トム・ハートがうなって、ジョーを見た。

「どうした？」ジョーがきく。

「僕は狂人ディックのおやじだ――つまりきみは僕の妻か。げっ！」

「なあ、ベイビー、きみは寝椅子で寝てくれよな」ジョーがトムに言う。

冗談を言い合っているうちに、ハウスキーパーのジェニー・オルブライトが二人の若いメイドに手伝わせて料理の皿を運んできて、ビュッフェ・テーブルの上に並べた。ジョンが家政婦たちに礼を言ってから、みんなに告げた。「朝食の用意ができました。召し上がっている間に、あなた方が〝殺される〟ときに使われるかもしれない武器をジョシュアがお見せします。みなさんが席につかれるまで待ちましょう」

おしゃべりしたりたわいのない冗談を交わしたりしながら、やがて全員が席についた。サブリナはスーザンでなくV・Jの隣に座れてほっとしたが、やはりブレットがちゃっかりと反対側の隣に座っている。二人がいい仲だと何がなんでもみんなに印象づけたいらしい。

ジョンはアンナ・リーとセアーに挟まれて、テーブルの端のほうに座っていた。アンナに話しかけられ、頭を下げてほほえんでいる。サブリナは、この二人に何かあったのではないかと勘ぐらずにいられなかった。前回の〈ミステリー・ウィーク〉のとき、ジョンとカッサンドラの両方が不倫を働いていたと噂されているからだ。だが、どの噂も憶測にすぎない。憶測でないのは、カッサンドラ・スチュアートが死んだという事実だけだ。

ジョシュアがほほえみながら咳払《せきばら》いした。「紳士淑女のみな様、それではストーリーを説明いたしましょう。狂人ディックの兄で、これまた狂人のダリルが時ならぬ――不自然な――死を遂げたため、一家の財産の法定推定相続人となったディックが財産を受け継ぎに家に帰ってきました。彼の得るものが最も大きいので、兄の死について当然彼に容疑がかかるのですが……これは推理ゲームです。誰がなぜダリルを殺害したかを暴く仕事はみなさんにお任せします。ここにいるすべての登場人物には過去があり、誰もが秘密を隠し持っています。そして最後には、全員にダリルを殺す動機があることが明らかになるでしょう。殺人者――あるいは殺人者たち――は当然、ほかのみんなが何か知っているのではないかと恐れているので、ひとりずつ殺し始めます。さて、殺人者は自分が捕まるか、家にいるすべての人間を消してしまうかするまで暗躍しつづけるわけですから、たくさんの凶器が用意してあります」

「さあさあ、どんな凶器があるんだね？」ジョーが言った。

「まずピストルです」ジョシュアが問題の銃をみんなに見せた。「赤いペンキを発射します」それから次々におもちゃの武器を掲げてみせて、その説明をする。「赤いペンキを発射するライフル、〝血〟の鞘袋《さやぶくろ》付き猟刀、ジャックナイフ、弓と矢、重い花瓶、輪縄、毒――じつはこれは飲むと丸一日口の中から紫色が取れないグレープ・ジュースなんです――そしてろうそく。最後になりましたが、決してこれがいちばん恐ろしくないわけではありません。さて、みな様、城のいたるところに手がかりが隠されており、それぞれの役の方々への指示が、毎日折りに触れて密《ひそ》かに渡されます。みな様に警告させていただきますが、最初の殺人がきょうのうちに計画されていますから、どうぞご用心を。そうそう、ご希望の方は――生きていても死んでいても――毎晩七時にカクテルを飲みにお集まりください。そのあと八時から夕食ですので、そのときに事件について議論しましょう。どなたかコーヒーのお代わりは？」ジョシュアが穏やかに尋ねた。

「あなたがまず飲んでみてくれるならね」アンナ・リーが答える。

「もちろん」ジョシュアはビュッフェ・テーブルの上のガラスのポットから自分のカップにコーヒーを注ぎ、一口飲んでからアンナ・リーのところに歩み寄ってお代わりを注いだ。そして金髪をかき上げ、いたずらっぽく目を輝かせてささやいた。「ここではいくら用心しても、用心し足りないということはありませんからね」

「僕もコーヒーのお代わりをもらおう」ジョンが言って、自分のカップを前に押し出した。

「夜が遅かったものでね」

「毒で殺されるなんて！」V・Jが身震いした。「どうせ私はダイエットをつづけるつもりだったのよ。食べなくても生きていけるわ。でもコーヒーなしじゃだめなの」

「おいしいジントニックなしでも生きていけないわ」とレジー。

「僕だってビールなしでは生きていけないよ」ブレットも言う。

「コーヒーや食べ物は——いや、カクテルでもビールでも——今たっぷり召し上がっておいてください」ジョンが冷静に言った。「ゲームはわれわれ全員がダイニングルームを出るまで始まりませんから。そのあと一時間ほど自分の部屋にいてください。その間にカミーとジョシュアが、さっきご覧にいれた凶器をしかるべき場所に隠します。もし凶器を見つけたら、それであなたが殺されるかもしれないのですから、逆にその凶器を使って殺人者をやっつけてもかまいません。だがまあ今はご自由に、好きなだけ召し上がってください」

「それじゃあ、もうちょっとだけトーストをいただこうっと」V・Jがわざとかすかなスコットランドなまりで言った。

「僕はベーコンをもらうかな」ジョーも言った。

「私にもトーストをくださいな、V・J」サブリナが声をかけた。

テーブルのまわりの人々は急に空腹を感じて、まるでこれから長時間重労働につく木こりの一団のようにもりもりと食べた。しかしやがて、ひとり、またひとりと部屋を出ていった。サブリナはブレットといっしょにならないように、目を伏せてわざとぐずぐずコーヒーをすすっていた。再び目を上げると、いつの間にかジョンと二人きりになっている。サブリナはぎょっとした。彼はテーブルの向かい側に座って、じっとこちらを観察していた。

「また会えて本当に嬉《うれ》しいよ」ジョンはじっと彼女を見据え、かすれた声で言った。

心臓があまりどきどきするので、サブリナは狼狽《ろうばい》した。「ありがとう」

ジョンはなおも彼女を見つめたまま椅子の背にもたれた。彼の視線に皮膚を貫かれてしまいそうだ。サブリナはあわててさりげない言葉を探した。

「どうやらあなたは殺人者らしいわね?」

ジョンは眉を上げた。「ゲームのことを言っているの? それとも実生活のほうかい?」

サブリナの顔に血が上った。「ゲームのことよ」

「僕が殺人者だとしても」彼はゆっくりと答える。「きみに教えるわけにはいかない。きみも僕に教えられないようにね。でないとフェアじゃないだろう」それからジョンは身を乗り出し、唇を歪《ゆが》めて皮肉っぽく笑った。「だけど実生活のほうではどうだったのか知りたくない?」

サブリナは相手を見つめ返したが、胃が引っくり返りそうな気がした。「ジョン、私はここへあなたを詰問するために来たわけでも、不幸な記憶を蒸し返すために来たわけでもないわ」

「どうして？　ほかの連中はおおかたそのために来ているのに。友だちも敵もね。真実を知りたくないかい？　それとも、僕から逃げたのも、僕なんかになんの関心もなかったからかな？」

サブリナにはその問いに答える気はなかった。彼女は相手に目を据えて尋ねた。「じゃあ、あなたはカッサンドラを殺したの？　こんな質問はばかげてるわ！　もしあなたが彼女を殺したとしても、私に殺したなんて言える？　ゲームも実生活も同じじゃないの」

「おや、もちろん違うさ。ゲームに関する限り、僕が殺人者か否かきみに言うわけにはいかない。だが実生活については……殺人者じゃない、絶対に、断じて、神かけて。僕は妻を殺していない。僕を信じるかい？」

「ええ」

ジョンは眉を上げ、また深く座り直した。「なぜ？　なぜ僕を信じるんだい？」

「だって私……」

「私、なんだい？　僕という男を知っているから？」ジョンがかすかなあざけりを込めて尋ね、肩をすくめた。「なるほど、僕を知っているものね」ちゃかすようにくり返す。

「私はあなたをよく知っているふりなんかしていないじゃないの」サブリナは怒って言い返した。「でもあなたは近くにはいなかったのよね、彼女が落ちたときのことだけど――」

「彼女は誰かに押されたんだ」ジョンは無表情な声で言った。

「どうしてわかるの？」

「カッサンドラという女を知っているからさ、いやというほどね。あんなに自己愛の強い人間が自殺するはずがない」

巨大なテーブルの前で黒々とした目を鋭く光らせているジョンは、自分の領土を支配する強大な中世の君主のようだ。だが彼の声音には苦いものが漂っていて、猛々《たけだけ》しい物腰にもかかわらず、カッサンドラの死以来ひどく苦しんできたのが察せられる。ひどい喧嘩をしていたというが、本当は彼女を心から愛していたのだろうか？　それともべつの女性が関《かか》わっていて、その不倫が悲劇的な結末を招いたのだろうか？　あるいはべつの男性が関わっていて、ジョンはいまだに心の奥底に怒りを抱いているのだろうか？

ジョンはなおもサブリナを見つめている。何かを探り出そうとはしても、決して自分の思いは明かさない大理石模様の黒い瞳に射抜かれてしまいそうだ。目のまわりのしわが最後に会ったときより深くなっている。年を取ったようだが、前よりさらに魅力を増したように思え、テーブルの向こう側から発せられるパワーに催眠術をかけられたようになる。

私は愚か者かしら？　たとえ彼自身の手でカッサンドラを押したのでないとしても、彼女を殺せたかもしれないじゃないの。彼が妻殺しの犯人ではなかったらそれこそ奇跡だと、たくさんの人が信じている……。

ジョンはなおも見つめている。待ち受けている。

サブリナは肩をすくめた。「私の知る限り、確かだと思えるものは何もないわ。あなたがカッサンドラという人間を知っていると思っていても、それだけでは何も確かじゃない。うっかり足をすべらせて落ちたのかもしれないし、何かむちゃをしたのかもしれない。私たち本当はお互いのことなんか知らないのよ――」

「カッサンドラは自殺なんかしていない」

「あなたがそう信じたいだけかもしれないわ」

「信じたいことが真実だということもある」

「ジョン、カッサンドラは癌《がん》だったんでしょ。彼女の気持ちからすれば――」

「彼女はすでに治療を始めていた」

「でも女性よ。女性は見栄っ張りなものだわ。もしかしたら髪を失ったり、容貌《ようぼう》を損ねたりするのを――それより、そのためにあなたを失うのを恐れていたんじゃないかしら」

ジョンはいらだたしげに首を振った。「僕たちが結婚するとき、カッサンドラはもう癌のことを知っていたんだ。僕に話してくれたよ。だから結婚後にどういう経験をすることになるかお互いにすっかりわかっていた。彼女は自殺なんかしていない。体調もよかった。つまずいてころぶなんてことはない」

「では、誰かが彼女を殺害したのは間違いないと思っているのね」

「そうだ」

「でも誰が――」

ジョンは身を乗り出した。興奮を抑えているのが、喉元の血管が脈打っているのでわかる。

「誰かが彼女を殺したんだ」ジョンは荒々しく言った。「だが僕じゃない。だけど誰がやったかなんてきみには関係ないことだ。きみを巻き込むことだけはしたくないんだ」

「でも――」

「どうして僕から逃げたんだい？」ジョンは藪《やぶ》から棒《ぼう》に尋ねた。

「え？　わ……私は――」

「口ごもるなよ。それに、ずっと昔の話だとか、なんのことだかわからないとかは言わせないぞ」

サブリナは両手を広げた。「カッサンドラが来た。だから私は帰ったの」

「なぜ？」

サブリナは遠い目で彼を見つめた。「ほんとに昔の話だわ――」

「なぜなんだ？」ジョンはさらに激しく問いつめる。

「彼女は自分があなたのフィアンセだと言ったわ。実際そうだったんだけど」

ジョンは怒って頭を振った。「あのころはつきあっていなかったし、どんな約束もしていなかった。そのことは言ったじゃないか」

サブリナは肩をすくめた。「でも彼女と結婚したじゃないの」

「あとでね。そうだ、僕らは確かに結婚したよ。彼女は美しく魅力的だったし、古くからのつきあいだったからね。それにひとりで病気に直面するのを恐れていて、僕についていてほしがったんだ。確かに性悪女でもあったし、うまくいかなくなって、僕のほうでは離婚を考えていた」

彼の声には奇妙な怒りがこもっていた。まるで何者かに脅迫されて心の奥底にあるものを吐き出しているような、意思に反して体の中から言葉があふれ出ているような感じだ。

それから突然調子を変えて、彼は皮肉っぽく尋ねた。「それできみのほうは？　ハネムーンの最中にパリのホテルのスイートルームから裸で逃げ出したというのは？」

「それも昔の話だし、本当に――」

「よけいなお世話、かい？　きみの言うとおりだ。僕が口を出すべきことじゃない。だからといって、知りたくないわけじゃないんだが」ジョンはかすかにほほえんだ。「話す気になったらいつでも聞かせてくれ」

サブリナはジョンを見つめながら、自分が腹を立てていないことに驚いていた。言い方はぶしつけだし、傲慢《ごうまん》でさえある。だが彼のほほえむ顔を見たとたんに、きっと理解してもらえているという気がしてくるのだった。

「あらあら！」

カミー・クラークが大ホールに戻ってきて、両手を腰に当て、厳しく言った。「どなたも一時間ほどご自分の部屋に戻っていてくださらないと――あなたもですよ、ボス！」

「わかった、わかった、戻るよ」ジョンが答える。

彼はしなやかな動作で席を立つと、サブリナが腰を上げないうちに彼女のうしろにまわり、うやうやしく椅子を引いた。

かすかに男性的な香りがする――石鹸《せっけん》と淡いアフターシェーブ・ローションの香りだろうか。今でも彼は、サブリナがこれまで会ったどの男性よりも魅力的で官能的だ。触れられなくても、全身の神経で、うしろにいる彼の存在を感じる。サブリナは振り向いて彼に身を投げかけたい誘惑にかられた。

もちろんそんなことはしなかったけれど。

彼女は立ち上がってジョンに礼を言い、カミーにほほえみかけた。それから大ホールを出て、階段を駆け上がった。

ところが二階の自分の部屋の前に着いたとたん、ジョンが背後にいるのを感じた。何も言わなくても、彼がそこにいるのがわかる。

「幸運を祈るよ、公爵夫人」

サブリナはくるりと振り返った。

いつもどおり、彼の黒い瞳は判読しにくい。

「幸運を祈る？」

「うまく殺人犯を捕まえられるように」

「ああ、ゲームのこと」

「もちろんさ、ほかに何がある？　ああ、実生活のほうね？」ジョンの声は優しく、突然彼をとても身近に感じる。

「私のことを怒っているの？」サブリナは不安げにきいた。

「どう思う？」

ジョンはサブリナの部屋のドアを開けて、まず彼女を中に入れた。それから彼女の肘に手を当て、バルコニーのほうへ導いた。

「見まわしてごらん。風を味わうんだ。もうじき情け容赦なく冷たい風が吹き始める。ここは厳しい土地だ。とくにここを毛嫌いする者にとってはね。城そのものがカッサンドラに襲いかかったとは思わないかい？　きみも知っているように、この城には幽霊が出るという噂があるからね。まあ今となってはカッサンドラが化けて出ても不思議じゃないが。想像してごらん、このバルコニーで彼女がどんな気持ちだったのか。かすかな風に……今と同じようなかすかな風に当たりながら、軽蔑《けいべつ》していたこの土地……今僕らが見ているこの土地を眺めながら。ひどいショックだっただろうな、大胆にも誰かが自分を殺そうとしていると悟ったときには」

ジョンの手がサブリナの腕をきつくつかんでいて、彼の発する熱、怒り、いらだちが伝わってくる。彼は明るい外を見据えていた。どれほどきつくサブリナの腕をつかんでいるか、どれほど強く彼女をバルコニーの手すりに押しつけているか気づいていないらしい。サブリナは自分の心臓が音をたてて鳴っているのを感じ、一瞬怖くなった。私はこの男を知らない。寝たからといって、相手が知らない人でなくなるわけではないのだ。

だが、さざ波のように体を走る恐怖の中にも不思議な温かみと静かな興奮を感じる。彼の手の感触は快く、彼がこれほど近くにいるのが嬉しい。このままでいてほしい。サブリナは再び、彼の体に腕を巻きつけたいという誘惑を覚えた。ジョンといるととても不思議な気持ちになる。今までこれほど官能的で切ないまでの欲望を私の中に呼び起こした男がいただろうか。彼女は自分に言い聞かせる。あなたはばかよ。危険な男に心を奪われる女は間抜けとしか言いようがないわ。

しかし、ジョンは妻を殺していない。

それでも、妻の死を望んだかもしれない。

だが、多くの人が彼女の死を望んでいた。

「想像してごらん」彼はくり返し言ってサブリナをいっそう引き寄せ、バルコニーの手すりからさらに身を乗り出した。「外を見ながら、身を乗り出して、そして――」

「ジョン！」

名前を呼ばれて、彼ははっと身を引いた。サブリナも大きく息をついて、彼とともに振り返り、開けっぱなしのドアのほうを見た。

そこにはカミーが立ち、ほほえみながらももどかしそうに首を振っていた。「これじゃ、いつまでたってもゲームを始められないじゃありませんか！」

「ああ、すまない」ジョンはさりげなく言ってから、サブリナにほほえみかけた。「うまく殺人犯を見つけられるように。何しろこれは――」

「生死に関わる問題ですものね」サブリナは穏やかに答えた。

サブリナが驚いたことに、ジョンは彼女の肩を抱いて額にキスした。それからバルコニーから中に入り、部屋を抜けていった。

サブリナは立ちすくんでいたが、気を取り直して部屋を出ていくジョンのほうに目をやると、そこにはまだカミーが立っていた。

「どんどんゲームを進めなきゃいけないんですよ！」若いカミーはなんとなくいらいらした口調で言った。

そしてようやく、サブリナの部屋のドアは小さなかちゃりという音をたてて閉じられた。

6

ジョンはカミーが見送っているのを意識しながらずんずん廊下を歩いた。ちゃんと自分の部屋に戻るかどうか心配しているのだ。彼はこっそり笑った。カミーとジョシュアは大まじめでこのゲームに取り組んでいる。もちろんそういう二人だからこそ、プレーヤーとしてゲームに参加するのでなく、手伝い役にまわってもらったのだ。この催しは作家たちが楽しんだり名前を宣伝したりするためだけでなく、チャリティのためでもある。だからもう絶対にスキャンダルは起こしたくなかった。こんなとき、手落ちなくゲームの進行に当たれる人物が、勤勉なカミー・クラークと細心で骨身を惜しまないジョシュア・ヴァリーンをおいてほかにいるだろうか?

ジョンは部屋の前でカミーに手を振り、中に入って鍵《かぎ》をかけた。ひとりになると、彼はじっとベッドを見つめた。いったいなぜキャシーと結婚してしまったのだろう?

彼はバスルームに入ると冷たい水で顔を洗った。鏡をのぞいて目のまわりのしわを眺める。キャシーと結婚したときの僕は今より若かったが、もう子供ではなかった。確かに彼女は人を操るのがうまく、目的のためなら、愉快でものわかりのいい愛情豊かな女を演じることなどお手のものだった。だがあのとき結婚する気になってしまったのは、彼女が心から愛してくれていると感じたからだ。今でもそんな気がしてならない。実際、彼女は勝負を捨てない女だった。ほしいものは自分の流儀で求めた。だが、キャシーなりに僕を愛していたのだ。

ジョンは思い出に耽《ふけ》りながらバルコニーに出て、泉を見下ろした。あれから何年もたっているのに、心の痛みは今も生々しい。哀れなキャシー。生きることをあんなに愛していたのに。

彼女は自殺なんかしていない。それだけははっきりわかる。結局彼女の死は事故死と判定された。本当に墜落したのだろうか？

いや。ジョンは思い出す、彼女の呼びかける声を……その声の調子が急に変わったことを。そして、いちばん助けてやらなければならないときに彼女を見捨ててしまったことを。

急に今度の〈ミステリー・ウィーク〉が恐ろしく思えてくる。この忌まわしい計画について熟慮に熟慮を重ねた――もう三年近くも。その結果、確かに恐ろしい計画ではあるが、それなりの理由のあるやむを得ないことだと思えるようになった。それなのに……。

サブリナといっしょに彼女の部屋にいただけで、あのバルコニーに出ただけで、わけのわからない不安に襲われてしまった。

ジョンは、死んだキャシーを抱いていたポセイドン像を見下ろした。〈ミステリー・ウィーク〉の間になんとしても殺人者を捕まえてやろうと決心していた。それがたった一日で、過去の謎《なぞ》を解くことより未来を夢見たいと願うようになろうとは。

そのことがジョンに恐怖を感じさせる。

恐怖は男を弱くする。

だが弱い男ではいられない。

物音に振り返ってみると、ドアの下から封筒が差し入れられていた。

ジョンは封筒を取り上げて開いた――その瞬間、背筋を冷たいものが走るのを覚えた。

受けとったメモは脅迫状だった……ゲームの一部ではなく……。

男が頭を抱えて自室のデスクの前に座っていると、女がドアを蹴破《けやぶ》らんばかりの勢いで入ってきた。

男は身を起こして、相手をにらみつける。

女の目にはまぎれもなく悪意がこもっていた。

女が男を指さす。

「何が起こったのか知っているわ。何が起こりつつあるかもね。完璧《かんぺき》な証拠はないけれど、いろんなことをうまくつなぎ合わせてみたのよ。もし私が本当のことを言ったら、ねえ、あなた、あなたは今のすてきな生活とさよならなのよ！」

男は一瞬言葉を失い、愕然《がくぜん》として女をにらみ返したが、すぐに自制心を取り戻した。

「何を知っているつもりか知らないが、平気だよ」

「平気？　おやおや、およしなさいよ。私はあなたに新しい恋人ができたのを知っているのよ。まあ昔からの恋人かもしれないわね。なんとも言えないけど。でも未来を夢見ているんじゃないの？」

「わからないな。きみはなんのためにここへ来たんだ？　真実を知っているなら――知っているつもりなら、なぜ誰かに話さなかったんだ？」

女はにんまりと笑う。「なぜってこの世のすべては交渉次第だからよ」

「脅迫か？」

「あらいやだ、なんて汚い言葉！　いえ、いえ、脅迫なんかじゃないわ。ずっとあなたを悩ませつづけたりはしないもの。さしあたって少々資金繰りの問題を抱えていてね、だからわかるでしょ……」

「将来また〝資金繰りの問題〟が起こったらどうなるんだ？」

「まあそうならないようにうまくやるわ。今みたいにお金に困ることなんかめったにないのよ」

「道徳の問題なんか関係なしなのか？　カッサンドラ・スチュアートが殺害されたかどう

かなんていうことは、きみにはどうでもいいんだな？」

「当たり前よ。彼女を突き落としてやりたいと思っていた人ならいくらでもいるわ。その機会がなかっただけよ。意地悪な腹黒女が死んだ。そんなこと誰が気にするというの？」

「気にする者もいたよ」男が怒って言い返す。

女は全然興味がないというように肩をすくめた。「私はそのうちのひとりじゃないわよ。これはビジネス上の交渉なの。あとで良心の痛みに苛《さいな》まれることなんかないから、私のことは心配しなくていいわよ」

「だが、資金繰りの問題がまた起こるだろう」

「二度とないったら！」

「いくらほしいのか言ってみろ」

女は言った。

男がうなずく。

女はにっこり笑うと立ち去った。どうせ今はみんな自分の部屋にこもっていることになっている。

男は女が出ていったあとも、閉じたドアをじっとにらみつけていた。暗い絶望の波が襲ってくる。あの女は、少なくとも年に一度は〝資金繰りの問題〟を訴えてくるだろう――そういう女だ。それにもし口止め料の金がなくなってしまったら？

だがほかに選択の余地があるだろうか？

もちろん、ひとつ手がある……。

サブリナはすっかり不安感に取りつかれていたが、なんとかそれを振り払おうと努力していた。ジョンとの間にたちまち親しい感情が蘇《よみがえ》った。しかし彼は何かを警戒して、自分からサブリナを遠ざけようとしているようにも見える。

サブリナは故郷の両親に電話して妹一家の安否を尋ね、スコットランドが本当にすばらしいところだということ、ジョン・スチュアートについての噂《うわさ》はタブロイド紙の嘘《うそ》っぱちにすぎないこと、ロックライア城にはなんの危険もないことを話して聞かせた。そして最後に、こんなに朝早く電話してごめんなさいと謝り、明るくさようならを言って、電話を切った。ベッドに横になって目を閉じ、休もうと努める。だがどうしても落ち着かない。

彼女はまたぶらぶらとバルコニーへ出ていった。一瞬、端のほうに行くのを恐ろしいと思った。ジョンとここにいるのはとても不思議な気分だったわ！　どこか恐怖すら感じたりして。でも彼が私を突き落とそうとするはずがない。そんなことをする理由がないもの。カッサンドラを殺す理由はあったのかしら？　愚問だわ――どうやら誰も彼もがカッサンドラを殺す動機を持っているようですもの。

サブリナはジョンのスイートルームのほうに目をやった。彼に初めて出会っていっしょの時を過ごしたとき、私があんなに年若くなかったら、事態は違ったものになっていたかしら。若かっただけじゃない、あまりにも単純だったのだ。急に脈が速くなるのを感じて、サブリナは下唇を噛《か》みしめた。なぜここに来たのか、ようやくわかった。今でも彼に恋しているからだ。

でもばかげたことだわ。ずいぶん長い間顔さえ見ていなかったというのに。

それに死因審問の結論が事故死と出たにもかかわらず、いまだにジョンが妻の死に関係しているとほのめかす人々がいる。

だけど今はいくら理屈をこねくりまわしてもなんの役にも立たないわ。ただジョンがカッサンドラを殺したなんて一瞬たりとも信じられない。私はまた性懲りもなく小娘のようにおめでたい判断を下しているのかしら？

物音がしたので、サブリナは急いで部屋の中に戻った。最初の指示が書かれたメモがドアの下から差し込まれている。彼女は封筒を破り、メモを読んだ。

公爵夫人へ。夕刻、聖歌隊の練習をしにチャペルに行って、いけない娘に会いなさい。明かりで合図すること。チャペルへの地図は封筒の中にあります。

プリントされたメモの下の小さな地図を眺めて、サブリナは身震いした。「まあ！　チヤペルは地下室の恐怖の部屋の奥だわ！」

　そのとき、誰かがドアを軽くノックした。ドアを開けるとブレットがにこにこしながら立っていて、サブリナが止める間もなくするりと部屋に入ってきた。

「で、どんな指示だった？　何をしろと言われたんだい、ぽん引きマダム？　きみが殺人犯なのかい？」

「言えないわ。ゲームが台無しになるじゃないの！」

「教えてくれるべきだ」ブレットはサブリナのベッドに飛びのって長々と体を伸ばし、気持ちよさそうに髪をかき上げながら断固とした口調で言った。「僕に打ち明けるべきだよ、僕も打ち明けるからさ。そうやって二人で殺人犯を捕まえて、ほんとの探偵夫婦になろうよ。そうすればいっしょに本を書いて、途方もない大金持ちの有名人になれるぞ」

「結婚なんてしませんったら」

「おや、そんな意見はすぐに訂正させてみせるよ。きみはちょっと頑固なだけなんだから」

「私は一夫一婦制の結婚ができる夫を望んでいるのよ」

「僕にだってできるよ」

「あなたにできるとは思えないわ。でもそんなことどうでもいいの。私のベッドから下りてちょうだい」

すつもりで手を取った。

「起きるのを手伝ってよ」

甘えるように手を伸ばすブレットにサブリナはいらだってため息をつき、彼を引き起こすつもりで手を取った。

ところがブレットは逆に彼女を引き寄せた。「捕まえたっと!」

サブリナが胸の上に倒れた瞬間、ブレットがあまりにも子供っぽくはしゃいで言ったので、彼女は相手をどなりつける気も、顎に一発お見舞いする気も失ってしまった。「ブレット、あなたって人は――」笑って抗議しながら相手を押しのけようとする。

だが言い終わらないうちに、銃声が聞こえた。

ブレットがサブリナを抱えたまま、目を丸くした。

「サブリナ! 何があったの?」V・Jが叫んで勢いよくサブリナの部屋のドアを開け、二人がベッドの上にいるのを見て息をのんだ。「まあ! ごめんなさい。ドアが開いていたものだから――」

「なんて大胆なの!」スーザンもそのうしろで大声をあげる。

突然サブリナの戸口の前で会議でも始まったようだった。

「みんな無事かい?」

かすかにスコットランドなまりのある男性的な深い声に、サブリナは頬に血が上るのを感じた。ジョンが戸口の前のV・Jとスーザンの間に立っている。

「おい、誰が撃たれたんだ?」べつの男の声が尋ねる。V・Jの肩越しにのぞき込んでいるのはトム・ハートだ。

「いえ、この部屋じゃないわ。私たちは大丈夫よ」サブリナはブレットの腕を押しのけようとしながら、いらだたしげに言った。

ブレットはサブリナをしっかりと抱いたまま、彼女の顔をのぞき込んでいたずらっぽく笑う。「僕はずうっとすごく大丈夫だったもんね」

サブリナは歯噛みしながら、ようやく身を振りほどいて立ち上がった。服のしわを伸ばしながら、自分とブレットに赤いペンキがついていないか調べる。「私たちは撃たれていないわ」さりげないふうを装っても、頬はトマトのように真っ赤だ。

「じゃあ、誰が撃たれたのかしら?」V・Jがきく。

「調べに行こう」トムが提案した。

「どうした?」廊下の真ん中に、赤毛のごついセアーが腰に手を当てて立っている。かつてテキサス州ヒューストンで警官をしていたときの姿そのままだ。問いかける声音は鋭く、今にも全員の尋問を始めそうだった。

ダイアンが自分の部屋から出てきた。二つ向こうのドアからはアンナ・リーも出てくる。同じ部屋からジョーも顔を出した。

「まあ、みんなやるわね!」スーザンが叫んだ。

「話をしていただけだよ」ジョーが憤然として言う。

「あらそう。じゃあ共謀者はこっちの二人かしら！」スーザンがサブリナの部屋を指さした。

「なんの共謀者？」サブリナが問いただす。「確かに銃が発射されたけれど、私たちみんな生きているわ。誰の服にも赤いペンキはついていないんですもの」

「なんてすてきな推理じゃないか！」ブレットが嬉《うれ》しそうに声をあげた。「僕たちはみんなまだ生きてるなんてさ」

「何事だい？」ジョシュアが大股で廊下の向こうから歩いてきた。どうやら彼の部屋はジョンのスイートに近い、城の端のほうらしい。ジョシュアは眉をひそめてみんなの顔を見比べた。「カミーはどこかな？」

そのとたんにカミーが階段を上がってきた。時計に目をやって、古風なアーチのついた廊下に集まっている客たちをにらむ。「見張ってなきゃ言うことを聞いていただけないんですか！　まだ部屋にいるべき時間なのに、誰も彼もが部屋から出てきてしまって！」

「銃弾が発射されたんだ。誰が最初に殺されたのか見つけようとしていたんだよ」トムが説明する。

カミーは首を振った。「何かの間違いですわ。銃弾が発射される時間じゃありませんから」

「でも銃声が聞こえたのよ」Ｖ・Ｊが言い張る。

「車のバックファイアでは？」とカミー。

「誰の車？　どんな車？　みんなここにいるのに」

カミーは首を振り振りほほえんだ。「郵便物だって配送品だってここに届くんですよ。地の果てにいるわけじゃありません」

みんながお互いの顔を眺めた。

「銃声以外の何かだったんじゃない？」ダイアンが尋ねた。

「そうかもしれん」トムが答える。「われわれのうちの誰ひとり撃たれておらんのだから。殺人者の銃の腕がものすごくお粗末ならべつだがな。誰かの部屋のドアや壁に赤いペンキはついていないか？」

全員が首を振った。

「何かほかの音だったんでしょう」カミーは言い張った。

「僕には銃声に聞こえたがな」セアーが言う。

彼にはわかるはずだわ！　サブリナは思った。二十年以上も警官をやっていたのだ。銃声を聞き誤るはずがない。

だが、結局誰も撃たれてはいない。

サブリナはジョンが胸の前で両腕を組み、カミーを見つめているのに気づいた。彼女の意見に賛成とも反対ともつかない表情を浮かべている。

「私は仕事をしていたのよ」ダイアンが言った。

「私も」アンナ・リーも言う。

「いったいどんなお仕事かしらね?」スーザンがジョーを見て眉を上げる。ジョーがアンナ・リーの部屋からいっしょに出てきたからだ。

「ジョーは最近、骨の専門家と組んで法医学的な細かい調査をしているのよ。すごいアイディアをもらえそうなの」

「へえ」スーザンがいかにも疑わしそうに意地の悪い声をあげた。

「みなさん、お忘れなく。地下室にある恐怖の部屋のすぐ南側には、ボウリング場や温水プールもありますから」カミーが言って、最後に無邪気につけ加えた。「お仕事をしていらっしゃらない方々はどうぞ」

「私、何年もボウリングなんてしていないわ」サブリナはV・Jを見て言った。V・Jは普段からなんでもやりたがるたちなのだ。いっしょにボウリングに行っておけば、ミステリー・ゲームを始める夕方までに、チャペルの位置を――ひとりきりでなく――見定めておける。

「よかった! どなたか始めてくださる方がいないとね!」カミーが言った。

「あなたとブレットが〝お仕事中〟でないんならね」スーザンがからかう。

「私たちはべつに」サブリナは懸命に平静な声を出そうと努めた。

ジョンは彼女のほうを見て黒い眉を上げ、電話しなければならないところがあるというようなことを呟《つぶや》くと、それ以上何も言わずに立ち去った。

「私、プールにも浸《つ》かりたいわ」V・Jが言った。「重いボウルを放《ほう》り投げて腕が痛くなったら水の中でリラックスできるように、水着を着ていきましょうよ」

「そうね」サブリナはうなずいて、着替えをしに部屋に戻った。そして目をむいた。

ブレットがまだいたからだ。

「僕もきみたち二人の仲間入りをするよ」ブレットが陽気に言った。

「お城の設備はお客のみんなに開放されているわ」サブリナは答え、つんとして言い添えた。「だけどあなたも水着が必要なんじゃない？　それはあなたの部屋にあるはずよ」

ブレットは手を伸ばして、サブリナの頬をつねった。

「ブレットったら――」

「きみはほんとは僕を愛しているのになあ」ブレットが断定するように言う。

それでも彼はようやく出ていった。サブリナはドアを閉め、鍵をかけた。

カミーの部屋は玄関広間、図書室、大ホールへ下りる石造りの広い階段のそばだった。

ジョンが自室を出て助手のカミーの部屋に向かったとき、廊下に作家たちの姿はなかった。

だが途中で、自分の部屋の戸口に立っているジョシュアに呼び止められた。

「ジョン、入ってくれないか。こいつを見てもらったほうがいいと思って」

ジョンが部屋に入ると、ジョシュアは大きなテレビを手で示した。スコットランド中部、スターリング局の天気予報士の女性が、北イングランドとスコットランドの大きな地図の前に立っている。ジョンはジョシュアのそばに立ち、予報士が北大西洋から近づいている嵐《あらし》についてにこにこしながら説明するのを黙って見つめた。嵐はすでに島々を襲っていて、ジョンオグローツを雪と氷ですっぽりおおい、さらに南下しているという。

「どう思う？」ジョシュアがきいた。

それに答えるように予報士の女性はさらににっこり笑った。「大気の状態が複雑なため、嵐の正確な動きや速度を予測するのは困難ですが、これから二十四時間ないし三十六時間のうちにスコットランド中部からヨークシャーにかけては大雪や暴風雪に見舞われるでしょう」

「雪になりそうだ」ジョンが言った。「城のスタッフは優秀だ――必要な物が不足するようなことはあるまい。だがハウスキーパーと相談して食糧を二倍用意しておこう。雪に閉じ込められる場合を考えてね」

「それがいい。きみに知らせておいたほうがいいと思ったんだ」ジョシュアが言った。

「うん、ありがとう」ジョンは答え、一瞬ためらってから尋ねた。「ジョッシュ、ゲームの謎解きの手がかりや指示メモのことは、きみとカミーがいっしょにやっているよね？」

「そうだが、なぜだい？」

「きみは僕のドアの下から封筒を差し入れたかい？」

ジョシュアは少し不安そうに首を振った。「いや、きょうはカミーが指示を配った。なぜだい、何かまずいことでも？」

ジョンは受けとったメッセージをジョシュアに見せた。

彫刻家は青ざめて頭を振り、怒って言った。「誰かが卑劣なことをしているんだ」

「そうらしいな」

「実際に危険だと思うかい？」

ジョンは首を振った。「いや」

「だが――」

「気にしないでくれ。こんなことできみを煩わせてすまない」

「すまないだって！」ジョシュアは憤然として言った。「誰かがやったんだ！　それを突き止めなきゃ――」

「ジョッシュ、僕がなんとかする。おいおい、きみは僕のチャリティのためにゲームのリーダーを務めるアーティストじゃないか。きみが心配することじゃない。では失礼するよ、天気予報を教えてくれてありがとう。カミーにきいてみよう」

ジョンはジョシュアの部屋を出ると廊下の先まで行き、カミーの部屋をノックした。

「どうぞ！」

ジョンはドアを開け、デスクについているカミーの前にメモを放り出した。「おもしろくないね、カミー。一体全体なぜこんなことをする気になったんだ？」

「どんなことですって？」カミーは憤然としてジョンをにらみつけたが、すぐに眉をひそめてメモを拾い上げ、読み始めた。

ジョンは彼女の顔が羊皮紙のように白くなるのを見守った。「ジョシュアによると、きみがメモを作ってドアの下から入れてまわったそうだが」

「そうです。でもこれは私じゃありません。ジョン、本当です。絶対に。神様に誓って！どうして私がこんなものをあなたに書くとお思いになるんですか？」

「ほかのメモとそっくりだろう？」ジョンが険しい声できく。

カミーはうなずいた。「ええ、でも――」

「きみのオフィスに入れるのは誰かな？　これはこの城専用の便箋《びんせん》だよ」

「ここへは誰でも入ってこられますわ。それに図書室のデスクにはこういう便箋がもっと置いてあります。それぞれの客室にだってありますし。ジョン、私に身の潔白を証明できる証拠はありませんけど、正直言って、私はあなたがこのことでずっと苦しんできたのを見ていますし、それにあなたには信じられないでしょうけれど、私は……」それ以上声にならない。

ジョンはカミーを見ているうちに肩の力が抜けるのを感じた。カミーはこんなに悲しんでいる。「いや、きみがそんな残酷なことをする女だなんて信じやしないよ、カミー。すまなかった。だがこれは確かに僕のドアの下に入れられたんだ」

カミーは首を振った。「私があなたのドアの下に差し入れたものとは違います。私はメモにこう書きました。〝あなたは狂っているが、ずる賢い。成り行きを見守り、よく耳を澄ましておくように。あなたは狂人ディックだから、当然怪しい人物である〟これで全部です。私があなたのドアの下に入れたのはそのメモなんです」

「そのとき廊下に誰かいたかね？」

カミーが激しく首を振った。大きな涙の粒が目の縁ににじんでいる。ジョンはうしろめたくなってきた。

「まったく誰も見かけませんでした」カミーが答える。「私は夕食の用意ができているかどうか調べに階下《した》に下りて、そのあと穴蔵――失礼、地下室――の明かりを全部つけました。私、あれが地下室だってことをすぐ忘れてしまうんです、ずっと昔からあなたのご一族のお住まいですのに！　それからまた階上《うえ》に上がってくると、みなさんが廊下に出ていらしたんです」

「僕がキャシーの死についてまだ苦しみ足りないと思っているやつがいるのだけは確かだ。

これを書いたのが何者かわかったらな」ジョンはメモを再びポケットにしまいながら、呟いた。

「あなたのご友人の中には少々風変わりな方もいらっしゃいますから」カミーが遠慮がちに言う。

「確かにいっぷう変わっているのもいるね」ジョンがにやりとした。「しっかり目を開けておいてくれ」ジョンは言って、部屋を出ていきかけた。

「ジョン」カミーがうしろからためらいながら声をかけた。

彼は立ち止まり、振り向いてカミーを見つめた。

カミーはひとつ咳払《せきばら》いした。「私……私、キャシーは本当に浮気をしていたと思うんです。あの方にできる範囲であなたを愛していたのでしょうけど、キャシーはもうあなたが自分に興味を失っている、ほかの誰かと浮気しているって信じ込んでいたんですよ。だからご自分も誰かと浮気していたんだと思います。キャシーのことですもの、お相手はひとりじゃなかったかもしれませんわ」

ジョンは眉を上げた。「それで……?」

「もしキャシーに愛人がいたのなら、その愛人はあの事件のことであなたを恨んでいるかもしれません」

ジョンはうなずいたが、カミーがなおも哀願するように見つめているので、重ねて尋ねた。「ほかにも何か？」

カミーはさっと顔を赤らめた。「あの、もしあなたが浮気をしていたのなら、お相手の方は、キャシーがいなくなったのにあなたが片をつけてくれなかったのを恨んでいるかも。あなたは……誰かと浮気していたんですか？」

ジョンは胸の前で両腕を組み、片方の眉をぐいと上げて、薄笑いを浮かべた。「カミー、僕は秘密をべらべらしゃべるタイプじゃないんだ。昔からね。だから誓って言うが、たとえ浮気していたとしてもそれを知っている者はほとんどいないだろうよ」

「それなら、あのメモを書いた容疑者の範囲はぐっと狭まりますね」カミーが希望を持って言った。

「おそらく。もっとも僕は浮気したとは言わなかったがね」

「浮気しなかった、ともおっしゃらなかったわ」

ジョンは笑い出した。「カミー、心配ないよ。確かに僕の友人の中には風変わりな連中がいる――この件はここまでにしておこう」

寝室とオフィスがつながったカミーのスイートルームを出て、ジョンは廊下を進んでいったが、その途中でなめらかな石の壁にでこぼこができているのに気づいて立ち止まった。そしてそこを触ってみてぎょっとした。さらにセメント漆喰《しっくい》の上を指で撫《な》でてみる。

「なんてことだ……」

7

地下室はすばらしいところだ。

とにかくこのお城そのものがすばらしいわ、とサブリナは思った。新しさと古さが完璧《かんぺき》に融合している。玄関広間からは石の階段が曲線を描いて地下の中央ホールまでつづき、ホールの左手には恐怖の部屋、チャペル、地下埋葬室に入る扉が、右手には娯楽場につづく扉がある。

サブリナはV・Jのそばに立ち、きらめく温水プールの水面を眺めた。デッキにはラウンジチェアが置かれ、プールの向こう側には本式のバーがある。二十世紀初頭のグラスゴーのパブを思わせるスタイルだが、現代的にシンク、冷蔵庫、電子レンジを備えている。またバーのうしろは大画面のテレビが置かれた超モダンな娯楽センターで、そのモダンさが時代がかったステンドグラスと趣のある調和を醸し出していた。

「これが生きる喜びってものよ」V・Jがそっとため息をついた。「ジョンに招待してもらえてよかった。前回あんな恐ろしいことが起こったのは本当に残念だけど。彼がまた生きている者の世界に戻ろうと決心してくれて嬉《うれ》しいわ。信じられないわね、地下室にプールだなんて！」

サブリナも驚かないではいられなかった。この城にはなんといろいろな顔があるのだろう。途方もない歴史を持っているので、廊下を歩いていると何百年もの昔に逆戻りしたような気がするし、ときにはかび臭さや隙間《すきま》風も感じる。

「ここを維持するには相当な費用がかかるでしょうね」誰かに立ち聞きされるのを恐れるようにV・Jが突然ささやいた。

「そうね。でもジョンは著作でたくさんお金を稼いでいるんじゃないかしら？」サブリナが言う。

「まあそうよね、彼の本の売れ行きは最高だもの。それにあの人は目先の利くビジネスマンでもあるのよ。株で大成功しているわ、ごく早い時期にコンピュータやインターネット会社の株に目をつけてね。なぜ彼といっしょにいてキャシーが幸せになれなかったのか理解に苦しむわ」

サブリナはほかの誰か――たとえばブレット――がこの娯楽施設で楽しもうとやってくるのではないかとあたりを見まわした。だが今は大きな娯楽場で二人きりだ。ビリヤード台二つと卓球台が、プールと二レーンあるボウリング場を隔てていて、そばの薪《まき》ストーブのまわりにはいかにも座り心地のよさそうな椅子とラブチェアが並べられている。すべてが平和で楽しげだ。それでもサブリナは、V・Jがいっしょでなかったら、こんな城の地下深くでくつろいでいられたかしらと思った。

「カッサンドラは本当はジョンを愛していたのよ」サブリナはようやく答えた。「二人はいわゆる芸術家同士の情熱的な結婚をして、喧嘩《けんか》はしても深く愛し合っていたような気がするわ」

V・Jは肩をすくめた。「一週間のうちに解かなきゃいけないミステリーがずいぶんあるわね」そして陽気に言った。「ボウリングはやめましょうよ。プールのほうが気持ちよさそう。私、入るわ」

V・Jはテリークロス地のビーチコートをするりと脱ぎ捨てると、深いほうのプールサイドに歩み寄った。脚が長く、余分な肉のついていない姿は今もエレガントだ。その体が美しい弧を描いて水に沈み、反対側で浮き上がった。

「最高よ！」V・Jがサブリナに呼びかける。

「あれを見て！」サブリナが叫び返した。娯楽センターのテレビがついていて、音量は下げてあるが、この地方の大部分が一面雪におおわれているのが見えた。

V・Jもプールの端までやってきて、タイルの縁に置いた両腕に顎を載せてテレビを見た。「考えてもごらんなさいよ！　外はあんなに寒いというのに、私は二十五度以上という贅沢《ぜいたく》な暖かいところで泳いでいるのよ。まったく、我らがホストは人生の楽しみ方を知ってるわ！」

V・Jがまた泳ぎ始める。サブリナもビーチコートを脱いで飛び込んだ。それからしばらくプールを行ったり来たりしてから、一休みした。

V・Jも泳ぐのをやめて、先ほどの会話のつづきを始めた。「キャシーはジョンといても幸せなんかじゃなかったと思うわ。ジョンが誰かにこんにちはと言うだけで、すぐに疑ってやきもちを焼いていたんだもの。あの人、ここが大嫌いだった。大嫌いで、いつもジョンをここから離れさせる口実を考えていたわ。じつはキャシーが死ぬ前に……」

V・Jが言いよどむ。サブリナはじりじりして、思わず先を促した。「死ぬ前に？」

V・Jは肩をすくめ、濡《ぬ》れた髪をうしろに撫《な》でつけた。「二人は朝食のときにものすごい喧嘩をしたの。〈ミステリー・ウィーク〉の三日目か四日目だったと思うわ。もう私の役は――ほかの何人かも――殺されていて、みんな楽しくやっていたの。スーザンは相変わらずいらいらの種だったけど、あの人も楽しんでいたわ。キャシーとやり合うのをけっこう楽しんでいたんじゃないかしら。確かにずいぶんやり合ってはいたわね。大騒動だったわ」V・Jは思い出して笑った。

「でもキャシーとジョンは？」

「そうねえ」V・Jはつづけた。「キャシーはわざとジョンを動揺させようとしていたみたい。ぎょっとするほど肌の露出する服を着たり、まわりの男性を片っ端から挑発したり。

でも問題は、彼女がもうジョンを怒らせることさえできなかったってことにもあるのよね」V・Jは思い出に耽《ふけ》るように一瞬言葉を止めた。「思うに、結婚したばかりのころはキャシーもいい人のふりをしていたのよ。優しくてかわいい理想の妻を演じることもできたんじゃない。でももともと性格の悪いところがあった。で、それが表に出れば出るほど、ジョンのほうは彼女に興味を失ってしまったのね。二人が喧嘩している最中に、キャシーがジョンの顎を殴りつけようとしたことがあったの。彼はキャシーの手をつかんでにらみつけ、さっさと行ってしまったわ。もう喧嘩する気もなかったのね。とっくに彼女への愛情をなくしていたのよ」

「そうかもしれないわね」サブリナは言った。「でもV・J、人にはほかの人間がどう感じているかなんてわからないものじゃないかしら?」

年上の女性はサブリナを見つめて、不賛成を表すように眉を上げた。

「サブリナ、愛してるかどうかは相手の目を見ればわかるんじゃない? 間違いなくもうジョンの目に愛情はうかがえなかったわ」

「まあV・J! あなたが隠れロマンティストだったなんて!」サブリナがからかった。

V・Jは肩をすくめた。「人って見かけじゃわからないんじゃない?」

「いやいや、僕のことなら一目瞭然《いちもくりょうぜん》だよ!」ブレットがプール場に入ってきながら大声で言った。サンダルをはき、水泳用パンツにローブをはおっている。彼はローブを脱ぎ捨てると、ふざけて男性美を強調するポーズをとってみせた。「世界中の人がこの僕が救いがたいロマンティストだと知ってるよ。そうだろ、V・J？　僕の妻にそう言ってくれよ。僕が肉体美だってこともさ」

V・Jはサブリナとブレットを見比べた。「ごめんこうむるわ、ブレット。でもあなたの肉体美のことならあなたの前の奥さんはよくご存じなんじゃないかしら。お行儀よくなさいよ。私、薄めのウオッカ・ソーダにたっぷりライムを入れたのをいただきたいんだけど。飛び込む前に作ってくれない？　そしたら、あなたのほめられるところを思い出してあげる」

「こっちにも一杯頼むよ」プール場に入ってきながら、元警官のセアーが声をかけた。カットオフのジーンズだけで、上には何もはおっていない。全身筋肉の塊だ。太い首、広い肩、堂々とした体格は赤毛の超人ハルクといったところだ。

彼はにこにこしながら、デッキチェアにどすんと腰を下ろした。「あとほしいのは太陽だけだな」

「地下室に太陽はないがね、バーの向こうにはサウナがあるよ、手洗いの隣だ」ブレットが答える。

「サウナとはいいな。もっとも、もうここから動く気になれんが」セアーは言った。そして娯楽場の入り口のほうに目をやる。アンナ・リーが入ってきたのだ。彼女には太陽はいらない。もう見事に日焼けしている。白いビキニの上に薄物のカフタンをまとったアンナ・リーは息をのむほど美しかった。

そのあとにつづいて来たのはダイアンで、魅力的な黒い水着の上に透かし模様の黒いビーチコートをはおっている。

「一日中こんな寝椅子に寝ころがって、不思議なパラダイスにいるんだって空想できたら最高ね」ダイアンはセアーの隣の椅子に腰を下ろした。「すばらしい小説家のブレットさん、ついでに私にも飲み物を作ってくださらない？」

「私にはウオッカ・トニックを」アンナ・リーも注文する。

「おいおい、僕をなんだと思ってるんだい？」ブレットが抗議した。「これじゃまるで僕は——」

「執事さ、バトル君」ジョンもやってきて、口を挟んだ。

彼は笑みを浮かべている。だがサブリナの目には地下のプールに反射する怪しい光の中に立つジョンが、神経を張りつめていて不幸せそうに見えた。

「だがね」ジョンはさらに言った。「僕は狂人ディックなんだから、僕には何もわからないんだ。そうだろう、サブリナ？」

水の中にいる自分にジョンが気づいているとは、サブリナは夢にも思わなかった。だが彼はサブリナをじっと見つめている。その目には彼女を不安にする何かがあった。そのとき、突然何かがぶつかるようなすさまじい音が施設中に響き渡ったので、サブリナは飛び上がった。だがジョンはたじろぎもせず、なおもサブリナを見つめている。

「ストライク！」嬉しそうに叫んでいるのはレジーだ。その声でサブリナはトムとジョーも下りてきて、水泳でなくボウリングのほうを始めているのに気づいた。

「ところでサブリナ、僕を信用してきみに飲み物を作らせてくれるかな？」ジョンが言った。

なんて見事な体つきなのかしら。堂々とした広い肩、引きしまった腰、長くて形のよい脚。サブリナは見とれずにはいられなかった、あの日のことを思い出しながら……。

やっと彼の体から目へと視線を移して、サブリナは飲み物を断ろうとした。まだ時間が早いからと。

それなのに、思わず弱々しく答えていた。「ジン・トニックを」

ジョンはサブリナの好みを知っていて、もうバーに向かっている。

サブリナはプールの浅いほうまで泳いでいって、水から上がった。白髪のトム・ハートがボウラーの一団を離れて、ステップを上がってくるサブリナにタオルを差し出す。そして彼女のうしろから上がってきたV・Jの細い肩にも、うやうやしくべつのタオルをかけた。サブリナはタオルで体を包むと、バーに歩み寄った。ダイアン、セアー、アンナ・リーはすでにそのあたりの椅子に座って、ジョンとブレットが正しいマティーニの作り方を論じ合っているのを笑いながら聞いていた。

「かきまぜるんだ、振るんじゃなく」ジョンが言う。

「おいおい、そいつはイギリス人のたわ言というもんだ」ブレットが反論した。「こうするのさ！」手近の缶を振ってみせる。「氷がほんの少し溶け出してアルコールの冷え具合が最高になるんだ！」

「冷えるといえば」ジョンがみんなに向かって言った。「あまり芳しくない天気予報が出ているんだ。それで、この〈ミステリー・ウィーク〉を取りやめ、みんなにスターリングへ行ってもらうよう提案しようかと思っているんだが。そうすれば――」

「なんだって？」トム・ハートが遮った。「パーティを今取りやめるだと？」

「私は帰らないわよ」V・Jが言う。「ねえジョン、私はこのためにはるばるカリフォルニアからやってきたのよ！　少々お天気が悪いぐらいで私を追い返せませんからね」

「僕も帰らんぞ」セアーもきっぱりと言った。「まだゲームの賞金を獲得してないからな。帰っちまったら永久にもらえん。リッチな有名人とのせっかくの休暇なんだし」

「でも雪に閉じ込められたら？」アンナ・リーが尋ねる。

ジョンはためらいながら言った。「悪い予感がするんだ。万が一――」

「まあジョン」レジーも話に加わった。年老いた声は祖母のような優しさに満ちている。

「ジョン、これを企画したからには、もう前回起こったことを乗り越えてくれたんだと思っていたのに。私たちは楽しむためにここへ来ているのよ、それにチャリティという大義名分もあるわ。どこへも行く気はありませんよ」

「キャシーはうっかり落ちたのよ」ダイアンが断固とした口調で言った。「あれはただの事故だわ。検視官もそう言ったじゃないの」

「そのとおりよ」アンナ・リーも口を添えたが、その声には激しいものがこもっていた。

ダイアンもアンナ・リーもずいぶん熱心にジョンを弁護しているとサブリナは感じ、二人とも彼と浮気していたのではと疑わずにいられなかった。それにカッサンドラを心の底から憎んでもいたに違いない。

ジョンは頭を振った。「ありがとう。だがつらい思い出以上に心配なことがあるんだ。雪のことよりもっとね。今朝銃声がしたのを覚えているだろう?」

みんながうなずき、口々に覚えていると答えた。

「廊下の石壁の漆喰《しっくい》の中に銃弾を見つけたんだ」

「なんだと?」セアーが言った。

「でもジョン、ここは古いところよ、私よりずっとね!」レジーが声をあげた。「きっと――」

「古い銃弾じゃないんだよ、レジー。新しい銃弾なんだ」ジョンが言う。

トムが不思議そうに頭を振った。「じゃあ、ゲームの一部だろう」

「ゲームの一部なんかじゃない。本物の銃弾なんだ」ジョンはじれったそうに答える。

「ミステリーにちょいと味つけってところだろ、ジョン?」ジョーがもじゃもじゃの髭《ひげ》を撫でながら、訳知り顔でほほえんだ。

「この人、こういうの得意なのよ」V・Jも賛成する。「ジョン、俳優になろうと思ったことはない?」

「諸君、これは廊下で実際に発射された本物の銃弾の話なんだ。誰かが怪我《けが》をする可能性があった。いや、殺される可能性だってあったんだ」ジョンが暗い顔で言う。

「わかった」ジョーが言った。「この中に、知らない国で身を守るために銃を持ってきて、まんまと空港の税関を通っちまったど阿呆《あほう》がいるんだ。確かにおれたちはみんな少々突飛なところがあるからな。だが、どっかのばかが廊下でうっかり銃をぶっ放したからって、〈ミステリー・ウィーク〉をおじゃんにするのは納得いかねえな」ジョーが自分の本に登場する人生に疲れた現実主義のぽん引きそっくりの言い方をしてみせる。

「そうか、じゃあ誰が銃を撃ったんだね?」ジョンがみんなの顔を順々に見まわした。

打ち明ける者はない。

「ほら」ジョンが静かに言った。

「誰かがミステリーをもっとおもしろくしようとしているだけさ。だいいち誰も怪我をしなかっただろうが」とジョー。

「壁に弾丸が食い込んでいたんだ」ジョンがにべもなくくり返す。

「絶対に確信が持てるのか、もっと前からそこにあったんじゃないと？」セアーが、かつてよく使った、本署で厳しく容疑者を尋問するときの口調で尋ねた。

「銃器や弾丸のことならよく知っている」ジョンが答える。

「そいつを見てみるとしよう」セアーが言った。「だが僕も〈ミステリー・ウィーク〉に少々スパイスをきかそうという趣向じゃないかと思うがな」

「お願いよ、ジョン」ダイアンが静かに言った。「私たちみんなこのゲームをやりたいのよ。前回ああいうことがあったからって心配しすぎちゃだめ。キャシーは自殺なんかしてないわ。あの人すごくきれいだったけど、特別運動神経が発達してるってわけでもなかったわ。だから落っこちたのよ、ジョン。あの人が落っこちて、あなたは地獄の苦しみを味わった。でもそれはもうおしまい。もう昔のことだし、私たち今とても楽しんでるの。私たちを帰らせたりしたら、みんなあなたにかんかんよ！」

「そのとおりよ」アンナ・リーもきっぱりと言った。

「僕はただ、みんなのことが心配で――」ジョンが言いかける。

「ジョン・スチュアート、年取ったレディを外に放《ほう》り出す気じゃないでしょうね！」レジーが憤然とした。

さすがのジョンもそれで折れた。サブリナは彼の表情が老作家の顔を見て和らいだことに気づいた。ジョンがレジーの手を取ってキスする。「あなたを放り出すなんて、万が一にもそんなことはしませんよ」

「なんていい子！」レジーはバーのカウンターに身を乗り出して、ジョンの頬にキスした。ジョンは作っていた飲み物を置いた。「わかりましたよ、諸君。ではつづけることにしましょう。ただしまた事件が起こったり、天候が本当に危険な状態になったりしたら、即中止します」彼は自分のグラスにストレートのバーボン・ウィスキーを注《つ》ぎ、グラスを掲げた。

「ほらほら！」アンナ・リーが嬉しそうに声をあげ、レジーのように身を乗り出してジョンにキスした、ただし頬でなく唇に。

「ひゃあ、こいつはお熱い！」ブレットが叫ぶ。「パーティをつづけてもらえて嬉しいよ、ジョン。きみにキスするのはごめんこうむるけどね」

「僕にキスなんかしたら、殴り倒してやる！」ジョンが言い返し、みんながどっと笑った。

「私なら殴り倒したりしないでしょ？　今度は私の番よ」ダイアンがかわいらしく言って、カウンターに身を乗り出し、これもジョンの唇にキスした。

「おいおい、ご婦人方。ここでバーテンダーを務めている僕を忘れないでほしいな」ブレットが言った。「僕に一度にキスしようとして喧嘩しないようにね！」

「おばかさん、あんたの唇は世界でいちばん使い古されてるんじゃないの」V・Jがからかう。

「あら、意地悪はやめましょうよ」アンナ・リーが言って、ブレットにほんの少し長いキスをした。

「ジョンへのキスよりずっとよかった。〝富は分配すべき〟だってね」ブレットがジョンに言う。

ジョンは肩をすくめた。「僕の家は分けてやらないぞ」

「家ですって！」スーザンが叫んだ。「これを家と呼ぶの」

なぜだかわからない――興をさます気は少しもなかった――が、サブリナは突然みんなから、そしてこんな冗談の応酬から逃げ出したくなった。

使い古された唇からも。

なんだか仲間はずれにされたような気分だわ。私以外の人たちはお互いをずっと前から――ずっとよく知っているみたい。カッサンドラが死んだとき、ほかのみんなはここにいた。その人たちががっちりグループを作っていて、私だけ妙に疎外されている感じがする。でも、それだけ気楽な気もしないではない。私は少し距離を置いて、現実を見つめたほうがいいのかもしれないわ。

ジョンはサブリナの飲み物を作り終えていた。カウンターに置いてある。だがサブリナはタオルを取り上げると、そっと自分の部屋に戻った。

シャワーを浴び、髪を洗って、タオルにくるまると、サブリナはベッドの上に身を丸めて妹に電話をかけた。妹のタミーは二歳年下で、考古学を専攻し、師であった教授と結婚している。夫婦には古代遺跡の土を掘り返しているのが何よりの幸せらしい。もっとも息子のタイラーが生まれてからいささか状況が変わったようだ。タミーは相変わらずひばりのように朗らかだが、母親になって家にこもらざるを得ないことが多くなり、退屈しのぎにスコットランドのことをしきりと聞きたがる。

「楽しくやってる？」タミーが尋ねた。

「もちろんよ。どうしてそんなことき<の？」サブリナが答える。

「だって、ママに電話したかと思うと今度はあたし。もっとほかに楽しいことがあるでしょうに。聞かせてよ、どうなってるの？　名探偵さんに何か問題でも？」

「誰のこと？」

「まあ、かまととぶらないでよ。ジョン・スチュアートのことだってわかってるくせに。丈高く色浅黒きハンサム。いかしたスコットランドなまりの謎《なぞ》の男。お姉さんの人生を鉄砲玉みたいに駆け抜けた恋人。それで、彼は美人で性悪の奥さんを殺《や》ったの、殺らなかったの？　そっちで何か新たにわかった？」

サブリナは受話器をにらんだ。「彼の嫌疑がすっかり晴れているのは知ってるはずよ」

「無罪放免になったからって、無実だとは限らないじゃない」

「いいえ、私は彼がやったなんて信じないわ」

「あーら、なるほどねえ。じゃあ恋の炎はいまだにかっかと燃えてるってわけだ。彼は今も丈高く色浅黒きハンサム、しかもすごく魅力的！　で、彼は今どこ？　なぜお姉さんは私に電話なんかしているのよ？」

「みんなは階下《した》のプールなの――お城の地下にあるプールよ、信じられないでしょうけど。ジョンは壁に撃ち込まれた弾丸が見つかったので、この一週間の催しを中止するって言い出したのよ」

「ああ、〈ミステリー・ウィーク〉だもんね」タミーが言う。「だからそういうことが起こるんでしょ？　謎めいた手がかりでも見つかった？」

「彼の言うには、それはミステリーの一部ではないんですって」

「ほんとのことを言ってるのかな？」

「そう思うわ。私たち全員を帰らせようとしたぐらいですもの。でもレジー・ハンプトンが――猫の出てくるおもしろいミステリーを書いているタフなおばあさん作家だけど――絶対に帰らないと言い張ったの」

「その人はともかく」タミーが言った。「お姉さんは帰るべきじゃないの。そうすれば国際電話もかけなくてすむし」

「意地悪ね。もう二度と電話で楽しいことを話してあげないから」

「ところで前のご主人は元気？　ブレットもそちらにいるんでしょ？　正直言うと、すごく羨《うらや》ましいのよ。だって私はこんなところで赤ん坊のオートミールやおむつの山に取り囲まれていて、おっぱいときたら爆発寸前なんだもの。ところがお姉さんはお金持ちの有名人たちとジェット機でスコットランドへ優雅なご旅行。不公平だわ。それにママはいつだってお姉さんを贔屓《ひいき》したし」

この昔ながらのジョークにサブリナは笑い出し、電話してよかったと思った。「ママは私を贔屓なんかしてなかったわ。見当はずれもいいところよ」妹のタミーとは子供のころからよく姉妹喧嘩《きょうだいげんか》したものだが、今では大の仲良しで、ジョンとのあの電光石火の情事を知っているのは、サブリナ自身とジョンを除くとタミーだけなのだ。

「で、ブレットはお元気？」

「ブレットは元気よ。やはりプールに行っていて、ジョンほどみんなからキスしてもらえないってすねてるわ」

「ああ、なるほどね」タミーが呟《つぶや》いた。「ほかの作家たち――つまり、あばずれ女たち――が地下室で丈高く色浅黒き美男子にキスしてるんだ。それでお姉さんはやきもちを焼いて自分の部屋に駆け戻り、うちに電話してきたわけね」

「ばかなこと言わないで。タイラーのことを聞きたくて電話したのよ」

「我らが麗しきベビーは元気よ。天使みたいにいい子だし――いつも眠ってるの。目を覚ますのを待っているところよ」

「あなたにはもったいないほどいい子だと思わない？」

「羨ましがっているなら教えてあげるけど、死ぬほど大変なんだから。もうすぐ赤ん坊をつついて起こさなきゃならないんだもの。冗談を言ってるんじゃないのよ――育児で殺されそう。今はミルクを浴びせて誰かを殺ってやりたい気分。でも話をお姉さんとミスター・ミステリーに戻しましょうよ。本気で私の言うことを聞いて。どうして自分から問題を解決しようとしないの？　もう一度懐かしの丈高く色浅黒き美男子さんと寝てみて、ずっと抱いてきた思いが想像で作り上げたものなのか現実のものなのか、見定めてみなさいよ。忘れないで、そっちじゃ〈ミステリー・ウィーク〉なんでしょ。自分が寝た相手の正体を確かめなくちゃ。知らない人と寝ちゃだめよ！」

サブリナの背筋を不安が走った。恐怖の部屋でブレットに言われたのと同じことを、何も知らない妹にふざけて言われたからだ。

「私はプロのミステリー作家としてチャリティのイベントに参加している、それだけのことよ」心にもないことを言ったとき、電話の奥でかちりというかすかな音がして、サブリナは凍りついた。

誰かが盗聴していたのだろうか？

「お姉さん？」

「はい、聞いてるわ」彼女は声を殺して答えた。なぜかまた深い不安感に襲われる。それは恐怖に近いものだった。

ここは大きな家——城——なのだ。だから電話線は何本か入っているだろうが、客間に一本ずつとは限らない。親子電話になっていて、たまたま誰かが受話器を取り上げ、また置いただけかもしれない。

だとすれば、なぜ盗聴されていたような感じがするのだろうか?

「かわいい甥《おい》っこに私に代わってキスしてね」サブリナは急いで言った。「愛してる。そのうちまた電話するわ」

「わかった。じゃあね。楽しんでちょうだい!」タミーが答えた。

受話器をにらむようにしてから電話を切った瞬間、誰かがうしろにいるような気がしてサブリナはぞっとした。ベッドに座ったまま、振り向いてみる。

部屋には誰もいないが、バルコニーへ出るドアが開いている。

サブリナはタオルをしっかりと体に巻きつけて、急いで外へ歩み出た。

そこにも誰もいない。

だが、ジョン・スチュアートが彼の部屋のバルコニーにいるのが見えた。その姿を見て、サブリナは一瞬ほっとした。あの人もみんなから離れて、二階に上がってきたんだわ。そう、やっぱり私は嫉妬《しっと》している。それに、プールのそばにいたときにはジョンに仲間はずれにされたような気がした。ジョンにはこれまでもたくさんの恋人がいて、私もそのうちのひとりにすぎなかったのだと。どちらにしても、カッサンドラが死んだときジョンは浮気をしていたと噂《うわさ》されているのだし、もしそうなら、その浮気の相手は今ここにいる誰かなのに……。

それを思うと苦しい。まるでみぞおちにナイフを押し当てられたように。サブリナはジョンを見つめながら思った、あの人は何を考えているのだろうか……。

次の瞬間、サブリナは自分がタオル一枚の姿でバルコニーに立っていることを思い出した。

きっと向こうはこっちに気づいていないわ。

ジョンが黙って挨拶《あいさつ》代わりに手を上げた。

サブリナも手を振り返し、服を着なければと、あわてて引っ込んだ。

自分の部屋のバルコニーにいるのだから、少なくともジョンが私の部屋にいたはずがないわ。確かにバルコニーのドアは開いていたけれど、そこには誰もいなかった。お客には有名人が顔を揃《そろ》えているとはいえ、その中にどこかへ飛んでいけるようなスーパーマンはいない。

もちろん、ジョンが自分の部屋で受話器を取り、盗み聞きした可能性はあるわ。

いいえ、もし彼なら、謝ってすぐに切ったはずよ。

彼ならきっとそうする。でもそうだと言いきれる？　私はあの人を、私がそうあってほしいと思う人物にしてしまってはいないかしら？　よく考えてみると、彼のことなど全然知らないのかもしれない。それに、あまりにも長い年月が流れている。もしかすると、彼は本当に私の知らない謎の人なのかもしれない。

おまけに、ここでとてもおかしなことが起こりつつある……。

いい加減にして！　サブリナは自分を叱《しか》った。服を着て、〈ミステリー・ウィーク〉に参加するのよ。

日暮れは早く、もう夕闇《ゆうやみ》が迫っている。チャペルへ行く時間だ。


女は恐怖の部屋が好きだった。

なんだかとても居心地がいい。

人形たちはとてもリアルだし、恐怖もまたリアルだ。地下室の奥深く、淡い光に照らされて、そこは有名な殺人者が生き返る秘密の世界。犠牲者たちの雄弁な声のない悲鳴が聞こえてきそうだ。

奇怪な人形の間を通り抜けながら、女は力を手にしているという快感を覚えた。

誰も知らないのだ。

「おい！」

ささやく声に女はくるりと振り向き、快い恐怖に身を震わせた。

一瞬、ほんの一瞬、蝋《ろう》人形の誰かが甦《よみがえ》ったような、切り裂きジャックが地下室をうろついているような、首切り役人がそっとあとをつけてきているような気がしたのだ。

おぼろな灰紫色の明かりがひどく無気味だ。

しかも人形たちはとてもリアルだ。

自分の心臓が高鳴っているのが聞こえる。誰かが暗闇でこそこそと動いている……あとをつけてきたのだろうか？

そのとき、女は自分の名が呼ばれるのを聞き、とたんに甘い寒けが背筋を走るのを感じた。あの人だ、あの人が来てくれた。

相手の姿が見えたので、女はそのほうに向かって急ぎ足で歩き出した。男の顔に浮かぶ厳しい表情をいぶかりながら。

「あの女は知っている！」男はあえぐように言った。「そして脅迫しようとしている。ああ、神様、どうしたらいいんだ、どうしたら――」

女は相手の体に両腕を投げかけて男を落ち着かせ、なだめようとした。「さあ、誰のことを言っているのか、何があったのかちゃんと聞かせて」

男は話しながらも震えている。怯《おび》えているのだ。先のことに不安を感じ、女の身を案じている。女は生まれてこのかた、こんなに深く愛されたことはないと思った。

「ああ、耐えられないよ、もしも——」男が言いかける。

「しっ、困ったことなんか起きやしないわ」

「だが、どうしたらいいのかわからない！」

女はほほえんで頭を振り、優しく言った。「私にはわかってる。心配いらないわ」女は男を固く抱きしめ、蝋人形を見まわした。フードをかぶった首切り役人に覆面をした殺人者たち。女はほほえんで、男をなだめた。「心配しないで。どうしたらいいか、私にはわかっているから」

8

お城ってなんて広いのかしら。サブリナは玄関広間に向かって大階段を下りていきながら思った。城の中には客や使用人などたくさんの人がいるはずなのに、約束の場所へ急ぐこの黄昏時《たそがれどき》にも、人っ子ひとり見えない。なんて無気味なの。

サブリナは幅広い石の大階段を下り、さらに地下室につづく曲がりくねった階段を下りた。みんなが泳ぎに行っていることには少しも不安を感じず、むしろありがたいくらいだった。だが今は……。

賑《にぎ》やかな娯楽場とは反対のほうに折れ、真鍮《しんちゅう》の飾りのついた木製の重々しい両開き扉の前まで来ると、サブリナは立ち止まった。もちろん扉は、展示物――ジョシュア・ヴァリーン作の過ぎ去った生――そして死――を描いた恐ろしげな蝋《ろう》人形が見えるように開け放たれている。内部はぼんやりと藤色《ふじいろ》に照らされ、薄気味悪い光が暗い夜の霧のように部屋の外まで流れ出している。サブリナは身震いした。中に誰かいるような物音がする。

「中の方、こんにちは！」サブリナは呼びかけた。自分の声がばかに大きく聞こえる。彼女は中に足を踏み入れ、切り裂きジャックが最後の被害者メアリー・ケリーにのしかかっている場所へとつづく細い通路を進んでいった。だが思わずまた立ち止まり、下唇を噛《か》みしめた。メアリー・ケリーは本当にスーザン・シャープにそっくりだ。作者に奇妙なユーモアのセンス——あるいは美学——があるのは間違いない。結局彼はサブリナに好意を抱いていたからこそ、彼女を拷問台の餌食《えじき》にしたのだろう。それにしても、陳列されている女たちの一生はいずれもあまり幸せだったとは言えない。

背後で空気がさらさら鳴るような音がしたので、サブリナはあわてて振り向いた。「こんにちは、どなたが——」

言いかけて口をつぐみ、まわりを見まわす。動いている人影はまったくない。ジャンヌ・ダルクのカミー・クラークが火刑柱から天を見上げ、サブリナ自身も拷問台の上で体を引き伸ばされている。ジョー・ジョンストンの髭《ひげ》を剃《そ》って、白髪のかつらをかぶせたようなルイ十六世が、マリー・アントワネットと並んでギロチン台の前に立っている。みんな信じられないほどリアルで、今まで動いていたのに、サブリナが振り向いたとたんに動きを止めてしまったかのようだ。

両腕に鳥肌が立ち、思わず一歩あとずさりしたサブリナは、誰かにぶつかって悲鳴をあげそうになった。だがよく見ると、ジャンヌ・ダルクの舞台装置に使われているただのわらの山だった。

しっかりするのよ、とにかくここは怖いところなんだから。自分に言い聞かせる。誰かがいるような、誰かに見つめられているような気はするけれど、ここには誰もいないし、誰も見てなんかいない。〝見つめて〟いるのは薄気味悪いほど本物そっくりな蝋人形だけだ。どの人形も射抜くようなガラスの目をしている。

逃げるつもりはなかったのに、サブリナは思わず走り出した。

走りながら、笑い声を聞いたような気がした。風がそよぐような、押し殺されたかすかな笑い声を。

何をびくびくしているのよ。サブリナは自分を叱《しか》り、急ぎ足で次の木製の扉へ向かった。これがチャペルに入る扉に違いない。扉を押し開けて中に入る。

それは城のチャペルではなく、埋葬室だった。

石の棚や床に墓が作られていて、それぞれが大理石の天使、十字架、されこうべなどの埋葬用美術品で飾られている。サブリナは大寺院の地下墓地に迷い込んだような気がした。少なくとも城の片翼部分の地下全体に、大昔からたくさんの死者が埋葬されてきたらしい。その入り口にだけ、不注意な客がつまずかないように薄暗い照明がつけてある。埋葬室に特別恐ろしいものはなかった――埋葬布に包まれたまま腐敗した死体や頭蓋骨《ずがいこつ》やむき出しの骨が棚の上に並んでいるというようなこともない。ひとりきりでなかったら、埋葬室の歴史や美術に魅せられ、ぜひもっと勉強したいと思うに違いない。義弟のテリーなら、さぞかし天にも昇る心地だろう。

だが正直なところ、サブリナは怯《おび》えきっていた。また腕に鳥肌が立つ。彼女は振り返っては立ち止まり、また振り返った。やがて目の前に石棺が見えた。棺《ひつぎ》の上には、きらきら光る新しい十字架と新しい花が置かれていて、花には紋章旗が結びつけられている。サブリナは棺に近づき、書かれた文字を読んだ。〝親愛なるキャシー、神の愛に包まれて安らかに眠らんことを〟

サブリナはぎょっとしてあとずさりした。カッサンドラ・スチュアートが、ここに――彼女が死を遂げたこの城に埋葬されていたとは。

突然、埋葬室がまわりから押し迫ってくるような気がした。サブリナは身をひるがえし、大あわてで部屋の外に飛び出すと、どっしりした扉を閉めた。今度こそはっきりと笑い声が聞こえた。

「落ち着くのよ!」

自分を叱りつける。蝋人形のどれかが私を脅かそうとして本当に生き返ったのなら、幽霊みたいに埋葬室へ入ってこられるはずがないじゃないの。とにかくここがすごく気味悪いのは確かだけれど。

「ハロウィーンのパーティにはぴったりね」サブリナはいらだたしげに呟《つぶや》いたが、〈ミステリー・ウィーク〉にもこのうえなくふさわしい場所だと気づいた。〈ミステリー・ウィーク〉はカッサンドラが死ぬ前からここで行われていたのだから、そのあともつづけられてなんの不思議もない。この私、サブリナ・ホロウェイはミステリー作家なのよ。ほかの人たちと同じように、この手の出来事にわくわくするのが当然なのよ。楽しまなくちゃ。

サブリナは埋葬室の扉にもたれ、小さくひとり言を言った。

「そうよ、すごく楽しんでいるわ、どうかなりそうなほどね」

それから肩をそびやかして、今度こそチャペルにつづいているはずの三つ目の扉に向かった。

確かにチャペルへの扉だった。

サブリナはほっと安堵《あんど》のため息をついた。チャペルの中には石のアーチ、祭壇、古めかしい信徒席があり、とても美しい。両方の壁にはキリスト受難の図を描いたステンドグラスが飾られ、薄暗い地下室でもよく見えるようにうしろから特殊な照明が当てられている。どうやらスチュアート家の墓は埋葬室だけでなくここにもあるようで、ステンドグラスの絵と絵の間に置かれた墓の上の石には、そこを最後の休息所とした人の名前が精巧に彫り込まれていた。埋葬室と同様に、チャペルも掃除が行き届いていて、蜘蛛《くも》の巣一つ、蜘蛛の子一匹いない。祭壇や信徒席の両側ではろうそくが燃えていた。

サブリナは祭壇へと進んでいった。祭壇の前まで来たとき、背後に足音が聞こえ、ぎくりとして振り向いた。誰もいなかったら、今度こそ悲鳴をあげ、髪の毛をかきむしってしまいそう。

だが、黒のカクテル・ドレス姿のダイアンが笑みを浮かべ、しゃれたカットの漆黒の髪を揺らしながらサブリナのほうに歩み寄ってきた。

「会えてよかった！」年若い作家が叫んだ。

サブリナはにっこりした。「ほんと！」

「あなたが殺人者なの？」ダイアンが心配そうにきく。

サブリナは笑った。「それは教えられないことになってるでしょ」

「もしあなたがそうなら、私は被害者第一号だわ」

「もちろんその反対だってあるかもしれない」

「メモを見てここに来たんでしょ？」ダイアンが尋ねた。

サブリナはうなずいた。「私のいけない娘たちの誰かと会うことになっているの。聖歌隊の練習なのよ」

ダイアンが笑い声をあげた。「私は昼間はクリシュナ教徒のメアリーだけど、夜になると、あなたのコールガール組織でアルバイトしているのよ」

「あら、いやだわ。じゃあ、あなたは天使のように清らかな娘じゃなくて、道を踏み違えた聖歌隊員なのね？」

「確かに私もみんなと天使のように歌うわよ。でもメモによると、あなたが手配したこの前の〝約束〟をすっぽかしたことで叱られることになってるの」

「誰との約束？」

「狂人ディックとのよ――ほかに誰がいるというの？」ダイアンが笑った。

「おやおや、じゃあ叱られてもしかたないわね」

「本当に私が狂人ディックのジョンと約束していたのなら、すっぽかしたりはしなかったでしょうに！」

そのさりげない一言に、ふとサブリナはダイアンとジョンの関係に興味を抱き、ダイアンのほうを振り向いたが、彼女はステンドグラスを眺めながらチャペルの中を歩き始めていた。

「ほんとにきれいね？」ダイアンが言う。

「すばらしいわ」サブリナもうなずいた。

「ティファニー・ガラスなのよ。ジョンのお祖父《じい》さんが今世紀初めに入れたんですって。この前ここに来たとき、ジョンに聞いたわ」

好奇心をそそられて、サブリナはダイアンのあとに従った。「あのときは恐ろしかったでしょうね。とても悲しいことだわ」

ダイアンは肩をすくめた。「スーザンみたいな言い方はしたくないけど、キャシーはすごく……憎まれてたわ」ちらりとサブリナに微笑してみせる。「もちろん、たいていは女の人にだけど」

「でもジョンはキャシーと幸せにやっていたんでしょう?」探りを入れるようなまねの苦手なサブリナはいささかまごつきながらも、思いきってきいた。

「ジョンは離婚するつもりでいたわ」

「どうしてわかるの?」

「ジョンに聞いたもの」

「ジョンに……」

ダイアンがほほえんだ。「私がジョンと寝ていたんじゃないかなんて思ってない?」

「何も思っていないわ。私は――」

「ほんと言うと、私、ジョンが大好きなの。最高の男性だし、いい友だちなのよ。タフで無骨で、友だちのためなら喜んで戦う人だわ」

「では彼と関係はなかったというのね?」

「でもこれからはわからないわよ。あなたはどうなの?」ダイアンが楽しそうにきく。

「私はここにいなかったもの」サブリナははぐらかした。

「ああ、そうね。誰がジョンと関係を持っていたか、それこそ今週みんなが心底解きたがっているミステリーだわ。で、あなたも犯人捜しをしてるってわけね。私がジョンと狂おしいばかりの恋をしたあげく自制心を失って、彼の腹黒い奥さんをバルコニーから突き落としたのかってご質問？　いいえ、サブリナ、ジョンは大人よ。自分のことは自分で始末するわ。誰かが彼のためを思って手出しをしてもありがたがらないでしょうよ。それにジョンはキャシーが好きだったのよ。だって彼女、そうしようと思えばすごく魅力的になれる人だったんだもの。ジョンを失いかけていると気づいたからいやな女になっていったんだと思うの。ジョンを取り戻そうと――哀れなほど――必死だったのよ」

「そう思うの？　じゃあ、あなたは彼女を憎んでいたけれど、同時にかわいそうだとも思っていたのね？」

ダイアンはかぶりを振った。「いいえ。キャシーに関する限り、私に優しい感情があるなんて思わないで。私はとにかくあの人が大嫌いだった。それなりのわけがあったのよ。でもあの人を憎んでいたのが女だけだなんて考えちゃだめよ、いくら魅力を振りまける人だったにしてもね。男性にもけっこうひどいことをしたんだから。もっとも、彼女に首ったけって人もいたけど。あなたの前のご主人みたいに」

「ブレットが？」サブリナはびっくりした。

ダイアンはサブリナを見つめて、片方の眉を上げた。「あらまあ、ごめんなさい――あなたたちお二人は縒《よ》りを戻すつもりなの？　ブレットはいつもあなた方がいい仲だってほのめかしているわね。そんなことはないってV・Jは言ってたけど」

「V・Jの言うとおりよ――そんなことないわ。ただキャシーがブレットの……愛人のひとりだったとは思いもしなかった」

「ほんと？」ダイアンが驚いたように言った。「じゃあ、自分の気持ちを知られたくなかったんじゃないかしら……とくにあなたには。あなたはもとの鞘《さや》に戻りたくないらしいけど、ブレットはそう望んでいるようだから」

「ダイアン、あなた、ブレットがキャシーと関係があったというの？　このジョンの家で？」

「ジョンのお城でしょ。家なんて呼んじゃだめ」ダイアンがおもしろそうに言う。「でもそうよ、二人はジョンのお城で浮気していたのよ。二人とも秘密を隠すのがうまかったんだわ。ブレットはのぼせ上がってた——だけどあなたはブレットって人をよく知っているでしょ、冷めるのも早いって知ってるわよね。キャシーは夫をいらいらさせたかっただけなんだと思う。ブレットにとってもほんとはジョンとの友情のほうが大事だったのよ」

「でも友だちの妻と寝るのを思いとどまるほど大事ではなかったんだわ」

「おっと、そういう言い方は危険よ。道徳主義的すぎる。でも興味深いわ。それにしても我らが主人役のジョンは女性に影響力抜群だと思わない？　私たちはみんなすぐ彼の弁護にまわるじゃないの。ルーシーがドラキュラ伯爵に血を吸いつくされても彼を弁護したようにね！」

「道徳主義的なことを言うつもりはないし、ジョンをドラキュラ伯爵にたとえる気にもなれないわ」

「丈高く色浅黒き美男子で……破壊的で。正直、ドラキュラには憧《あこが》れてるの。いつでも私の血を吸わせてあげるわ」

「でもね、ダイアン、友だちの奥さんと寝てて、友情が成り立つものかしら」

「言ったでしょ、ブレットはのぼせ上がっていたのよ。恋に狂ってたんだわ」

「ダイアン、この性悪女め！」

チャペルの戸口からの声に、ダイアンとサブリナは振り向いた。

「ブレット、ここは信仰の場所よ！」ダイアンが言い返し、サブリナのほうに振り向いてさらに言った。「チャペルでそんな汚い言葉を使っちゃいけないのよね？」

サブリナは肩をすくめた。「でも、もう使ってしまったじゃない？」

「地獄行きよ、ブレット」ダイアンが冗談めかしてなじった。

だがブレットは笑わなかった。信徒席の間の通路をずかずかと歩いてくる。「今のは嘘《うそ》っぱちだ！」ダイアンをにらみつけ、それから不機嫌な顔でサブリナを見た。「きみなら僕がどんな男だか知ってるだろう。そんなことは嘘だ！」

サブリナはブレットを見つめ、尋ねるようにゆっくりと眉を上げた。「何が嘘だというの、ブレット？　カッサンドラと浮気なんかしていなかったというの？」

ブレットはそれには答えず、再びダイアンのほうに向いた。「誰からそんな話を聞いたんだ？ そんなの全部嘘だ！」彼は見るからに動揺し、手を腰に当てて整った顔を歪《ゆが》めている。

ダイアンはつんと顎を上げた。「知ってる人から聞いたのよ」

「おいおい、冗談言うんじゃない」

「キャシーに打ち明けられた人からよ」

「その人は騙《だま》されたんだ！ 僕がカッサンドラと寝ていたなんて作り話をばらまいたら許さんぞ！」

「作り話なの、ブレット？」ダイアンが挑むように尋ねる。

「なんてやつだ、ダイ――」ブレットが言いかけた。

しかしダイアンは黒い髪をさっとうしろに払い、長い爪に黒いマニキュアを塗った手を腰に当てて遮った。「彼女をバルコニーから突き落としたのはあなたじゃないの、ブレット？」

「僕が？ ばかな！ よせよ、ダイアン、僕はべつに彼女と結婚していたわけじゃないんだ。誰かを消す必要なんかありゃしない。きみこそジョンに夢中だったじゃないか。これまでも、これからもずっとね。それで僕を犯人扱いし、僕の妻に変なことを吹き込み――」

「もう妻じゃないわ、ブレット」サブリナが口を挟んだ。

だがブレットは無視して言葉をつづけた。「僕が人妻と深い関係があるとサブリナに思い込ませようとし――あげくの果てには、僕にカッサンドラ殺しの罪を着せようとしているんだ！」

「あなたはキャシーがほんとのことを親友のジョンに打ち明けるのを恐れたんじゃないの。彼女はあなたを利用していただけなのよ、ブレット。そりゃあ、確かにあなたは恋人としてはいけるんでしょうよ。でもキャシーはキャシーなりの歪んだ病的なやり方でジョンを愛していたんだわ。そして――」

「誰かに彼女を殺す理由があるとすれば、それはジョンだ。それなのに、なぜ僕を犯人に仕立てようとするんだい？」

「ジョンは部屋の中にはいなかったわ！　外にいたのよ」

「じゃあ、ほかの誰かだ。客のうちの誰かか使用人か――まったくのよそ者か！」

「それともキャシーはあなたを少しばかりひどく、少しばかり長くじらしすぎたんじゃないかしら。それで――」

「目のまわりに黒痣《あざ》を作ってやろうか！」ブレットは叫んだ。「もっともその真っ黒なメーキャップじゃ、誰も気づかないだろうがね。いったいどうしたんだ、ダイアン？　黒痣で読者を脅かして本を買わせようって魂胆かい？」

「まあ、ブレット、そんなことしか思いつけないの？　あなたの人生は本を売ることとべストセラー・ランキングの順位を確保することだけ？　今はある女性の生命を問題にしているのよ」

「そうとも、生命だよ、生活だよ——死でなくね。僕は本気で言ってるんだ。よくもそんな言いがかりをつけられるな？　本当のことを知りたいのか、正真正銘の真実を？　僕はキャシーが好きだったよ。彼女の死を望んでなんかいなかったし——」

突然、静かなチャペルに銃声が轟《とどろ》いた。

ぎくりとしてサブリナは身をかがめ、ダイアンも床に伏せた。

ブレットはそんなにすばやくは動かなかった。誂《あつら》えのブルーのシャツの背中が、突然赤く染まる。

血の色に。

ジョンはメモに促されて埋葬室にやってきたのだった。

〈ミステリー・ウィーク〉の指示メモではなく、部屋のドアの下に差し入れられていた最初のメモ——カミーが自分が書いたのではないと言ったメモ——だ。

それにはこう書いてあった。

おまえは狂人ディックで、自分を抜け目がないと思っている。だが本当はただの加虐趣味のうじ虫野郎だ。下へ行って女房と寝ろ、命のない女房と。今でも熱くて甘い夜が恋しいのなら、女房の墓で寝るがいい。

そこで彼はこの埋葬室へ下りてきた。祖先が――キャシーとともに――眠っているこの場所に。スコットランドが大嫌いだと言っていたにもかかわらず、彼女の遺言書にはジョンの城で永遠の眠りにつきたいと書いてあった。有名人のスキャンダルを病的なまでに漁《あさ》りたがる連中の目を逃れたい一心で、ジョンはマスコミには妻がアメリカで葬られていると信じさせてある。執拗《しつよう》な好奇の目を避けたい気持ちもあって、妻の家族も快くジョンの願いを聞き入れ、彼女の埋葬についてははっきりしたことを公表せずにいてくれた。

そういうわけで、彼の妻はロッククライア城の埋葬室の真ん中に安置されている。

どうやら客たちは、妻が眠っている場所を知っていたらしい。なぜなら、彼女の墓の上に花が捧《ささ》げられているからだ。

ジョンは舌打ちしたい気持ちで花をにらんだ。心から彼女を追悼しているのだろうか、それともこの僕をあざけっているのだろうか？　ここにいる誰かは、本当に僕が妻を殺したと思っているのだろうか？

あるいは、ひどくやましく思っている者がいて、そいつが僕に罪を着せようとしているのだろうか？

あのとき僕がそばにいたなら、彼女は落ちなかっただろう。ひとりきりでなければ、あんな危なっかしい場所で殺人者にでくわすこともなかったはずだ……。

銃の発射される音にジョンははっとし、すぐ近くだと確信してすぐさま埋葬室から駆け出した。

そして次の瞬間、セアーと正面衝突した。トムとジョーがすぐあとにつづいている。

「ほかにも誰かここにいるのかい？」ジョーが尋ねた。

「チャペルだ！」セアーが叫ぶ。

四人は隣のチャペルまで走り、揃《そろ》って中へなだれ込んだ。

祭壇のそばにダイアンとサブリナがうずくまっている。

ブレットは床に倒れていた。二列に並んだ信徒席の間に。

チャペルの中だというのに罰当たりな言葉を吐き散らしながら。

ブレットは入ってきた男たちを見上げた。そのあとからレジーとアンナ・リーも入ってくる。

「信じられるかい？」ブレットはぷんぷんしている。「僕だなんて！　この僕が最初に殺《や》られるなんて。こんちくしょう！　何も見えなかったし、何も聞こえなかった。いいかもにされちまったよ、まったく間抜けのくそ――」

「ブレット！　ここはチャペルなのよ」サブリナがたしなめた。

サブリナの隣にはダイアンもおり、ジョンの見るところ、二人して幽霊第一号になったマクグラフをなだめていたらしい。サブリナの青い目は大きく見開かれ、肩に垂れた髪がきらめいている。ジョンは喉元が妙に脈打つのを感じ、あわてて目の前の事態に注意を引き戻した。

それでもまだ心臓がどきどきと鳴っている。この間、壁に銃弾が食い込んでいるのを見て以来、ジョンの不安は治まらない。あれは現実の出来事だ。銃弾は以前にはなかった。あれば目についたはずだ。ここに住むようになってから毎日あの廊下を通っているのだから。実際に使う気で武器を持ち歩いている者がいるらしい。それが心配だった。

だが今はこの発砲がゲームの一部だとわかって、ジョンはほっとした。

ブレットは赤面してジョンを見た。「すまない、ジョン。ここは聖なる場所だったな。だが僕はゲームの指示でここに来ただけなんだ」

「確かにここはチャペルだよ」ジョンが答えた。「だから罰当たりな言葉を使うのはやめてくれ。だいいち、きみは赤いペンキで殺られただけなんだ。ところで殺ったのは誰だい？」ジョンはダイアンとサブリナを見やった。

ダイアンが猫のように笑い、サブリナは肩をすくめた。「私たち何も見なかったわ。言い合いをしている最中だったから」

ジョンは顔をしかめた。「なんのことで？」

「あら、つまらないことよ。なんだったか忘れてしまったわ、ねえ、ダイアン？」

年下のダイアンは眉を上げ、肩をそびやかした。「そうね……思い出せないわ。今はね」

「何が起こっても気づかないほど激しく言い合っていたのに、それもたった五分前なのに、なんの話だったか思い出せないというのかい？」ジョンが疑わしそうにきく。

サブリナはうなずいたが、頬の赤みが増し、ジョンと再び目が合ったときにはまつげが震えていた。

サブリナは嘘をついている。ジョンにはすぐにわかった。

「きみたちみんなおかしいぞ！」セアーが言った。

「じゃあ、どうしろって言うんだい？」ブレットはいらだちまぎれにどなった。「僕は撃たれて体中赤いペンキだらけなんだぞ。こんちくしょう！　こんちくしょう！　くそったれ！　ああ、すまん、ジョン」

「カクテルの時間だって言ってるのに」そのときレジーが声をかけた。

「そりゃ、いいな」トムが答える。

「おいおい、ちょっと待てよ！」ジョーが髭だらけの顎を撫《な》で撫で、全員を見まわした。

「まず状況をはっきりさせようじゃないか。僕らは謎《なぞ》を解くためにここに来ているんだから。サブリナ、ここで何があったんだい？」

サブリナはジョーを見て答えかけたが、口を閉じた。そしてジョンにちらりと視線を走らせ、再び目をそらした。

いったいなんなんだ？　ジョンはいぶかった。

やがてサブリナはジョーに向かって困ったように頭を振ってみせた。「口論となると私たち作家がすっかり我を忘れてしまうのはあなたもご存じでしょう。ばかみたいだけど、話に夢中で誰もまわりのことに注意を払っていなかったのよ」

「じゃあ、まったくの無駄死にじゃないか！」ジョーが怒って言う。

「そんなことはないさ」トムが言い返した。「執事がやったんでないのはわかったじゃないか、執事のバトル氏は殺されたわけだからね」

「執事が死んだんですって？」突然新たな声が加わった。険のある美しさを強調する深いブルーのカクテルドレスに身を包んだスーザン・シャープが、勢いよくチャペルに入ってきた。そしてブレットを見たとたんに吹き出した。「まあ、あなた、あまり長生きできなかったわね？」

「スーザン、言っとくけど、きみだってそうはもたんぞ」ブレットが陰気な声で言い返す。

「あら、おあいにくさま。あなたは殺されたけど、私はぴんぴんよ」

「いいや、スーザン」ブレットはきっぱりと言った。「淋病病《りんびょう》みのコールガール、カーラがなんとか無事に生きてるのも今のうちさ」

「シャーロック・ホームズなら言うでしょうね、〝ゲームは始まったばかりだ〟って！」

レジーが言った。「それに〈ミステリー・ウィーク〉も始まったばかりよ。いくつかわかってきたじゃないの。執事は死んでしまった。それからサブリナは殺人者じゃない。それにダイアンも」

「それは違う。誰も口を割らないということ以外、われわれには何もわかっていないじゃないか！」トムが反論した。「忘れちゃいけないよ、殺人者には共犯者がいるかもしれないんだ。被害者を死へとおびき出す者が。つまりダイアンもサブリナも殺人の共犯者でないとは言いきれない」

「だが、誰が引き金を引いたんだい？」ジョーが尋ねた。「待てよ、みんなここにいて、いないのは……Ｖ・Ｊだ」

「失礼、私はここよ。チャペルのドアのところ」Ｖ・Ｊの声に、全員が彼女のほうを振り向いた。

スパンコールのついた床まであるイブニング・ドレス姿の優雅なＶ・Ｊが軽くドアの側柱にもたれ、議論しているみんなをおもしろそうに眺めている。

「おや、それにしてもどこにいたんだい？」トムがゆっくりと彼女のほうに歩み寄りながらほほえんだ。

なんと見栄えのする似合いのカップルだろう。このとき初めてジョンは気づいた。銀白色の髪を輝かせ、ディナー・ジャケット、タイ、ベストに身を固めたトム・ハートもすばらしく優雅だ。これはおもしろい。きっと二人の間で何かが起こっているのだ。二人はいつも仲むつまじい。前回みんながここに集まったときには、V・Jの夫はまだ存命だった。だが今はもういない。それに噂《うわさ》によると、トムは三十年連れ添った妻と数カ月前から別居しているそうだ。

V・Jはみんなに向かってシャンパンのフルート・グラスを上げてみせた。「どこにいたかですって？　いるべきところにいたのよ。カクテル・アワーを楽しんでいたの——ひとりっきりで。チャペルでパーティをやってるなんて思いもしなかったんですもの」V・Jはみんなを見まわした。「どうやら執事が殺されたようね。おもしろいわ——これで執事が犯人だとは誰も言い出さないでしょうから！　それにしてもなんてきれいなチャペル。埋葬室よりどんなにいいかしれない。地下で過ごさなきゃいけないとしたら、少なくともこのきれいなステンドグラスといっしょがいいわ、お棺や死人とでなくね」そこまで言ってからV・Jはちょっとまごついた。「あら、ごめんなさい、ジョン。死人があなたのご親戚《しんせき》だって忘れていたわ」

「いいんだよ、V・J」ジョンが答えた。「僕だって生きてる人間とカクテルを飲むほうがいいからね」

「さっきからカクテルの時間だと言ってるでしょ」レジーが言った。「この中で分別があるのはV・Jだけだわ」

「くそったれ。僕だって一杯やりたいんだ」

「これこれ、ブレット・マクグラフ!」レジーが憤然とした。「ここはチャペルなんですよ!」

「すみません」ブレットがおとなしく呟く。

「あら、ブレット、その赤い物がズボンのほうに垂れてきてるわ」ダイアンが言った。

「ちくしょう、ほんとだ。こんちくしょう、くそ! しまった、またチャペルの中で罰当たりなことを言っちまった。もうやめなくちゃ!」ブレットは立ち上がると、祭壇の上の十字架像に目をやり、すばやくカトリック式に十字を切った。ほかのみんなは目を丸くして彼を見つめている。「はいはい、僕はカトリックの家庭で育ったんですよ。文句あるかい?」そう言うと、ブレットは出口のほうに向かった。「カクテルを飲みに行けるようにシャツを着替えて、幽霊らしく白い物でも着てくるよ」足音も荒くチャペルを出ていく。最後にもう一度「くそ!」とののしる声が聞こえた。

それで緊張が解け、全員がどっと笑い出した。レジーがブレットにつづいてまずチャペルを出ていきかける。「みなさん、私はカクテルをいただきに階上《うえ》へ行きますよ。どなたかごいっしょにいかが?」

「もちろん」ジョンが賛成した。

「ジョー・ジョンストン、ここに来て年取ったレディのエスコートをしてちょうだい」レジーが命じた。

「はい、承知しました！」ジョーが彼女のそばへ飛んでいく。

ほかの人たちも列を作って出ていく。ジョンは戸口に立ち止まってみんなを待った。トムはV・Jをエスコートしている。セアーはアンナ・リーといっしょに出ていき、ダイアンがなおもセアーに私は何も見なかったのよと言い張っていた。スーザンがジョンの傍らをすり抜けていく。

サブリナは祭壇のそばに残って、ジョンを見つめていた。ひとつしかない出口をふさいでいるジョンをどう避けたものかと思案でもしているように。

ジョンはサブリナに歩み寄っていった。「何かわけでもあって、ここに残る気なのかい？」

「いいえ」サブリナは急いで答えた。

「僕を避けようとしているの？」

「いいえ」サブリナがくり返す。

また嘘をついているな。だが想像はつく。ブレットとダイアンが言い合っていたのは、僕のことだったんだろう。あるいはキャシーの。あるいは三年前に起きた事件の。

だからサブリナは問いつめられたくないのだ。

まあ、今はそのときでないのかもしれない。

サブリナは身じろぎもせずに立ちすくみ、美しい青い瞳を懸命に僕からそらすまいとしている。絹のように肩へと流れ落ちる髪。手を伸ばして、その髪に触りたくてたまらない。いや、僕はそれ以上のものを求めているのだ。

人生にはあっという間に通り過ぎてしまうものがたくさんある。あまりたくさんあって、すべてを覚えてはいられない。だが、サブリナのことは忘れられない。ためらいがちな微笑。優しい指先。燃える情熱。あのころの人を信じて疑わない純情さ。

サブリナは今でもときどきためらいがちなそぶりを見せる。

だが、あのころほど人を信じてはいないようだ。

用心深く、僕を見守っている。

サブリナは僕が妻を殺すような冷血漢だと思っているのだろうか。それを考えると、改めて苦いものが込み上げてくる。彼女を思いっきり揺さぶって、僕は無実だと訴えたい。いや、望んでいるのは彼女を揺さぶることなんかじゃない。彼女に触れたい。彼女を抱きしめたいのだ。もう一度。くそ、ブレットはチャペルの中で冒瀆《ぼうとく》的な言葉を吐いたのを気にしていたが、今このチャペルで僕がしたいと思っていることは、間違いなくそれより遥《はる》かに許されがたい行為だ。

ああ、今でもはっきりとサブリナの裸の姿を思い出す。汗で光る肌、伏せたまつげに半ば隠されたクリスタル・ブルーの瞳、誘うような体の曲線。

「ほかの人たちはずっと先よ。急がなくちゃ」サブリナはジョンのそばを通り抜け、急いで戸口へ向かった。

ジョンもあとにつづきかけたが、思わず彼女の腕をつかんで自分のほうを向かせた。

「話がしたい」ジョンが言った。

自分で思ったよりも遙かに険しい言い方になった。

サブリナは二の腕をつかんでいる彼の手を見つめた。彼女の長い髪が絹のように柔らかくジョンの指を撫でる。そのかすかな感触に性的な興奮を覚えて、ジョンは狼狽《ろうばい》した。

「ここではだめ、今はだめよ」サブリナが不安げに答える。

「話がしたい」ジョンはなおも言った。

「あとで」彼女は言って、彼の手を振り離した。

「今のを約束だと受けとっておくよ」

ジョンは先に立ってチャペルを出た。彼の手を振りきったにもかかわらず、サブリナはぴったりジョンに寄り添っている。

やっぱりサブリナはロックライア城の地下にひとり取り残されるのがいやなんだな。

僕と二人きりになるのもいやなくせに。

それにしても……誰がやったのだろう？

9

不思議なことに、その夜サブリナは夢ひとつ見ることなく、死んだように眠った。夕食のときは、なぜ執事が最初に死んだのだろうかとみんなで論じ合いながら愉快に過ごした。サブリナはとてもおなかが空《す》いていて、子羊の肋肉《あばら》はすばらしくおいしかった。デザートにはカフェインレスでなく普通のコーヒーを選んだが、それにもかかわらず二階へ上がってナイトガウンに着替えたとたんに——眠ってしまった。

部屋のドアをノックしつづける音にようやく目を覚ますと、もう朝だった。

「サブリナ、おい、起きろよ！　早く！」

前夫のせかす声に飛び起きると、サブリナはローブをはおって戸口へ急いだ。

ブレットはジーンズに厚手のセーターを着ている。「やあ、お寝坊さん、殺人者を見つけるのにもう一週間ないんだぞ。寝坊して大事なことを逃してしまったら、名探偵にはなれないよ」

「私は起きてるわ。何を急いでいるの？」

「乗馬だよ！」

「乗馬？」

ブレットはうなずいた。「みんな馬に乗って出かけるんだ。さあ、急いで。きっともう遅刻だよ。ほかの連中は出発してしまったんじゃないかな。行こうよ。天候が悪くなる前に田舎のいい景色を見ておきたいだろう？　ほら、服を着て。待っていてあげるから」

「コーヒーが飲みたいわ、ブレット」

「持ってきてあげよう」ブレットはサブリナに手を振った。「さあさあ、用意して。コーヒーを取ってくるから」

彼はドアを閉め、姿を消した。家中のみんなが乗馬に出かけたのなら、置いてきぼりは食いたくない。乗馬は大好きだし、田舎の景色はきっと美しいだろう。

サブリナは用心深く着る物をバスルームに持って入って、すばやくシャワーを浴びた。ジーンズにシャツ、それにジャケットをはおり、ブーツをはいて出ていくと、案の定ブレットが戻ってきていた。気持ちよさそうにベッドの上に身を丸めて――コーヒーを差し出す。

サブリナはカップを受けとった。

「起きて」サブリナが命じた。

「どうしてだい？」

「あなたがここで寝たように見えるから」

ブレットは顔をしかめてサブリナを見つめた。「何をそんなに恐れているんだい？」

「どういう意味？」

「何がどう見えるのが心配なの？」

「ブレット、あなたは私のお友だちで、私はあなたのことが好きよ。でももう私の夫ではないでしょ。私は人生でたくさん過ちを犯したけれど、同じ過ちはくり返さないつもり。あなたとは二度と結婚しないし、二度と寝ないわ。それに、ほかの人に恋人同士のように思われるのもいやなの」

ブレットは立ち上がりながら、なおサブリナを見つめている。「なるほど」

「なるほどって？」

「なるほど、きみたち二人の間には何かあるんだ」

「どの二人？」

「きみと我らがホストだよ。思ったとおりだ」

「何が思ったとおりなの？」

「きみはやっと寝たんだ」

「まあ、ブレット、やめてちょうだい」

「僕は今でもきみを愛しているんだよ、サブリナ」

「ブレット、あなたは私を愛したことなんかないわ」

「愛していたとも。今も愛している。だが心配いらない、僕がきみにふさわしい男だということをこれから証明してみせるから。コーヒーを飲み終えたら出かけよう」

二人が中庭へ出ていくまで、廊下にも、階段の上にも、大ホールにさえ人影はなかった。厩舎《きゆうしや》は右手前方にあり、馬具をつけた二頭の馬が二人を待っていた。

「ほかの連中はもう先に行ってしまったらしいな」ブレットが呟《つぶや》いた。

「本当？」急に疑わしく思えてくる。

ブレットは笑った。「僕はもう幽霊なんだから、殺人犯じゃないのはわかってるだろう。公爵夫人をおびき出して殺したりはしないさ」

「それはそうね」サブリナは二頭のうちの、百六十センチ余りの馬高のつやつやした鹿毛《かげ》の馬に歩み寄って、ベルベットのような鼻面を撫《な》でた。「なんてすばらしい馬でしょう。すてきな思いつきだわ、ブレット。起こしに来てくれてありがとう」

「どういたしまして。さあ、出発だ」

彼はサブリナに手を貸してから、自分も鹿毛の馬の隣につながれていた糟毛《かすげ》の馬に飛び乗ると軽やかに城を出発した。だがときどき不安そうにうしろを振り返る。サブリナはあとにつづく自分のことを心配しているのだろうと思った。

「大丈夫よ、私が馬に乗れるのはご存じでしょ！」彼女は楽しげに言った。

馬に乗れることは中西部で育った者に与えられる恩恵のひとつだ。それにしても、あたりの景色は見たこともないほどすばらしい。谷間は緩やかな起伏を見せ、まわりを堂々とした丘陵が取り囲んでいる。やがて二人は低地を見下ろす狭い崖《がけ》の上までやってきた。眼下には湖が太陽にきらめき、丘は北西の山地に向かってしだいに高くなっている。野の花の咲き乱れる草の海は二人のまわりを流れていくようだ。空気が凍るように冷たくて悪天候の襲来を予感させるが、サブリナはすがすがしく感じ、出かけてきてよかったと思った。

「どっちへ行くの？　行き先を知っているの？」サブリナが尋ねた。

「もちろん」

「どうして？」

「前にもここへ来たことがあるもの」

「どこに向かっていくの？」

「あっちさ」ブレットは北東のほうを指さした。

「そう。あの林まで競走よ！」サブリナは叫んで、馬を軽く蹴《け》った。馬はなめらかに走り始める。なんて優雅な馬。それに空気は爽《さわ》やかだし、まわりのすべてが美しい。サブリナはすっかり陽気な気分になっていた。

背後にブレットの馬の足音を聞いて、サブリナは林のところで馬の歩調を緩め、彼を待ち受けた。

「パリで乗馬に出かけたときのことを覚えているかい？」ブレットがきいた。「まわりは花でいっぱいだったな」

「女の人もね」

ブレットは肩をすくめてそれを聞き流し、まじめな茶色の目でサブリナを見つめた。

「もう悔い改めたんだよ、サブリナ」

「誰にでも気のあるそぶりをするくせに。女性とはほど遠いような相手にまで」

「女性とはほど遠い相手にまでだって？　そいつはひどい！」

「ブレット、あなたは――」

「サブリナ！」彼は伸ばした手を彼女の腿に載せた。「僕がそんなことをするのはきみがほしくてたまらないからさ。しかも、どれほどほしがっているかをほかの連中に知られたくないんだ」

サブリナはブレットを見つめた。「ほんとかしら？」それから静かに尋ねた。「ブレット、カッサンドラが死んだとき、あなたは彼女と浮気していたの？」

「僕が？」彼はびっくりし、それからむっとして言った。「こんなところに来たせいで少しおかしくなったんじゃないかい。よせよ。キャシーは死んでしまったんだ。安らかに眠らせてあげようよ。過去のことは忘れて、僕たちは僕たちの人生を生きるんだ。さあ、次の丘まで競走だよ！」

　ブレットが走り出し、サブリナもそれにつづいた。体のまわりを渦巻く風は、ほんの数分前よりもさらに冷たさを増している。

　サブリナは空を見上げた。さっきまで美しく深い青だったのに、今は紫色に陰っている。丘の上に着き、サブリナはブレットの隣で馬の足を止めた。「お天気が悪くなりそうね。早くほかの人たちを見つけなきゃ」

「きっと先に狩猟小屋に行ってるんだ」

「馬の姿なんか全然見えないわ」

「馬は裏にいるんじゃないかな。行ってみよう」

　ブレットは馬を軽く蹴って緩やかに駆け出した。しかたなくサブリナもあとを追った。

　〝十一時に埋葬室での降霊会に出席せよ〟その朝ジョンに届いた指示メモの内容はごく簡単だった。

　コーヒーを飲みに階下へ下りると、ジョーとトムが大ホールにいて、なぜ執事が最初に殺されたのかという謎《なぞ》を解こうとしていた。なかなかゲーム熱心のようだ。

「やつは何か知っていたんだ。知っている者は危険なんだよ」ジョーが言う。

「誰かを脅迫していたんじゃないか」とトム。

「そうかもしれない」ジョーがうなずいた。

「これには共犯者がいると思うな。ひとりの人間が単独でやっているんじゃない」トムが推理をつづける。

「まだ十分な情報はないが、きみの意見に賛成だな——僕も二人の人間がやっていると思うよ」

「共犯者がいるというのは、殺人者にとって危険なんだ。たとえ完全犯罪をやり遂げたとしても、そいつのことを心配しなければならないからな。手がかりを残すことになるし、そいつがパニックを起こして何かしゃべりかねない」

「愚かなやつなら、へまもするだろう」

「そうとも！」トムが言った。ジョーに自分の推理を支持してもらえて満足そうだ。「とくに、賢い殺人者でも共犯者と感情的な結びつきがあるような場合には」

「そして共犯者が愚か者ならね。よくあることさ」

「しかも女のために殺人を犯すような場合には、男もすっかり愚か者になってしまうものだし——」

「つまり」V・Jが戸口から二人の話を遮った。「女は普通、共犯者にしかなれなくて、しかもばかだっていうの？」

「おいおい、ヴィクトリア」トムが言う。

「まあ、私を〝おいおい、ヴィクトリア〟呼ばわりしないでちょうだい！」V・Jが厳しく言った。「殺人者は賢い男で、共犯者は愚かな女に決まってると言いたいんでしょう」

「両方とも信じられないほど利口かもしれないな」ジョーがあわてて取り繕おうとしたが、少々遅すぎたようだ。

V・Jは怖い目でじろりとジョーをにらんだ。「女が殺人者で、どじな共犯者が男かもしれないわよ」

「おそらく女が殺人者だろう」トムがV・Jを見つめながら言った。「そして男の共犯者は殺人者の女に首ったけのどじな愚か者で、なんとか二人が生涯牢獄《ろうごく》で過ごさずにすむように工作しているんだ」

「そうかもしれない。あるいは両方が女性だということもある。ときに女も怖いからね。きみだって例外じゃないよ、V・J」ジョーが澄まして言った。

V・Jは鼻を鳴らし、悲しげに頭を振った。「どうやら多勢に無勢のようね。失礼するわ、男性軍のみなさん。運命とのデートがあるの」

ジョーが腕時計に目をやった。「おや、僕も失礼するよ」

「埋葬室かい？」ジョンが尋ねる。

「降霊会か？」トムもきいた。

「埋葬室で降霊会が開かれるんだ。行くならみんないっしょのほうがいい」ジョンが言った。

「ご主人殿、きみの城だ。先導してくれたまえ」トムが言う。

ジョンは地下への裏階段を下りながら、首筋がそうけだつのを感じて、自分でも驚いた。うしろに誰かいることがこんなに薄気味悪いとは。

しかし、みんな何事もなく埋葬室に着いた。ろうそくが灯《とも》され、低い木のテーブルの上には水晶の玉が載っている。そのまわりには椅子代わりのクッションが置かれていて、すでにV・J、ダイアン、レジー、アンナ・リーが陣取っていた。テーブルは墓からできるだけ遠い場所、三メートルほど離れたところに置かれているのだが、それでもなんとも無気味な舞台装置だ。ほの暗いろうそくの光がまわりにいくつもの影を投げかけ、炎が水晶玉に反射している。数条のろうそくの煙は空中に消えていった。いちばん近いところにあるキャシーの墓が鈍く光っている。

「ごいっしょにどうぞ、男性軍のみなさん」水晶玉の前に座って、玉の正面に立てかけられたゲームの指示メモを読んでいたダイアンが招いた。黒のストレッチ・パンツにセーター、しゃれたカットの短い黒髪、青白い肌に血の色の爪をして、女予言者のようだ。

軽い口調とは裏腹に、ジョンをちらりと見るダイアンの目には不安がたたえられていた。

「執事のバトル氏の霊と交信するの」ダイアンは冷静な声で言った。「手をつないで、お城の霊に彼を私たちのところに降ろしてくれるようにお願いするのよ」それから顔をしかめてみせた。「きっと死んだかわいそうなバトル氏役のブレットがお墓のうしろかどこかに隠れていて、〝霊〟になって現れるんだわ。さあ、始めましょうか？」

「全員揃《そろ》ってはいないな」ジョンが言った。サブリナもいない。

「セアーは今来たわ」Ｖ・Ｊが言って、気持ちよさそうにクッションの上に身を丸めた。

「もう少しスーザンとサブリナを待ちましょう――」

「だけどずっと待ってるわけにもいかないわ」アンナ・リーがじれったそうに言った。

「降霊会に出席するように指示されていないのかもしれないし」

「そのうちの誰かが殺人者かもしれない」ジョーがほのめかす。

「共謀説からすると――その二人が殺人者だ」トムが言った。

「あら、サブリナはきっとここへは来ないわよ」アンナ・リーが腹立たしげに言った。

「さっき前のご主人と出かけたもの」

「ブレットと出かけたですって？」Ｖ・Ｊが信じられないというように声をあげた。

「どこへ？」ダイアンが尋ねる。

「何で？」とセアー。

アンナ・リーがあきれたようにセアーを見た。「馬に決まってるじゃないの。そんなことシャーロック・ホームズでなくてもわかるわ！」

ジョンは急ぎ足でアンナ・リーの座っているところまで行くと、彼女を引きずり上げるように立たせて詰問した。「いつのことだ？　いつ馬で出かけたんだ？」

アンナ・リーはジョンの剣幕に驚いてひるんだ。「一時間ほど前だと思う。二人が厩舎を出るところを見たんだけど――」

「二人きりで？」レジーが尋ねる。

アンナ・リーはうなずいた。

「あら、おもしろいこと！　あの二人についての噂《うわさ》は本当だったのね」ダイアンが言った。

「二人はどっちへ行ったんだ？」ジョンがきく。

「北西のほうに向かっていたわ」

「まあ、ジョン、そんなに心配そうな顔をしないで。二人は大丈夫よ。結婚していたんだし、必ずいっしょに戻ってくるわ――」ダイアンが言いかける。

「だが、大嵐《あらし》が近づいているんだぞ！　ひとつ間違えば立ち往生だ。いや、命の危険だってある」ジョンは憤然とし、「失敬するよ」と言いざま身をひるがえして出ていった。

ジョンは自分でもなぜ突然こんなに恐怖を感じるのかわからなかった。サブリナは馬に乗れるし、ばかでもない。それに彼が好もうと好むまいと、かつてサブリナはブレットと結婚していた仲で、自分の意思でブレットと出かけたのは間違いない。

それでも二人を捜さなければならないのは確かだった。接近中の悪天候は予想が難しく危険なうえ、二人ともこの人里離れた土地で初冬の嵐に出合う恐ろしさを知らない。

大股で埋葬室を出ていくとき、残った連中が、なぜあんなに急いでいるんだろうと話し合っているのがジョンの耳に届いた。

「ちょっとご機嫌斜めだわね？」とダイアン。

「心配しているのよ」V・Jがジョンを弁護する。

「あんなふうに執事のあとも追いかけたんじゃない？」なおもダイアンが怒った声で言っている。つんと顎を上げ、挑戦するようにこちらをにらみつける彼女の顔が目に浮かぶようだ。「きっとかわいいミズ・ホロウェイを助けに行くのよ。いとしの前のご主人がついてるというのに。きっとキャシーはあのお墓の中で目をまわしてるわ」

「ジョンは責任感の強い人だから、自分の客のことを案じているのよ」レジーが言った。

「さあさあ、おばあさんをいつまでこんなクッションに変な格好で座らせておくの。さっさとすませてしまわない？」

ありがとう、レジー、とジョンは心の中で呟いた。

数分後、彼は城の外に出て空を見上げていた。灰色の雲が怒り狂ったように流れ、急速に日差しを陰らせていく。そこに立っているうちにも、風は激しさを増している。ジョンは急いで厩舎へ向かった。

最初の一粒は優しかった――サブリナが馬を降りると、小さな湿ったキスのように顔にぽつりと落ちた。「雪だわ！」サブリナがブレットに呼びかける。

「いや、ただの雨だよ！」彼が叫び返した。「でも大丈夫さ。狩猟小屋で雨宿りするからね！」

ブレットは腕をサブリナの肩にまわし、いっしょに小屋の戸口まで走った。ブレットがドアを押し開けたのでサブリナは中に入り、ほかの人々がいないかと見まわした。

誰もいない。小屋の中には家具と、暖炉で燃えている気持ちよさそうな火以外には何もない。

男性的だが居心地のよいところだ。中は粗い手触りの木の鏡板張りで、炉棚の上方にはいのししの頭が飾ってあり、キルト布のかかったベッドが置かれていて、いかにも狩猟小屋らしい。小さなキッチンのシンクにはポンプがついており、旧式ながら冷蔵庫もある。全体としてはいかにも田舎風だ――ベッド脇《わき》のテーブルにアイス・バケットとシャンパンが置かれていて、そのまわりにフィンガー・サンドイッチとチョコレートがけのいちごが用意されていることを除けば。

サブリナはさっとブレットのほうに向き直った。「みんなはどこ？」

彼は肩をすくめた。「まだ着いてなかったのかな？　きっと迷ったんだ」

サブリナは相手をにらみつけた。「ブレット、みんなはどこなの？」

彼は再び肩をすくめたが、今度はすまなそうな顔をしている。「サブリナ――」

「私ひとりをここへ誘い出したのね？」

「考えたんだ、もし二人だけの時を持てたら、きっと――」

「ブレット!」

ブレットは部屋の反対側に立って、サブリナを見つめている。「愛しているんだ、わかっているだろう」

サブリナはいらだたしげに頭を振った。「あなたは私を愛していると思っているんでしょうけど、あなたは女なら誰でも好きなのよ」

「僕にチャンスをくれ。ゆっくりやっていこうよ。サブリナ、きみにだって欲望はあるだろう」

「あなたは私のお友だちよ。お友だちのままでいましょうよ」

「やつのせいだな?」

「なんのこと?」サブリナは用心深く尋ねた。彼の何かが変わったように思えたからだ。いつもの好色で呑気《のんき》そうな目が鋭くなり、かすかな敵意さえこもっている。

ブレットは彼女のほうににじり寄ってくる。「やつの、我らがすばらしきホストのせいだ。どうやらそのあたりにきみの強迫観念があるらしいな。そうとも、やつなんだ。やつと寝たいと思っているんじゃなきゃ、僕と寝てくれるはずだもの」

「ブレット、わかってちょうだい」

「ほらね。やっぱりそうだ。きみはやつと寝たいんだ――もう一度ね。もう一度だろ?

やっと寝たのは正確にはいつかときいてもいいかな?」

「いいえ、きかないで！　あなたと結婚していた間、私は貞淑だったわ。でもあなたはそうじゃなかった。だからだめよ、そんなことはきかせない。あなたとはお友だちのままでいたいのよ。それができなくなるようなことはしないで。ここを出ましょうよ。さあ」

サブリナは彼のそばをすり抜けて、ドアのほうへ行こうとした。

だが彼はすばやく腕をくねらせ、サブリナの手首を万力のような力でつかんだ。ぎょっとして見返すと、彼の目は深い怒りにぎらついている。

「いや、出ない。まだだ」

「ブレット、放してちょうだい」

「絶対に放さない」彼は激しく言った。「きみのせいだ、みんなきみのせいなんだ。何もかも――キャシーのことだって――何もかもだ。放さないぞ。こうなると思わなかったのか?」

V・Jは心配だった。あまり心配で埋葬室のテーブルのそばに黙って座っていられないほど。「さあ、どうするの?」

「そうね、だいたいジョンがいちばん興ざましなのよ。彼のパーティじゃないの」ダイアンが文句を言った。

「ジョンは心配しているのよ」V・Jはダイアンを観察しながら言った。この娘はひどく落ち着かない。なぜこんなに様子がおかしいのかしら？ 動転してなんだか急に幼くなったようだ。V・Jは、途方もなく早いうちに作家稼業に飛び込んでしまったこの若い女に自分でも不思議なほど同情を感じ、ため息をついた。「ダイアン、ものすごい嵐が近づいているのよ。おまけにブレットもサブリナもこの土地のことをまったく知らないんだから」

「雪は雪だよ」セアーが口を挟んだ。「どこでも同じさ。ニューイングランドで基礎訓練を受けた年のことを思い出すなあ。ものすごく寒いうえに雪も多くて、車の中で凍死する者もいたんだ。ここはあれほどひどくはなかろう」

「死人が出た嵐よりはましだなんて、なんの慰めにもなりゃしない」V・Jが呟く。

いらだちを抑えているV・Jに共感を示すように、トムが彼女の肩に手を置くと、ジョーも髭《ひげ》の生えた顎をさすりながら同意した。「二人は立ち往生しているかもしれないな」

「二人の捜索を手伝わなくていいのかい？」セアーがきいた。

「私たちの中にこの土地をよく知っている者がいると思って？」レジーが言う。

「レジー、気を悪くしないでほしいんだが」トムが割って入った。「まさかジョンの手助けなんか必要ないと――」

「ちょいと」レジーが遮った。「トム、あなただってもう青二才じゃないでしょう。V・

J、この子にジョンは大人だと言ってやってよ」

一座から一瞬笑い声があがったが、すぐに消えた。

気まずい沈黙を破って、ダイアンが口を開いた。「私はこのスコットランドに何度も来ているのよ。だからこの土地のことはよく知ってるわ」

「でもジョンほどは知らないでしょ」レジーが言う。「彼はちゃんとサブリナとブレットを見つけてきますよ」

「ところでスーザンはどこなんだ？」セアーが、急に気づいたように声をあげた。

アンナ・リーがくすくす笑った。「サブリナとブレットのあとをつけて、調べているんじゃない。あの人はいつも他人のことに鼻を突っ込んでいるもの。しかも意地の悪い噂話ほど好きなのよ」

「わかった。じゃあ救出のほうはジョンに任せて、この降霊会をやってしまおうか？」ジョーが言った。「そうしたらこのばかげたテーブルとおさらばできる」

「そのとおりよ、ゲームをつづけましょう」アンナ・リーが答えた。

V・Jは一座の人々を見まわした。ダイアンの様子は確かにおかしいし、アンナ・リーは意地悪な気分になっている。レジーは例によってヴィクトリア女王風、そして目の前で髭面の顎をかいているジョーはまるで気難しい殺人狂のよう。セアーはなんでも知っているぞという目でアンナ・リーをにらんでいる。スーザンはいない。やはり誰かの汚れた洗濯物に鼻を突っ込んでいるんだろう。みんな私の友だちだけれど、一癖二癖ある人ばかり。そのうちV・Jはトムにじっと見つめられているのに気づき、少し落ち着いた。「そうね、ゲームをつづけるとしましょう」

「もしブレットとサブリナがよろしくやりにどこかへ出かけたのなら、少なくとも屋根のあるところを見つけているだろう。雪にやられる心配はあるまい」ジョーが言った。

「ブレットが前の奥さんとよろしくやってるなら、死んだ執事としてゲームをつづける気なんかないのよ。〝バトル氏〟はお墓から現れて、霊らしい音をたてたりしないわ」ダイアンがおもしろくなさそうに言った。「それでもまだ降霊会をやりたいのね？」彼女は首を垂れて、体を前後に揺すり始めた。「使者の霊よ、合図して。木をたたいて知らせてちょうだい！」

それを合図にしたかのように、突然つづけざまにくぐもった無気味な悲鳴が聞こえた。

「今のはなんだ？」セアーが飛び上がった。

ほかのみんなも立ち上がって、まわりを見まわした。その声は埋葬室中に響き渡ったが、埋葬室の中ではなさそうだ。

「助けて！　助けて！　ああ、後生だから！」

「まあ、なんてこと！」ダイアンまでが死人のように青ざめている。

「どうやらあれは――」V・Jがあえぐように言いかける。

「恐怖の部屋からよ！」レジーが先を言った。

みんなは埋葬室を走り出て、ジョシュアの傑作が展示されている場所へ向かった。

ブレットはサブリナの腕を放すと突然ひざまずき、彼女にしがみついた。サブリナはびっくりしてバランスを失いかけた。

「サブリナ、どうかチャンスをくれ！　僕は変わってみせる。僕が悪かったんだ。きみと別れてからはずっとむちゃばかりしてきた。自慢できないこともしたよ。でもほんとはきみを愛しているんだと思う、それに――」

「ブレット……」

「サブリナ、僕はきみだけを見ていなくてはいけなかったんだ。許してほしい、あんな――」

「ブレット、さっきあなたキャシーのことで何を言いかけたの？」

「キャシーのこと？」ブレットはぽかんとしている。

私はこの人と二人きりだわ。二人きりのうえ、城からも遠く離れている。しかも吹雪の中で。サブリナは心の中で呟いた。ブレットは人を殺せるような人じゃない。でもさっきブレットは何もかも私のせいだと言ったわ。何もかも、キャシーのことだって、と。

「ブレット、あなた、カッサンドラを殺したの？」サブリナはきいた。

「いいや！」

「あなたは言ったわ――」

「彼女と口論はしたが」ブレットは口ごもった。「わかったよ、サブリナ、確かに僕はきみを騙《だま》してここへ連れてきた。だが僕の言うことも聞いてくれ」

「ブレット」うしろに下がろうとしても、ブレットは膝をついたまま両手でサブリナの膝をしっかり抱えていて放そうとしない。滑稽《こっけい》な情景だった。もっとも、彼の女性ファンなら喜んでサブリナの身代わりになっただろう。何しろブレット・マクグラフは魅力的で金持ちで――マイケル・クレイトンにつづいてベストセラー・ランキング第二位の地位にある著名な作家なのだ。しかし、そういうファンとて彼と結婚した経験があるわけではない。それに、〝ほんとはきみを愛しているんだと思う〟と言われて喜べるものだろうか。

それでも、サブリナにはブレットが人殺しだとはどうしても思えなかった。彼はあまりにも子供っぽくかわいげがあり、今は真剣な気持ちでいるように見える。彼を傷つけたくはなかった。

「どうかチャンスを与えてほしい、本当のチャンスを。僕はきみにひざまずいているんだよ、サブリナ！」

「やめてちょうだい、お願いだから」サブリナはもう一度うしろに下がろうとした。ブレットがまたしがみついてくる。

「やつのせいだな。わかってたんだ。きみたち二人の間には何かあるとにらんでた」

「ブレット、ころんでしまうわ」

「サブリナ、そのことは忘れる。そのことは許す」

「そのことは許すですって？　ブレット――」

「どんなに激しくきみを求めているか、とても言葉では――」

「ノーと言われるからほしくなるだけよ。あなたは女性に関する限り、その言葉に慣れていないから。お願いよ、ブレット――」

サブリナはじりじりとうしろに下がり、何かにぶつかった。ベッドだ。彼女は完全にバランスを失って、仰向きに倒れた。

ブレットはその機を逃さなかった。すぐさまサブリナにおおいかぶさる。ブレットの下から這《は》い出ようとするうち、サブリナはベッドのカバーもろともずるずるとすべり落ちかけた。次の瞬間、彼女はブレットやクッションやキルト布ともつれ合ったまま床に投げ出された。つづいてもうひとつクッションが頭の上に落ちてくる。

「ブレット――」サブリナは息を切らしながら言った。

さらに寝具が彼女の上にすべり落ちてきた瞬間、雷のようなすさまじい音とともに、勢いよくドアが開いた。

「ドアが開かない！」扉に体重をかけながらトムがジョーに言った。

ドアの向こう側ではなおも悲鳴がつづいている。

「なんとかしなさいよ！」Ｖ・Ｊが命じた。

ダイアンは腕を胸の前で組み、通路のほうに下がっている。「スーザンが大げさに騒いでいるだけよ」

「まあ、何を言ってるの、彼女は怯《おび》えているじゃないの。早く出してあげて」アンナ・リーが言った。

「助けて！」スーザンが叫んだ。「お願い、お願いよ、追いかけてくる！　ナイフで私を殺そうとしている！　お願いだから――」

「誰がナイフを持って追いかけてくるんですって？」レジーが大声で問いかける。

「き、切り裂きジャックよ」スーザンが金切り声をあげた。

「スーザン、切り裂きジャックは蝋《ろう》でできているのよ――彼は動けないわ。とにかくドアを開けて。あなたがそちらで錠をかけてしまったんじゃないの」Ｖ・Ｊが呼びかける。

スーザンがまた叫び声をあげ始めた。

「そこをどいて」セアーがすっかり警官に戻ったように、断固たる口調で言った。みんながドアの前を空ける。

セアーはうしろに下がり、ごつい肩をそびやかして身構えた。トムとジョーもそれに加わる。セアーがうなずくと、三人は勢いをつけて扉に突進した。スーザンのヒステリックな金切り声。耳を聾《ろう》さんばかりの音。それから彼女が静かになった。

ベッドカバーに絡まったまま、サブリナは身を硬くした。大股で誰かが近づいてくる。

「なんてこった――」ブレットが言った。

キルト布が頭から取りのけられた瞬間、サブリナの目の前に身を屈《かが》めているジョンの顔があった。傍らでは、もつれた寝具から自由になろうとブレットがもがいている。「邪魔して悪いんだがね」ジョンがしらばくれて言った。「天候が悪化しているんだ。雪が――」

「ただの雪じゃないか！」ブレットが遮った。そのいらだたしげな口調にサブリナはいっそうきまり悪くなる。

「大嵐なんだよ、ブレット。僕たちは文明の利器からも切り離されてしまいそうなんだ、城にいてさえね。もっとも暖房と食糧は確保できるが。だがここでは死んでしまうよ」

サブリナは立ち上がろうとして、ブレットに手をつかまれた。「放して」歯を食いしばってにらみつけるサブリナに、彼は渋々手を離した。サブリナはやっとのことで立ち上がった。二人の男も立ち上がり、疑いに満ちた目でにらみ合っている。

「ここでいったい何をしていたんだ？」ジョンがそっけなくブレットにきいた。

「仲直りさ」ブレットがぶっきらぼうに答える。

「本当かい？」ジョンはサブリナのほうを見て尋ねた。

「べつに仲直りなんて――」

「なんだい、スチュアート、自分を何様だと思ってるんだ？」ブレットが憤然とした。

「偉大なる城主か？　このくそパーティを主宰しているからってきみが――」

「僕はきみに女性を荒野に誘拐させて、命の危険にさらさせるためにこの催しを主宰してるわけじゃない」

「このひとりよがりのくそ野郎が！」ブレットは言い返して、突然ジョンに殴りかかった。

ジョンはすばやく身を屈めたが、再び顔を上げたとき、またもやブレットに殴りかかられ、今度は顎先に一発食らった。ジョンが怒って殴り返す。彼の拳《こぶし》もブレットの顎に命中した。一瞬ブレットは気が遠くなってベッドに倒れたが、頭を振って、狂った雄牛のようにまた襲いかかろうとする。

「やめて！　やめてちょうだい！」サブリナは叫んで、二人の間に割って入ろうとした。

すっかり闘争的な男性ホルモンに支配されてしまった二人には、サブリナなど目に入らない様子だったが、それでも渋々殴り合いをやめた。

「なるほど、さぞかし自分のことを偉大な人命救助人だと思ってるんだろうな」ブレットがうなるように言った。「女の扱い方まで説教しやがって！　おまえこそ自分の女たちをどう扱ったか、なぜ正直に言わないんだ？」

「正直に？　僕の過去などきみに関係ない。きみこそ過去にあったことをこの僕に告白したいんじゃないか」ジョンが言い返す。「結局、妻がいたのは僕のほうで、きみは過去にあった自分に関係のないことを恨んでいるだけなんだ！」

二人の強靭《きょうじん》な男が体をこわばらせ、鼻の穴を大きく広げ、歯を食いしばってにらみ合っている。サブリナは目の前の事情よりも遙《はる》かに根深い何かが二人を切り裂いていることを感じとった。

再び物音がし、びくりとしてそのほうに目をやると、ジョシュアが戸口に立っていた。彼は言い合っている男たちの前のサブリナを見て、同情するように苦笑した。

「早く城へ戻らないと」ジョシュアが彼女に言った。「この嵐はひどくなるばかりだ」

サブリナはうなずき、にらみ合う二人を任せて外に出ると、馬にまたがった。

すぐに二人は出てきたが、どちらも口をきかない。ジョンの表情は硬く、目をぎらつかせている。ブレットも懸命に怒りを抑えている様子だ。小屋の戸締まりをしていたとみえて、ジョシュアが少し遅れて出てきた。

男たちは黙って馬へと向かう。三人が乗るのを見届けて、サブリナは出発した。城を出たときにはあれほどすがすがしく爽やかだった天気は一変し、風景もすっかり変貌《へんぼう》している。まるで果てしない無の世界を進んでいくようだ。木や木の葉が見分けられないのはもちろん、天と地の区別さえわからない。小屋の中にいたわずかな間に、雪は一寸先も見えないほど激しくなり、まわり一面、白い海のようだ。

　サブリナが道に迷いかけているのに気づいて先頭に立とうとしているらしく、ジョンは彼女に話しかけるどころか顔も見ずに、馬の足を速めて追い越そうとした。サブリナはおとなしくジョンのあとにつき、そのうしろにジョシュア、さらにブレットがつづいた。雪はさらに激しく降りしきり、冷たい雪の結晶がサブリナの顔を打った。

　ジョンが振り返って、みんなに叫んだ。「できるだけ速く先へ進むんだ！」

　みんながうなずくと、ジョンは開けた平らな野原に出たのを機に馬を駆りたてた。残りの三人もすぐあとにつづく。

　突然、サブリナははじけるような音と叫び声を聞いた。振り向くと、ブレットが落馬している。彼の馬はサブリナのそばを猛然と駆け抜けていった。

「ブレット！」サブリナは叫んで馬の歩調を緩め、彼のそばに駆け戻ると、急いで馬を降りた。雪は激しく降りつづける。「ブレット！」

　彼は雪の中にうつ伏せに倒れていて、頭のてっぺんから赤いリボンのようなものが伸びていた。

　手を伸ばしかけて、サブリナはそれが赤いリボンなどでないのに気づいた。

　それは純白の雪の上に流れ出した鮮紅色の血だった。

10

男たちが恐怖の部屋になだれ込むと、スーザンは戸口のすぐ内側に横たわっていた。横向きになっていて、顔に髪がおおいかぶさっている。それを見て、V・Jは一瞬心臓が止まりそうになった。

「まあ！」彼女はあえぐように言い、恐ろしい想像に心臓をどきどきさせながらスーザンに駆け寄った。切り裂きジャックが本当に彼女を殺しに来たのかしら？

セアーがしているように、V・Jもスーザンの傍らに膝をついた。元警官はこういう緊急事態に——死体にも——慣れているとみえ、落ち着き払ってスーザンの手首を取り上げ、脈を診た。それから、スーザンの体を挟んで向こう側にいるV・Jにほほえみかけた。

「生きてる。脈も呼吸もしっかりしているよ。気絶しただけさ。死ぬほど怯《おび》えたんだ」

「怪我《けが》はしてない？」

「してないようだ」セアーは慣れた手つきですばやくスーザンの体を探った。

「どうしてこんなところに閉じこもってしまったんだろう？」トム・ハートがドアを調べ

ながらきいた。

セアーは立ち上がると、トムやジョーといっしょにドアを調べた。「自分でやったわけじゃない。差し錠が完全に受け金からはずれていなかったんだ。なぜはずして出てこられなかったのかはわからん。錠が完全にはずれてないのに気づかなかったんじゃないかな。ドア自体が膨張しているのかもしれない。湿気た天候がつづけばそういうことも起こるからな。ここにはたいした謎《なぞ》はないよ。木がふくらむ、錠が引っかかる、そしてパニックってだけさ」

ダイアンがセアーを見つめた。「あんまり怯えたんで、自分が閉じ込められたと思ったわけ?」

セアーは肩をすくめた。「そう見えるね。ほかにどう考えられる? 木がふくれるとドアは開きにくくなるもんだ。三人がかりで体当たりしなくてはならんほどね。錠を壊して入ったわけじゃない。見てごらん。木のほうがほんの少し傷ついている」

「それにしても頑丈な木だ」トムが言った。「もし錠をかけられて閉じ込められたら……」

「でも錠が少しだけかかっていたんでしょう?」ダイアンがなおも尋ねる。

「まったく信じられないほど古くて無気味なお城だわ」アンナ・リーが身震いした。

「無気味なのは人間のほうよ」レジーが言った。「少なくとも私ぐらいの年になると、無気味でぼろぼろで偏屈になるもんよ。もうたくさん。階上《うえ》へ行って飲み物と昼食をいただくわ」

「誰かレジーにつき添わなくては」ジョーが言った。

「レジーは大丈夫よ。彼女に手出しをする霊に災いあれだわ。でもスーザンのほうはなんとかしてあげなくていいの？　冷たい石の床に寝ているのよ」Ｖ・Ｊが言った。

みんなは顔を見合わせ、申し訳なさそうな笑みを浮かべた。これまでに何かの形でスーザンに傷つけられたことのない者はひとりとしてここにいない、とＶ・Ｊは思った。もしスーザンが死んでいたとしても、深く悲しむ者がいたかしら？

「こうしててもらえると静かでいいわ」ダイアンが言う。いっせいにあがったうなり声と忍び笑いが、彼女の言葉が的を射ていることを裏書きしているようだ。

「まあ、およしなさいよ」Ｖ・Ｊが言った。「それじゃまるで私たちが極悪非道な人間みたいじゃないの。お願いだから――」

「わかった、わかった、僕が連れていく」セアーが不平がましく言った。「きょうのウエイトリフティングの運動だと思うことにするよ。誰かスーザンの部屋を知っているかい？もうじき意識が戻ると思うが」

ちょうどセアーが抱き上げようとしたとき、スーザンがかっと目を開いてわめいた。

「下ろしてよ、この牛野郎！」

セアーが快く要求に応じて手を離したので、スーザンのお尻が冷たい石の床にどしんと落ちた。Ｖ・Ｊが顔を背けて笑いを噛《か》み殺す。

「ろくでなし！」スーザンはみんなをののしった。「誰が私にこんなことをしたのよ？　なんの冗談なの？　みんな絞首刑にしてやるから。なるほど、あんたもおもしろがっているのね、Ｖ・Ｊ？　後悔させてやるわよ、きっと後悔させてやる」

「Ｖ・Ｊを脅すのはやめろよ、スーザン」トムが怒って言った。「彼女がいちばんきみのことを心配していたんだぞ」

「Ｖ・Ｊが私を閉じ込めたのよ。でなきゃ切り裂きジャックのふりをして私を追いかけたんだわ！」

「スーザン」アンナ・リーがいらいらして言った。「誰も切り裂きジャックのふりなんかしてないわ。あなたは閉じ込められたと思って、逆上してしまったのよ」

「私は閉じ込められたと〝思って〟なんかいないわ。閉じ込められたのよ」スーザンは言い張った。「しかも誰かが切り裂きジャックの衣装を着て、私を追いかけてきたのよ」

「スーザン、切り裂きジャックはちゃんと自分の衣装を着ているよ」ジョーが恐怖の部屋を見まわして、無意識に顎鬚《あごひげ》を撫《な》でながら優しく言った。「よく見てごらん、中の様子は全然変わっていないから。自分の空想の犠牲になったんだよ」

「それともあなた自身の良心の呵責《かしやく》の犠牲にね」アンナ・リーが楽しげに言う。

スーザンは殺してやると言わんばかりの目つきでアンナ・リーをにらんだ。「確かにこここで恐ろしいことが起こったのよ！」スーザンは頭を振り振り激しく言い返した。「私はここに閉じ込められて、脅かされたのよ。ここでやる降霊会に出席するようにとメモに指示されて来たんだけれど――」

「降霊会は埋葬室よ」ダイアンが髪をうしろに払って、スーザンの傍らにひざまずいた。

「メモに埋葬室へ来いと書いてなかった？」

「いいえ、恐怖の部屋へと」スーザンが答える。「だから人でなしのあんたたちのうちの誰かがメモをすり替えて、私をここに閉じ込めたんだわ。こんなことをしたのが誰だかわかったら――」

「あなたのメモはどこ？」Ｖ・Ｊが部屋を見まわした。全員が知らん顔をしている。

「持っていたのよ。絶対ここにあったわ」スーザンは立ち上がり、自分が倒れていたあたりを見まわした。だがメモはどこにもない。「私を騙《だま》した誰かがメモを盗んだんだわ！」

「きみがここに呼ばれたのもゲームの一部じゃないのかな」ジョーはなおもことを荒立てまいとする。

Ｖ・Ｊはかすかな軽蔑《けいべつ》を込めてジョーをにらみつけた。スーザンをなだめることなんか無理よ。彼女のコラムにどう書かれようと、もう彼女にへつらったり、彼女のばかげた言い草を我慢したりしたくない。これ以上スーザンのような女におべっかを使うのはまっぴらだわ。

「なあ、スーザン」セアーがいかにも実際的な調子で言った。「僕らが下りてきたとき、ご婦人方はもう埋葬室に来ていたんだ。しかもわれわれ男どもはいっしょに下りてきた。だからほかの者に知られずに僕らの中の誰かがきみに悪さをすることなんかできるはずがない。きみはたまたま恐怖に襲われてパニックを起こし、うっかり自分を閉じ込めてしまったのさ」

「まあ、何言ってるのよ！」スーザンは憤然とし、芝居がかった様子で部屋の中を歩きまわった。「この古いお城には隠し扉や秘密の羽目板がわんさとあるんだから。誰だってそういうところから忍び込んできて、私を脅かせるわ」

「スーザン、正直言って、もし僕にきみを脅かす気があるなら、もっと徹底的にやるよ」セアーが吠《ほ》えるように言った。

「あなたを閉じ込めたのはこのお城の主《あるじ》、ジョン・スチュアートかもしれないわよ」突然ダイアンが言い出した。「ジョンは前からここに住んでいるでしょ。当然お城の秘密の通路も知っているんじゃない？」

「ジョンが私にそんなことをするはずがないわ」スーザンは髪を撫でつけながら、愛情を込めて言った。「彼は今どこ？　この事件の真相を見極めようじゃないの！」

またしても、みんなが彼女から目をそらした。何を知らせてやっても、どうせ誰かへの攻撃材料にするに決まっているからだ。

だがやがて、V・Jがしかたがないというように肩をすくめた。ジョンがサブリナとブレットを捜しに行ったことはべつに重大な秘密ではない。「嵐《あらし》が近づいているの。お客のうちの何人かが馬で出かけたので、無事に帰ってこられるようにジョンが迎えに行ったのよ」

「お客のうちの何人か、ですって？」スーザンはおうむ返しに言って、にんまり笑った。「ブレットとサブリナね――二人きりで出かけたのは。やるじゃないの。やましい気持ちを隠しているのはその二人かもしれないわ！」

「ああ、そうか」アンナ・リーがそっけなく呟《つぶや》いた。「ひとりがあなたをここに閉じ込め、もうひとりが切り裂きジャックのふりをしたあとでね。すごい離れ業じゃないの、二人が一度に二つの場所にいるなんて」

「とにかく、人非人のあんたたちのうちの誰かがやったのよ。誰だか突き止めてやる」スーザンは恨めしげに宣言した。「ところでレジーはどこ？」

「きっと今ごろは気持ちよくマティーニでもすすっているだろう」トムが言った。

スーザンが目を細くする。「じゃあ、こんな気味の悪いものを作ったろくでなしのジョシュアは――」

「今朝はここへ下りてもこなかったよ」ジョーが言った。

「それなら、ジョンの手伝いをしているあのばかみたいな小娘は？」スーザンが尋ねる。

「二階のどこかだろう」ジョーは肩をすくめた。

「あの忌まわしい小娘だって、こういうことに関係しかねないわ！」スーザンが言った。

「きっとあの女があんなことを企《たくら》んだのよ、しおらしいふりをしたろくでなしが。あの女の口から真相をきき出してやる、そして――」

「スーザン、どう考えても、あんたは偶然自分で自分を閉じ込めたように思えるがね」セアーがきっぱりと言った。

「あら、そして私が自分で切り裂きジャックの格好をしたというの？」

「切り裂きジャックはちゃんと自分の衣装を着ているじゃないか」ジョーがいらいらしながら切り裂きジャックの蝋《ろう》人形のほうへ歩み寄った。「ごらん、スーザン。やつはちゃんと服を着て、自分の場所にいるだろう？　だが恐怖というものにはすごい作用がある。想像力に働きかけるからね。われわれはそういうことには詳しいじゃないか――何しろそれで飯を食っているんだ。ここは暗くて無気味で恐ろしい――すぐいろいろな想像をしてしまうのさ」

スーザンは目をすがめた。「ジョー・ジョンストン、なんて間抜けな人。私は階上へ行くわ。そしてカミー・クラークの小さな目玉をほじくり出してやる！」ほんの少し前まで意識を失っていたとは思えないほどの勢いで、彼女は足音も荒く立ち去った。

ジョーがうなり声をあげた。

「いっしょに行って、カミーをかばってやったほうがいいんじゃないか」トムが言った。

「カミーにきいてみるのも悪くないんじゃない」ダイアンが言った。「スーザンに出したメモについてきいてみれば、ほんとに誰かがべつのメモで騙したのかどうかわかるんじゃないかしら」

「それはいい考えだわ」V・Jが叫んだ。

ダイアンが嬉《うれ》しそうににっこりした。V・Jには、またダイアンがとても幼く見えた。必死に大人のふりをしているが、本当は、恐ろしい大人の世界に投げ込まれたほんの小娘にすぎないのだ。V・Jはこの若い作家のいい友だちになってやろうと決心した。たとえ、作家にとっては何より大切なベストセラー・ランキングで順位を追い抜かれるようなことになっても！

まあ、それが人生だもの。生きていくことは――死ぬこともだけれど――必ずしも公平にはいかないものよ、とV・Jは思った。

「よし、ではみんなで階上へ行って――」セアーが言いかける。

次の瞬間、部屋は真っ暗になった。闇《やみ》の壁を切り裂いたのはヒステリックな叫び声だった。

サブリナは雪の中でブレットの傍らに屈《かが》み込み、恐怖と悲しみに打ちのめされていた。

確かに彼はばかなこともする。二人の結婚は始まる前に終わってしまった。だがサブリナなりにブレットを愛していた。それに今ではいい友だちだ。彼女は急にたまらないほど怖くなった。

「ああ、なんてことでしょう！」サブリナは流れ出た血を見てあえぐように呟くと、そっとブレットの冷たい額に触れた。とても冷たい。「ブレット！」彼女は叫んだ。

ジョンが戻ってきて馬を止めた。雪が彼のまわりで渦巻いている。ジョンが馬を降りてそばに来たので、サブリナは勇気を振りしぼってブレットの喉元の脈を探った。

どきり。どきり。もうひとつどきり。生きている！

サブリナはジョンにうなずいてみせた。彼女の目は涙でいっぱいだった。ジョンの整った顔にどっと安堵《あんど》の色が広がる。それを見てサブリナは、ブレットとの間にどんな行き違いがあるにせよ、ジョンも友人のことを心から心配しているのだと思った。

長いしなやかな指で、ジョンはまだ血の出ている傷を注意深く調べた。「落ちたときに頭を打ったようだ。ショックを起こして死なないように、城へ連れて帰って暖めなくては。応急手当ての訓練を受けたことがないわけじゃないが、たいしたものじゃないんだ。ひどい怪我でないといいが。雪で閉じ込められてしまいそうなんでね」

「骨折は？　首は大丈夫？」

「うん、首の骨が折れていないのは確かだ」指で筋肉や骨を注意深く探りながら、ジョンが答えた。さらにそっと肋骨《ろっこつ》の上に指をすべらせる。

「待って。僕は解剖学の勉強をかなりやっているんだ」ジョシュアが馬から降りて、サブリナたちのほうへ寄ってきた。そして雪の中に膝をつくと、いかにもアーティストらしい優しい手で慎重にブレットの体を調べていたが、やがて顔を上げてほかの二人を見た。

「そこの岩で打った頭の傷だけのようだ。ほかに折れたところは見当たらない」

　サブリナはほっとしてジョシュアとジョンを見比べた。さっそくジョンがブレットを抱え上げようとする。少しよろめきながらも、ジョンは立ち上がった。サブリナが目に恐怖の色を浮かべているのに気づいたのだろう、ジョンはちょっと立ち止まり、冗談めかして言った。「ちゃんと連れて帰るよ、こいつは大丈夫さ。ずいぶん重たいけどね。最近の大成功で天狗《てんぐ》になった分だけ重くなっているんじゃないか？」

　サブリナは弱々しいながらも微笑を返すことができた。ジョンは気を失っているブレットを古い西部劇映画でやるように馬の背に引っかけたりはしなかった。ジョシュアの手を借りて、子供を運ぶときのように自分の前でブレットを抱きかかえ、サドルバッグから出した毛布で雪がかからないように体をくるんでやる。サブリナもすばやく馬にまたがり、並足で進むジョンのすぐあとに従った。

　彼女はジョシュアがつづいてこないのに気づいて、うしろを振り返った。

　ジョシュアはブレットが落ちた岩のそばに膝をついて、不思議そうに岩を見つめ、それからまわりを見まわしている。だが白一面の雪の中で何を探しているのか、サブリナには見当もつかなかった。誰もいないし、何もない。もっとも、スコットランド全軍が隣の丘を越えて進軍していたとしても見えなかっただろう。雪はそれほど激しく降りしきって、視界を閉ざしていたのだ。

「ジョシュア！」サブリナが呼びかけた。だが彼はサブリナの声を聞くでもなく、彼女のほうを見るでもない。あと戻りするべきかしら？　でももう引き返すわけにはいかない。意識を失っているブレットのためには一刻も無駄にできないのだ。いつショック症状に陥るかしれないし、まだこれから長い時間、雪の中を進んでいかなければならない。

唇を噛んで、サブリナはジョンのほうを見た。彼はどんどん先へ進んでいく。ジョンに声をかけたほうがいいかしら？　もう一度ジョシュアのほうを振り返ると、ほっとしたことに、彼はようやく立ち上がって馬にまたがり、あとについてくるところだった。サブリナはあわてて顔をそらした。なぜか、自分が見ていたことをジョシュアに知られたくないような気がしたからだ。

三人は黙々と馬を進め、やがて眼前に、雪の大地に投げ落とされた巨岩のように城が白い海の中からそそりたっているのが見えた。ようやく帰り着いたのだ。

「まあ！　ただのくそ忌ま忌ましい人形なのね？」スーザンが数メートル先で口汚く言っ

た。突然の真っ暗闇の中でひどく甲高く聞こえる。明かりが消えるまでに、そう遠くまでは行ってなかったらしい。

そのとき、V・Jはべつの物音を聞いた。まるでケープか何かが触れるほど近くをさっと通り抜けたような、しゅーっという音。

確かにケープだ。

切り裂きジャックだろうか？

本物の切り裂きジャックが恐怖の部屋の中で人殺しをしようとしているのだろうか？みんなはスーザンが大げさに騒ぎたてている、想像をたくましくしてばかな思い違いをしていると決めてかかっていた。だが、切り裂きジャックの扮装《ふんそう》をした誰かが近くに隠れ、ほくそ笑んでいたのではあるまいか？明かりが消えるのを待ってさえいれば、みんな屠《と》殺《さつ》者の前の子羊のように無力な餌食《えじき》同然だと思いながら。

二度目の悲鳴が暗闇をつんざいた。V・Jは心臓麻痺《まひ》で死にそうな気がした。

だがその声の主もスーザンで、そのあとに甲高い罵声《ばせい》がつづいた。「何よ、焼き殺す気？」

「なんだい、きみが僕の足の上に載っかってるからじゃないか！」セアーのライターが灯《とも》って、まわりがかすかに明るくなった。

V・Jは暗闇に目を凝らした。切り裂きジャックはちゃんともとのところに立っている。

ばかね！　彼女は自分を叱《しか》った。

「ほら――ここにランタンがあるぞ」トムが扉のそばのフックから古めかしいろうそくランプをはずした。「こういう嵐でよく電気が切れるんだろう。わりに最近使われたようだ」

「ここにもうひとつあるぞ」ジョーが言った。

ランタンの光で恐怖の部屋は再び明るくなった。前よりも明るいくらいだ。

「きっと誰かが――」スーザンが言いかける。

「おいおい、スーザン！」ジョーがすっかり腹を立てて、顎髭を引っ張りながら言った。「嵐は神様の御業《みわざ》、停電は機械の故障だ。どっちもスーザン・シャープに対する陰謀ではないよ」

「こんな嵐が何さ。まだまだこれからよ！」スーザンはずかずかとセアーに歩み寄ると、彼の手からもうひとつのランタンをひったくった。「これからあのカミー・クラークのまわりに大嵐を起こしてやるからね」

スーザンがまだ自分を邪悪な企みの犠牲者と信じ込んだまま、再び恐怖の部屋を出ていこうとする。ほかの者もあとにつづいた。

気づいてみると、V・Jは恐怖の部屋に取り残されていた。たちまち暗闇が押し迫ってくる。明かりが遠のいていく中で、彼女は蝋人形を見つめていた。完全に暗くなったとたんに、生き返って動き出しそうだ。

「待って！」Ｖ・Ｊは叫ぼうとしたが喉がからからで、かすれ声しか出ない。みんなに置き去りにされてしまう。ここで愚かしく麻痺したように立ちすくんでいると、重くよどむ暗黒の中で蝋人形たちが生き返り、血を求めて追いかけてきそうな気がする。

「Ｖ・Ｊ？」男性的な声が響いた。

「トム！」

よかった。ランプを高く掲げて、トムが捜しに戻ってきてくれたのだ。Ｖ・Ｊのまわりに光があふれ、蝋人形はおとなしくなった。

「ヴィクトリア、ずっとここにいるつもりじゃないだろうな？」トムが優しく言った。すくみ上がっていたＶ・Ｊは生き返った気がし、トムににっこり笑いかけると、先に行った一団を急いで追いかけた。スーザンが先頭に立ち、大股で進んでいく。普段なら色っぽい歩き方をして、それさえ手練手管に使うような女が、肩を揺すり、トラック運転手も顔負けしそうなタフガイ風の足取りで歩くのを見て、Ｖ・Ｊはびっくりした。

一階に上がると、あたり一面にろうそくが輝いていた。城の使用人たちは忙しそうに立ち働いている。

スーザンはカミー・クラークを求めて、『オズの魔法使い』に出てくる西の悪い魔女さながらのすさまじい勢いで二階に上がる階段を上り始めた。セアーもあとにつづいたが、トムは足を止めた。

「ヴィクトリア、きみはベストをつくしてくれよ。僕は子羊が屠殺されるところを見るのはごめんだ」トムは首を振り振り言った。

V・Jは下唇を噛んだ。トムがどんなにスーザンを憎んでいるかはよく知っている。

「私はレジーといっしょに飲み物をいただいてるわ」アンナ・リーが図書室のほうへ行きながら声をかけ、振り返ってさらに言った。「セアーがいれば、スーザンがひどい暴力を振るうのをやめさせてくれるでしょ。私たち臆病者《おくびょう》は臆病者らしく火のまわりで縮こまってるほうがいいのよ」

「僕もトムに賛成だ」ジョーも言った。

V・Jは並んで立っている二人を眺めた。美しい銀白色の髪のトムは背が高く、ハンサムで、堂々として見える。髭を生やしたジョーはもっと体重があり、粗野で荒々しい感じがする。トムはベルサーチできめていてジョーン・コネリーのようだし、ジョーのほうは救世軍の服に身を固めた灰色ぐまのようだ。そんな二人が今は妙に一致団結しているように見える。

「スーザンはうら若いカミーを思う存分辱める気だぞ。そんなとき、見物人はいらないんじゃないかな」トムが言った。

V・Jはうなずいたが、自分の意見を変えなかった。「みんなで押しかけることはないでしょ。でも私はセアーの応援をしてくるわ」

「私もいっしょに行く」ダイアンが言った。好奇心に目を輝かせ、すっかり興奮している。全員が彼女を見つめた。ダイアンは黒い髪をさっとうしろに払った。「スーザンは怪物みたいに怖い人よ――みんな知ってるでしょ。スーザンがひどいことをしようとしたらＶ・Ｊを応援するわ。Ｖ・Ｊがひとりで火の粉をかぶらないようにね」

「忘れちゃいけないよ、この〈ミステリー・ウィーク〉が終わったら、みんな怪物スーザンにつけを払わされるんだ」ジョーがうんざりしたように言った。

トムは自分の考えは口に出さず、じっとＶ・Ｊを見つめていた。Ｖ・Ｊはまわれ右して、急いで階段を上っていく。ダイアンもすぐあとにつづいた。

二人がカミーの部屋に着いたとき、すでにスーザンは中に押し入っていた。いつものとおり、ジョンの小柄な助手はデスクの前に座っている。停電にもひるまず、大きな電池式のランプのそばで仕事をつづけていたようだ。

「この間抜けで汚らわしいちびの雌犬め、あんなことをして。あんたを首にさせてやるからね！」スーザンがカミーにわめき散らした。

　カミーは飛び上がって、震えながらスーザンを見つめた。口をもぐもぐさせるが言葉は出てこない。涙のにじむ目を呆然《ぼうぜん》とスーザンからセアーへ、さらにＶ・Ｊやダイアンへと移す。

「わ――私は……」仰天しながら、カミーは言いかけた。巣から落ちた雛鳥《ひなどり》のように弱々しく見える。

「スーザン、せめてなぜカミーのことを怒っているのか説明したら?」V・Jが強い口調で言った。

たとえ私の次の作品が聖書みたいにすばらしい本でも、スーザンの一言できっとマスコミから葬られてしまうでしょうね、とV・Jは思った。

スーザンがさっと振り返って、彼女をにらみつける。

スーザンは怒りに顔を歪《ゆが》めて再びカミーに向き直る。「この人には自分のしたことがわかってるはずよ。私にメモをよこして、恐怖の部屋に行かせたのよ。それからこっそり秘密の階段を下りてきて、私を死ぬほど脅かしたんだわ。すぐ首にするべきよ、逮捕するべきだわ。そうなるのを見届けてやる!」

「スーザン」カミーは言い訳しようと声をあげた。「してません……私、知りません……誓って言いますけど――」

「このちびの嘘《うそ》つきうじ虫!」スーザンは歯噛みしながら突進しようとする。

「まあ、ちょっと待って」セアーがスーザンを引き留めようと足を踏み出しながらどなった。

「あら、言いたいだけ言わせなさいよ」ダイアンが澄まして言った。

「スーザン、どうしてあなたはそんなにとてつもなく独善的な性悪女なの!」V・Jは思わず言った。

おやおや、とんだ〈ミステリー・ウィーク〉だわ。こんな自殺行為をしてしまうなんて。新聞の書評でどれほどこてんぱんにやっつけられることか。

「わ、わ、私、あなたに恐怖の部屋へ行けなんていう指示は出してません」カミーがスーザンに言った。「みなさんが埋葬室での降霊会に出るように指示されていました。ジョシュアがお墓のうしろでとんとんと音をたてる役で。でもジョンについていってしまったんです。面倒なことになりそうだからって――つまり――あの、誰かが立ち往生するとか、雪がひどくなるとか」カミーは、雇い主のジョンが馬でブレットとサブリナのあとを追って出るとき、面倒を起こしかねないほどかんかんに怒っていたのを認めてしまったことに気づいて口ごもった。「ジョ――ジョシュアは、この雪ではジョンにも手助けが必要だろうし、みなさんはご自分たちだけでも埋葬室でけっこう楽しまれるだろうと思ったらしいんです」

「あら、そうね。死人の中で過ごす朝ほど楽しいものはないわ」ダイアンが皮肉を言う。カミーは悲しそうにちらりと彼女に目をやった。ダイアンはすぐに後悔したとみえて、急いでつけ加えた。「もちろんジョシュアにとっては、誰も迷子にならないようにすることのほうがもっと大事だったでしょうけど」

そうかしら？　ダイアンは心の中で自問した。むしろ、サブリナを巡ってブレットとジョンの間で殴り合いにならないようにすることのほうが大事だったのでは？

「スーザン、どこかからあなたにメモが送られたとしても、それを書いたのは私じゃありません」カミーが言った。

「じゃあ、どこから来たって言うのよ？」

カミーは困惑しきって、まだ震えている。「わかりません、私にはわかりません。わからないんです、もうひとつのメモだってどこから来たんだか――」

彼女は全員を見つめて言葉を切った。顔が蒼白《そうはく》だ。

「まだほかにきみが書いたのでないメモを受けとった者がいるのか？」セアーがきいた。

「わ――私――」

「ねえ、間抜けみたいにへどもどするのはやめなさいよ！」スーザンが叫んだ。

「ほかに誰がべつのメモを受けとったの？」V・Jが穏やかに尋ねた。

「お願い、教えて、誰なの？」ダイアンも優しくきく。

「私が勝手にそんなことをべらべらしゃべるわけには――」カミーは逃げ腰になった。

「ジョンだわ！　ジョン・スチュアートね！」ダイアンが言った。また妙に興奮しているように見える。

カミーの顔はまだ真っ青で、震えながら立ちすくんでいるところは迷子になった小さな雌鹿《めじか》のようだった。

「私がどう思っているか言ってあげましょうか？」スーザンが言った。「そんなの全部たわ言よ。あんたが騒ぎの元凶なのよ。べつのメモを渡して、自分が最初に書いたメモを盗むなんてこと、ほかの誰にできるというの？　全部あんたがやったのよ。ただひとつわからないのはその理由だわ」

「いいえ、いいえ、違います。そんなことできません。する気もありません。本当です」カミーは必死に無実を主張する。「あなたが怖い目に遭われたのはお気の毒ですけれど――」

V・Jは子犬が殺されかけているのを目前にしているような気がした。危険を冒してでももう一度割って入らないわけにいかない。「まあ、スーザン、そんなに決めつけるのはやめなさいよ！　私たち鎖につながれているわけじゃないのよ。誰だって城中をこっそり歩きまわれるわ。誰にだって悪さはできるのよ！」

スーザンは毒気にあふれた目でV・Jをにらみつけた。「あんたが部屋に閉じ込められ、恐ろしい怪物に追いかけられたわけじゃないからね。私はあの男に殺されたかもしれないのよ。あんたたちが先に駆けつけてくれていなかったら、私はあの男に殺されてたわ！」

「あの男って誰だね？　きみはあのメモをよこしたことでカミーを責めていたんだろう？」セアーがきいた。

「あの男でもあの女でもいいじゃないの。とにかくここにいるカミーが切り裂きジャックに化けてたんだわ。誰かが私を殺そうとしたのよ。このちびの性悪女に決まってるわ！」

「まあ、スーザン、やめなさいよ。なんにも知らないくせに」ダイアンが静かに言った。ダイアンは妙に失望しているように見える。V・Jはこのときになって初めて、ダイアンがどうしても自分にわからない何かがわかるかもしれないと期待して、この対決を心待ちにしていたのではないかと思った。ダイアンはなんて若いのかしら。V・Jは彼女を眺めながら改めて感じた。人生はダイアンに年若いうちの成功だけでなく、過酷な試練も与えたのかもしれない。

スーザンはみんなの顔をひとりずつ見渡した。まだ怒り狂っていて、顔を醜く歪めている。V・Jは思った。今ここにいる人たちはみんな、できることならこの人を切り裂きジャックといっしょに閉じ込めてしまいたいでしょうよ。

「みんなくそ食らえよ！」スーザンは小声で言い、もう一度みんなをにらみまわした。「きっとひどい目に遭わせてやる！」

彼女は足音も荒く部屋を出ると、思いきりドアをたたきつけた。

またしてもV・Jは西の悪い魔女を連想した。

カミーがしくしく泣き出し、セアーは難しい顔をしている。V・J自身も胸に渦巻く激しい感情に体が震えているのに気づいた。

「みんな一杯やる必要がありそうね」ダイアンが言った。「さあ、カミー、階下《した》へ行っていっしょに一杯やりましょうよ」

「わ――私は仕事をしてたんです……」カミーはすすり泣きをこらえようとして鼻をすすりながら切れ切れに言う。

「いいじゃないの、あとでもできるわ」V・Jが優しく言った。

「でも私はあなた方のお仲間じゃありませんから。今は〈ミステリー・ウィーク〉なんです。みなさんは犯人捜しをしなくてはならないんですよ」

「あなたがそんなにがんばらなくても、私たち、もういやというほどミステリーを抱えてるわ」ダイアンが言った。「ミステリーなんてどこからでもひねり出せるものよ。行きましょう。ジョンはいいって言うわ。怖いメデューサとの遭遇のあとだもの、きっとあなたに一息入れてもらいたいと思うわよ」

カミーはうなずいた。「ジョンはいいと言うでしょうね。それはわかっています」カミーは静かに言った。

「じゃあ、行きましょうよ。私、倒れないうちに座りたいの。腰を下ろしたらマティーニがいただきたいわ」V・Jが言った。

彼女が部屋を出ると、ほかの者もあとにつづいた。ちょうどそのとき、一階から血も凍るような金切り声が響いてきた。

11

映画の中でさえ、そんなすさまじい悲鳴は聞いたことがない。ジョンのあとから城に入りながら、サブリナは思わず飛び上がった。

声の主は入り口に立っていたアンナ・リーだった。気を失ってジョンに抱えられているブレットを目の前にして、美しい目を大きく見開いている。ブレットが死んだと思ったらしい。

「生きているよ！」ジョンがあわてて告げた。「ちゃんと生きている」

その声にブレットがかすかに身じろぎし、目を開けてうめき声をもらした。それから自分を抱えている友人のジョンを見上げて、ほほえもうとした。「こんな逢引《あいびき》の仕方はやめようぜ。噂《うわさ》が広がっちまうからな」

「この調子なら大丈夫そうだ」ジョンはぶっきらぼうに言って、図書室へ向かった。

このときにはもうレジー、トム、ジョーがあわてて図書室から玄関広間に出てきていた。V・J、ダイアン、セアー、スーザン、カミーも階段を駆け下りてくる。急に立ち止まったサブリナにジョシュアが追突した。

「何があったんですか?」カミーがきいた。

「乗馬の事故なの」サブリナが答える。

「間抜けな馬が僕を振り落としたのさ」ブレットが顔をしかめた。「なんと岩の上にね！痛むんだ、ご婦人方。僕に優しくしてくれたまえ！」

ジョンは自分の運んできた怪我人《けが》が元気を取り戻すのを見てあきれたようにうなったが、振り返って言った。「誰かタオルと冷たい水を持ってきてくれないか」

カミーが急いで命令に従う。間もなくブレットは図書室のソファに収まり、全員の見守る中、傷は気絶の原因となった頭の強打だけだと確認された。みんなの注目の的になったブレットはご機嫌で、痛がったり、みんなの同情につけ込んで甘えてみたりしたあげく、傷の消毒と冷たいタオルで頭を冷やす役目はサブリナでなければいやだと駄々《だだ》をこねた。ダイアンに痛みや腫《は》れを和らげるためのカクテルを作ってもらうと、ブレットは乗っていた荒馬が突然どんなふうにさお立ちになって自分を雪の中に放《ほう》り出したかを、大げさに話して聞かせた。ブレットの話を聞きながら、サブリナはジョシュアがあそこで何を探していたのだろうかと改めていぶかしく思い、彼のほうを見やった。ジョシュアは火のそばの陰になったところにひとり離れて立ち、みんなを眺めている。

「電気が切れたのかい?」ジョンがセアーを見上げてきいた。

「少し前にね、ちょうど——」

「私が恐ろしい襲撃を受けたすぐあとよ!」スーザンが言う。

ジョンはアンナ・リーから飲み物を受けとりながら、スーザンに尋ねるように眉を上げてみせた。「襲撃?」

「ほかのみんなが埋葬室でばかげた降霊会をやっている間、私だけ恐怖の部屋に呼ばれたのよ。それから部屋に閉じ込められて、切り裂きジャックに襲われたんだから!」スーザンが叫んだ。

ジョシュアが息をつまらせたような奇妙な声を出した。

「切り裂きジャックが生き返って?」ブレットは礼儀正しくきき返したものの、今にも吹き出しそうだ。

「スーザンは閉じ込められてなんかいないよ」セアーが断言した。

「ドアが開きにくくなっていただけさ」ジョーが説明する。

「みんなそう言うのよ」スーザンは息巻いた。「でも私はあの人がやったんだと思っているわ」大げさな身振りでカミーを指さす。

ブレットは嘲笑《ちょうしょう》するように鼻を鳴らした。カミーが静かに泣き始める。ジョシュアがカミーを弁護しようとするように、暖炉のそばから前に出てきた。

「カミー、どうなんだ?」ジョンが優しく声をかけた。

「なんのことだかわからないんです！」カミーは叫んだ。

「誰にも本当のことがわからないようだから、お互いを犯人扱いするのはやめようじゃないか――ゲームでならべつだが」ジョンがきっぱりと言った。

「ジョン・スチュアート、そんなふうに私の言ってることを無視しないで！」スーザンが叫ぶ。「私の頭は狂ってないのよ。言っておきますけどね――」

「なんだい？」ジョンが不愉快そうにきく。

「あなたのお客は山ほど秘密を隠し持った嘘《うそ》つきばかりよ」スーザンはひとりひとりを憤然とにらみつけた。「みんなに言っておきますけど、私はおとなしく引っ込んでなんかいませんからね。そいつにきっと仕返ししてやるわ」

「スーザン、きみが何か知っているなら――」ジョンが言いかける。

「あら、私は何もかも知っているのよ！　でも誰のことも告げ口するつもりはないわ――今のところはね」

「スーザン、身の危険を感じているなら、人を脅すのはやめたほうがいいんじゃない」ダイアンが黒髪の一房をねじりながら言った。

「そうだよ」セアーも口を添える。

まるで最後に団結して近所のがき大将をやっつけている子供みたいだと、サブリナは思った。

「あなたたちみんな――ひとり残らず――自分のけちな人生をとっくり思い返して、どんなに偽善的で惨めな嘘ばかりで成り立ってるか考えてみるがいいわ！」スーザンが言い返した。

ジョンが深いため息をついた。「スーザン、もしゲームをやめたいなら――」

「あら、私たちはゲームをするためにここへ来たんじゃない？」

ジョンは懸命に怒りやいらだちを抑えているという顔で首を振った。「本当にきみが怖いと思っているなら、賭《か》け金が高くなりすぎているんだ。この〈ミステリー・ウィーク〉を中止にすべきかもしれない」

「あらだめよ。ゲームはつづけなくちゃ――ただ、ゲームのルールに従ってないのが誰なのかはっきりさせましょうよ」スーザンが言った。「それにジョン、あなたに頼みたいのは――」

「恐怖の部屋のドアの具合は見ておくよ、スーザン」ジョンが答えた。「だが、閉じ込められたと思い込んでいるだけじゃないかという気がするんだが」

「頭ってとても不思議ないたずらをすることがあるのよね」アンナ・リーの声は柔らかで官能的だ。

「私の頭はいたずらなんかしないわよ」スーザンがにべもなく突っぱねた。「それにもう一度言っておくけど、犯人には絶対に仕返ししてやるからね」

「何が起こったのかは全力をあげて解明するつもりだよ、スーザン」ジョンが言った。「だが、今僕たちは少々困った状況にあるんだ。嵐《あらし》の接近についてはすでに知らせたが、どのくらい雪に閉じ込められることになるかはわからない。すでに電気が切れている。自家発電機や電池はあるが、ここを僕が望むほどは明るくしておけそうにない。なんとか生活できる程度にはなるが」

「でも大ホールにすばらしい食事が用意されているわ」レジーが言った。「みなさん何かおなかに入れたほうがいいんじゃないの。そうすれば気分もよくなって、ひどいヒステリーを起こさずにすむし」

「私はヒステリーなんか起こしていませんよ！」スーザンが言う。

「おいおい、スーザン、きみはいつだってヒステリックじゃないか。おまけに僕のお株を奪っちまって。僕のほうこそみんなの注目を浴び、まわりに集まった人たちにうんと優しくしてもらいたいのにさ。しっかりしてくれよ。患者はこの僕だけで十分だ」ブレットがすねてみせる。

「私だって落ちて頭を打ったのよ」とスーザン。

「ええ、でも石頭だから……」ダイアンが呟《つぶや》いた。

「聞こえたわよ！」スーザンがダイアンに鋭く言い返す。

「あらそう」ダイアンが澄まして答える。スーザンとにらみ合う目は悪意に満ちていた。

「スーザン、発電機があるから熱い湯は出る。少しばかり節約する必要はあるが、今は一杯やってゆっくり熱い湯に浸《つ》かれば、ずっと気分がよくなると思うよ」ジョンが言った。

その言葉にさすがのスーザンも心を和らげたとみえる。「ええ、熱いお風呂にお酒。それも強いのを。ねえジョン、何か作ってくださらない？　それから私がお風呂に入っている間、いっしょにいてくれないかしら？　護衛としてね。私、今すごく不安なのよ」

「スーザン、僕は階下《した》へ行って、恐怖の部屋や埋葬室やチャペルを調べなくちゃいけない。大丈夫だよ。ほかの誰かに――」

「僕がスーザンの部屋の戸口で護衛に当たるよ」セアーが志願した。

「いや、きみには僕といっしょに来てほしいんだ」ジョンは元警官に言った。

「私が見張るわ」サブリナは思わず言った。

「だめだめ！」ブレットが頭の上の冷たいタオルに載せられたサブリナの手をつかんだ。

「こんなときに僕をひとりにしないでくれよ。お願いだからさ、サブリナ」痛そうに顔をしかめてみせる。サブリナはブレットを見下ろした。確かに傷はひどいし、彼が生きていたことは嬉《うれ》しい。

「僕が歩哨《ほしょう》に立つよ」トム・ハートが申し出た。

顔を上げたサブリナは、ジョンに見つめられているのに気づいた。射抜かれそうな視線だ。彼女はソファの肘掛けに腰を下ろしてブレットの頭に手を載せており、その上にはブレットの手が重ねられている。どんなに親しげに見えることだろう。

「きみ、僕を部屋まで連れていってくれない？」そのときブレットが言った。「頼むよ、ひとりじゃ行けそうもないんだ。それから軽い昼食を運んできてくれないかな。僕が痙攣《けいれん》なんかを起こさないように見ててくれるよね」

もうそのときジョンは背中を向けていた。そしてセアーを従えてさっさと行ってしまった。

「さあ、食べましょうよ。腹ぺこだわ」レジーが言った。

「腹ぺこですって、人が二人も傷ついているのに？」スーザンが抗議する。

「愚かで不注意な二人がね。そうよ、私は腹ぺこよ。しようのない人ね、スーザン。さっさとお風呂に入ってきなさいよ。サブリナ、あなたもその好色な雄鳥《おんどり》を早く二階へ連れていけば。戻ってきたらいっしょに遅い昼食にしましょう。長い一日になりそうだわ！」

確かに長い一日になりそうだ。ブレットを二階へ連れていったとたんに、サブリナにもそれがわかった。

ブレットの服はびしょ濡《ぬ》れで、彼は当然のように着替えを手伝ってほしいとねだり、サブリナにブーツ、ジャケット、シャツを脱がせてもらって喜んだ。ただ、さすがのサブリナもズボンを脱がすのは断った。

「おいおい、サブリナ、まったく知らない仲じゃないだろう」ブレットが悲しそうにサブリナを見やる。「全然力が出ないんだ。頼むよ」

「いいわ」サブリナは折れた。「横になって。そうしたらズボンを引っ張って脱がせるから。下着はつけているでしょうね」

彼は笑った。

「怪我をしたからって下品なまねが許されるわけじゃないんですからね」足に張りついている濡れたズボンと格闘しながら、サブリナが言った。

両手に彼のズボンを持ったまま、勢いあまってベッドの柱にぶつかったちょうどそのとき、ジョンがずかずかと部屋に入ってきた。ジョシュアとセアーは廊下で待っている。

「マクグラフ、手助けがいるかと思って寄ってみたんだが、大丈夫のようだな」ジョンが無愛想に言った。

「もちろんさ。サブリナは僕の服の脱がし方を知っているからね」

ジョンは片方の眉を上げて非難するようにサブリナを見つめたが、そのまま部屋を出ていった。

サブリナはブレットのズボンを床に投げ出した。

ブレットが彼女の手をつかむ。「きみがいつ彼と寝たのかわかったらなあ」

「ブレット、やめてちょうだい」

驚いたことに、彼はそれ以上言うのをやめ、彼女を見上げてにっこりした。「きみはすばらしい看護婦さんだ。今度は下着を脱ぐのを手伝ってくれない？」

「今の唯一の救いはあなたが下着をつけてたってことだわ！」

「ねえ、お願いだよ。もう一度冷たいタオルを頭に載せてくれないかな？」

サブリナは怒っていた。あなたが始終わざとべたついてみせるから、少なくとも、あなたに妥協せざるを得ない立場に私を追い込むから、ジョンにあなたと寝ていると思われてしまったじゃないの。でも今はどうすればいいというの？　どうしようもないわ。サブリナはため息をついた。「ベッドに入って、お行儀よくしてちょうだい」

彼は目を閉じ、顔をしかめて言うとおりにした。本当に頭がずきずき痛むらしい。

あっさり間違った結論を下したジョンにも腹が立って、サブリナはついブレットの世話を焼いてしまった。だがもうこれ以上彼の罠《わな》にはまってたまるものかと思う。「いい加減にあきらめてくれない？」枕《まくら》をふくらましながらサブリナは頼み、酒を飲みたいというブレットの法外な要求を却下した。「頭にそんな瘤《こぶ》ができているのにだめよ。お酒はいけません。眠ってもだめ。とにかく体を休めるのよ。幻覚が起こるようだったら――」

「医者を呼ぶ。そうだね、サブリナ看護婦？」ブレットはおかしそうに言った。

「すぐよくなるわ」

「ウィスキーほど効果てきめんなものはないんだがな」ブレットがものほしそうに言う。

「きょうはアルコールはだめ。死ぬところだったのよ」

「ばかな馬め！　どうしてあんなふうにさお立ちになったんだろう？」ため息をつく。

「僕もばかだ、どじな乗り方をして」

「まあ、そういうこともあるわよ」サブリナは優しく言った。

「まったくここではいろんなことが起こるね」ブレットはだるそうに言った。「スーザンには何があったと思う？」

「わかるはずがないじゃないの。私はここにいなかったんだから」

「みんなスーザンを憎んでいる。誰かが彼女の死を望んでも不思議じゃない」

「でも死んでなんかいないじゃない？　それに普通、人は誰かを憎んでも殺しはしないわ」

「ああ、だが殺人てものをよく考えてごらん。精神病質の人間がいるとする。そいつがかっとなって罪を犯す。そういうやつは機会があればもっと重い罪にも手を出すようになるんだ――次から次へとね」

「それにしても、あんなに怖がるなんてスーザンらしくないわね」

「だがあの蝋《ろう》人形はすごく怖いと思わないかい？」

サブリナは心からうなずいた。

「なんだか急に腹が空《す》いたな。ぶどうがあったらきみの手で食べさせてくれないかなあ？」

「あなたにぶどうを食べさせるなんてお断りよ。でも昼食を持ってきてあげるわ。休んでいてね。取ってくるから」サブリナはそっとブレットの部屋を出ると、階段に向かって歩き始めた。

そのとき背後で静かにドアが閉まる音がした。振り向いてみたが、どのドアかはわからない。実際に聞こえたのかどうかも定かでなかった。廊下は墓場のように静まり返っている。サブリナは身震いし、あわてて階段を下りた。

ジョンは恐怖の部屋を見まわした。おかしなところはまったくない。

セアーは古い差し錠がほんの少し反った部分を示して自説を披露した。「この天候でドアが膨張して……」だが彼はそこまで言って肩をすくめた。「事実を直視しようじゃないか。スーザンは確かに猛烈な性悪女だ。だが何かが彼女を震え上がらせたのは間違いない。何もないのに彼女が怖がって取り乱すなんて考えられるかね？」

蝋人形を見つめたまま、ジョンも肩をすくめた。確かにジョシュアの腕は見事だ。蝋人形は生きているように恐ろしい。だが材料はただの蝋、針金、布、金網にすぎない。もともと邪悪なものではないし、生き返るはずもない。

おまけにスーザンは性悪女だ。

しかし、ジョンも本当のゲームとは関係のない偽のメモを受けとっている。彼はひどく緊張していた。雪で身動きならなくなりそうだし、今は発電機に電力を頼っているありさまだ。この状態がいつまでつづくかわからない。しかも客の身の安全に責任がある。

「重要なのはメンバーのほとんどが降霊会に出ていたということだ」セアーが言った。

「きみとブレットとサブリナ、それにジョシュアは出かけていた。カミーは仕事中だった。もしかすると、雇い人の誰かが関《かか》わっているんじゃないかな？」

「僕の雇い人が？　骨身を惜しまず働いてくれる連中ばかりで、僕の客をからかっている暇などあるはずがない。それに、スーザンを脅すことなんかに興味はないと思うね」

「じゃあ、やはりスーザンが勝手に思い込んでいるだけか」セアーは腰に手を当てて、ため息をついた。「道具があれば、この場所から指紋を探し出せるんだが。もっとも、全員の指紋が出るだろうな。みんなここに下りたことがあるから」

ジョンは切り裂きジャックの前に立ち、人形に触ってみた。やっぱり蝋だ。

だがスーザンがほかの人とは違う呼び出しメモを受けとったことは考えられる。それは疑えない。ジョン自身もそういうメモを受けとっているのだから。

誰かが罪作りないたずらをしているだけかもしれない、しかし……もし狂人ともども雪に閉じ込められることになったら。おいおい、そんなに悪い想像ばかりしてはだめじゃないか。

「もうここでこれ以上することはなさそうだ」ジョンがセアーに言った。

「そうだな。ここにはスーザンの言ったことを立証するねたも反駁《はんばく》するねたもない。だが、何かあったんだ。きみがここにいてくれていたらなあ。僕たちがここにいる間に突然停電したんでライターをつけたら、スーザンが大声で叫んだんだ。私を焼き殺す気かってね」

「嵐は神の御業《みわざ》だからね。よし、スーザンをやっつけてやろう、なんて誰かが天から雷を落とすわけじゃあるまい」ジョンは苦笑した。「解決の道がひとつだけ残っているよ」

「なんだい？」セアーが尋ねる。

「ゲームさ」ジョンは憂鬱《ゆううつ》な顔で言った。「初めの計画どおり、最後までゲームをつづけるんだ」

暗闇《くらやみ》に包まれた城はひどく無気味だった。

サブリナにしても、停電が初めてというわけではない。嵐となれば、地球のいたるところで電線は切れるものだ。

だが城の中は特別だった。幽霊と見間違いそうな怪しい影がありとあらゆる物陰にひそんでいる。石の壁には、ろうそくや灯油ランプがちろちろと気味の悪い形を描き出す。どの隙間《すきま》にもどの角にも恐ろしい秘密が隠されているように思える。

サブリナはほとんど走るように階段を下り、大ホールに駆け込んだ。

そこは空っぽだった。ほかの人たちは食事をすませて、部屋に戻ってしまったらしい。だが食べ物はまだ残っていた。保温用の燃料はほとんど消えているが、ビュッフェ・テーブルの上にはこんろ付き卓上鍋《なべ》が並んでいる。誰かがテーブルを片づけかけたようだが、皿はまだ何枚か出ていた。

彼女は鍋の中身を物色し始めた。そのとき突然、背筋にぞっと冷たいものが走った。暗がりから誰かが見つめている。彼女はさっと振り返った。

背後には誰もいない。ばかね。私もスーザンのように、隙を見て襲いかかろうとしている怖いマント姿の人間を想像しかけているんだわ。

だが、確かに玄関広間のほうから表階段へ向かう足音が聞こえる。サブリナは大ホールの戸口まで行き、ドア近くの物陰で足を止めた。

ジョンが階段を上がっていく。そこへアンナ・リーが下りてきた。彼女はジョンの腕に片手を載せた。ウェーブのある髪が顔にこぼれ落ちている。アンナ・リーはにっこりした。美しい微笑だ。だがそのあと、心配そうに何か言っている。その言葉は聞きとれなかった。ジョンが両手で彼女の手を握る。背が高くがっしりとした彼のそばにいると、アンナ・リーはとてもか弱く見える。一歩階段を上がりながらジョンが彼女にささやいた。まるで彼女の保護者のようだ。アンナ・リーはきびすを返し、さらに階段を上がっていくジョンについていった。

サブリナはそっと大ホールの中に戻ると、がっくりと壁にもたれた。

「アンナ・リーじゃありませんよ」物陰から声がした。サブリナは飛び上がりそうになった。悲鳴をあげなかったのが不思議なくらいだ。

レジーが、キッチンへの出入り口近くの奥まったところに置かれた大きなアンティークの椅子からすっくと立ち上がって、姿を現した。年取って疲れているようには見えるが、背筋がぴんと伸びていて威厳がある。

「なんですって？」サブリナはささやくように言った。

レジーはちょっとほほえんでみせた。「たった今、あなたがジョンとアンナ・リーを見ているのを観察していたの。人間の観察――それが私の生き甲斐《がい》なのよ。そのおかげで元気でいられる。あなたの思いが手に取るように見えたわ。それに――」

「レジー、なんのことだかわかりませんけど」

「私たちの主人役のジョンのことよ」レジーはなおもサブリナの心を推し量るように目を光らせながらも優しく言った。「あなたはさっき、アンナ・リーとジョンを見ていたわね。そして心のどこかで、キャシーが殺されたとき、ジョンが誰かと浮気していたという噂を思い出していたでしょ」

サブリナは眉を上げた。「レジー、私にはなんの権利も――」

「アンナ・リーとジョンはお友だちよ。でも心配ないわ。ジョンはもう彼女に関心を持っていないから。つまり性的な意味でね」

「彼女にどう関心を持とうがジョンの自由ですわ、性的な関心でもなんでも」サブリナは言った。

レジーは笑みを浮かべた。「そうね。あなたの言うとおりだわ。あなたは全然気にかけていないのよね。じゃあ私の知っていることについては口を閉ざしておきましょう。二階にいるあなたの患者に持っていく食事をよそうのを手伝わせてちょうだい。ここの食事はおいしいわね。子羊肉にしましょうよ。ブレットが大好きだから」

「レジー……」

「だめ。私は口を閉ざしておくわ」

「レジー、もし大事なことを知っていらっしゃるなら――」

「私はいろんなことを知っているわ。少なくとも、知っているつもり。でもそのうちのいくつかは、言うと無実の人を傷つけるかもしれない。だから言わないの。そのときが来たら、真実はおのずと明らかになるでしょうよ」

「レジー……」

「うんざりしてきたでしょ。じゃあ、自分の食べる分をよそいなさいな」そう言うと、レジーは肩をそびやかし、背筋をまっすぐに伸ばして、大ホールを出ていった。今度こそ本当にサブリナひとりを残して。

いや、本当にひとりきりだろうか？

もう一度、サブリナはまわりを見まわし、暗闇をじっと見つめた。誰もいない。

二つの皿に料理を盛りつけると、彼女は走り出さないように努めながら、そっとブレットの部屋に戻った。

嵐だけでも大変なことだ。雪に降り込められるとなるともっと悪い。そのうえ停電だ。城の機能はなんとか麻痺《まひ》させずにいるが、ジョンにしても暗がりはありがたくない。

彼はいくら自分を責めても責め足りない思いだった。

なぜゲームをやめようと主張しなかったのだろう？　悪天候になる前にみんなを無理にでも帰すべきだった――年取ったレジーが望もうと望むまいと。

しかしそうしなかった。

その結果、全員がしばらくいっしょに閉じ込められるのだ。みんな檻《おり》の中のねずみのように、おろおろし始めている。今に共食いでもやりかねない。

彼らはジョンのところへやってくる。ひとり、またひとりと。

まずはアンナ・リーだ。

彼女はジョンの部屋までついてきた。

ジョンは小さくため息をついた。「おいおい、いったい――」

「しっ！　お願いよ、ジョン！」アンナ・リーはジョンを部屋に押し込んだ。見るからに興奮している。「始まったのよ！　わからないの？　すべてが明らかになりかけているわ。真実はすぐそばにあるのよ。そして――」

ジョンは彼女の肩をつかんで、落ち着かせようとした。「真実はすぐそばにあるって――どういう意味だい？　アンナ・リー、きみはスーザンへの脅しに関わっているのか？」

「いいえ！」アンナ・リーは肩をつかむ手を振りほどこうとしたが、彼は放さなかった。

「スーザンは性悪で、どんな嘘でも平気でつく女よ。でも今度ばかりは自分が追い込まれているのが、命を狙《ねら》われているのがわかっているのよ。あの人は三年前に何があったのか知っているんだと思うわ。だからなんとしてでもあの人に口を割らせなければ」

「口を割らせる？　たたきのめせとでもいうのか？　拷問にかけて告白させろとでも？」

「わからないの？　あの人は殺人者を脅かしたのよ――きっと脅迫したんだわ。そして今ではすっかり怯《おび》え、落ち着きを失ってる。でも、誰かを脅迫したことを認める気はなくて、ゲームの参加者を動揺させ、自分に注目を集めることで身の安全を図っているんだわ」

「スーザンが真実を知っていると、なぜそんなにはっきり言えるんだい？」

アンナ・リーは頭を振った。「わからない、わからないわ。ただそういう気がするのよ」

「殺人者がいるかどうかさえ、まだわからないんだよ。それに、キャシーが死んだとき、ここにいる人たちのほとんどが何かしら秘密を抱えていた。たぶん誰も彼もが秘密を抱えていたんだ」彼は一瞬ためらった。「キャシーが寝ていたのは――」

「寝るっていえば」彼女は急いで遮った。「スーザンと寝れば、簡単に彼女の口から真実をきき出せるんじゃないかしら」

「なんだって？」

「彼女があなたと寝たがっているのはご存じでしょ」

「出ていけ！」ジョンは激しく言った。

「ジョン……」

「出ていくんだ！　それにもっと用心しろ。わかったか？」

「ええ」アンナ・リーが不機嫌に答える。

「妙な小細工をして騒ぎを起こすんじゃないぞ」

部屋を出ていきかけたアンナ・リーが振り向いてささやいた。「私、あなたを愛しているのよ」

ジョンはうなずいた。「僕もきみを愛しているよ」

V・Jは自分の部屋のドアを開けて、注意深く廊下の様子をうかがった。あたりには誰もいない。

停電していると、廊下はひどく恐ろしい場所に思える。壁にはいくつもの影が躍っていて、城の外では風の音が低い号泣に変わっている。まるで城そのものが生き物となり、壁までが息づいているようだ。

Ｖ・Ｊは思わず身震いした。

それから重い懐中電灯を握りしめて、部屋を出た。だがそれをつける必要はなかった。廊下づたいに取りつけられた古い金具から灯油ランプが下がっており、ちらちらと無気味な光を投げかけていたからだ。

彼女は洞穴のような廊下を一歩一歩忍び足で進んでいった。

そしてスーザンの部屋の前まで行くと、ドアを開けた。

シャワーの音がする。

ドアの閉まった浴室の前では、背が高くハンサムなトムが行きつ戻りつしていた。

最初はＶ・Ｊに気づかなかったようだが、気配を感じて顔を上げた。

手にしていたポケットナイフを開いたり閉じたりしている。

閉じては開け、閉じては開け……。

なんと禍々《まがまが》しい刃《やいば》だろう。驚くほど長くて、鋭く研ぎ上げられている。

Ｖ・Ｊはトムを見つめた。彼も動きを止め、Ｖ・Ｊを見つめ返した。

それから一歩、Ｖ・Ｊに近寄った。

そして彼女のほうに手を伸ばした。「やめなさいよ！」

「何をする気？」V・Jは怯えるようにささやいた。

シャワーの水は流れつづけている。


ブレットの食事を持って部屋に戻ってみると、サブリナも自分が空腹なのに気づいた。とても遅い昼食になってしまった。もう三時に近い。ブレットが猛烈な食欲を示したので、頭の瘤もたいしたことはなさそうだと、サブリナは胸を撫《な》で下ろした。彼女に給仕をしてもらって、ブレットはご機嫌だった。

サブリナのほうはそれよりも、スーザンの事件や、ジョンが恐怖の部屋で何を見つけるかに興味津々だった。そのうちまたジョンが結果を報告しにここへ来るだろう。

しかし彼は来なかった。ブレットにすぐ戻るからと言いおいて、サブリナはスーザンの部屋へ行き、ドアをノックした。

返事がない。

そのとき、サブリナは廊下の曲がり角近くに人影を見たような気がした。

曲がり角の先はジョンの部屋だ。

彼女は一瞬ためらったが、用心しいしい廊下の壁に沿って進み始めた。

人影はジョンの部屋の前まで行き、ちょっと逡巡《しゅんじゅん》してから静かにドアをノックした。

ドアが開き、女が中へすべり込む。

サブリナは壁に張りついたまま、息をのんだ。数分して、女は出てきた。暗闇の中の姿は優雅で細く、亡霊のようだ。黒い影は首を垂れ、すべるように歩いてくる。暗い場所だが、もし顔を上げたなら、サブリナが見えただろう。

しかし女は顔を上げず、一メートルほど離れたところを通り過ぎていった。

それはダイアンだった。長い黒の流れるようなカフタンをまとった彼女は、廊下の怪しい光と陰の中で、まさに幽霊のように見えた。

深く物思いに沈んだ幽霊のように。

「あなたを愛しているわ!」彼女は小声で呟き、突然立ち止まってジョンの部屋を振り返った。「あなたを愛してる」

その目には涙がダイヤモンドのように輝いている。

「だから私は自分のすべきことをしなくちゃいけないの」ダイアンは苦しげにつづけた。

それからさらに廊下を進んでいった。

サブリナにはまったく気づかずに。

サブリナはじっとダイアンのうしろ姿を見送った。ダイアンは階段を下りていく。長い間サブリナはその場に立ちつくしていた。

やがて彼女はジョンの部屋まで行き、ドアをノックした。

「なんだ？」ジョンはいらだたしげに勢いよくドアを開けて険しい声で尋ねたが、サブリナの顔を見たとたん一歩うしろに下がり、目を細くして見つめた。

「私が来ると思っていたの？」いかにも不機嫌そうなジョンに、サブリナはきいた。

「誰が来るとも思っていなかったよ」ジョンが答える。

「ダイアンも？」

ジョンは胸の前で腕を組んだ。「きみは僕をスパイしているのか？」

サブリナは首を振ったが、ひどくやましい気がした。「いいえ、違うわ。地下室で何か見つかったかききに来ただけよ。今、たまたまダイアンがあなたの部屋から出てくるのを見かけたの」

「何も。何も見つからなかったよ」

彼はサブリナを部屋の中に入れようとしない。戸口に突っ立ち、きっと口を結んで彼女を見据えている。

「あの人、あなたを愛しているわ」サブリナは言った。

「なんだって？」

「ダイアンがよ。あなたの部屋から出てきて、あなたを愛している、でも自分のすべきことをしなくちゃいけないって呟いていたわ」そう言いながら、サブリナは相手の反応をうかがった。

ジョンはちくしょうと呟いた。「失礼」サブリナにそう言うと、彼女のそばをすり抜けて廊下に出た。

「あの人があなたの浮気相手なの？」サブリナはジョンの背中に向かってきいた。

彼は立ち止まり、顔をしかめてくるりと振り向いた。「いいや」

「ではアンナ・リー？」思わずそう尋ねて、サブリナは自分を蹴飛《けと》ばしたい気分になった。

「いや。悪いが失礼するよ」

「どうぞ。私はどうせブレットのところに戻らなければならないから」

彼は顎を引きしめたがそれ以上何も言わず、再び背を向けて廊下の向こうへ歩き去った。

ぽんと肩をたたかれたとき、サブリナは心臓が止まるかと思うほど驚いた。振り返ってみると、アンナ・リーだった。彼女もたった今、こっそりジョンの部屋から出てきたのだろうか？

「あなた、すっかり誤解しているわ」アンナ・リーの美しいグリーンの瞳が、サブリナを品定めするかのように楽しそうに躍っている。ほっそりとして形のよい体の線が露《あらわ》になるピンクのセーターとジーンズ姿で、格別美しく女性的に見える。砂色がかった金髪の巻き毛が古典的な顔立ちを縁取っていた。

「私がすっかり誤解している？」サブリナが言った。

「そう」

「あなたはカッサンドラが死んだときにはジョンと関係していなかったけれど、今はしているというの？」

アンナ・リーは笑った。「いいえ。ほら、まだすっかり誤解してる」

「どういうこと？」

「そう。確かに私はカッサンドラが死んだとき、関係があったわ」

「そうなの？」好奇心から尋ねているだけで動揺などしていないつもりなのに、嫉妬《しっと》に声がこわばってしまう。サブリナは我ながらいやになった。

アンナ・リーはにっこりし、指で髪を梳《す》いた。「でもジョンと寝ていたんじゃないのよ」

「違うの？」

声をたててアンナ・リーが笑ったので、サブリナは自分が突拍子もない声を出したことに気づいた。

アンナ・リーは手を差し出して、サブリナの頬をさっと撫でた。「私はキャシーと寝ていたのよ」彼女は肩をすくめた。冗談を言っているのではないのに、どこかおもしろがっている様子だ。「ああ、でも勘違いしないでね。カッサンドラは男性もオーケーだったんだから。彼女が寝ていた相手は私だけじゃなかった。私はたくさんのお相手の中のひとり。私の相手が彼女だけじゃなかったようにね。多様性は人生のスパイスよ」

「ジョンは動転しなかった？」サブリナがそっときく。

アンナ・リーは首を振った。「知ってたわ。キャシーはいつも人を喧嘩《けんか》させて楽しんでいたもの。よく彼に私たち二人とやらないかと誘っていたわ。彼にはその気がなかったけど。あんまり名誉な話じゃないわね？　私のほうはずっとジョンに熱を上げてたのに。そしてキャシーは……そうね、キャシーだってその気になれば人に自分を愛させることができる女だったわ。でもジョンについては、判断を誤ったんじゃないかしら。かわいそうなキャシー。まったく何もかも悲しいことだったわ。彼女は確かにひどい性悪女だった。でも美人だったわね」

ほほえみ、腰を振りながら、アンナ・リーは廊下を歩いていった。

サブリナは膝の力が抜けてしまいそうな気がした。すぐにでもブレットの部屋に逃げ帰りたいくらいだ。

きっとアンナ・リーの言うことは本当だろう――ある程度までは。だが、ダイアンのことはさっぱりわからない。

それにジョンのことも。

12

　サブリナはその日の午後ずっとブレットのそばで過ごした。気心の知れた友人がいてくれるのが急にありがたく思えてきたし、彼が突然脳震盪《のうしんとう》から来る痙攣《けいれん》発作を起こしはしないかと心配でもあったからだ。

　体はぐったりしているのに、神経は高ぶっている。それに、ジョンに会いたいと思う自分がたまらなく腹立たしかった。

　彼が来てくれるのを待っている自分が。

　期待しないではいられない自分が。

　ブレットがテープデッキを持ってきていたので、ホラー作家ディーン・クーンツの最新小説のテープをかけたが、これは失敗だったかもしれない。なぜなら、若い娘が偏執的な殺人者に追いまわされるというストーリーだったからだ。それでも、おかげでしばらくは時間を忘れることができた。そしてカクテル・アワーが近づいたころ、ブレットの部屋のドアの下にメモが差し入れられた。

「なんて書いてあるんだい？」ブレットがきいた。「またゲームをやるのかな？　もう一度降霊会をするとかさ。そういうのをやるにはいやな晩だな」

サブリナは首を振った。「いいえ、今晩はゲームはなしよ」

「なんて書いてあるんだい？」

サブリナは声に出してメモを読んだ。

親愛なるお客様へ
嵐《あらし》、停電、それにわれわれの身に起きたいくつかの事故のため、夕食はみな様の部屋に運ばせていただきます。今晩は鍵《かぎ》をかけて各自の部屋でお過ごしください。明日大ホールでのブランチでお目にかかります。ゲームの役割を忘れて、われわれのすべての罪を告白し合いましょう。
主人役　ジョン・スチュアート

「よし。きみも僕と鍵のかかった部屋に閉じこもるといい」

サブリナはブレットの頭のてっぺんにキスした。「残念でした。今帰るところなの。あなたはほかほか気持ちのいいベッドにいるじゃない。私だって――」

「きみも僕とほかほか気持ちのいいベッドに入ればいいじゃないか」

「ほかに聞きたいテープはないの？　かけていってあげるわ」

ブレットはため息をつき、置いてきぼりにされるブラッドハウンド犬のようにサブリナを見上げて、むっつりと答えた。「じゃあ、マイケル・クレイトンのを」

「いいわね。きっと楽しめるわ」

「やつの本はベストセラー・ランキングで僕より上なんだ」彼はすねたように言った。

「いいじゃない。ライバルの研究ができるわ」サブリナは出ていく前にカセットブックの一本目をデッキに入れた。「用事があったら大声で呼んでちょうだい。私も寝る前にのぞいてみるわ」

ブレットは鼻にしわを寄せた。「ほんとに僕を愛しているなら、ここにもぐり込んで朝までつきあってくれてもいいのにな」

「ブレット、何時間もいっしょにいたじゃないの。給湯器がちゃんと働いているうちにゆっくりと熱いお風呂に浸《つ》かりたいのよ」

「風呂ならここでも入れるじゃないか。熱湯を節約できるよ——いっしょに入ろう」

「おやすみなさい、ブレット」

サブリナは部屋を出た。出たとたんに、トレーを配っているハウスキーパーのジェニー・オルブライトとぶつかった。はつらつとした顔の若いメイドを二人従えている。

「ああ、ホロウェイ様。すみませんが、これをマクグラーフ様のところへ持ってっていただけませんかね?」ブレットの名前が温かなスコットランドなまりで発音される。サブリナはトレーを受けとった。

「いいわよ」

「ありがとうございます」

「どういたしまして。ジェニー、夜中にこんな仕事は大変ね。階下《した》へ運んでいくのを手伝いましょうか?」

「ああ、なんてお優しい! でも結構です。これで最後ですんで。マクグラーフ様、シャープ様、そしてあなた様」

サブリナはお尻でブレットの部屋のドアを押し開けて、トレーをブレットのところへ運んでいった。

ブレットが嬉《うれ》しそうにほほえむ。「戻ってきてくれたんだ。きっときみは僕との別れに耐えられないと思ったよ」

「あなたのお夕食よ」彼女はトレーをベッドのそばに置いた。「じゃあ、明日ね」

「おいおい、ルームサービス係だってもう少しいるものだぞ!」ブレットがうしろから呼びかけた。

サブリナがドアを閉めたとき、ちょうど若いほうのメイドのローズがスーザンの部屋のノックをあきらめたところだった。「ジェニー、返事がありませんけど」少女が言った。

「じゃあ、トレーをドアの外に置いておき。これがあなたのトレーです、ホロウェイ様」ジェニーが言った。「嵐の直前に入ってきた新鮮な魚を料理してありますで。熱いうちにあがってください」

「ありがとう。もしトレーを下げるのに手伝いがいるなら――」

「いえいえ、ご親切にどうも！」ジェニーは嬉しそうに答えた。「でもスチュアート様に、メイドも私も夕食をすませたら夜は部屋に閉じこもっているようにと言われてますもんで。トレーは夜が明けてから下げさせてもらいます、そのころにはいくらか明るくなっておるでしょうから。そのうち雪もやんで、また太陽が輝いてくれます。ではお気をつけて」

サブリナは優しく礼を言って、もうひとりのメイドのタラからトレーを受けとった。家政担当の三人がおやすみなさいを言って去っていくのを眺めていると、廊下にひとりでいるのが急に不安になる。

彼女はトレーを自室に持って入り、なぜこんなにぴりぴりしているのだろうかと自分でも不思議に思いつつ、ドアに差し錠をかけた。こんがりと上手に直火焼《じかび》きされた魚はいい匂《にお》いだ。いっしょに出された上等の白ワイン、シャブリをありがたく思いながら、サブリナは急いで食べた。食べ終わったものの、もう一度ドアを開けるのがなんだか怖い。部屋の中でやっとくつろいだ気分になってきたところなのに、なぜまた急に怯《おび》えるの。サブリナは自分を叱《しか》った。

だが、魚料理の残りは臭くなるかもしれない。彼女は決心して部屋の外にトレーを出し、右、左と廊下を見渡してからドアを閉めた。

差し錠をかけると、サブリナはちょっと身震いして、浴室へ行った。そしてまだ熱い湯が出ているのにほっとしながらバスタブに湯を張り、入浴剤をたっぷり入れた。

しかし、シャブリも風呂も不安感を和らげてはくれない。

アンナ・リーはカッサンドラとの情事を認めた。ダイアンはジョンへの愛の言葉を呟《つぶや》きながら、彼の部屋から出てきた。スーザンは誰かに襲われたと主張している。そして今や、全員が雪に閉じ込められているのだ。誰もが危険にさらされている。それなのに、サブリナが今望んでいるのはジョン・スチュアートに触れること、彼と愛を交わすことだけ……。

自分に腹が立って、サブリナはバスタブから立ち上がり、勢いよく体を拭《ふ》くと、柔らかなシルクのネグリジェをまとった。寒いはずなのになぜか暑く感じる。彼女はほてった心と体を冷やそうと、バルコニーに出た。

雪はやんでいた。外の空気は身が引きしまるように冷たく、星が信じられないほど美しかった。

彼が背後にいるのを感じたのは、まさにそのときだった。

恐怖を感じても不思議ではなかった。大変な一日だったのだ。しかもかつて、それもさして遠い昔ではなく、ひとりの女性がこの城のバルコニーから墜落死している。

彼の妻が。

サブリナは恐怖は感じなかった。直感的にそこにいるのが彼だとわかっていたからだ。それでも、彼女は息をつめていた。もし彼が私を殺したいと思っているなら、たやすいことだわ。うしろに近寄って一押しすればいいのだから。それほど重いわけじゃない。カッサンドラと同じように。

それに彼の人生にはほかにも女がいたのだ。私だってばかじゃない。そのくらいのことはわかる。

でも、そんなことはもうどうでもいいわ。私ははっきりと感じる、この人を知っている、この人を求めるのは間違ったことではないと。彼の過去、私の過去がどうであろうと。

そして、私が現在起こりつつあることの何を恐れていようと。

なぜうしろにいるのがジョンだとわかるのか、サブリナ自身にもわからなかった。だが間違いない。確かに人間の心の奥底には第六感と呼ばれるものがひそんでいるらしい。サブリナは恐れなかった。彼は私を傷つけるために来たのではないわ。

サブリナは振り向かなかった。ただ待っていた。そして、自分に言い聞かせていた。私たちの間に何かがあったのはずっと昔のことだわ。彼はほかの女性たちとも関係があったのよ。ここで少しは私にも自制心と自尊心があるところを見せなくては。

彼が身動きする音は聞こえなかったし、体に触れられた瞬間飛び上がるようなこともなかった。彼はサブリナの両肩をつかんで振り返らせた。大理石模様の瞳は奇妙ないらだちと煮えたぎるような怒りをたたえている。彼女は息を止め、彼の唇まで出かかっている質問が発せられるのを待ち受けた。サブリナも、私たちには話し合わなければならないことがたくさんあるのよ、と言いたかった。ほかの女性との関係について問いただしたかった。

だが、彼は何も尋ねず、サブリナも何も言えなかった。彼は小さくちくしょうと呟くと、彼女を腕の中に引き寄せた。

激しいキスに、サブリナの体を熱いものがさざ波となって走り抜ける。ただのキスがこれほど直接官能に訴えるものだなんて。飢えたように激しく口の中を探る彼の舌の感触に手足が震え出し、体が熱くなる。彼のベロアのローブやサブリナのシルクのナイトガウンを通して、彼の高まりが感じられる。彼の体は燃えるように熱く、その熱は二人の体を溶け合わせ、サブリナの体の芯《しん》に火をつける。まるで裸身を妖《あや》しく愛撫《あいぶ》されたときのように。

しかし、ジョンは突然唇を離して、サブリナの目をのぞき込んだ。「きみは今もマクグラフと寝ているのか？」かすれた声で尋ねる。

欲望と同じくらい激しい怒りがどっとサブリナを襲った。身を引こうとしたが、彼は強く抱いた手を離さない。サブリナは答えなかった。からかうような調子で彼がさらにつづけたからだ。

「ごめんよ。だがいつもそんなふうに見えるのでね」

「あなたこそ誰と寝ているか知れたものじゃないわ」かっとしてサブリナは言い返した。「きょうのあなたの部屋ときたらまるでグランドセントラル駅みたいに出入りが激しかったもの。あの女の人たちみんなと寝ているの？　ああいうことをつづけたかったから、カッサンドラを殺したの？」

だが言ったとたんに後悔した。ジョンの体が弓の弦のようにこわばる。

「わかったよ。せいぜい憎まれ口をきくがいい。きみが今でもブレットと寝ていたって僕はちっともかまわないよ」

彼は怒りの目で鋭くサブリナをにらんでいる。それから突然、また彼女をくるりとうしろ向きにし、彼女の首の根元に指をまわした。

それから首筋や肩を揉《も》み始めた。サブリナは何か言い返したいと思った。ぴしりとやり返さなくちゃ。わずかでもプライドを持った分別のある人間なら、彼から身を離すべきだわ。でも、力強く官能的な彼の手の感触に身動きできない。こんなに腹を立てているつもりなのに。彼は真うしろにぴたりと身を寄せている。今も自分のものを熱く硬く高ぶらせたまま、全身で誘惑するように。

「私のことを怒っているなら、疑っているなら、出ていけばいいでしょう」サブリナはやっとの思いで言った。

「そうだね」

「せめてドアをノックしてくれてもよかったんじゃないの」

「そうだ」

「あなたを放《ほう》り出すこともできるのよ」

「いや、それは無理だね」

「出ていってと言うことはできるわ」

「だが僕は出ていかない」

「じゃあ、ずいぶん無礼だということになるわ」

「まったくけしからんことだ」

「それにしてもどうやってここに入ってきたの？」サブリナが今ごろになって尋ねる。

「秘密の通路さ。ここが僕の城だってことを忘れちゃいないだろうね？」

「そうだったわ。あなたはこのお城の王様で、調査団長ってわけね」彼女は思いきり皮肉を込めて呟いた。

「まあね」

「入り口はどこなの？」

「城の秘密だよ。僕の城だ、僕の秘密さ」

「でも私の部屋よ」

「僕の城のね」

「あなた、前にもここへ来たでしょう。フェアじゃないわ。ルールに従ってプレーしてない」

指の動きが止まった。彼の顔を見ることはできなかったが、眉をひそめたのがわかった。

「いや。前にここへ来たことはない。どうしてそう思うんだい？」

サブリナは困ったように頭を振った。彼が緊張し、神経を尖《とが》らせているのがわかる。

「そんな感じがしただけよ、夢から覚めたときに。ちらりとね」

「それを僕だと感じたんだ」

「私が感じたのは……」彼女はためらった。何を感じたのだろう？「わからないわ。ひとりきりのつもりで目を覚ましたんだけど」

「僕は前にこの部屋に来たことはない」

「ほんと？」

「それほど僕がきみの体を求めていると思っていたの？」どうやら少しばかりおもしろがっているらしい。

サブリナは身を離そうとした。

彼がいっそう強く彼女の肩をつかんでつづける。「じつはそうだったんだがね。だが前にここへ来たことはない——もちろん飢えた生き霊になって来たのならわからないが」

サブリナは顔を見られずにすむのをありがたく思いながら、かすかに笑った。「あなたのほかにも秘密の通路を知っている人がいるのかもしれないわ」

「誰も知っているはずがない。僕が通ってきた通路はまっすぐ僕ときみの部屋をつないでいるんだ」

「おもしろいこと。私をこの部屋に割りふったときには、もうこういう計画ができていたの？」

「そうだ」彼はぶっきらぼうに言った。

「でも前にここへ来たことはないのね？」

「ない」

「じゃあ、どうして今になって？」

「招待を待ちきれなくなったのさ。それにきみの前の旦那《だんな》のことを気にかけるのをやめたんだ」また彼の口調がいらだたしげに、そして張りつめた感じになる。サブリナはまだ彼の顔を見ることができず、体に押し当てられているローブの肌触りだけを感じていた。彼は低い声でつけ加える。「そしてついに、抑えられないほどの欲望が僕を打ち負かしたというわけだ」

「あら、そうなの？」

「僕はこの城にセックスを楽しみに来たんだ」彼がささやく。

「私もよ」サブリナは冷ややかに答えた。

「僕らのうちのどちらとの？」

「ろくでなし。あなたなんか今来た秘密の通路を這《は》いずり戻ればいいんだわ。そして――」

「絶対にいやだ」静かな激しさを込めてささやかれる声にサブリナは震えた。意思に反して新たに欲望がわき起こってくる。

彼は返答を待っているかのようにじっと動かない。だが彼女は答えなかった。やがて、再び彼の手が動き始める。うなじから肩へ、ネグリジェのシルクの肩紐《かたひも》の下へ。ネグリジェが落ちかける。サブリナは本能的に胸の上でそれを押さえたが、首は傾けたままだった。肩や喉の脇《わき》に押し当てられる熱い唇の感触が、体に震えを走らせる。背中には筋肉質の体が押し当てられ、腰や腿をおおっているシルクの上を指が這う。固い手のひらが腹部から脚の間へとすべり下りると、手足がとろけ、膝の力が抜けそうになる。彼の体の熱さが彼女に放射され、彼女を包み、のみ込む。サブリナは体中に満ちあふれてくる甘く激しい流れを食い止める意志を失い、床に溶け出してしまいそうな気がした。

突然、ジョンは自分たちがまだバルコニーにいて、ほかの人に見られているかもしれないことに気づいたように、腕をサブリナの腰にまわして部屋の中に引き戻した。そこで初めてサブリナを自分のほうに向け、目と目を合わせた。彼がネグリジェを押さえていたサブリナの手をつかんだので、シルクの布はほてった肌を這う冷たい息のように、震えながらすべり落ちた。サブリナの全身が欲望にうずいているように見える。ジョンは何も言わない。大理石模様の瞳で探るようにサブリナを見つめている。彼女にはその視線が火のように熱く感じられた。

カッサンドラを殺した犯人は見ていた。遠くから望遠鏡を使って。

二人にはまわりのことが目に入らないのだ。殺人者は子供じみたいたずらをしているわけではない。それどころか、本気だった。

殺人者はバルコニーを見た。星空の下に立つ女を、その背後の男を見た。石の壁に囲まれたその場所を眺めた。

二人の顔を見た。

そして性的な興奮を覚えた。

女はほっそりと優美で、ナイトガウンや髪を夜風にそよがせている。

ジョン・スチュアート。うっとりと愛撫している。ローブ姿は筋肉質で男らしい。ブロンズ色の長い指が優しく女の肌をまさぐっている。露《あらわ》な女の胸を愛撫しつづける。指が女の脚の間を愛撫し、男のふくらみが女の尻の割れ目に押し当てられているのが手に取るようにわかる。

そのとき……。

男は女を中へ引き入れた。見ている者がいることに気づいたかのように。見ている、心を引き裂かれて。求めながら。怒りながら。

今なお怒りに燃えている。なぜ怒るのか？

なぜ求めるのか？

奇妙な欲求。

欲望。

求めているのは……。

殺すこと。

もう一度殺すこと。

そして実際に……。

そのときが近づいている。


ジョンに見つめられて、サブリナは自分が震えているのを感じた。裸で寒いのに、怒りと興奮の入りまじった期待に体は燃えている。ああ、神様。

ジョンは片膝をつき、たくましい腕をサブリナの腰にまわして引き寄せた。彼のキスはサブリナの腹部をおおい、さらに体の芯へとすべり落ちる。

彼の大胆で攻撃的な愛撫はサブリナを圧倒する。体に電流が走るのを感じ、その感触以外何もわからなくなって、彼女は思わず抗議と欲望の混ざり合った叫びをあげた。彼の黒い髪をかきむしり、体をわななかせながら、強烈なクライマックスへと駆け上る。彼女は満たされ、驚くほどの快感に身もだえた。

それからすぐさま彼の腕に抱きとられて、ベッドに横たえられる。サブリナは男性的な香りのする彼の唇を味わい、はだけたローブの下の、彼の肌をまさぐった。目が眩《くら》み、呆《ぼう》然《ぜん》となり、困惑さえしていたが、それでもさらに彼のキス、彼の愛撫を求めずにいられない。

あのときの記憶が、彼に再び目覚めさせられた情熱に重なる。以前こんなふうに愛されたときの微妙な味わい——彼の愛撫、唇、香り——のすべてを今もはっきりと思い出せる。それを心の宝物にしてきたのだ。そして、今また彼に触れることができる。その純粋な喜びにサブリナは我を忘れた。彼を怪しく思うべきかもしれないわ。もっとお高くとまり、憤然としてみせるべきかもしれない。城主であろうとなかろうと、ジョンには許しも得ずに私の部屋に忍び込んだり、私に触れたりする権利はないはずですもの。でも理屈や自尊心などどうでもいい。彼は待ちくたびれたから来ただけ。私を求めていて、私を抱くためにやってきたんだわ。しかも、私に拒否する気がないのを知っている。私が彼の愛撫を死ぬほど求めていること、私のほうも彼に触れたくてたまらないでいるのをきっと知っている。たぶん、私が飢えた目をしていたのに気づいたのだろう。

サブリナは相手に負けない激しさで口づけを返しながら彼を抱き、指先で彼の肌を探った。サブリナの肌に押し当てられる彼の唇は固く、頬は少しざらついている。舌と唇がじらすように彼女の喉や乳房の上をすべり、乳首のまわりを巡る。かすめるように、じらすように、味わうように。この攻撃に乳首は小石のように硬くなる。彼女は指を彼の髪に差し入れ、彼の頭を抱き寄せる。彼女の体は弓なりに反り、その唇から絶え入りそうな声がもれた。彼の体重が彼女の腿の間にかかり、勃起《ぼっき》したものの先が体に押し当てられるのがわかる。やがて彼が彼女の中にすべり込む。再び目の眩むようなショックがサブリナを襲った。

彼は腰を上げ、これ以上ないほど深く彼女の奥に入り、またゆっくりと身を引く。彼女の指が彼の背中や筋肉質の尻に食い込む。彼はサブリナの体の下に手をまわして持ち上げ、彼女を耐えがたいほどの緊張へと導いていく。

再び頂に達したとき、サブリナは彼の肩に口をつけたまま叫び声をあげた。全身に震えと痙攣が走る。彼を抱きしめたまま、汗に濡《ぬ》れ、あえぎながら、彼女は自分の心臓がティンパニのように轟《とどろ》いているのを聞いた。彼の両手はまだ彼女の腰を抱いている。彼が大きく身を反らした瞬間、熱いものが彼女の中に放たれ、最も深い場所に染みわたるのを感じた。彼はすぐには彼女を放さなかったし、彼女の中から出てもいかなかった。二人の乱れた呼吸が絡み合い、心臓の大きな鼓動が混じり合った。

客たちは部屋を出て、うろつきまわっている。ジョンはカミーに命じてメモを配らせ、客たちに用心のため部屋にとどまるよう指示しておいた。それなのに邪悪ないたずら者がまた何かを企《たくら》んで、べつのメモを書いている。何人もの客が配られた偽のメモを信じ、おとなしく身の安全を図るのを忘れて生命や体を危険にさらしながら、暗い城の中を駆けまわっているのだ。客たちを〝地下室〟へ呼びつけるメモの一枚を見つけて、カミーは困惑した。みんなが勝手にメモを書いて、新たなゲームを始めたのだろうか？

二階の廊下は静かだった。ジョンは自分の部屋にいない。カミーはジョンを見つけることができなかった。部屋にいないのだ。何か起きそうだと報告したいのに、彼が今どこにいるのかさっぱりわからない。それに、カミー自身寒いし怖くてたまらないのだが、下へ行かなければならないのはわかっている。

一階への階段を下りる途中で、カミーは前方に何かが動くのを見たような気がした。夜だから何かの影が見えただけよ、お城も埋葬室も怖くなんかないわ、とカミーは自分に言い聞かせる。私はここで暮らしているんだから。幽霊や悪鬼なんかいやしない。才能あるアーティストのジョシュアが蝋《ろう》や針金で人形を作った、それだけのことよ。怖がることなんか何もないわ。

私はこのお城のことを知っているんだから。

それでも……。

彼女は静かに地下室への階段を下りていく。そのとき、かすかな物音がした。みんな自分の秘密や恐怖を必死に隠しているのだ。

人殺しをしたくなるほどの秘密や恐怖なのだろうか？

また音がした。ねずみがこそこそ走りまわるような音だ。光を恐れ、暗闇《くらやみ》や城の物陰をありがたがっているねずみたち。不思議だわ。カミーにはジョンの客たちがねずみに見えてくる。大きなねずみ、小さなねずみ、恐ろしい危険なねずみ。たとえばレジー・ハンプトンは花柄ドレスの丸々と肥えたねずみ。スーザン・シャープは大きな歯をしたやせねずみ。セアー・ニュービーは、ねずみパトロール中で警官のバッジをしている。ジョー・ジョンストンは薄汚いどぶねずみだ。古きよき時代を思わせるトム・ハートはシルクハットをかぶり、ステッキを手にみんなの間を優雅にすり抜けていくフレッド・アステアねずみというところね。

カミーは奇妙な寒けを感じた。何が起こっているのだろう？　なんだかとても薄気味悪い。城の中に密《ひそ》かな動きがあるのを感じる。どうも気に入らない。とても不安だ。

カミー自身も用心しながらそっとチャペルに入った。入ってくる人が暗闇でつまずかないようにと、ランプがひとつだけ灯《とも》されている。中には誰もいなかった。それでも、ほの暗い光がチャペルの隅々に禍々《まがまが》しい影を投げかけている。

ジョンはどこかしら？　彼も地下のどこかにいて、私と同じように客たちが何をしようとしているのか密かに調べているのだろうか？

チャペルを出るとき、カミーは戸口に立ち止まり、ドアの外を用心深く見渡してから、恐怖の部屋に入った。ジョシュアは知っているのかしら、紫色の照明がなくても、石の壁に下がったランタンのちらちら揺れる無気味な灯火《ともしび》だけでここがどんなに恐ろしい場所に思えるかということを。カミーは目をしばたたいた。切り裂きジャックが顔を上げ、あざけるように邪悪な笑みを浮かべてみせそうだ。一瞬マリー・アントワネットが振り返ってこちらを見たような気さえした。拷問台の上では、レディ・アリアナ・スチュアートが声のない苦痛の悲鳴をあげながら、絶望的なまなざしでカミーを見据え……。

またねずみがこそこそと走る音を聞いたような気がして、彼女は息をつめて立ちすくんだ。蝋人形の間に誰か隠れているのかしら？　それとも人形が生きていて、私に襲いかかろうと、瞬《まばた》きするたびにじりじりと近寄ってくるのかしら？

ばかね！　カミーは自分を叱った。弱虫！　私は分別のある大人じゃないの。そんな愚か者じゃないわ。

彼女はそろそろと恐怖の部屋を出ると、壁にもたれて深く息をついた。かすかに明るく見える向こう側は娯楽場だ。プールやボウリング・レーンがある。水音がしたかしら？想像ばかりがたくましくなって、殺人者が犠牲者をプールに投げ込み、波間に血が広がっていくありさまが目に浮かんでしまうわ。それに、十本のピンに向かってころがっていくボウリングの玉が人間の頭だったりして。

ああ、気持ち悪い！　死者や殺戮者《さつりく》のところに長居しすぎたわ。プールやボウリング・レーンのほうからはなんの物音もしない。

でももうひとつ調べなきゃならない場所がある……。

彼女はすべるように埋葬室へと向かい、そこの両開き扉を静かに開けた。

ドアがきしる。

大きな音ではないのだが、死者をも甦《よみがえ》らせそうな音に思える。

カミーは埋葬室に入った。

あまりにも薄暗くて中はほとんど見えない。彼女は瞬きし、古めかしい壁にかかったランタンひとつにぼんやり照らされている内部に目を凝らした。

次の瞬間、カミーは立ちすくみ、あまりの恐怖に目を見開いて骨の髄まで震え上がった……。

なぜなら、そこに彼女がいたからだ。

カッサンドラ・スチュアートが。

まあ、なんてこと、カッサンドラだわ！

埋葬されたときに着ていたあの紫色のシルクと紗《しゃ》のガウンをまとった姿は美しく、漆黒の髪が肩のあたりまで流れ落ちている。彼女は胸の上で両手を組んで、自分自身の墓の上に横たわっていた。

それから彼女は上半身を起こし、髪をうしろに撫《な》で上げながら一目見たら忘れられないような目つきでカミーを見つめた……。

サブリナとジョンは身を絡ませたまま長い間横たわっていた。最初のうちサブリナは心地よい彼の感触に陶然と我を忘れていた。ジョンの体は彼女と結ばれたままで、彼特有の香りのする熱くて力強い体が今もサブリナの裸身におおいかぶさっている。

しかし突然激しい腹立たしさが蘇《よみがえ》ってきて、サブリナはジョンを突きのけた。彼はころげてベッドの上に仰向けになり、びっくりして彼女を見つめた。

「あなたは本当にばかだわ、ジョン・スチュアート！　ブレットのことで私をからかったりして。確かに私は彼と結婚していたわ。それに申し上げておきますけれど、今でもあの人のことは好きなの。もちろん、あの人ばかなことはするわ――男の人、とくに自己中心的な作家はたいていそうだけど。ある意味では彼を愛していると言ってもいいくらいよ。でも、私たちの結婚は本当に終わったの。それでもそうじゃないと信じつづけたいなら、あなたが出てきたこの巨大な石の塊の下をさっさと這い戻ってちょうだい！」

ジョンは左の眉を上げ、唇を曲げてかすかに笑った。「つまり、きみがここへ来たのはとくに僕とのセックスのためだというのかい？」

サブリナは思わず彼をののしりながら、拳《こぶし》で相手の胸をたたいた。ジョンは驚いてうなったが、やすやすと手首をつかむとサブリナにまたがり、体の下に組み敷いた。

「よかろう。お互い率直にいこうじゃないか。教えてやろうか？　確かに、カッサンドラはまったく悩みの種で、ときには最悪の性悪女だった。だが、彼女が心から僕を愛し、僕も彼女を愛していたときだってあるんだ。そうとも、彼女が死ぬその日まで、僕なりに彼女を愛していた。たとえ僕たちの結婚がだめになっていて、彼女が城にいる人間の半分と――男女を選ばず――寝ていたとしてもね。だから僕は――」ジョンは突然言葉を止めて、唇を引きしめた。

サブリナは鋭く息を吸い込み、相手を見つめた。「まあ、それだったのね、あなたがこのパーティを催したほんとの理由は。あなたは彼女を愛していた。だから彼女を殺した犯人を捕まえようとしているのね」

ジョンはサブリナを放して身を起こすと、ベッドの片側に座り、指で髪をかき上げながら頭を振った。「カッサンドラが殺されたのかどうかもわからない。彼女が落ちるのを見た、それだけなんだ。僕はその場にいた。だが僕が見たのはキャシーがバルコニーの手すりを越えて落ちるところだけだ。まるで飛んでいるみたいだった。あいにくポセイドンの像があまりにもバルコニーに近かったので、その三つ又の矛の真上に落ちてしまったというわけだ。法廷では厳しい尋問を受けたよ。だが、僕も雇える限りの専門家を雇って、キャシーが矛の上に落ちたのは単なる偶然なのか、押されなければそこに落ちることはなかったのかを調べようとした」

「それで？」

ジョンは顔をしかめた。「ある科学者は、数理的な落下角度を示して、押された可能性があると言った。べつの者は図表をいくつも見せて、どちらとも言えないと答えたよ」彼はまた頭を振った。「いっそ忘れられたら、事故だと納得できたらよかったんだが。僕たちみんなが自分の人生のことだけかまっていられりゃよかったんだ。もっとも、僕だけが悪いんじゃない。まわりも放っておいてくれなかった。結局、知ってしまうことでなく、疑っていることがいちばんいけないんだろうな。彼女が死んでからというもの、あの悲劇のことが一日たりとも頭から離れない。僕は疑いつづけているんだ……」

「でもジョン――」

言いかけて、サブリナは凍りついた。城を揺さぶらんばかりの声が闇を切り裂いたからだ。この世のものとも思えない痛切な恐怖の悲鳴。妖怪《ようかい》の泣き声のようだった。その声は城の厚い壁で弱められるどころか、むしろ増幅されて聞こえた。

ジョンはすぐに立ち上がって、ローブの紐を結んだ。

「まあ！　何が――」サブリナはあえぐように言った。

再び戦慄《せんりつ》と恐怖の叫び。

「地下室だ！」ジョンが叫んだ。

サブリナがあわててナイトガウンとローブを引き寄せているうちに、ジョンはすばやく部屋を出た。

「待って！」サブリナもあとを追って廊下に走り出る。ジョンはアーチの下の金具から灯油ランプを取り、すでに階段を駆け下りていた。彼女も追いつこうと急ぐ。素足に石の床が氷のように冷たかったが、靴をはきに戻る暇などなかった。

二人が階段の中ほどまで下りたとき、三度目の血も凍るような金切り声が夜のしじまを破った。

そして……。

おぞましい静寂が戻った。

13

ジョンとサブリナが階下に着いたとき、セアーが一足先に埋葬室へと駆け込んでいた。二人もあとにつづく。

走り込みながら、サブリナは薄暗い光の中で瞬《まばた》きした。そして次の瞬間、彼女も悲鳴をあげそうになった。

美しく華やかな姿のカッサンドラ・スチュアートが、墓の中ではなく墓の上にいるのだ。いかにも女らしく優美で、幽霊のはずなのに驚くほど元気そうなカッサンドラが、自分の名前が彫り込まれた石棺の上で半身を起こしている。

誰かがサブリナの背中に突き当たり、何事かわからないうちから恐怖の悲鳴をあげた。アンナ・リーだわ、とサブリナは意識のどこかでぼんやりと思った。それでもあまりの驚きに、古い埋葬室の奥深くで何が起こったのか、理解することはおろか動くことさえできない。

カミーが床にくずおれているのがわかった。

「まあ！」誰かがあえぐように言う声にサブリナが目をやると、レジーが胸を押さえているのが見えた。

「なんてこった！」ジョーも駆け込んできて、レジーのすぐそばに立ち止まった。そのあとにジョシュアが、タオル地のローブの紐《ひも》を結びながらつづく。

ジョシュアはびっくりして、奇妙な声をもらした。

「なんてこった、なんてこった！」ジョーがくり返す。

「くそ！」そのとき、カッサンドラが呟《つぶや》いた。ジョンが、怖がるどころか憤然として彼女に近づき、荒々しく腕をつかんだからだ。

「いったいなんのまねだ？」怒りのあまり、その声は震えていた。

「放してちょうだい！」彼女は叫んだ。「ごめんなさい。怒らないで。そんなつもりで――」

「誰かに心臓麻痺《まひ》でも起こさせる気だったのか！」ジョンは殴りかからんばかりだ。

サブリナは世界全体が狂ってしまったのかと呆然《ぼうぜん》と見つめるばかりだった。ジョンはついさっき、妻の死についてあれこれ考えて気が狂いそうになったと自責の念を込めて語ったばかりだ。それなのに今ここには血の通った彼の妻がおり、その妻に向かってジョンがわめきたてている。

サブリナは姦通《かんつう》の罪を犯してしまったようないやな気がした。それも、頭のおかしい人たちが総出で不倫劇を演じている城で。

「カミーになんてことをしたんだ！」ジョンがどなった。

そのときにはもうセアーが倒れているジョンの秘書のそばに座って脈を診ていた。ジョシュアも両膝をついて心配そうに屈《かが》み込んでいる。

「大丈夫。僕よりしっかりしているくらいだ。た――確かに見たんだがなあ、三年前にカッサンドラが血を流して死んでいるのを」さすがのセアーも混乱し、興奮した口調で言った。

「カッサンドラは死んでるんだ！」ジョンはいらだたしげに言いながら、カッサンドラの石棺から立ち上がろうとしている幽霊の髪をつかんだ。

豊かな長い髪がするりとはずれた。かつらだったのだ。ぞっとするほど無気味で薄暗い場所ながら、そのときようやく墓の上の女がカッサンドラでもカッサンドラの幽霊でもないことがわかった。ダイアンだ。ここで突然はっきりわかったことがある。ずっと前から気づいて当然だったのに、なぜか誰も気づかなかったことが。ダイアンはカッサンドラに驚くほど似ていたのだ。

「まあ！」アンナ・リーがささやくように言った。

「こんなに残酷で陰険ないたずらは見たことがない」ジョンは若いダイアンをどなりつけた。

「ごめんなさい、ジョン、ごめんなさい！」ダイアンは取り囲む人々を見まわした。城にいる者のほとんどが顔を揃《そろ》えている――ジョー、セアー、ジョシュア、アンナ・リー、レジー、ジョン、そしてサブリナ。ハウスキーパーや二人のメイドの部屋は屋根裏なので、カミーの悲鳴が聞こえるはずもない。V・J、トム、スーザン、ブレットは悲鳴がしたとき寝ていたのだろう。

カミーが意識を取り戻し、また急に叫び声をあげ始めた。サブリナが彼女の前にひざまずき、二人の男性が彼女を支える。「カミー、カミー！」サブリナはカミーの顔を撫《な》でながら呼びかけた。「大丈夫よ。幽霊なんかじゃないの。ダイアンがいたずらしただけなのよ」

「いたずらなんかじゃないわ！」ダイアンが抗議した。「まあ、いたずらと言われてもしかたないわね。でもすごく悪いひどいことをするつもりはなかったわ。あなたたちのうちの誰が私のお母さんを殺したいほど憎んでいたのか知りたかっただけなのよ！」

「お母さん！」ジョーが首でも絞められたようなうなり声をあげた。

ジョンは部屋を横切ってカミーのそばまで行くと、彼女の髪に触れ、優しく尋ねた。

「大丈夫かい？」

カミーがうなずく。サブリナは責めるようにジョンを見上げてから立ち上がり、カミーを立たせた。ジョンも見つめ返したが、何も言わなかった。

「お母さんだって？」ジョーがしわがれ声でくり返す。

アンナ・リーが笑い出した。「まあ、そんなのばかげてるわ。本当なの？」

「そうだ」ジョンはダイアンのそばに戻った。まだ怒りを和らげてはいないが、懸命に抑えているようだ。「キャシーはごく若いころにダイアンを産んだんだ。だが、どんなに若いころのことといっても、キャシーにしてみれば、大きな娘がいるという事実を公にはしたくなかったんだろう」

「きみは……ずっと前から知っていたのか？」ジョシュアがジョンを見つめてきいた。

ジョンはうなずいた。「きみも知っていると思っていたよ。つまり、こういう蝋《ろう》人形を作ったときに、当然気づくだろうって」肩をすくめる。「キャシーにもダイアンにも、それぞれの理由から、このことは人に言うなと頼まれていたから、その望みを尊重していたんだ。だがどうやらダイアンは気を変えたらしいな」

ジョンはダイアンの前に立ちはだかって、相手をにらみつけた。

「だが……きみはカッサンドラを憎んでいるんだと思っていたがね！」ジョーがダイアンに言った。

「憎んでたわ」ダイアンは答えてから急に笑い出した。だが、笑っている彼女の頬に涙がこぼれ落ちた。「あの人を憎んでた。だってあの人にとっては自分の美しさや若さ、そしてそういうイメージがすべてで、私のことなんかどうでもよかったんだもの。考えてもみてよ、あなたたちは私の目の前であの人の悪口しか言わなかったのよ。あの人を憎むしかないじゃない。でも私の母親なのよ。そしてあの人はジョンといっしょに暮らしているうちに、ジョンのおかげで私をわが子と思うようになって、私や私の作品に興味を持ってくれたの。私たち、共謀者みたいだったわ、あの人の美貌《びぼう》や若々しいイメージを守るためのね。あの人、残酷で意地悪だったけれど、ときには優しいこともあったの。それに……それに……そんなことはどうでもいいわ。とにかくあの人は私の母親で、その母親をあなたたちの誰かが殺したのよ！」

ジョンは優しくダイアンの体に腕をまわした。怒りは消えていた。「殺されたのかどうかもわからないんだよ、ダイアン。それにカッサンドラの扮装《ふんそう》をしてみせたって、なんの役にも立たない。カミーを死ぬほど怖がらせただけで、きみ自身が重大な危険に陥ったかもしれないんだ」

ダイアンはジョンにしがみついた。急にとても幼く見える。化粧は流れ出し、目は涙に濡《ぬ》れて、タフ・ガールというイメージは完全に吹き飛んでいた。

「殺されたんじゃないなら、なぜ私の身が危険なの？」

ジョンは一瞬口をつぐんでから、軽い口調で言った。「がたがたの古い城にいて、中は暗いし、外は嵐《あらし》だからだよ」

「それに今は満月だし」レジーが言った。

うように呟いた。

「狼《おおかみ》男がうろつきまわっているって？」ジョーも雰囲気を明るくしようとして、からか
　それぞれがそれぞれの思いを抱いてここに集まったのだが、ショック、恐怖、不信、怒りを味わったあげく、今は同じ同情の念で結ばれていた。ダイアンが母親に深く心を傷つけられてきたこと、そして求めつづけていた母の愛をようやく手に入れかけたときに母を奪われてしまったことが、みんなにも痛いほど察せられたからだ。彼女は迷子のように見えた。いや、迷子そのものだった。

「吸血鬼も満月が好きなのよね」サブリナが言った。

「とくに思いがけない秘密が明かされるときの満月がね」アンナ・リーも小声で言う。

「思いがけない秘密はもっと飛び出してくるかもしれないぞ」ジョンは厳しい目でみんなの顔をひとりひとり見まわした。「明日大ホールに集まって、われわれみんなのささやかな秘密をすっかり打ち明け合おうじゃないか」

　アンナ・リーは肩をすくめた。「私の秘密はもう打ち明けたわ」

「そうなのかい？」ジョーがきく。

「今はやめよう」ジョンが答えた。「朝、みんなが揃っているときにしよう。ずいぶん夜も更けたが、少しでも眠ったほうがいい」

「ごめんなさいね、ジョン」ダイアンが彼を見上げて、もう一度言った。まだジョンの胸

にもたれたままだ。彼の腕がしっかりとダイアンを抱いている。「あんまり気の利いたいたずらじゃなかったわ。私は誰かがパニックを起こして、本当のことを叫び出すんじゃないかと思っただけなの——生きてるはずがない、自分が殺したんだからなんてね。でもそういうことにはならなかったわ。きっとその犯人はここにいないんでしょ。ごめんなさい。ばかだったわ。どうか私のことを怒らないで」

「確かに愚かで危険なことだった。僕は怒っている。僕自身に怒っているんだ、今週きみをここに招くべきではなかったと思って」ジョンが言った。

「私たちがここに招かれたのは、自分の秘密を告白し、キャシーについての真相を明らかにするためなの?」アンナ・リーが尋ねた。

「僕たちは全員、チャリティのためにここに集まったんだ——それからキャシーについての真相を探るために。ただし探るべき真相があるならばだ」ジョンは正直に言った。「きみたちみんなも僕と同じ理由で集まったんだと思うが」

「そのとおりだ」ジョーが呟いた。

「V・Jがこれを逃すなんて信じられないわね!」レジーが言った。

「V・Jですって」アンナ・リーが鼻を鳴らした。「せっかくの大チャンスを逃しているのはスーザンのほうじゃないの——やれやれ助かったわ!」

「どうせすぐに何もかもスーザンの耳に入るわよ」

「明日になれば僕らの罪もみんなに知れるんだ」セアーがそっけなく言った。

「それはいたしかたないんじゃないか?」ジョンが言う。「明るみに出さなければならないことがたくさんあるはずだ――これ以上肝をつぶすような見世物を見たくないならね」

「スーザンはまだ、断固戦う気よ」レジーが言った。

アンナ・リーがにやりとした。「どうしたものかしらね。縛り上げて猿ぐつわをはめるってのはどう――それともお城のどこかに閉じ込めるとか。どう思う?」

「真実は明らかになったほうがいいのよ」突然ダイアンが激しく言った。

「そうとも」ジョンが答える。

「じゃあ、なぜ僕たちにダイアンのことを正直に言わなかったんだい?」セアーがジョンにつめ寄った。

「私が言わないでって頼んだから――」ダイアンが言いかける。

だがジョンは人に言い訳してもらうのを潔しとしなかった。「さっき言ったように、それは僕が打ち明けるべきことじゃない」彼はにべもなく言った。「ダイアンの気持ちはみんなも納得してくれたようだが、そのほかにも、彼女は真実を明らかにすると現在のキャリアに傷がつきはしないかと心配していたんだ。ダイアンは一生懸命に作家の仕事をしてきた。キャシーの死後も娘だと公表するのをためらった理由のひとつは、キャシーに執筆を手伝ってもらったのではないか、親の七光で出版できたんじゃないかと勘ぐられるのがいやだったからだ。ダイアンの勝ちとった栄誉はすべて実力なんだ。だから僕は彼女の決意を尊重したのさ」

ダイアンは微笑を浮かべてジョンを見上げ、優しく呟いた。「母がなぜあなたをあれほど愛していたのかわかる気がする」

ジョンは気まずそうに咳払《せきばら》いした。「キャシーを安らかに眠らせてやろうじゃないか」彼は呟いて、ダイアンの体に腕をまわしたまま彼女を立ち上がらせ、埋葬室の外へ連れ出した。ほかの人々はしばらく互いの顔を見つめていたが、ジョンについて部屋を出た。

彼らは一塊になって最初の階段を上がり、二階に着いたときにもまだ固まっていた。それからみんな疲れ果てておやすみを言い合い、それぞれの部屋に散っていった。

サブリナはちょっと廊下に立ち止まって、ジョンのうしろ姿を見守った。彼はダイアンと話をつづけながら彼女を部屋まで送っていき、サブリナのほうを振り向いた。

サブリナはあわてて背を向け、部屋に入るとしっかりとドアを閉めた。

またここに来てくれるかしら。彼女は部屋の中を歩きまわった。

落ち着かない気持ちで三十分ほど過ごしてから、彼女は廊下に出て、ブレットの部屋のドアの取っ手をひねってみた。ドアは開いた。眠っているブレットを見下ろしながら、サブリナはこの部屋の不用心さが心配になった。実際には悪いことは何も起きなかった。それでもブレットの部屋にはちゃんと鍵《かぎ》をかけておいたほうがいい。彼女はブレットの息づかいと脈を調べてみた。好色な目を閉じていると、妙に無邪気で天使のようだ。

サブリナは彼の頬にキスして、そばを離れた。

自分の部屋に戻ってきたものの、前夫があまりにも無防備なのが気になる。だがしかたなく彼女はドアを閉め、錠をかけた。

そのとき、誰かの手が肩に載せられた。

サブリナが叫び声をあげそうになりながらあわてて振り向くと、ジョンがそこにいた。またしても彼の大理石模様の瞳は暗く、危険な色を帯び――深い疑惑をたたえている。

「また前の旦那《だんな》のところへ行っていたのか？」

「まあ！　よくも私に小言なんか言えるわね。あなたこそ――」

「小言なんか言ってないよ。尋ねているんだ。たった今やつのところにいたんだろ？」

ジョンの冷静で無頓着《むとんちゃく》な口調と射るような視線が腹立たしくて、サブリナは歯ぎしりした。

その目を見ると、また彼がほしくなってしまう。自分の意思に反して。

「ブレットはぐっすり眠っているわ。ただ心配だったのよ」

「なぜ？」

「なぜだかよくわからない。あなたは私たちにちゃんと鍵をかけておくようにと言ったでしょ。でもブレットは起きてきて鍵をかけられないから」

「そうか」ジョンは一瞬サブリナを見つめ、彼女から手を離して廊下へ出た。サブリナもついていって見ていると、彼はポケットから鍵を取り出し、ブレットの部屋のドアの取っ手に身を屈めた。

サブリナはじっと彼をにらんでいた。そのあとドアを開けようとしたが、鍵がかかっていて開かない。彼女は目を細くして、もう一度相手をにらんだ。

「マスター・キーさ」

「あなたが主人だから？」

「そうとも」

「あなたのお城ですものね？　私としたことが忘れてたわ」

「よく忘れられたな」

サブリナは自分の部屋に戻り、中に入ってドアを閉めようとした。だがジョンもつづいて入ってきて、ドアを閉め、鍵をかけた。

「やっぱり、何もかも犯人を捕まえるために考えたことなのね。ご存じ？　あなたのことを犯人だと信じている人もいるのよ」

「分別のある人間なら信じまい」

「あなたなら誰のところへも忍び込めるじゃないの――相手がいっしょにいたいと思おうと思うまいと」

「きみは本心から僕に出ていってほしいのか？」

サブリナはジョンをにらみつけたが、やがて目を伏せた。「どうしてダイアンのことを教えてくれなかったの？　知っていたくせに、私が……」言葉が消えかける。

彼の両手が肩に載った。力強さと温かみが伝わってくる。サブリナは、その手が熱く甘く体を這《は》うときの感触を思い出さずにはいられなかった。

「ダイアンは僕の義理の娘だから彼女と寝るようなことはしないと、なぜ説明しなかったかと言うんだね？」

「い、言ってくれてたらよかったのに――」彼女は口ごもった。

彼は首を振った。「いや。言えなかった。言わないと約束していたからね。だがあの子があんな愚かで危険ないたずらをすると知っていたら、絶対に〈ミステリー・ウィーク〉には参加させなかっただろうよ」

「ダイアンが好きなのね」サブリナは静かに言った。

「もちろんだよ。彼女は不安定で怯《おび》えきったほんの子供だ。父親を知らないし、母親を持つことも許されなかった。初めて会ったときから好きだったよ。自分のアイデンティティを探し求めていて、そのためにあらゆるばかげたことをしたが、仕事は一生懸命やってきた。それに見かけとはまったく違って、たしなみのある娘に育ってくれている」

サブリナはうなずいて、うつむいた。「ダイアンはあなたの義理の娘。そしてアンナ・

リーは……」

「アンナ・リーはキャシーを誘惑した。キャシーのほうは誘惑されて喜んだ。衝撃的で刺激的なのがお好みだったからね。僕がアンナ・リーに友人や仲間として以上に興味を持っていると思っていたらしい」

「でもそうじゃなかったのね？」サブリナはジョンを見上げた。

彼はゆっくりと笑みを浮かべながらうなずいた。

「でも噂《うわさ》によると、パーティのとき、あなたもお客の誰かと浮気していたそうじゃないの。V・Jとかしら？」サブリナは美しい年上の友人を思い浮かべた――当時は夫がいたはずだが、まともでないことはほかにいくらでもある。

「V・Jとだって？」ジョンが叫んだ。「彼女のことは愛しているが、大事な友人としてだよ」

「じゃ、スーザン？」

ジョンは顔をしかめてみせる。

「レジー？」信じられないというように尋ねる。

「おいおい、よしてくれよ！」ジョンはうめいた。

「それでメンバーは全部でしょ、そのほかには――」

「そういう話がただの噂かもしれないとは考えてもみなかったのかなあ？」

「でも――でも、あなたの奥様が浮気をしていたのは知って――」

「知っていた。しかし、僕にはチャリティ行事のために友人たちをここに迎える一週間のほかにも生活があったからね」

「では誰かほかの女性とつきあっていたというの？」

「そう、ほかの女性とつきあっていた。だがお互いに夢中だったというわけではないんだ。相手は僕が結婚していることを知っていたし、いろいろ難しい問題があるのも知っていた。べつに愛し合っていたわけでもない――つかの間のつきあい、それだけのことさ。あの〈ミステリー・ウィーク〉のときここにいた女性たちとはなんの関係もない。僕が知る限り、客のほとんどはすでにご多忙だったよ。僕が言えることはもうこれ以上ない」

これで陳述は終わりだとわかったが、サブリナは必死に冷静で確信ありげなふうを装い、断固とした口調で尋ねた。「でもね、ジョン、いろいろなことが起こったのよ。私たちの知らないことがたくさんあるわ。それに――」

「そうだ、いろいろなことが起こった。そして僕たちの間には話し合うべきことが山ほどある。何カ月でも喧嘩《けんか》をつづけられるほどのね。だが――」

「あなたはセックスのために来ただけ」サブリナは苦々しげに言った。

彼は身を硬くして、サブリナを見つめた。「愛し合うために来たんだ。なぜって、数年前にきみが僕から去って以来、確かにきみと愛し合ったのかどうかさえ確信が持てないんでね」

それは真実でなかったかもしれない。そう言うしかなかったのかもしれない。だがどうでもよかった。彼は簡単には満たされない飢えに再び気づいたかのように、張りつめた情熱的な表情を浮かべている。サブリナは圧倒されそうな力を感じた。もう一度、彼に触れたい。

それでも、ためらいがあった。

「でもね、ジョン、自分の気持ちがわからないの。これが怒りなのか、恐怖なのか……」

最後の一語がきいたのか、ジョンはあとずさりし、部屋を横切ってバルコニーのほうへ向かった。そして壁の煉瓦《れんが》のひとつに触れる。すると、古い装置ながら十分に油が塗ってあるとみえて、音もなく小さなドアが開いた。

「僕を中に入れたくないなら、廊下側のドアのいちばん上の差し錠を横に引いておくといい」ジョンはそっけなく言った。「それに暖炉の火かき棒を割れ目に差し込んでおけば、このドアも開かないよ」

彼は行ってしまった。

サブリナは呆然としていたが、次の瞬間、我に返った。そして後悔した。不安でたまらないと言いたかったのに。彼女は秘密のドアに駆け寄った。だが、もうドアは跡形もない。煉瓦で完全に隠されてしまったのだ。「ジョン！」サブリナはささやきかけ、どんどんと壁をたたいた。「ジョン！」

返事はなかった。ひとつひとつ煉瓦を押してみる。だがドアは現れてくれない。

彼女はベッドの足元に座り込んだ。それから、ベッドの上に上がって身を丸め、惨めな気分で目を閉じた。

せっかく来てくれたのに追い返したりしなければよかった。もし戻ってきてくれたら、彼に言おう……。

なんて？　頭の中からも、心の中からも、あなたを追い出すことができなかったと？　あなたといっしょにいられるなら、どんなに不安な思いにも耐える、どんな危険も冒す、どんなことも忘れる、どんなことも信じると？

サブリナは目を閉じた。

どれだけそこに横たわっていたのだろうか。頭がぼんやりしている。そのとき突然、再び彼の存在を感じた。はっと身を起こすと、やはりジョンがベッドの足元に立っていた。

「火かき棒をドアに差し込んでおかなかったね」彼が言った。

「ええ」サブリナはささやき返して、彼の腕の中に飛び込んだ。「ジョン、私——」

「話はいい」彼は荒々しく言った。

さしあたり、サブリナもそれに賛成だった。

話などしたくない。今は。ただ愛し合いたかった。

彼女は口を開きかけたが、何も言えなかった。ジョンに飢えたように激しくキスされると、もはやおしゃべりをしたり言い争ったりしていられなかったのだ。サブリナも彼に触れたくて、彼の愛撫《あいぶ》を受けたくて、同じように激しくキスに応《こた》える。

ジョンの手が彼女の着ているものに触れたかと思うと、たちまちそれを脱がせた。彼も裸になる。短く狂おしい愛撫ののち、彼は彼女の中にいた。二人が愛し合うときの味わい、感触、香り以外、もうサブリナには何もいらなかった。

それからは記憶も定かでない。彼女は満たされ、陶然とし、雲の上を漂っていた。それから彼はさらにもう一度彼女の中に入った。やがて彼女は疲れ果て、安心しきって、しっかりと抱いてくれている彼の腕の中で眠りに落ちた。

しばらくして、寒いと思いながらサブリナは目を覚ました。歯ががちがち鳴っている。暗闇《くらやみ》の中で彼女はひとりだった。ジョンはいない。

サブリナは起き上がり、ナイトガウンとローブを手探りした。急いでドアのところへ行ってみたが、ちゃんと差し錠がかかっている。そこから出ていったのではない。そんな必要がどこにあるだろう？　秘密の通路から来たのだ、そこから帰ったに決まっている。

それでもなんだか急に不安になった。サブリナは錠をはずし、廊下を見渡した。

人影はない。夜や暗闇、それにひとりでいることは人になんと不思議な作用を及ぼすのだろう。あたりの薄暗い隅々から、階段から、階下から奇妙な音が聞こえ、怪しい気配が漂ってくるような気がする。城のまわりを吹き過ぎる風は低いうめき声をあげている。その音に混じって、叫び声やささやき声が聞こえてくるようだ。

サブリナは震えながら廊下に立って、自分に言い聞かせた。分別をなくしたの？　聞こえるのはただの風の音よ。亡霊の叫びじゃないし、死に神が夜空を飛んできて誰かを連れ去ろうとしているわけでもないわ。

でもジョンは帰ってしまった。私を置いて帰ってしまったのだ。サブリナは自分が怯えきっているのに気づいて狼狽《ろうばい》した。

ふと心配になり、彼女はブレットの部屋に向かった。ちょっとためらってから、ドアをノックする。

その拍子にドアがかすかに開いたので、サブリナはびっくりした。

「ブレット？」

ドアを押し開く。

廊下の淡く青白い明かりでは、ベッドの上の盛り上がったものしか見えない。彼女は妙なものがあるのではないかと急に怖くなって、戸口で立ちすくんだ。

「ブレット！」必死にささやきかける。

それでも返事がない。

部屋の中には入りたくなかった。自分の部屋に駆け戻り、ドアに錠をかけてベッドに縮こまり、朝になるのを祈りたい気持ちだった。

もっとも、たとえ錠をかけても訪ねてくる人はいる。ジョンだ。

彼は前には来たことがないと言った。あのとき、あれ以上問いたださなかったのは、実際に誰かの姿を見たわけではなかったからだ。だが一度ならず、部屋に誰かがいる気配を感じた。つまり私があらぬ想像をしているか、ジョンが嘘《うそ》をついているかのどちらかなのだ……。

それともほかの誰かが私の部屋に来る通路を見つけたのかしら？

平気だわ。サブリナは自分に言い聞かせる。脅かされてたまるものですか。でもブレットは怪我《けが》人だ。大丈夫そうに見えたけれど、確かめてあげなければ。

そう思うのに手をドアから離せない。

だがそのうち自分に腹が立ってきた。なんてばかなの。もしブレットが襲われでもしていたら……。

サブリナは勇気を奮い起こした。

「ブレット！」

やはり答えがない。彼女は部屋に踏み込んだ。

そしてなぜ返事がなかったのかを知った。

スーザンは自分が揺れているのをぼんやりと感じていた。

最初はいらいらしたが、それ以上は何もなかった。何も思い出せない。眠り込んでしまったのだろう……どこかで。今は頭がぐらぐらしている。それに腹も立てている。少し朦《もう》朧《ろう》としているが、怒る権利があると思う。私はばかにされたんだ。だからみんなに償いをさせてやる。そうよ、きっと仕返しをしてやるから。

だが、彼女には自分がどこにいるのかわからなかった。なぜ……自分が揺れているのかも。

ぼんやりした頭に、一服盛られたのかもしれないという疑いが徐々にしみ込んできた。もっと用心すればよかった。かっとして、仕返しをすることやいたずらをやめさせることにばかり夢中になっていたのだ。そうよ、間違いなく薬をのまされたんだわ。あの赤ワインに入っていたのだろうか?

あれのせいでまぶたが重くなってしまったのだ。まぶたを動かすことができない。目を開けて、誰かにくってかかりたいのに。

それなのに、何ひとつ動かすことができない。手足も口もまぶたも……。

それでも感じる……揺れているのを。

朦朧とした状態で腹を立てながらも、どうしてもっと用心しなかったのかという後悔の念が胸を噛《か》む。鼻ったれの弱虫どもが相手でも、もう少し用心すべきだった。

ああ、私はいったいどこにいるんだろう？

彼女は寒さを感じ始めた。石のせいだ。肌に当たる石の感触と、石特有の氷のような冷たさ。それが横たわっている彼女の横腹にしみ込んでくる。

そのとき、笑い声が聞こえた――いらだたしげで、捨て鉢で、とげとげしい笑い声。それから聞こえるか聞こえないほどのかすかな話し声。

「そこ、そこ。そう、それでいいわ」

「こんな気違い沙汰《ざた》がうまくいくはずがないよ」

「しばらくはこれでなんとかなるわ。今ほかにやりようがある？」

「あるよ、やり方を変える時間が――」

「そんな時間はないわよ」

「だが……」

言葉尻《じり》が消える。あとは男か女かもわからない低いささやき声だけ。だが、スーザンには襲撃者の正体がわかっていた。起き上がる力を取り戻したら、やつらを殺してやる。

スーザンはやっとの思いで、ゆっくり、ゆっくりと目を開けた。そして、殺人者の顔を見上げた……。

いや！　違う。それは人の形をしたものだ。だが悪そのものの形相をしている。

殺人者じゃない。

現実のものじゃない。

頭がおかしくなったのかしら？　動くことができないし、息をするのも苦しい。もう少し見えたら……。

必死に身をよじる。ほんの一センチほど。それで十分だ。それで十分……。

彼女が自分自身の顔を見るには。そして自分自身の死を見るには。

激しい恐怖がスーザンを襲った。それでも彼女は動くことも、叫ぶことも、物音をたてることもできなかった。

ガラスの目が彼女を見つめ返す。ペンキの血が塗られたナイフ。死の苦痛に歪《ゆが》んだスーザンと同じ顔がすぐそばに横たわっている。彼女がそれを見つめると、それも彼女を見つめ返す……。

スーザンは自分の体の底から悲鳴がわき上がってくるのを感じた。だが叫ぶことができない。動くことも、わずかな物音をたてることもできない。

本当のことを言うべきだったわ。知っていることを話すべきだった！　うまくやれると思っていたのよ。怒ってみせれば、権力をちらつかせれば、自分のほしいものを手に入れられると思っていた。それに私は……。

「目を覚ましている！」一方がささやくように言った。

「まさか」

「確かに目を覚ましている！　目を見てごらん！」

「ばか、目なんか見るんじゃない！」

目。自分自身の目が見える。自分自身の悲鳴が見える。自分自身の死が……。

叫ばなければ。弁解し、約束をしなければ。だが私の言うことは信じてもらえないだろう。隙《すき》を見せたら逆に串刺《くしざ》しにされかねないのを相手も知っているだろうから。ああ、神様、やめて……。

「目を開いてる！」スーザンは再び激した叫び声を聞いた。「できない、こんなこと！

ほかに方法があるだろうに！」

「ほかに方法なんか。この女にこれほどぴったりの罰はないんだから」

「意識を失っていると言ったのに」

「失ってるって。動いていないもの」

「それでも目が……」

「やるんだったら！　何もかもこっちにやらせて」いらだたしげな声。

スーザンは叫ぼうとした。だができなかった。

ただ自分の目、自分の顔に見入るばかりだった。彼女は恐怖と苦痛を見た。

自分自身の血を見た。

自分自身の死を眺めた。

抵抗もできずに。

動けない。悲鳴をあげられない。大声も出せない。

だがついに彼女は物音を発した。それはすさまじい音だった。あえぐような、むせるような……。

14

サブリナは憤然とした。

ブレットがいないではないか。彼女はびくびくしながらも闇《やみ》の中を捜しまわった。だがあの浮気男はいない。ベッドの上の小山はシーツや毛布を丸めた物にすぎなかった。ブレットの部屋のドアが開いていたのは、彼が部屋を出ていったからなのだ。

真夜中だというのに。

「いったいどこへ行ったの？」

サブリナは怒って荒々しくシーツをはいだ。だが丸まった物の中に彼が隠れているはずがないのはわかっている。

「もう二度とあなたのことなんか心配してあげませんからね」それでも身を屈《かが》めてベッドの下をのぞいてみる。ばかみたい。彼女は身を起こして部屋や浴室を見まわし、そこにも彼がいないのを確かめた。

部屋にクローゼットがない代わり、隅のほうに巨大な衣装だんすがある。彼女はそれをじっと眺めた。ほとんど床から天井まである大きな物だ。

死体がいくつも入りそう。

変なことばかり考えて、と自分を叱《しか》りつつ、衣装だんすに歩み寄る。その前まで行ったとたんにまわれ右したくなった。だが彼女は衣装だんすの真ん前に立って、もう一度自分のばかさ加減を叱った。ホラー映画を観《み》るたびにいらいらさせられるのは、愚かな犠牲者がわざわざ暗く寂しい場所を——それも呼ぼうと思えば簡単に助けを呼べるときに——ひとりで歩きまわることだ。

もっとも、それがお約束なのだけれど。まず暗い嵐《あらし》の夜で……。

私、本当にどうかしているわ。カッサンドラ・スチュアートが死んだときは暗くもなかったし嵐でもなかった。真っ昼間だったのだ。それもたぶん不注意で落ちたのだろう。みんなそういうことで生計を立てているものだから、ただの事故なのにそこからミステリーを作り上げてしまったんだわ。

でもジョンはあの事件以来ずっと、そのことで悩んでいる。彼は物事を大げさに考えたり、ヒステリックになったりする人間ではない。だが、今でも何があったのか知りたがっている。

でももちろん、彼が犯人でなければの話だ。

衣装だんすの中には誰もいないわよ。サブリナは自分に言い聞かせる。中から生きている人間が襲いかかってくるはずがないわ。まして冷たいばらばら死体なんか。だから扉を開けるのよ。サブリナは自分に命じる。恐ろしいことがあると考えなきゃならない理由なんかないじゃないの。

衣装だんすの扉に手を伸ばす。

だが扉を開ける前に、彼女の肩に手が下ろされた。

サブリナはあまりの恐怖に悲鳴をあげかけたが、もう一方の手で口をふさがれてしまった。

「おいおい、サブリナ！　しっ！　いったいどうしたんだい？　死人の目を覚ましたいのか？　少なくとも城中の人が起きてしまうぞ。僕だよ！　きみは僕の部屋にいるんだ。叫びたいのはこっちのほうさ。まあ、心からの喜びの叫びだけどね。やっと僕なしでは生きていけないと気づいたらしいから。なんて皮肉なんだろう！　ようやくきみが僕のベッドに来てくれたときには、僕がベッドの中にいないなんて！　だが帰ってきたよ。身も心も準備オーケーさ。僕と寝るために来たんだろう？」

彼の髪は乱れ、目つきは今までにないほどけだるそうで官能的だ。

サブリナの心臓はまだ激しく鳴っている。

彼女は相手の手を口からもぎ離した。「私を死ぬほど脅かして！」

「どうして？」ブレットは無邪気にきき返す。「きみは僕の部屋にいるんだよ」

「あなたの身を心配していたんだから！」

「そいつは嬉《うれ》しいね」

「本気で言っているのよ！」

「僕だってそうさ。心配してもらえて嬉しいし、感謝してる。だがご覧のとおり僕は大丈夫だよ」

「真夜中にお城の中をこそこそ歩きまわって、何をしていたの？」

「食べる物を探しに大ホールへ行っていたんだ」彼は目を細めた。「きみこそ真夜中に城の中をこそこそ歩きまわって、何をしているんだい？」

「あなたを捜していたのよ」

彼はまた嬉しそうに笑った。「僕はここだよ、ハニー」サブリナを腕に引き寄せる。

「ブレット、放して」

「サブリナ！」彼は傷つけられたという声で言った。「たった今、僕のことを心配してると言ったじゃないか。だから真夜中に僕のところへ来てくれたんだろう」

「そうよ。そしてあなたはとても元気そうだわ！」

彼はにやりとした。「きみもさ。手触りでわかる」

「私に触るのはやめて。私にかまわないでちょうだい、お願いだから」

彼は少しすねたような顔つきで、ようやく言われたとおりにした。「きみは起きて何をしてたんだい？」

「わ、わからないわ。ふと目を覚ますと——寒くて」

ブレットはそっぽを向いて、突っけんどんに言った。「きみはやっと寝ていたんだろう。真夜中にきみを置き去りにしてしまったんだな」

「ブレット、やめて。あなたとはお友だちでいたいのよ。お友だちでいられると思うわ。でも私の私生活に口出ししないでちょうだい。私は本当にあなたのことが心配で、ほんの少し前にここをのぞきに来たの、そうしたら——」

彼はぐるりとサブリナのほうに向いた。「僕なら真夜中にきみを置き去りにしたりはしないぞ」

「そんなことをしたかどうかも知らないくせに」

ブレットは首を振った。「やつだって城の中をうろつきまわっているじゃないか。おかしな夜だ。誰も彼もがうろつきまわっているのに、誰もお互いの姿を見ていない。じつに変てこだよ」

「どうしてわかるの？」

「僕なりの手があってね」ブレットは片方の眉をひくつかせる。

サブリナはいらいらしてため息をついた。「ブレット、何が起きているの？　ほかに誰が起きているの？　それに誰にも会っていないなら、どうしてみんながうろついているとわかるの?」

彼は肩をすくめた。「寂しかったんで、真夜中の軽食をつきあってくれる相手を探したのさ。まずトムの部屋のドアをたたいたが――返事がなかった。ジョーの部屋も返事がない。セアーもだ。スーザンの部屋のドアまでたたいたが、返事はなかった」

「スーザンの部屋まで?」

ブレットは申し訳なさそうに顔をしかめ、もう一度肩をすくめた。「誰でもいいから連れがほしかったんだ」長いベルベットのローブをまとったブレットはいかにも無頓着《むとんちゃく》そうに見える。

「じゃあ、大ホールへ食べ物を略奪しに行く連れを求めて、真夜中にドアというドアをノックしてまわったというのね?」サブリナは疑わしげにきいた。「どうして私の部屋のドアはノックしなかったの?」

彼は急に顔をこわばらせて、サブリナを見つめた。「ノックした」

「聞こえなかったわ」

「そりゃそうだろう。少し前のことだ。あまり大きな音をたてていたんで聞こえなかったんだろ。きみが襲われているのかと思って、もう少しで部屋に飛び込むところだった。でももちろんすぐに、自分をばかみたいだと思ったよ。よりによってこの僕が、苦痛の叫びと歓喜の声を聞き違えるなんてね」

サブリナは暗闇の中にいるのを感謝した。羞恥《しゅうち》のあまり顔に血が上る。「ブレット……」

「サブリナ、もう遅い。僕と寝る気でないなら、さっさと帰ってくれ」

「ブレット……」

「頼むよ。僕は大丈夫だ。心配してくれたことは感謝する。きみの友だちでよかったよ。だが僕はきみを愛している。だからつらいんだ――」

「まあ、ブレット、すっかりすんでしまったことじゃないの。あなたは女性なら誰でも愛しているんだわ！」

「きみをどんなに求めているかに気づいたんだが、どうやら手遅れのようだ。きみは僕を求めていない。だからベッドに戻ってくれないか？」

彼女は背を向けたが、妙に悲しくて、なんとか彼を慰められたらと思った。

「サブリナ？」ブレットが突然言った。

振り返ると、ブレットがベッドの端に腰かけて、指先を調べ、それを吸っている。

「なあに？」

「きみは以前からやつを知っていたんだね？　僕たちが結婚する前から。ずっとそうじゃないかと思っていたんだ」

「ブレット――」

「さあ、サブリナ、いいから答えろよ。きみはどこかでジョンに会い、彼と関係を持った。

僕に勝ち目はなかったんだ。ずっとそう感じていたよ。だからやつに憤慨していたんだ」

「でも、あなたと結婚したでしょう?」

「だが僕を愛してはいなかった」

「愛してたわ。今でも愛している」

彼はゆっくりと首を振った。「ジョンを愛していたような愛とは違う。今彼を愛しているような愛とは違う。きみは彼のことをほとんど知らないのに。何年も会っていなかったのに。おまけにやつが妻を殺したんじゃないという確信さえ持てないでいるのにな」

「彼は奥さんを殺してなんかいないわ」サブリナは思わず言った。

ブレットは肩をすくめた。「そのことはいいんだ。僕はただきみの口から本当のことを聞きたかっただけなんだから。でも前からずっと、なんとなくわかっていたよ」

「おやすみなさい、ブレット」彼女が静かに言うと、彼はうなずき、また指先を吸い始めた。

サブリナは自分の部屋に入り、ドアの差し錠をかけた。ローブを脱ぎかけたとき、袖口《そでぐち》の赤黒い小さなしみに気づいた。眉をひそめてそれを見つめるうち、ブレットに腕をつかまれたのを思い出した。

彼女は再びローブをはおると、大急ぎでブレットの部屋に取って返し、ノックもせずに中に入った。

ブレットはまだベッドに腰かけている。

「ブレット、怪我《けが》をしたのね。血が出ているわ」

彼は眉を上げ、ほほえんだ。「ひどい晩だ」吸っていた指を上げてみせる。「りんごの芯《しん》を取っていたら、ナイフで切っちまったんだ」

「見せてちょうだい」サブリナは心配そうに言った。

「おいおい、僕にナイチンゲールのまねなんかするなよ」彼はいらだたしげに答えた。

「看護婦のまねなんかされるとふらふらしてしまう。ちょっと切っただけさ。きみのローブに血をつけてしまったのなら、ごめんよ」

「ブレット、傷を見せて」

「出ていくんだ！　たった今このベッドに飛び込むか、さもなければ僕の部屋から出ていけ！」

彼は立ち上がるとサブリナをドアの外に押し出し、自分も廊下に出た。そしていっしょに彼女の部屋に向かいながら言った。

「さあ、まわりを見まわしてごらん！　幽霊もいなければ人もいない。空っぽだ。まるで大きな墓の中にいるようじゃないか。偉大なる城主が今ここにいて僕らを見てないのがまったくもって残念だよ。きっとやつがすませたあと、僕が一発やったと思うだろうに」

「ブレット、言っておきますけど――」サブリナがかっとして言いかけた。

「ごめん！　冗談だよ。さあ、部屋に入って、錠をかけるんだ」

「なぜ急に私の部屋の錠のことを気にするの？」

「夜にうろつきまわる生き物が怖いからだろ」

「夜うろつきまわっているのはあなたじゃないの」

彼は突然きつい目で彼女を見つめた。「僕を怖がるべきなのかもしれないぞ！」

ブレットは彼女を部屋に押し込んで、ドアを閉めた。

「おやすみ。錠をかけるんだよ」

彼女は言われたとおりにし、彼が自分の部屋に入ってドアに差し錠をかける音を聞いた。

「すごいじゃないか。たった一時間留守にしただけなのに、もう彼のところへ飛んでいってたとはね！」

その声にぎょっとして振り向くと、ローブ姿のジョンが腕組みをして、部屋の隅の秘密の通路のそばに立っていた。

「何よ！」サブリナは怒って言った。

「〝何よ〟だって？」彼は片方の眉を上げた。ブレットといっしょのところを見て、明らかに腹を立てている。

サブリナはつかつかと彼の前まで行くと、人さし指を突きつけた。「あなたこそ私を真夜中に置き去りにしたじゃないの」

「それで隣の前の旦那《だんな》のところへ駆け込んだのか？」

「ブレットの言ったことは聞こえたでしょうに」

「いや、聞こえなかった。もっとも、聞こえたとしてもこの事態が今よりよく見えるとは思えないがね」

「彼とは寝ないと言ったので、放《ほう》り出されたのよ。私が入っていったとき、あの人は部屋にいさえしなかったんだから――」

「だが、きみは彼のところへ行ったんだ」

「やめて！　ええ、私はあの人の部屋に行ったわ、大丈夫かどうか様子を見るためにね。だって、なんだか急に怖くなってしまって――」

「なぜ？」

「わからないわ。いけないの？」

「だが彼はいなかったと言うんだね」

「ええ」ジョンの声が緊張したので、急に心配になる。「どうかしたの？」

「わからん。用心のため各自の部屋に錠をかけ、外へ出ないようにと客たちに警告するメモを配ったからかな。そうしたらかえって、城の中が蜂《はち》の巣をつついたような大変な人出になってしまったようだ。で、ブレットは――哀れな怪我人のくせに――きみが様子を見に行くと、部屋にいなかったんだな？」

サブリナがうなずく。

「どこへ行ってたんだ？」

「食べる物を探しに階下《した》へ行っただけよ」

「そう言っているのか」

「どこへ行っていたというの？」

「わからない」

「なぜ城の中は大変な人出なの？」

ジョンは肩をすくめた。「階段で何度も人影を見たんだ」

「確かに見たの？」

「もちろん」

「それで？」

「歩きまわってみたが、誰にも会わなかった」

「人影は見間違いじゃないの？」

ジョンが険しい目でにらんだ。「僕は見間違いなどしない」

「もちろんそうよね。それであなたはほかにどこへいらしたの？」

「自分の部屋に戻っただけさ。服を取りにね。明日の朝のために」少なくとも、それは本当のようだ。きちんとたたまれた彼の服がベッドのそばの椅子の上に置いてある。「そんなに長いこと行っていたわけじゃない。僕の留守にきみがうろつきまわるとは夢にも思わなかったよ」

「うろつきまわってなんかいないわ」

「うん、そうとも。まっすぐブレットの部屋に行ったんだ」

「あの人はきょう大怪我をしたのよ」

「そうだね、かわいそうなやつ。それにきみはまるで天使だ。離婚したっていうのにね。過去は水に流すってわけか。なんて優しい看護婦さんなんだ」

「妬《や》いているのね！」

「当然だと思わないかい？」

「あの人のことが好きだと言ったでしょ」

「どのくらい好きかが問題だよ」

「私はずっとあなたといっしょにいたじゃないの」サブリナは優しく言った。

ジョンはちょっと首を傾《かし》げた。「今晩のことで僕たちの仲が深まったのなら嬉しいがね」

サブリナは胸の前で腕を組んだ。「嫉妬《しっと》する相手なら私のほうこそたくさんいるわ」

「少しは嫉妬してくれないと、侮辱された気がするよ」

「じゃあ、私はありがたく思わなければいけないの？　あなたにベッドからベッドへ渡り歩くような女だと思われているのを」

ジョンはちらりと笑った。彼の瞳は暗く、大理石模様が浮かんでいる。サブリナは奇妙な震えが体を走るのを感じた。やはり彼は気心の知れない人だ、いくらよく知っているつもりでも。

「そうは言ってないよ」

「それに近いことをほのめかしたじゃないの」

彼はサブリナの腕をつかんで、ぐいと引き寄せた。「ごめん。僕はただ……嫉妬しているだけなんだ」

彼女は自分の体を固く抱くようにしていたが、抵抗したくはなかった。彼の温かさ、香り、心臓の音が感じられる。もう何も言いたくなかったのに、サブリナは思わず尋ねていた。「秘密の通路から出て、そこから戻ってきたの？」

「そうだ」ジョンはしっかりと彼女を抱きしめた。彼の声がサブリナの髪をかすめる。

彼女は身を引いて相手を見上げた。「でも、あなたは廊下で人影を追いかけていたと言ったわ」

彼はほほえんでサブリナを見下ろし、顎を撫《な》でながら言った。「自分の部屋に戻ったのは髭《ひげ》を剃《そ》るためだったんだ」

「真夜中に髭を剃ろうと思ったの？」

ジョンはもう一度ほほえんで、彼女の頬に触れた。「きみに痛い思いをさせたと気づいたんでね。ごめんよ。だが罰が当たった。顔を切ってしまったよ」

自分の頬に触れる。手を離したとき、指に血がついていた。

「切り傷の血？」

「かなり皮膚をそぎ落としてしまったらしい」

「ほんと」

「ごめん。きみのローブに血をつけてしまったようだね」

「いえいえ、これはあなたのじゃなくて――」サブリナは言いかけてやめた。

「誰のなんだい？」ジョンがいぶかるように目を細くして尋ねる。

「あの……ブレットのよ」

「ブレットがきみに血をつけたって？　こいつはすごい。まさかやつも、真夜中にさまよい出る前に髭を剃ったんじゃあるまいな？」

「いいえ、ブレットは真夜中に髭を剃ろうなんて思わないわ」

「じゃあ、ただ血を垂らしながら走りまわっていたんだ」

「りんごの芯を取ろうとして指を切ったのよ」

「何をしてきみに血をつけたんだ？」

「まあ、やめてよ」

「サブリナ、何をしたんだ？」また彼女の腕をつかみながら、張りつめた調子できく。

うに」

彼女はため息をついた。「話しながら私の腕をつかんだのよ、今あなたがやっているよ

「へえ？」いらだたしげな声。

「ジョン、あの人は私が――私たちがいっしょにいたのを知っているのよ」

「どうやって？」

サブリナは頬が赤くなるのを感じた。「私たちの声を聞いたの」

「壁の向こうからか？」

「ドア越しによ」

「やつはきみの部屋のドアの前で何をしていたんだ？」

「いっしょに大ホールへ食糧の略奪に行かないかと誘いに来たのよ」

ジョンは一瞬黙り込んだ。「この城はまったく人出の多い場所だ」彼は低い声で言った。

「きみが外をうろついているかと思えば、怪我人のブレットはベッドを離れて歩きまわっている。スーザンはドアをノックしても応《こた》えない――」

「そうですってね」

「誰に聞いた？」

「ブレットによ」サブリナは険しい声で答え、苦い笑みを浮かべてみせた。「私たちここでお互いを非難してばかりいるわね、でもあなたこそなぜスーザンの部屋をノックした

の？」

「彼女の無事を確認するためさ。きょう彼女はひどく腹を立てていたし、誰かが――ダイアンも含めてだが――たちの悪い悪ふざけをやった。じつは、ダイアンやセアーもノックに応えなかったんだ」

「トムもよ。それにジョーも」

「きみはトムの部屋をノックしたのか？　それにジョーの部屋も？」

「違うわ！」

「じゃあ――」

「ブレットよ。ブレットがノックしてまわったのよ。連れがほしくて」

「真夜中に？」

「あなただって真夜中にドアをノックしてまわったじゃないの」

「だが、ここは僕の城だ」

「でも真夜中じゃないの……」サブリナは少し心を和らげて、ため息をついた。「ブレットはおなかを空《す》かせ、誰か目を覚ましている人はいないかと探しただけよ」

「長期旅行の観光船のように夜間ビュッフェを用意すべきだったな」

「もうとっくに真夜中を過ぎてるわ」

「ふむ。それにきみは僕を信じていないみたいだな」

「どういうこと?」

「世の中の人の半分は、僕が妻を殺したと思っている」

サブリナは首を振った。「私はそうじゃないと思っている残りの半分のひとりよ」

ジョンはほほえんで、髪を撫で上げた。「そいつはお利口さんかな?」かすれた声できく。「ホラー小説ではどうなるか知っているだろう。若くて美しくて無邪気で気高いヒロインが血に飢えた吸血鬼にすっかり血を吸われてしまうんだ」

「あなたはべつに吸血鬼だなんて言われたことはないでしょ」

「青髭と言われているだけさ」

「あなたの妻はひとりだけだったわ」

「だが、なんとその妻は死んだ。僕に帰ってほしいかい?」

「帰ってほしいかですって? そう言えばどうかなるの? さっきからあなたは勝手に出たり入ったりしているじゃないの」

「それもそうだ」ジョンの声にはかすかな苦々しさと、サブリナと自分自身へのあざけりがこもっている。

「それならきみのいい相棒のブレットといっしょに寝ればいいのに」

「彼なら命を張って私を守ってくれるでしょうね」彼女は相手の大理石模様の目を見つめてわざと快活に言った。

「へえ、そうかな？　僕が危険な男でないとすると、危険なのはきみの前の旦那かもしれないぞ」

「だったらV・Jといっしょに寝るのがいちばんよさそうね」

「そうかもしれないね。だが、V・Jもノックに応えないんだ」

サブリナは奇妙な寒けを覚えた。ジョンは私をからかっている。まるで私を近くに引き寄せすぎたので、今は一歩下がって彼のあら捜しをしろと言っているようだ。

そしてもっと彼を怖がれと？

「ここはあなたのお城よね？　私がどこへ行ってもついてこられるんじゃない？」

「そうしようと思えば」

「そうしようと思う？」彼女は小声できいた。

「うん」

サブリナは顎を上げて、相手の目をじっと見つめた。「じゃあ運を天に任せることにするわ、もう夜も残り少ないし」

「残念ながらそのようだ。少し眠りたいかい？　もううろつかない？　二人ともこのままここにいるというのはどう？」

「眠るの？」

「もちろん」

サブリナはローブを脱いで、ベッドに入った。シーツはとても冷たかったが、ジョンもローブを脱いで隣に入り、彼女の体に腕をまわしてしっかりと抱き寄せた。彼の手はガウンの裾《すそ》の下にすべり込み、ふくらはぎ、膝、腿を撫でる。

「眠るんじゃなかったの?」サブリナが呟《つぶや》くように言った。

「気持ちよくしてあげているだけだよ。こういうものは嫌いだ」ジョンがナイトガウンを力いっぱい引っ張る。「こういうものを着る場所はべつだ、ベッドじゃない」

「ナイトガウンってベッドの中で着るものじゃないの?」

彼は首を振った。「違うね」彼の大理石模様の瞳が陰って、黒々と輝く。「どうもきみをほっとけないな」

サブリナも放っておかれたくはなかった。彼にガウンを脱がされたのか、自分で脱ぎ捨てたのか、それさえ定かでない。間もなく彼女はジョンの体に腕を巻きつけ、彼を求めていた。「それならほっとかないで」

「一度はきみを手放したが」唇で彼女の口をふさぎながら低くささやく。「もう二度と放さない」

サブリナは答えなかった。

暗い嵐の夜……。

そして彼は気心の知れない人。

だがサブリナは彼をとても身近に感じた。そして、彼を恐れるべきか否かはべつにしても、もう二度と放してほしくないと思った。

しばらくしてサブリナは眠りに落ちた。ただ、ジョンがそっとベッドを出て、バルコニーのほうを眺めていたとき、少しだけ目を覚ました。胸が小さくときめく。熱い思い。所有する喜び。わずかにまつげを開けて、こっそり彼を観察する。背が高く、ハンサムで、筋骨たくましい。彼といるのはなんて気持ちがいいのかしら。彼はまるで私が世界に二人といないすばらしい女で、私の体のかすかな動きでさえ魅力的なのだと思わせてくれる。ちょっと愛撫《あいぶ》されただけで、いとしまれ、探りつくされた気がし、彼の激しさと優しさを同時に感じる。初めて彼に会ったその晩に恋に落ちていたのだ。彼を失ったときには人知れずどれほど悲しみに暮れたことだろう。それから自分に言い聞かせてきた、時が過ぎ、遠く離れてしまったのになお彼を恋しつづけるのは愚かしいことだと。だが彼に恋してしまったのだ。時間や距離など関係ない。今感じているのは純粋な驚嘆の思いだった。彼のすべてが美しい、乱れた髪も、固いお尻も、リラックスしたペニスも、筋肉質の脚も。

ジョンが振り向いた。観察しているのを気づかれたくなくて、サブリナは目を閉じた。

彼はサブリナの額にキスすると、彼女のそばを離れ、服を着た。

複雑な思いに心を引き裂かれながらも、感情のすべてを露《あらわ》にするのはためらわれ、サブリナは彼が帰るのを引き留めなかった。やがて彼女が目を開けると、まだ弱々しい朝の光が部屋の中に忍び込んでいた。

彼女は身を起こし、無意識に腕をこすった。やはりジョンは髭を剃ったときに切り傷を作ったのだろう、腕に乾いた血がついている。サブリナはベッドの足元に投げ出された彼のえび茶色のローブを手に取り、肩や襟のあたりをいとしげに撫でた。少し湿って、こわばっている。

彼女は眉をひそめた。さらによく見てみて、彼女の胃は引っくり返りそうになった。

血だ。

ローブの前の部分が血だらけだった。

15

動脈でも切ったのかしら？

サブリナは思わず身震いし、これまでに観《み》たばかげたホラー映画を思い出してみた。ああいう映画に出てくる女はいつだってとても愚かだわ。男を信じて、簡単に吸血鬼や怪物の餌食《えじき》になってしまうんだから。自分の見たいものしか見ないし、人を疑うことを知らない……。

私は彼を愛している。ずっと愛してきて、また改めて恋に落ちてしまった。というより、彼を愛するのをやめたことなど一瞬たりともないのだ。彼を信じている。誰かを愛したら、その人を信用するのは当然のこと。愚かとは言えない。私は彼のことをよく知っている。善悪のわかる正直な人だ。

でも、彼の妻は謎《なぞ》めいた死に方をした。しかもここで。

そして昨夜、彼は血だらけだった。

いいえ、待って。ブレットも少しだけど血を出していたわ。でも私の知る限り、二人が残していったのは自分自身の血だけ。だからそれに重大な意味があるとは思えない。ほかに怪我《けが》をしてうろつきまわった者はいないし、死んだ者もいない。ダイアンが埋葬室でドラマを演じたあとは、悲鳴も怪しい叫び声もなかった。

私はいったい何を恐れているのかしら。

サブリナは疲れきって、静かに横たわり目を閉じた。そのときドアをたたく音がして、彼女は浅い眠りからはっと目を覚まし、あわてて上半身を起こした。

「はい？」サブリナは大声できいた。

「おーい！」ブレットだ。「僕だよ。寝坊だな。きみがひとりなのはわかってる――古城の王様は階下《した》でコーヒーを召し上がっているからね」彼はちょっと言葉を止めて、さらにつづけた。「昨夜《ゆうべ》は僕のことを気づかってくれてありがとう。ねえ、サブリナ、出ておいで。僕に何か言ってよ。元気でいるのか教えておくれ。僕のほうはちょっとばかり指を切ったが、そっちはもちろん、打った頭のほうもなんてことなくてぴんぴんしてる。もう正午近いんだよ、サブリナ。それにみんな大ホールに集合して、何もかもすっかり打ち明け合うことになっているんだ。きみも来ないかい？」

サブリナはベッドから飛び出した。「ブレット、私、シャワーを浴びて着替えなきゃ。すぐに行くわ」バスルームへと急ぐ。

絶対にみんなの打ち明け話を聞き損なうわけにはいかない。

十分間のうちに、サブリナはシャワーを浴び、身支度をすませた。部屋を出ると、ブレットが廊下の壁にもたれ、コーヒーをすすりながら待っていた。

「遅いなあ」

「とても早かったじゃないの」

「もうきみを置き去りにしてやろうかと思った。コーヒーカップがほとんど空っぽなんでね。もっとカフェインが必要なんだ。ひどい夜だったからね。正直言って、きみも疲れた顔だ。妬《や》けるなあ」

「そうね、あなたは孤独な夜をたくさん経験しているんですものね？」サブリナは皮肉を言った。

ブレットが顔をしかめる。「わかった、わかった。確かにそうたくさんではないけどね。それもこれも、きみを失った寂しさを癒《いや》すためなのさ」

サブリナは頭を振った。「少しは眠れた？　それに頭の怪我はどう？」

「ちょっと痛むだけだ。だが少しは眠ったよ。きみは？　おっと、ばかな質問だったね」

「ブレット……」

「ごめんよ」

「指の具合は？」

「ああ、触ると痛いだけさ。キスして治してくれる？」

サブリナはため息をついた。

ブレットがにやりとした。「ごめんごめん。つい言っちまうんだ。休戦といくかい？　本当にいい友だちになりたいんだ。もちろん、きみの気が変わって、もっと親しくなりたくなったら」身を寄せてささやく。「それとも、きみの金持ちで尊大な恋人にバルコニーから突き落とされはしないかと心配になったら――」

「ブレットったら！」

「いつでも僕を呼んでくれたまえ」

「ブレット、ジョンはあなたのお友だちじゃなかったの？」

「そうだよ。だが、恋愛と戦争とミステリーに関しては友だちも何もありゃしないのさ」

二人は階段を下り、大ホールの正面入り口に立った。サブリナは、細長い窓の外に雪がうずたかく積もっているのを眺めた。いつまた嵐《あらし》になっても不思議でないほど、空は重く灰色に沈んでいる。寒々とはしているが、それなりに美しい光景だ。壁に取りつけられたランタンは燃えつづけているが、かすかに外の明かりが忍び込んで、城はずっと明るく見える。

「コーヒーはこっちだよ」ブレットがサブリナの体を大ホールのほうに押した。

テーブルの上席にいるジョンはコーヒーを手に、ジョーやセアーと話し込んでいる。

ジェニー・オルブライトはいつもどおり静かにきびきびと卓上鍋《なべ》のこんろに火をつけて

いる。テーブルの片側では、ダイアンとアンナ・リーがピアスの是非について議論しており、もう一方の側ではジョシュア、カミー、レジーがロンドンに新しく作られたホラー美術館の作品には才能の輝きが見られないと嘆き合っていた。

「それでも僕には女性の連続殺人犯なんてものは考えられんなあ」セアーが言っている。

ブレットは自分のカップにコーヒーを注《つ》ぎ足して、ジョンのグループに加わった。

「じゃあ、バートリ伯爵夫人のような女はどうなんだい？」ジョーがきいた。「彼女は若い娘を何十人も、おそらく何百人も殺しているんだ」

「それに、フロリダには客を次々に殺した売春婦もいる」ジョンがセアーに言う。

「ああ、その女は本物の連続殺人者像に近いかもしれんな」セアーが言った。「だが僕が言いたいのは、典型的な連続殺人犯は性的な殺人者だってことだ。略奪的で——男性的なんだ。暴力によって性的な満足を得ようとするんだから」

「確かに、犯罪学者、行動科学者、ＦＢＩのプロファイラーたちが研究してきた反社会的な異常人格者は男性だった」ジョンが言った。「だが——」

「でも、私なら絶対にあの忌まわしいバートリ伯爵夫人を連続殺人犯と呼ぶわ」アンナ・リーが議論に割り込んだ。「彼女は温かい血の風呂に入ってもっと美しくなり、もっとセックスを楽しむために、かわいそうな若い娘たちを殺したのよ」

「そうですとも」レジーも口を挟む。「ものの本によると、バートリ伯爵夫人は殺す前にその犠牲者と戯れたのだそうよ。もしそれが性的な犯罪でないと言うなら……」

「それはまたべつだよ」セアーはなおも主張したが、予想外の議論の展開にたじたじとなっている。もとはといえば現場の刑事で、学者ではない。それでも経験豊富な点では誰にもひけをとらない男だ。

ジョーがすぐさまセアーの弁護に立った。「セアーが言ったような男の殺人者は支配、優越、権力といった感情にしか熱中できないんだ。バートリ伯爵夫人は何百年も前の人間だから、彼女の殺人行為を正しく洞察するのは難しい。きっと彼女は、自分はほかの誰よりも優れているので、自分の楽しみのために田舎娘を殺す権利があると信じ込んでいたんだろうよ」

「どっちにしたって、人でなしには違いないわ」ダイアンが身震いした。

「用心しろよ」ブレットが言った。「僕らがあんまり夢中になって伯爵夫人の悪口を言っているのをV・Jに聞かれたら、彼女、自分を〝血まみれの伯爵夫人〟役に仕立てたジョシュアの喉元に食いつくぞ」

「V・Jはどこなの？」サブリナがきいた。

「まだ下りてこないな」ジョンが答える。

「要するに、歴史に残るバートリ伯爵夫人は、今僕たちがゲームで追いかけているような連続殺人犯とは違うんだ」セアーがつづけた。「バンディやダーマーやゲイシーのような最近のアメリカの連続殺人犯とも違う。この点では頼むから僕の言うことを信じてくれ。僕は知ってるんだ」

「刑事は語る、ね」アンナ・リーが呟《つぶや》く。

「僕の理解する限り」ジョンがセアーの弁護にまわって口を挟んだ。「我らが元刑事の意見は基本的に正しいと思うな。心理学者は殺人者の出現を遺伝や環境の面からばかり議論するが、雄性ホルモンと暴力的で攻撃的な行動との間には関係があると思うんだ。面目をつぶされた、踏みにじられた、こき下ろされたと感じて傷ついた男性は暴力的になる傾向がある。一方女性のほうは、研究によれば、自尊心を傷つけられると、憎しみを自分自身に向け、自殺したり自分を傷つけたりすることが多いそうだ」

「でも女も人殺しをするわ」アンナ・リーが言った。

「そう、人殺しをする女もいるよね」ジョーが軽い調子で言いながら、まっすぐにアンナ・リーを見つめた。

「セアー、じゃあ女性はなぜ人殺しをするの？」ダイアンが尋ねた。

セアーはまじめな顔で彼女を見つめた。「激情からだよ」

「激情！　必ず？」

「女性は恐怖からだって殺人を犯すことがあるわ」サブリナは言った。自分のカップにコーヒーを注いだが、テーブルにはつかなかった。彼女はカウンターにもたれて、いっせいに向けられたみんなの目を見返した。

　サブリナは肩をすくめ、ブレット、それからジョンへと視線を移した。ジョンは興味深げに彼女を眺めている。

「それに女性を猛烈に怒らせた場合。そのうち彼女に仕返しをするチャンスが訪れる。込み合った地下鉄で……ほんの一押し。それとも車がすごいスピードで走り過ぎる込んだ通り……考えてる暇なんてあるかどうか！　そんなところでそっと押したら……ほんの少し突いたらどうなるかしら？」

　部屋中が静まり返り、全員がサブリナを見つめた。ほのめかされた意味に気づかなかったセアーを除いて。

「そうとも」セアーがうなずいた。「悲しくなるほど単純な殺人もあるものさ。女房が三晩つづけて残り物を出したというんで変になる亭主もいる。亭主がどなり、女房がうなる――ばーん。射殺さ――きっと手近に武器があったんだろう。こういうのもある。夫が毎日毎夜暴力を振るう。妻の腕を折り、目のまわりに痣《あざ》を作る。おまえはだめだ、やることなすことなってないと年がら年中妻をこづく。夕食の子羊肉料理の出来が悪いとどなり、ミント入りソースはまずいしポークに合わないと文句を言う。大酒を食らい、酒と葉巻で腐ったような臭《にお》いをさせて毎晩夜中の二時に帰ってきて、セックスを求める。妻のほうはもう何も感じないし、考えることもできない。ただ怯《おび》えているばかりだ。とうとうある日のこと、夫はみっともない汚れたTシャツの下から巨大な腹を突き出し、足を上げてリクライニング・チェアに座り、大音響でテレビのフットボールの試合を見ながら、げっぷしいしいビールをもう一本持ってこいと言いつける——そこでついに妻はぶち切れる。ビールなんか持ってくるもんか——ショットガンを撃ちながら入ってくるんだ」

「むかつく夫だわ」ダイアンが笑いながら言った。「その女性は正当防衛で釈放されるか、人類に害を及ぼす者を排除した功績でメダルを授与されるんじゃない？」

ホール中に軽い笑いが広がった。明るい響きだった。深刻な話題にもかかわらず、ようやく人里離れた場所に集まって興味のある話題に花を咲かせているミステリー作家の一団らしくなった。子供たちのためにとジョンがこの集まりを企画したのだ。何かのせいで、せっかくの計画がすっかり変わってしまったのがサブリナには悲しかった。

だが悲しい悲しくないにかかわらず、今もここには人知れず邪悪な何かが漂っているように感じられる。

真実を語っているのは誰だろうか？　そして本当の顔を仮面の下に隠しているのは誰だろうか？

さすがのセアーも今は議論に夢中なあまり、言葉にされたことについてもされなかったことについても、邪悪な臭いを嗅《か》ぎつけられないらしい。セアーはにんまりして、ダイアンに答えた。「当然ながら、殺人には必ず動機ってものがあるんだ」

「偶発的な殺人でも？　地下鉄のプラットホームに立っている知らない人を線路に突き落とすというような？」アンナ・リーが尋ねる。

セアーはうなずいた。「狂気という代物――それ自体が動機になるんだ。幻聴を聞くやつもいれば、誰かに追いかけられていると思い込む偏執症患者もいる。動機は必ずあるんだ。昔から常軌を逸した人間はいた。だが現代のほうがひどくなったような気がするな――苦痛から大きな快感を得るやつ、人を痛めつけたり殺したりすることでしか快感や慰めを感じられないやつ。科学捜査がこんなに進歩してくれてありがたいよ。微小な繊維一本、顕微鏡でしか見えない血の一滴、皮膚細胞ひとつあればいい。それにＤＮＡ鑑定――すばらしいよ」

「そうとも。だが、まず容疑者がいなくてはな」ジョーが言う。

「そうなんだ――まったくぞっとするよ、どんなに多くの犯罪が迷宮入りしているかを思うとね！」

「世間の人たちが犯罪の解決を愛してくれるのでありがたいわ、さもなければ私たちみんな商売あがったりですもの」アンナ・リーが言った。そして突然にっこりしてみんなを見まわした。「犯罪の解決といえば、きょうは私たち、自らのおぞましい罪を告白し合って――どんないたずら者がみんなを困った立場に追い込んでいるのかを見つけ出すんじゃなかった？」

「いずれにせよ、スーザンにはこてんぱんにやっつけられるだろうな」ジョーが情けなそうに言った。

アンナ・リーは肩をすくめた。「スーザンに言ってやればいいのよ、一言でもひどいことを書いたら、アガサ・クリスティが小説の中でやったとおりのことをしてやるって——無礼なことをしたら、私たちがそれぞれロープやナイフや銃や毒薬や絞首刑具を使ってあんたを殺してやるってね」

「スーザンといえば、彼女はどこにいるんだろう?」ジョンがきいた。

「ずっと姿が見えないな」ジョーが答える。

「私も見てないわ」ダイアンも言った。

「僕たちみんなのことを猛烈に怒っていたものな」セアーが顔をしかめる。

「誰かスーザンを見たかい?」ジョンがテーブルのまわりの人々を見渡して尋ねた。

「昨夜から見てないわ」アンナ・リーが答えた。

「そういえば、V・Jとトムの姿も見えないぞ。昨夜トムは、スーザンがシャワーを浴びる間、護衛に立っていたんじゃなかったっけ?」とセアー。

「まだ寝ているんじゃない?」ダイアンが言う。

「まあトムとV・Jはそうかもしれない。だがスーザンはどうかな?」ブレットが疑わしげに言った。「というのも、トムとV・Jは——」

「私たちは自分自身の罪を告白する約束よ。人のことをとやかく言うのはおやめなさい」レジーがブレットを厳しくたしなめる。

「申し訳ない。僕はただ――」

「ただ、なんだい?」べつの声がした。

トム・ハートだ。シャワーを浴びたてのさっぱりとした顔つきで、きちんとプレスされたグレイのウール・ズボンと、それによく合ったセーターを着ている。彼はホールに入ってくると自分でコーヒーを注いだが、そのうちみんなに見つめられていることに気づいた。トムはコーヒーカップを手に取って尋ねた。「どうかしたのかい?」

「心配しかけていたんだ」ジョンが答える。

「なぜ?」トムはわけがわからないという顔だ。

「こんな時間なのに、あなたの姿が見えなかったからよ」アンナ・リーが答えた。「それにV・Jの姿も」

「ヴィクトリア――V・Jはすぐ下りてくると言ってたよ。僕が……ドアをノックしたとき、着替えを終えるところだった。で、僕はここにいる。なのになぜそんな心配そうな顔をしているんだね?」トムが言った。

「トム、スーザンの姿が見えないんだ」ジョンが言った。

「そんなことでみんな憂鬱《ゆううつ》になっているのかい?」トムが信じられないという声をあげる。

「みんなでスーザンのことを心配しているんだ」ジョンが答えた。

「昨夜は元気だったが」トムが呟く。「シャワーから出てきたとたんに、護衛なら部屋の中でなく廊下でやるべきだって僕をどなりつけたんだ」

「スーザンらしいわ」ダイアンが呟いた。

「それで？」ジョンが先を促す。

トムは不安そうな表情を浮かべ、肩をすくめた。「V・Jもスーザンの部屋にいたんだ――たまたま通りかかったんでね。それで僕たちは話をしていたのさ。スーザンはまったくいやなやつだよ。僕ら二人のことを、彼女のことをつけまわす変質者の二人組なんて言うんだから」

「まあ、おもしろくなってきたじゃないの」アンナ・リーが嬉《うれ》しそうに言う。「それでどうしたの？」

「くたばっちまえと言ってやったよ、それからV・Jと僕は部屋を出て――」トムはそこで言葉を切った。

「そしてどうしたの？」ダイアンがなおも食い下がる。

「そして――それぞれ自分の部屋に向かったんだ」トムがきっぱりと言った。

トムは嘘《うそ》をついている。サブリナにははっきりとわかった。

「あらまあ、トム！　その手はどうしたの？」アンナ・リーが突然立ち上がって、彼に歩み寄った。

「手だって?」トムが自分の手に目をやると、アンナ・リーが言ったとおり手には長い切り傷があり、そこからまた急に血がにじみ出している。「ああ……これか。たいしたことないのに痛そうに見えるね」

「紙で切ったのかしらね?」レジーが疑わしそうに尋ねた。

トムはレジーを見つめ、頭を振り振り申し訳なさそうにほほえんだ。「ジョン、きみの灯油ランプを割ってしまったんだ。すまない、本物の骨董品《こっとうひん》だろうにな」

ジョンはかまわないというように片手を振った。「ランプはたくさんあるんだ。だが、深手のようじゃないか」

「トム、V・Jはどこにいたんですって?」サブリナがきいた。

「昨夜、彼女のドアをノックしたが、返事がなかったんだ」ブレットが言った。

「一体全体なぜきみが彼女の部屋をノックしなけりゃならないんだ?」トムが怒ってきいた。

「大ホールまでつきあってくれる大胆で——腹の空《す》いている連れがいないかと思っただけさ」ブレットも憤然として答える。

「それだけ?」アンナ・リーがからかうように言って、笑いながらみんなを見まわした。

「結局私たち、新しいゲームを始めているじゃない。秘密の打ち明けごっこ。自分の罪を告白して、キャシーを殺した犯人を見つけましょうよ――もっとも、彼女が殺されたのならだけど。公式の判決では事故死だったんですものね」

「V・Jに関して告白すべきことは僕には何もないよ」ブレットはむくれている。

「V・Jに関してはないかもしれないわねえ」アンナ・リーがわざと優しく言った。

ジョーが背筋を反らした。「待てよ。動機というなら、V・Jはキャシーを憎んでいたぞ。二人は仲が悪かった。キャシーはV・Jに意地悪で不作法だったし、V・Jのほうも思ったことをずけずけと言っていた」

「V・Jがキャシーを殺すもんか！」トムがばかにしたように言う。

「あら、トム」アンナ・リーが言った。「いとしのカッサンドラを殺したかったのは、あなたのほうかもしれないわね。だってあの人はあなたがあちこちで女遊びをしていると言わんばかりのひどいことを書いたんですもの。ええと、あなたは現在奥様と別居中だけど、まだ離婚はしてないわよね。キャシーのせいで、奥さんにたっぷり慰謝料を払わせられるはめになったんじゃない？」

「アンナ・リー、告白するのは自分のことだけのはずだよ」ジョンが断固たる口調で言った。

トムがジョンに片手を上げてみせた。「いいんだ、かまわんよ。僕はキャシーを殺してない。法律ってものを知っている。自分の責任もね。離婚同然の妻を憎んでいるわけじゃないし、僕が稼ぐ収入の半分を出し渋るつもりもない。なぜって、僕たち夫婦は僕の執筆業に一か八《ばち》か賭《か》けてきたんだから。妻のラヴィニアにはすでに全財産を与えてあるんだ、それも快くね」

「まあ、ご立派じゃないの」アンナ・リーが言った。「それでも、やっぱりあなたには動機があると思うわ」

「どんなことでも動機になりえるんだから、僕たちみんなに動機と言えるものはあると思うよ」ジョンがそっけなく言った。

「私にはないわ」ダイアンが静かに言う。

「ないですって?」アンナ・リーが言い返した。「まあ、ダイアン、そうはいかないわ。あなただって関《かか》わり合いがないとは言えないわよ。キャシーはあなたのお母さんだった。でもあなたを拒否したのよね。あなたを子供として世間に認めなかった。あなたは彼女が年を食ってるのを暴露することになる悩みの種、邪魔者だったのよ。もしかしたらあなたはかっとなり、たまたまキャシーがバルコニーにいるとき――」

「なんてひどい大ぼらを吹くのよ!」ダイアンが怒って叫んだ。両手を腰に当て、テーブルのまわりをまわりながら、アンナ・リーをにらみつける。「ひどいことを言うわね。あなたこそ面倒ばかり起こしたがっていたくせに。野良猫みたいに尻軽じゃない。ジョンを自分のものにできなかったから、私の母に手を出したのよ。ほかにもお相手がどれだけいることやら。あなたは行く先々で騒ぎを起こしたがる。死ぬほどみんなに注目されたいものだから、わざととんでもないことをやらかすのよ。たいしたものを書けないから、目立つことをして大衆の好奇心をそそるしかないんだわ！」

「おやおや、私としたことが、あなたがキャシーの娘だってことを忘れてたわ」アンナ・リーは言われたことを受け流し、とくに気にしているふうではない。「まあこれで、私がどこで寝ていたかみんなにわかったわけね。でもね、みなさん、この話にはつづきがあるのよ。みんなも打ち明けるべきじゃない？」彼女はくるりと体を巡らして、ジョーを見据えた。「何か言うことはないの？」

ジョーはおどおどと肩をすくめ、つらそうに言った。「ぼ、僕は二人の板挟みになっていたんだ」

ジョンがゆっくりと立ち上がり、マントルピースにもたれた。全員静まり返り、ピンが落ちる音さえ雷鳴のように聞こえそうだ。それでもジョンは、そのことはもう知っていると言わんばかりに落ち着き払っている。

ジョーは咳払《せきばら》いした。「実際、僕はキャシーには猛烈に腹を立てていた。だがどんなに腹を立てていても――事実、彼女のせいで大事な選集を出すチャンスを失ったんだが――それでも彼女にぞっこんだった。だがキャシーはジョンの妻だ。だから近づかないようにしていたんだ。ところがアンナ・リーは、僕が内心密《ひそ》かにキャシーへの愛憎劇を演じているのを知って、おもしろがった。あのときアンナ・リーは素朴な田園ムードを楽しみたい気分だったんだろうよ、キャヴィアの味をお休みして僕を誘惑したんだから。そしてそれから……」

「それから、どうなったんだね？」ジョンがアンナ・リーのほうを見ながら尋ねた。

一瞬アンナ・リーの目に苦痛の色が浮かんだ。「ジョン、あなたは真実を見ようとしなかった。彼女と離婚しようとしなかった。私はキャシーがどんな女なのかをあなたに教えてあげようとしただけよ」

　ジョンは腕組みをした。「妻がどんな女なのか僕に教えようとしたって？」

　アンナ・リーが指で美しい髪をかき上げる。「彼女がいろんな人と寝ていると知らせてあげたのに、あなたは耳を貸そうとしなかったじゃないの」

「アンナ・リー、僕はキャシーという女を知っていたよ。彼女が何をしているかも知っていた。そして僕の堪忍袋の緒も切れかけていたんだ。だが穏やかな気持ちのときには、彼女が癌《がん》から逃れようと、死に物狂いで突っ走っているように思えた。だから彼女のやることをいちいち気にしなかったのさ、ほかの人を傷つけようとするとき以外はね——相手には事欠かなかったようだし」彼は突然ジョーのほうに向き直った。「だからもう何も言わなくていい」

　ジョーは紫がかって見えるほど顔を赤らめた。

「ぼ――僕は――たった一度しか――僕たちは――僕は――」

「あら、ジョー、言っちゃいなさいよ！」アンナ・リーがおもしろそうに言った。「私たち三人でやったのよ！」

ジョーはうつむいた。「すまん、ジョン。僕はあまりにも……あれはただ……」顔を上げてジョンを見る。「きみは金持ちだ。権力もあり尊敬もされているし、美男だ。ところが僕ときたらいつだって二日酔いのくまみたいで。ところが彼女たちが突然、僕の気を引いたり僕をほしがるそぶりをするようになり……あげくの果てに」責めるようにアンナ・リーを見やる。「僕をこけにしたんだ」

アンナ・リーは肩をすくめた。自分の罪作りな性のお遊びをいっこうに後悔していないようだ。

「ジョー、私たちは大人じゃないの。それにあなたをこけになんかしてないわ。あなたがそんなふうに感じただけよ」

「ひどいことをされたって感じたの？」ダイアンが小声で尋ねる。「騙《だま》されたって？　それともおもちゃにされたって？」

「違うよ」ジョーが言った。「そんなことで僕を疑う気か！　ひどい目に遭わされたなんて思わなかったよ。そうとも、僕は女に侮辱されたからって、殺してやりたいなんて思わない！」彼はアンナ・リーを見つめた。「それにベッドで僕がそんなにまずかったとは思えないね。アンナ・リーはあのあともその気になると、ときどき僕のところに戻ってくるんだから」

ブレットが突然立ち上がり、腰に手を当てて二人をにらみつけた。「二人の話は信じられない！　キャシーはそんな女じゃなかった！」

ジョンがうしろからブレットの肩に手を置いた。「ブレット、そういう女だったんだよ」

「いいや。きみたちはそんな話をでっち上げているんだ。理由はわからんがね！　なんでそんなとてつもない話を作り上げるんだい？　そんなに惨めでみっともないきみたちが、犯人であるはずがないとでも言いたいのか？　絶対にでっち上げだ。僕はキャシーを知っている――」

「ブレット！」ジョンがさらに強い口調で言った。「きみはキャシーを知ってなんかいない。知っていると思っているだけだ。彼女がきみに知ってほしいことを知っているだけ、きみにこう思ってほしいように思っているだけなんだ。キャシーの罠《わな》にかかってしまったのさ。あまりにも彼女のことが好きだったから」

「いや！」ブレットは突然また椅子に腰を下ろし、指でこめかみを押さえた。「いや、僕は……」彼は再び顔を上げ、まずジョンを、それからサブリナを見た。その様子があまりにも痛々しくて、サブリナは哀れみの気持ちでいっぱいになった。ブレットはもう一度ジョンに視線を戻した。「きみに嫉妬《しっと》していたんだ。僕はサブリナと結婚していた。彼女はきみと寝たことはおろか、顔見知りであることさえ認めようとしなかったが、きみの名前が出るたびに寂しそうな顔をした……だからぴんときたんだ、きみたちに関係があったって——サブリナ自身は貞淑なよい妻になろうと決心していたのかもしれないが、知らず知らずのうちに僕をきみと比べているって。そして僕の負けだった。離婚の直後は、彼女に捨てられたのが僕の素行のせいばかりとは思えなかった。だから……きみに仕返しをしてやろうと思ったんだ。離婚はきみのせいだと思った——きみに妻を誘惑されたような気がしたのさ。それで……僕もキャシーを誘惑しようとしたんだ。それにキャシーもキャシーなりに僕を好いてくれていた。それはわかっているんだ。なぜって、なぜって……」

「ブレット」ジョンが小さくため息をついた。「きみがキャシーを好きだったのは、キャシーにもいいところがあったからだよ。彼女が僕の気を引く努力をやめてしまってからも、僕は彼女が好きだった。彼女は苦しんでいて、死に物狂いで走りつづけていた。それに永遠に若く美しい女でいることを必死に望んでいた。彼女には愛されていることが必要で、ひとりぼっちになること、死ぬことを恐れていた。聡明《そうめい》で教養もあり、たいていの場合には洞察力も優れていたよ。そうしようと思えば魅力的だったし、ときには優しく愛情深い女にもなれた」

彼は一瞬ためらって、ダイアンを見た。

「自分が娘にどんな仕打ちをしたかも反省していた。だから孤児や病気の子供たちのための団体には、かなりの額の金を寄付していたよ。彼女はそんなに恐ろしい人間ではなかったんだ。僕は彼女を知っていた——彼女が何をしていたかも。だがそのことはいいんだ。僕が彼女と結婚したのがそもそも誤りだったんだから。僕たちは昔からの知り合いだった。最初のエージェントを見つけてくれたのも、仕事上のいろいろなこつを教えてくれたのも彼女だった。彼女はきれいで、僕たちはいっしょに楽しく遊んだが、つきあいはついたり離れたりだった。そのうち彼女が病気になり、ひとりでいるのを怖がるようになった。それで試しに結婚してみようかということになったんだ。たぶん二人の結婚は最初から呪《のろ》われていたんだろうな。だが彼女は僕の友人だった。彼女のことが好きではあったんだ」ジョンは言葉を止め、苦笑を浮かべた。「それで、僕の妻と寝なかったのは誰と誰なんだい？」

「私は違いますよ！」レジーが憤然と答える。

ジョンが苦く笑った。「挙手でもしてもらおうか？　イエスかノーか？」

「僕はノーだよ」トムが言った。

「私も」とカミー。

「ノーだ」セアーが答える。

「僕もだ」これまで黙っていたジョシュアが椅子に座ったまま身を乗り出した。

「私はここにいなかったわ」サブリナが呟くように言う。

「さて、スーザンとV・Jはいないから、あとできくことにしようか」ジョンがそっけなく言った。

「私たちみんな、きょうはもう十分つらい思いをしたと思わない？」急にアンナ・リーが言い出した。声の調子があまりにも普段と違うので、サブリナは思わず彼女を見つめた。アンナ・リーが自分の性的な行為についてことさらふてぶてしい態度をとるのは、ある種の見せかけかもしれない。自分のしたことを悔やんでいるのではないかしら？

動機というのはまったく奇妙なものだわ。ブレットはジョンを傷つけようとしたけれど、それはジョンがそのつもりがないのにブレットを傷つけてしまったからだ。アンナ・リーはジョンを愛していたので、ジョンの妻を誘惑した。ジョーはキャシーに恋して、アンナ・リーの企《たくら》みにはまってしまった。そしてほかの人はといえば……。

カッサンドラはみんなの頭の上で何かしら振りかざしていたわ。人を脅すのが好きだったのは間違いない。トム・ハートをやっつけ、彼のキャリアも結婚もめちゃくちゃにしてやれると思っていた。V・Jとは人目もはばからず喧嘩《けんか》していた。セアー、レジー、ジョシュア、カミーはどうだったのかしら？　それにダイアンも、母親のふるまいに深く傷つけられ、そのために殺してしまったということもあるのでは？

「ジョン？」アンナ・リーはさらに話をつづけようとする。

ジョンは両手を上げた。「僕たちは少しも答えに近づいていないね？」

「そうでもないさ」ブレットが答えた。「誰がキャシーと寝て、誰が寝ていなかったかはわかったんだから」

ジョンは悲しげにほほえんだ。「それで誰がキャシーを殺したかがわかるわけじゃない」

「たとえキャシーが殺されたのだとしても」アンナ・リーは身を乗り出して言った。「ねえ、ジョン、そっとしておいたほうがいいんじゃないかしら」

「だが、みんなに配られたあの気違いじみた偽のゲーム・メモのことはどうなるんだい？卑劣なやり方で僕たちを脅しているのは誰だろう？」

「ダイアンよ！」アンナ・リーが言った。

「一度だけよ！」ダイアンが叫ぶ。「私が書いたのは埋葬室に来るようにというメモだけよ」

「ではスーザンへのメモは？」ジョンがきいた。

「ダイアン、もしあなたがやったのなら、お願いだから――」アンナ・リーが言いかける。

「スーザンへのメモなんか書いてないったら！」ダイアンがじれったそうに答えた。「やってもいないことを、ここで告白するつもりなんかないわ」

「スーザンの頭がおかしいだけだよ」ブレットもいらいらして言った。「消去法でいこうじゃないか。僕はここにいなかった、だから無実だ。サブリナもいなかった。そもそもサブリナはあの悲劇が起こったときにもいなかったんだ。ジョシュアもここにいなかったし、ジョンもいなかった……」

「だが僕たちだって、出かける前にメモを書くことはできたはずだ」ジョンが強い口調で言った。

「ここにいなかったのに、どうやってスーザンを恐怖の部屋で脅せるのさ?」ブレットが尋ねる。

「共犯者だよ!」セアーが穏やかに答えた。

「本当にスーザンが脅されていたらの話だよ」トムが言う。「何しろ演技派だからな、注目を浴びるのが生き甲斐《がい》なんだ」

「お願いよ、ジョン。頭がずきずきするの。しばらく部屋に戻って眠らせてもらえないかしら?」アンナ・リーが言った。

「もちろんだとも」ジョンは答えて、部屋の人々を見まわした。「夕方のカクテル・アワーに図書室でお会いしましょう。ゲームをつづけることはできるが、僕たちが解決すべきなのは僕たち自身のことかもしれない」

「でもジョン、もし解決すべきことなんかないとしたら?」カミーがきいた。「キャシーの死がただの悲劇的な事故だったら?」

「ああ、事故だったとわかったら——そうであればいいと思うのだが——それでも事件を解決したことになる」

「さてと！　中傷と告白ごっこが終わったんなら、私は図書室でカードでも楽しむとしましょうかね」レジーが嬉しそうに言った。

「ブリッジですか？」トムが尋ねる。

「ポーカーよ！　ポーカー！」とレジー。

ジョーが笑い声をあげた。「僕も入れてもらおう」

「僕もだ」セアーも言う。

全員が立ち上がった。アンナ・リーはみんなを無視してさっさと部屋を出た。レジー、ジョー、セアーの三人は図書室に向かう。サブリナはジョンのほうへ行きかけたが、カミーが見るからに狼狽《ろうばい》した様子で、ジョンに話しかけているのが見えた。ブレットもなんとかジョンに言葉をかけたいという顔つきで、そばをうろうろしている。

サブリナは部屋を出ていきかけた。すると怪我をした指をナプキンでくるんだトム・ハートが前に立ちふさがった。「カードはしないの？」

彼女は急に不安になって、首を振った。「やめておくわ。睡眠不足なの。階上《うえ》で一眠りしてくるわ。あとでまだやっているようなら、入れていただくわね」

「いいとも」

サブリナは彼のそばをすり抜けた。アンナ・リーはもう二階に上がったとみえて、姿が見えない。サブリナも急いで二階に上がり、自分の部屋に行きかけて、ふと足を止めた。

廊下の反対側のV・Jの部屋に歩み寄る。

「V・J?」サブリナはそっと声をかけた。応《こた》えがない。軽くドアをノックする。「V・J?」

やはり応えがない。さらに強くノックしてみる。

「いやだわ、V・J! 心配させないでちょうだい!」

それでもなんの返事もない。サブリナはためらいながら、ドアのノブに手をかけ、ちょっとひねってみた。

ノブはまわった。V・Jは鍵《かぎ》をかけていなかったのだ。

ほんの少しドアを開ける。「V・J?」

なんの返事もない。

サブリナは大きくドアを開け、V・Jの部屋に足を踏み入れた。

V・Jの姿が見えた。

彼女はシンプルだが——フリルやレースはV・Jらしくない——エレガントなドレスを着て、ベッドの上に長々と寝ていた。頭は枕《まくら》に載っていて、両手を胸の上で組んでいる。追悼者に見せるために棺《ひつぎ》に入れられた遺体のようだ。赤い細紐《ひも》が首に巻きついていた。

「V・J!」サブリナは悲鳴をあげ、友人のそばへ飛んでいった。

16

ジョンは、とんだパンドラの箱を開けてしまったと思い始めていた。

「ジョン、私には何がなんだかさっぱりわかりません。私がもっとしっかりやっていたら――」カミーが言いかける。

「カミー、メモくらい書こうと思えば誰にでも書けたんだ――」

そのとき、ジョシュアがカミーのうしろに歩み寄ってきた。いかにもアーティストらしい瞳は暗く、不安げだ。「カミー、もっと僕もいろいろなことに気を配る手助けをしなければいけないのに――」

「ジョシュア、あなたはアーティストだし、ジョンのお友だちじゃないの。ジョンの下で働いているのは私なんですもの」

「カミー、ジョシュア、きみたちは僕のためによくやってくれているよ。これ以上はできないほどだね。だからどうか――」

「ジョン、話したいことがあるんだ。ぜひ話がしたい」ブレットが二人を押し分けながら言った。

ジョンは手のひらを上に向け、当惑したような身振りをした。「カミー、きみは間違ったことはしていない。心配するのはやめてくれ。ゲームはすばらしくよくできていたし、きみたちもよくやってくれた。だがこの嵐《あらし》だ。暗いし、いろいろなことが起こって、もうこれ以上ゲームをつづけることはできない」

「ジョン、ぜひ話したいんだ」ブレットがなおも言う。

ジョンはブレットのほうに向き直った。「僕は怒ってなんかいないよ、本当だ。きみが何をしたかも、なぜそうしたのかもよくわかっている。もういいんだ」

「ちくしょう、よくなんかない。友だちは友だちをはめるようなまねをしないもんだ」

「きみは彼女にはめたんだろ」

「ジョン、なんてことを」

「すまん、ブレット。つい言っちまった。だが本当に――もういいんだ」

「キャシーはきみの奥さんだったのに」

「ブレット、すんだことだよ。もう何も感じないんだ――怒りも苦しみも。何もね。わかるだろう、あの当時はみんながひどく苦しんでいた。さあ、僕がもういいと言っているんだから、もういいんだ。そこを通してくれないか、外へ出たいんだ」

「外へ？　でも外は寒いし、雪が――」カミーが言った。

「大丈夫だよ。さぞ気持ちがいいだろう。失敬するよ」ジョンは行きかけ、ちょっとためらってからブレットのほうを振り向いた。「頭はどうだい?」

「頭?」

「怪我《けが》だよ」

「ああ!」ブレットはこめかみに触れてみて、肩をすくめた。「ちょっと痛むだけだ。大丈夫だよ」

外の澄んだ冷たい空気を吸いたくて、ジョンは戸口へと向かった。まだ太陽は雲の隙間《すきま》からもれ出してはいないが、少なくとも外の明るさは自然のものだ。さぞ空気は新鮮だろう。

だが戸口へたどりつく前に、今度はジョーに引き留められた。「なあ、ジョン、きみはずっといい友だちだった。心からすまないと思っている。あんなことはたった一度だけだったんだ。それにキャシーとの間には、本当の意味では何も……だが、僕のしたことは確かにいけなかった、すまない。きみは信頼できる友人だったのに、僕はばかだった」

「ジョー、どうかわかってほしいんだ。僕はキャシーのしていることを知っていた。いつも相手が誰なのかを知っていたわけではないが、もうどうでもいいと思っていたんだ。彼女は僕の〈ミステリー・ウィーク〉が大嫌いだったから、みんなを利用したんだ——死ぬ直前にも、なんとか僕をこの城から離れさせようとしていたくらいさ。だから心配するのはやめてくれ。こう言ったら少しは気が楽になるかな、僕がまた結婚したときに妻を変な目で見たら、今度こそこてんぱんにぶちのめしてやるからな」

ジョーが小さく笑った。

「ジョー、本当だよ、僕たち二人のわだかまりはもう忘れよう、いいかい？」

悲しい目をした灰色の髭《ひげ》だらけのジョーは、ジョンをじっと見つめた。「いや、本当にいいなんてことは永遠になさそうだ。なぜって、自分でも自分を許せそうにないんだから」

「ジョー、この僕はきみを許しているんだ。きみも自分を許さなくては。あのときだって気にしてなかったんだ。今も気にしてない。もっとも、きみがキャシーをバルコニーから突き落としたのならべつだが？」

ジョーは目を丸くした。「いいや、ジョン、誓って言うが、あの日僕はキャシーのそばにも行かなかった。あの人を傷つけるなんて思いもよらない……」

「そうか、じゃあ僕を通してくれないか？」

ジョーが道を空けた。向かいの図書室には何人かが集まっているようだ。ジョンは城の戸口へと急いだ。そこでコート掛けからジャケットを取り、ポケットを軽くたたいて中に手袋が入っているかどうかを確かめた。

入り口に雪が積もっていたので、ジョンは肩で力いっぱいドアを押し開けなければならなかった。

すばやく外に出る。恐ろしく寒かった。だがその寒さが優しく彼を包む。空気は爽《さわ》やかだった。城の庭はひっそりと静まり返り、ガラスの釉薬《うわぐすり》をかけたように美しい。

ジョンは雪におおわれた砂利道を歩いていった。一歩ごとに三十センチは足が沈む。厩舎《きゅうしゃ》に近づくと、シャベルを持った厩番《うまやばん》のアンガス・マクドゥーガルの姿が見えた。

「おはようございます、旦那《だんな》！」厩番が声をかける。

「おはよう、アンガス。この寒さだが、おまえも馬も元気かい？」

「元気ですだ！　ストーブで薪《たきぎ》を焚《た》いて厩はぽかぽかにしてありますだで。あのでかいお城の中が寒いようなら、こっちへ来なさるがいい。そうそう、息子どもも二、三日うちにはやってきますで、そしたら旦那方のためにみんなしてここの雪かきもやりますんで、スチュアート様」

「頼むよ、アンガス。ところでもう一本シャベルはないかい？　僕もいっしょに小道の雪かきをするよ」

数分ののちには、ジョンも雪かきをしていた。とても気持ちがいい。肩を動かし、腕を使い、筋肉の動きを感じるのはなんと爽快《そうかい》なのだろう。

サブリナがベッドのそばまで行きかけたとき、低くかすれた脅すような声がした。

「いったい何をしているんだ？」

彼女は立ち止まって、くるりと振り向いた。

最初は誰が部屋に入ってきたのかわからなかった。細長い窓から外の弱い光が差し込んでいるだけなので、一瞬声のした場所さえわからないほどだった。だがそれが誰だかわかった瞬間、サブリナはその場に凍りついた。心臓が激しく鳴っている。

「何をしているかですって？」心臓は轟《とどろ》いているが、サブリナは怒ったふりをして言い返した。Ｖ・Ｊはベッドの上に横たわっていて、彼は戸口をふさぐように立ちはだかっている。

逃げ道はない。

「あなたこそ何をしているの？」サブリナは言った。「Ｖ・Ｊが……Ｖ・Ｊが……」

彼はサブリナのほうに近づいてくる。

奇妙な朝だったな。ジョンは雪かきをしながら考えていた。雪かきという単純な肉体労働――普段なら尻が痛くなるだけのうんざりするような作業――がじつに快い。機械的に雪かきしながら、あれこれ思考を巡らすことができる。緊張をほぐせるのもありがたい――おかげで拳《こぶし》や頭を壁に打ちつけたりしないですむというものだ。そうではないかと疑っていたことを、今や事実として知ってしまった。だがブレットやジョーに嘘《うそ》をついたわけではない。実際、何を聞かされてもいっこうに気にならないのだ。思い返すと不思議な気がする。初めてキャシーに会ったころは、まだほんの若造だった。もちろん、それなりの異性関係は経験していた。何度か失恋もしたし、失恋させたこともある。そのうちキャシーと知り合った。彼女は生き方のこつも出版業界の内部事情もよく知っていた。いっしょにいると楽しくおもしろかったが、彼女が多忙なときには、ほかの女性ともつきあっていた。

そして、サブリナと出会ったのだ。

それまでは一目惚《ひとめぼ》れなどありえない、感情は時間をかけて探っていくものだと思っていた。ところが会ったとたんに、どんなにささやかなことでも彼女のすべてがいとおしくなった。彼女の純真さ、女らしい美しさ、不思議な賢明さ、それに彼女の肌触りが好きだった。そして彼女も同じように感じてくれていると思っていた。それなのに、彼女は去ってしまった。そしてどんなに頼んでも会ってくれなかった。

キャシーが近づいてきたのはそんなときだった。彼女は癌《がん》にかかっていた。ひどく怯《おび》えていて、ひとりになるのをいやがった。彼女と結婚したのは誤りだったのだ。なぜなら、恋愛感情で彼女を愛してはいなかったのだから。おそらくキャシーもそれを知っていたのだろう。だからこそあんな不埒《ふらち》なふるまいをしたのだ。まわりの者もお互いを傷つけるばかりだった。まったく情けなかった。なぜなら、彼女の力になるつもりではいたのだから。

たとえキャシーが望んでいたような夫や恋人にはなれなくても、彼女が真に必要としていた友人にはなるつもりでいたのだから。だが裏切りゲームは手に負えないところまで行ってしまった。

「おおい！　もっとシャベルはないのかい？」

ジョンは顔を上げた。セアーが出てきて、腕を曲げたり伸ばしたりしている。

「あるとも。アンガス、もっとシャベルがあるだろう？」

アンガスは嬉《うれ》しそうにうなずいた。

セアーが雪かきを始めた。数分後にはジョーも加わった。

それからブレットが姿を現した。しばらく眺めていたが、やがて彼も雪かきを始めた。間もなく小道が現れた。それからレジーが出てきた。「賭《か》け金が払えなくて、ここへ逃げ出したんでしょう！」レジーが城の階段から声をかける。

ブレットが彼女に敬礼してみせた。「レジー、出てきて雪かきをしなさいよ」

「やめたほうがいい！」ジョンがきっぱりと言う。

レジーのうしろからダイアンが、さらにその背後からカミーが出てきた。

「レジーは少々――」ジョーが言いかける。

「それを言うんじゃないの！」レジーがどなった。

「年寄りだからなんて言わないよ――熟女だって言うつもりだったんだ」ジョーが言い返

す。

「いい加減におし」レジーがたしなめた。

「ダイアンは若いし、がっしりしている。出てきて働けよ！」ジョーが今度はダイアンに挑む。

ダイアンはちゃんとそのための身支度をしていた——黒のパンツに黒のブーツ、それに厚ぼったい黒のセーターを着ている。雪の中に足を踏み出すと、ダイアンはシャベルを渡そうと待ちかまえているジョーのほうに向かった。彼のそばまで行くと、彼女はにやりとして身を屈《かが》めた。そして白いふわふわしたものを一握りすくい上げたかと思うと、相手の顔めがけて思いっきりぶつけた。

「やあ、してやられたな！」ブレットが叫ぶ。

ジョーも負けてはいなかった。すばやくしゃがみ込むと、巨大な雪玉をつかみとって、まずダイアンに、つづいてブレットに投げつける。

笑い声をあげかけたジョンも肩に一発食らった。ダイアンが狙《ねら》いをジョンに変えていたのだ。ジョンもダイアンに応酬し始めると、今度は背中にどさりと雪玉を食らった。振り向くと、カミーも雪玉を投げつけてくる。いたるところに白い物が飛び交い、たちまち参加者が増えた。あんなに二階へ上がって昼寝をしたがっていたアンナ・リーまで出てきている。ジョシュアも加わったが、もうみんな雪だらけで、誰が誰やらわからないありさまだった。

年取ったアンガスまでが参戦した。猛烈なカーブ玉を投げ、食らう玉よりもぶつける玉のほうが遥《はる》かに多い。

雪合戦の最中に、ジョンはきょろきょろし始めた。サブリナはどこだろう？　ほとんどみんなここにいるというのに。

いないのはスーザン、V・J、トム、それにサブリナだけだ。

スーザンとV・Jとトム。

今度はサブリナか。

ジョンは雪を払い、城へ駆け戻った。


「V・Jは眠っているんだ！」トムが迷惑そうに言った。

「眠っているですって！」サブリナが叫ぶ。

「そうだ。疲れているんだよ。なぜ起こそうとするんだね？」

サブリナはトムからV・Jへと視線を移した――V・Jは胸の上で手を組んで、棺《ひつぎ》に横たえられた遺体のような格好で眠っている。サブリナはトムの言葉が信じられなくて、再びベッドへ歩み寄ろうとした。

もしV・Jが死んでいるなら、殺したのはトムだわ。そして今私はトムと二人きり。しかも出口をふさがれている……。

「なぜ彼女を起こすんだ?」トムがまたいらだたしげにきいた。

「赤い物が……首のまわりに……」サブリナは思わず言った。ばかね! 黙って部屋を出て、それから助けを呼ぶべきだったじゃないの。V・Jは眠っている、そう私が信じているとトムに思わせておけばよかったのに。

「赤い物が首に?」トムが言った。

彼は眉をひそめて、ずかずかと部屋の奥まで入ってくる。サブリナは身をすくめてあとずさりし、ベッドの向こう側にまわった。二人の間に何か身を守るための大きな物がほしかったのだ。だがよく見ると、V・Jは赤いサテンのリボンにつけたカメオを喉元に下げているだけだった。

V・Jの胸は静かに上下している。

突然彼女は目を開けた。そして片側にサブリナが、反対側にトムがいるのに気づいて、はっと身を起こした。

「まあ、いったいどうしたっていうの? お昼寝をするのに見物人がいなくちゃいけないの?」

「サブリナが何をしようとしていたのか、僕は知らないよ!」トムがどなった。「ここに入ってきて、きみを起こそうとしていたんだ!」

V・Jは眉をひそめてサブリナを見つめ、サブリナは困惑の笑みを浮かべて肩をすくめた。「あなたのことを心配してたのよ」

V・Jは一瞬ぽかんとサブリナを見たが、すぐににっこりした。「あら、どうやら告白ごっこを聞き逃してしまったようね。ごめんなさい。私、すっかり身支度を整えて……ベッドの上でちょっと一休みのつもりが、眠り込んでしまったんだわ」

「サブリナ！」

階下から名前を呼ぶ険しい大声がして、サブリナは飛び上がった。

「サブリナ！」今度はもっと近い。

V・Jのそばを離れてサブリナが戸口に駆け寄ると、ちょうどジョンがサブリナの部屋のドアを力任せに開けるところだった。彼女は廊下に出た。

「ジョン！」

ジョンが振り向いた。廊下の向こう側でサブリナを見ている大理石模様の瞳からは、彼が心底心配していたことがうかがえる。サブリナは急に幸福感でいっぱいになった。V・Jは生きていたし、ジョンは私を愛してくれている。心配していたことはどれも杞憂《きゆう》だったんだわ。

「心配したぞ！」ジョンは微笑を浮かべて近づいてきた。

サブリナもほほえみ返した。ジョンが抱きしめようと両手を広げていたからだ。だが彼は雪だらけだった。

「びしょ濡《ぬ》れじゃないの！」サブリナが叫ぶ。

ジョンはうなずき、それでもかまわずに彼女を抱きしめた。「雪合戦をしていたんだが、きみがいないのに気がついてね。それにV・JもトムもJ

「気がついたら何もかも聞き逃してたわ」V・Jが廊下に出てきて、つまらなそうに言った。

「V・Jは眠っていたんだ。それなのにサブリナが飛び込んできて、まるで僕がV・Jを絞め殺したと言わんばかりだった」トムがやれやれというように頭を振り、V・Jの腰に腕をまわした。「わからないかな？　僕がV・Jを傷つけるはずがないよ。この人を愛しているんだから」声が甘くかすれている。

サブリナは言葉をのんだ。V・Jの夫は死んでいるが、トムにはまだ妻がいるではないか？

彼女の心を読んだように、トムが言った。「妻とはちゃんと話し合った末に別居しているんだ。離婚が成立したら、V・Jと結婚するつもりでいる。そして残る人生をずっといっしょに暮らすんだ」

「よかったわ」サブリナは思わずにっこりし、ジョンから離れると、トムの頬にキスした。それから大きく腕を広げて、V・Jを抱きしめた。

V・Jはかすかに顔を赤らめている。「どうやら今朝は二度寝してしまったみたい。私も昔のように若くはないようね。昨夜《ゆうべ》はトムと話し込んでしまって……その、ずっと話を――」

「おやおや、ご老体の諸君はこんなところにずらかってたのか！」廊下の反対側で誰かが叫んだ。ブレットが両手を背後に隠して近づいてくる。

「ブレット……」トムが怒って言いかけた。

「いいのよ、私に任せて」V・Jが陽気に言った。「ブレット・マクグラフ、私たちをご老体なんて呼んだら承知しないわよ。そりゃ、レジーはご老体かもしれないけれど、私たちは中年をほんの少し過ぎただけなんですからね。ところで、あなたこそ何しに来たの？」

「僕たちは雪合戦を楽しんでいたんだ。ところがジョンのやつ急にサブリナがいないことに気づいたとみえる。十分と離れていられないらしいね。僕はサブリナが城の中で居心地よくぬくぬくしているなと思ったものだから……」

「だから？」ジョンが腰に手を当て、片方の眉を上げて、口元をかすかにほころばせながら一歩ブレットににじり寄る。

ブレットは猫のようににんまり笑ったかと思うと、背後から片手を出して、サブリナに雪玉を投げつけた。

命中だ。

雪玉はサブリナの顎をとらえ、雪片が彼女のまわりに舞った。

「ジョン！　サブリナにこんなことをされてもいいの？」V・Jがけしかける。

「まさか」ジョンが答えた。

「あら、自分でやり返せるわよ」サブリナは叫んだ。すでにブレットに向かっていこうとしている。

「きみの姿も見えなくて寂しかったんだ、V・J！」ブレットが逃げ出しながら、もう一方の手に持っていた雪玉をV・Jめがけて投げつけた。

そこにいた全員が彼のあとを追いかける。

ブレットは逃げ足が速く、さっさと城の外に飛び出した。だが外に出ると、災難が待ち受けていた。まだ雪合戦をつづけていたほかの連中が、やられているブレットを見て攻撃に加わったのだ。たちまちブレットは応戦不能になり、笑いながら仰向けに倒れた。ドレスを雪だらけにしたV・Jが、ブレットの脇《わき》に膝をつくと、サブリナも反対側にひざまずいて、彼を埋めにかかる。

笑いながらも、サブリナはジョンが少し下がって、おもしろそうに事の成り行きを見守っているのに気づいていた。

「ジョンだよ！」ブレットが両側の女性にささやく。「僕はもうやられた。今度はジョンを狙え！」

二人はそうした。狙いが自分に定められたと悟った瞬間にジョンの顔色が変わったのはおかしかった。

彼はかなり遠くまで逃げ、激しく雪玉を投げ返して、長い時間あっぱれな抵抗を示した。だが、ジョンをしとめるのに最大の功績を上げたのは老アンガスだった。「あっちの屁へ追いつめて、旦那を埋めるだ！」

ついにジョンも雪の上で長々と手足を伸ばし、サブリナが彼にまたがった。ジョンは笑いころげていて、サブリナの雪攻撃をかわすことができなかった——が、突然体を横にしたので、今度はサブリナのほうが雪の上に仰向けにころがり、軽く柔らかな雪を手で何杯も浴びせられた。

「降参と言え！」ジョンが迫る。

「いやよ！」

さらに雪を浴びせられる。「降参するんだ！」

「絶対にいや！」

生き埋めにされそうだ。「さあ、降参、降参と言え！」

「いや、いや、いや——降参、降参、降参よ！　いつか仕返ししてやるから！」

ジョンはほほえんで、優しく答えた。「楽しみにしてるよ」

彼は立ち上がり、サブリナを引っ張って立たせた。レジー以外はみんな雪だらけだった。レジーだけは城の階段に陣どり、もっぱら戦いの指揮をとっていたらしい。笑いながら、全員が足踏みして雪を払い落とした。

「おもしろかったわ。もっとちょくちょく雪に閉じ込められるといいのにね！」ダイアンが言った。

明るくにこやかで自然にふるまうダイアンは年相応に見える――若々しい情熱にあふれた、やっと大人になったばかりの初々しい娘。サブリナはいつの間にか考え込んでいた。確かにダイアンはぞっとするような悪ふざけはするけれど、殺人だけはやりそうにないわ。でも、ここにいるみんなが不思議なほど無邪気な顔で笑ったり楽しんだりしている。

だがそのとき、サブリナは足元の雪の上の血痕《けっこん》に気づいた。

「誰か血を流してるわ」

「トム、あなたの手は――また切れたんじゃない？」V・Jが言った。

「違うと思うが」トムが手のひらを広げながら答える。「違う。かじかんでいるが、血は出てない。血も凍っちまってるよ！」

「みんな暖まったほうがいい――手袋をはめてない人もいたんだから」ジョンが言った。

「誰かひどく手を切ったんじゃないかな。みんな大丈夫かい？」

「あなたの頬から血が出ているわ」ダイアンがジョンに言った。

「前に髭を剃《そ》ったときの傷さ」ジョンが答える。

「ブレット、あなたの指の切り傷はどうなの？」サブリナが尋ねた。

「血が出ているとは思えないが」ブレットは答えた。「だけど僕は傷だらけだからね」

「そうね！　かわいそうな坊や！」V・Jが叫んだ。

「僕だったかもしれないな」セアーが顎を撫《な》でた。

「あなたも髭剃りで怪我したの？」アンナ・リーが尋ねる。

「うん。相当血が出たよ――顎の真下をやっちまったんだ」

「今度はみんなで床屋大会に出席したほうがよさそうだな」ジョーが情けなそうに言った。

「僕もきのう、いくつも髭剃り傷を作ったんだ。ろうそくの明かりで髭を剃るせいだろうね」

「髭剃りの傷にしては血の量が多くないかしら」サブリナが呟《つぶや》いた。

「誰が怪我をしたにせよ、そのうち必ず自分で気がつくさ」セアーが言う。

「誰かが本当に凍傷にならないうちに、中に入って暖まったほうがいい」ジョンが言った。

「薪は十分あるかな、図書室の火を絶やさないようにしたいんだが？」セアーがきいた。

「あるとも。地下に貯蔵室があるんだ。手を貸してもらえないか？」

「いいとも」

「私は熱いシャワーを浴びさせていただくわ」V・Jが言った。「男性軍は男らしく、暖かくて居心地のいい場所を用意してちょうだい。私たち女性軍もすぐに下りていくから」

全員が城のほうに移動し、ジョン、セアー、ジョーはそのまままっすぐに地下への階段に向かった。

サブリナもレジーにつづいて入りかけたが、ジョシュアがあとに残り、身を屈めて血痕を見ているのに気づいた。

「どうかしたの？」

ジョシュアはびっくりしてサブリナを見上げた。「べつに」当惑した表情で答える。「怪我をした人が早く気づくといいと思っただけだよ。それにしても相当な血だ」

「実際よりもたくさんに見えるだけかもしれないわ。どうしてその人は怪我を隠そうとするのかしら？」

ジョシュアはサブリナを見てにやりとした。「理解できないね――犯罪小説を書くタフガイたちのことは。きっとめめしいと思われたくないんだろう。僕なら……手は生命、仕事そのものだからね、紙ででも手を切ろうものなら、大あわてで治療するけど」

サブリナは笑ったが、すぐにまじめな顔に戻った。「ジョシュア、ブレットが馬から投げ出されたとき、あなたはあと戻りして、何かおかしいとでもいうように長い間彼が落ちた場所を見まわしていたわね」

「何かおかしかったから、ブレットは投げ出されて怪我をしたんだ」

「いえいえ、私が言いたいのは……」

彼は一瞬うつろな目になって口ごもり、肩をすくめた。「本当になんでもないんだ。ただ見たかっただけさ。アーティストの目ってやつかな」再び肩をすくめる。

だがサブリナは、彼が嘘をついていると思った。何かあるわ。何か私に言いたくないことが。

「さてと、僕も男らしく地下室で薪運びといくかな。その間にきみもシャワー室で女らしい作業をするといい」ジョシュアは身を起こして笑った。

サブリナも笑い返した。「私だって薪運びを手伝えるわ」

「それはご親切さま。だが大の男が六人も揃《そろ》っているんだ、大丈夫だとは思わないかい？」

「あら、私、性差別主義者にはなりたくはないんだけど」

ジョシュアは頭を振った。「V・J流でいったほうがいいよ。都合のいいときだけ性差別主義者になるのさ。さあ、暖まってきたら。唇が紫色だし、歯がちがちいってる」

サブリナは彼の忠告に従った。自分の部屋まで行くと、V・Jの部屋のドアが閉まっているのが見えた。廊下の先のダイアンの部屋のドアも閉まっている。ふと虫の知らせのようなものを感じて、彼女はスーザンの部屋へ行き、ドアをノックした。「スーザン？」

返事がない。

「スーザン、サブリナよ。みんなのことをずっと怒っているわけにもいかないでしょ。お願いだから出てきてくれない？」

それでも返事がない。ノブをひねってみる。ドアには鍵《かぎ》がかかっていた。

サブリナはため息をついた。やはりスーザンはまだ腹を立てているのね。私にはどうしようもないわ。彼女はゆっくりと自分の部屋に戻った。

そのときブレットが背後から近づいてきた。

「水を節約しないか、友だちといっしょにシャワーを浴びて」

「ブレットったら！」

彼はにやりと笑って、自分の部屋に姿を消した。

サブリナは部屋に入ると、まっすぐシャワーに向かった。まだ熱い湯が出てくれることに、改めて感謝したくなる。温かな湯が冷えきった手に気持ちいい。間抜けなことに、手袋なしで飛び出してしまったのだ。凍傷にかからなくてよかったわ。悪くすると、雪を血だらけにするのは私だったかもしれない。それにしても雪合戦は楽しかったわ。

あのあとに見た血のこと以外は。

サブリナはシャワーを浴びながら眉をひそめ、誰かが大怪我をしたわけでもないのに、どうしてこんなに血のことが気にかかるのだろうと首を傾《かし》げた。

とにかく血の量が並みではなかった。

それにしても、誰も彼もが切り傷を負っている。まるで男たちは髭の剃り方を忘れてしまったようだ。

ジョンも含めて。

彼の流した血の量も少なくはなかった。彼のローブはねばねばした血で濡れていた。

あれが髭剃りの切り傷の血だろうか？

疑いたくはないのに、疑わずにいられない……。

彼は昨夜、私に嘘をついたのではないだろうか。そして、もし昨夜嘘をついたのなら……。

何もかもが嘘ではないだろうか？

17

図書室と大ホールの暖炉脇《わき》にたくさんの薪《まき》を積み終えると、ジョンはシャワーを浴びに二階へ上がった。その途中でサブリナの部屋に寄ってみたが、彼女は部屋にいなかった。心臓がどきどきし始める。彼女の姿が見えなくなるたびにどうしてこんなに不安を感じるのだろう。ジョンはとまどいながら自分を叱《しか》る。サブリナはここにいる誰よりも危険にさらされていない人間ではないか。キャシーが死んだときここにいなかったし、セックス・ゲームや復讐《ふくしゅう》ごっこにも関《かか》わりがないのだ。ほかの誰にとっても危険人物とは言えない。

V・Jの部屋からサブリナの笑い声が聞こえて、ジョンはほっとした。どうやら二人は女同士のおしゃべりに花を咲かせているようだ。彼は自分の部屋に向かった。なぜいつまでも暗い疑念に苦しめられるのだろう。ダイアンは母親が誰かに殺されたと確信している。だが、こんなに何についても確信が持てないことは生まれて初めてだ。キャシーは殺されたのだろうか？　それとも悲劇的な事故にすぎなかったのだろうか？

〈ミステリー・ウィーク〉が始まってから次々と奇妙なことが起こったが、それぞれにどんな意味があるのだろう？　スーザンを懲らしめようとしたのは必ずしも殺人犯ではないかもしれない。スーザンはここにいるみんなを、時期こそそれぞれ違うが、ひどく苦しめたことがあるし、とにかく尊大でいやな女なのだ。それに、僕が受けとったメモのこともある。だがこれも、殺人犯ではない誰かが、キャシーの死の仕返しか、僕がキャシーを十分に愛してやらなかったことへの恨みからメモをよこしたのかもしれない。しかし廊下の銃弾はどう説明すればいいのだろう。

これらの奇妙な出来事は、全体としてどういう意味を持つのだろうか？　なんでもない！　彼は祈りたい気持ちだった。

部屋に入ると、ジョンは秘密の通路へのドアがちゃんと閉まっているかどうか確かめた。すっかり被害妄想になっている。だがドアは大丈夫だった。それから彼はシャワーを浴び、城の管理に関わる細かな仕事にかかった。

図書室へ下りたのは夕方だった。客たちは陽気でまともな、なんの罪もない男女の集まりに戻ったように見える。

ポーカーがたけなわだった。レジーが勝っていて、小銭、ときには一ドル紙幣をジョー、トム、V・J、セアーから受けとっている。ジョシュア、サブリナ、ブレット、アンナ・リー、カミー、それにダイアンはウノに熱中していた。

スーザンの姿だけが見えない。またしても。

「あら、ジョン！」部屋に入ってきたジョンを見て、V・Jがほほえみながら声をかけた。トムへの気持ちを公にした今、彼女の表情はこれまでになく幸せそうに輝いている。

「ジョン、いっしょにやりましょうよ！」レジーが言った。

「レジーに金を巻き上げられるぞ！」ブレットが警告する。「ウノをやろうよ。こっちのほうが恐ろしいが、安くつく」

「ブレット、よそ見しないで。カードを四枚引くのよ」アンナ・リーが言う。

「わあ、なんて極悪非道な！　僕によくもそんなことを」

「まだまだこれからよ、ハニー」アンナ・リーが一昔前のグラマー女優メイ・ウェストの声色でやり返す。

「リバース！」サブリナが言った。

ジョンは自分を見上げるサブリナの視線をとらえた。彼女のまなざしにはこれまでとは違う何かがある。彼は顔をしかめた。

このさまざまな汚らしいことにとうとう耐えられなくなったのだろうか？　いや、そんなふうに思うのはサブリナらしくない。だが……。

彼女は今までとは違う目で僕を見ている。

用心深い目つきで。

「うへえ！」ブレットが叫んだ。「助けて！　この女たちにやられる」

「ウノ！」カミーが宣言した。

「誰かカミーをなんとかしてよ。この人、勝とうとしてるわよ！」ダイアンが言った。

「あら、それがゲームの目的じゃありません？」カミーが嬉《うれ》しそうににっこりしてジョンを見上げる。

「確かにそれがゲームの目的だ」彼は軽く答えた。スーザンがその辺にいて人を傷つけるようなことを言ったり面倒を起こしたりしないのは気楽でいい。だが今では、心配になり始めていた。「まだ誰もスーザンを見かけていないのかい？」ジョンが尋ねた。

「見てない」セアーが自分のカードを調べながら答える。「だがメモを残しているよ」

「メモを残した？　どこに？」ジョンは眉をひそめた。

「アウト！」カミーが叫んだ。それから丸い樫《かし》のゲーム・テーブルから立ち上がると、暖炉に歩み寄った。「ジェニーが私たちのために飲み物を用意しに来たときに見つけたんです。読み上げましょうか？」

「頼むよ――読んでくれ。ほかのみんなと同様、ジョンもきっと喜ぶぞ」ジョーがわざとまじめな顔で言った。

カミーが声をあげて読んだ。

最高に不愉快でつまらない人たちへ――頼むから放《ほう》っておいてください。あんたたちの顔は見たくないし、話もしたくありません。それにここでこんなことがあった以上、二度と私に取り入ることができるなどと思わないように。あんたたちにはまったくむかつきます。もう一度警告しておきます――私がここにいる間、私に近寄らないで！　さもないと訴えます。たとえあんたたちを刑務所に蹴《け》り込んでやれなかったとしても、あんたたちが二度とまともな出版社から本を出せないようにしてやります。

スーザン

カミーは申し訳なさそうにジョンを見やった。

「彼女、本当に怒っているみたいね」ダイアンが呟《つぶや》いた。

「やるじゃないの」とV・J。

トムは肩をすくめた。「僕は前に言ったことを言うだけさ。くたばっちまえだ」

「まったくだ」ブレットが言った。「自分を何様だと思っているんだろう？　こんな話は聞いたこともないよ。こんなふうに僕たちを脅すなんて。僕たちみんなを二度と書けなくする権力が自分にあるとでも思っているのかな」

ジョーは手にした一枚のカードを弄《もてあそ》んでいる。「変だな、スーザンにだってわかりそうなもんだ。キャシーならできそうだった僕たちをナイフでざっくりやる方法ならスーザンもお得意だろうが、たんまり儲《もう》けさせてくれる作家と契約するなと出版社を説得すること なんかできるはずがない」

「わかった、わかった」ジョンが言った。「スーザンが性悪女だということははっきりした。それでも彼女のことが心配なんだ」

「ジョン」サブリナが彼を見上げた。青い目は潤み、暖炉の光になめらかな髪が金色に輝いている。ロイヤル・ブルーのぴったりとしたニットは体のすべての曲線を浮き上がらせていた。ジョンは彼女のかすかな香水の匂《にお》いに気づき、急にスーザンのことも、ほかのみんなのことも忘れてしまいたくなった。

ただ、サブリナには前とは違う何かが感じられる……。

「私、スーザンの部屋のドアをノックしたの。そして声をかけてみたのよ。鍵《かぎ》のかかったドア越しにでも話をしようと思って。私はあの人を怒らせるようなことをした覚えがないんですもの。でも全然返事がなかったわ」サブリナが言った。

「まあスーザンだってそう何日も部屋に閉じこもっているわけにはいくまい」ジョンがいらだたしげに言った。

「どうしてさ?」ブレットが顔を上げ、閉じこもっていてくれればいいのにと言いたげな顔つきをする。

「お願い、あの人のことはそっとしておかない?」ダイアンが言った。

「そのうち死ぬほどおなかを空《す》かせるわよ」V・Jが嬉しそうに言う。

「そうはいかないわ」ダイアンが説明する。「あの人、もうひとつメモを書いているのよ、〝使用人へ〟って。この雪で立ち往生した最悪のイベントが終わるまで、日に二度自分の部屋の前に食事のトレーを置いておくようにと命じているの」

「本当に腹を立てて、放っておかれたいようだね？」ジョシュアがジョンに言った。

ジョンはうつむいてちょっと笑った。全員がなんとしてもスーザンのことは放っておきたいようだ。彼は再び顔を上げた。

「悪いが、それでも僕は心配なんだ。彼女の様子を見に行くべきだよ」

「まあ、やめましょうよ」レジーが口を出した。

「じゃあ、僕ひとりで見に行く」

「いや、みんなで行こう」セアーが言った。「どうせ小銭が切れてしまったんだ、この年寄りのトランプ名人のせいでね」

「ええ、確かに私はトランプ名人よ。でも私を年寄りとは呼ばせませんからね！」レジーは怒ってみせてから、ジョンに向かって言った。「でもちょっと待ってちょうだい。まず夕食にしましょうよ。スーザンのことで煮え湯を飲まされるのはそのあとでいいわ。満腹のほうが何事も我慢しやすいしね」

ジョンは賛成しかねるというふうに片方の眉を上げた。ダイアンがいたずらっぽく目を輝かせたかと思うと突然膝をつき、お祈りでもするように両手を組んで、懇願するようにジョンを見上げた。「お願い、お願いです、旦那様《だんなさま》。せめて夕食を。夕食だけでも平和のうちに」

「よせよ、ダイアン」ジョンが笑う。だが、ジョーもひざまずいた。

「ああ、そうとも、お願いです、旦那様。夕食だけでも……平和のうちに」

「まったく、もしきみたちが考えているのが――」

「お・ね・が・い！」アンナ・リーも芝居がかった調子で言ってひざまずく。笑いながら、カミー、ジョシュア、ブレットもひざまずいている嘆願者の仲間に加わった。

「では夕食にしよう」ジョンは決めたが、そのあとでみんなに人さし指を振ってみせた。

「だが、そのあとすぐだぞ」

「ああ、ありがとうございます、旦那様！」ブレットが叫んだ。

「みんな立ち上がってくれ」ジョンはくすくす笑っている。「まず夕食だ――それから二階へ行ってスーザンに話をし、少なくとも彼女が元気かどうか確かめるとしよう」

ジョンは大ホールへ入っていった。

ジェニーが卓上鍋《なべ》の下のこんろの火加減を見ている。「旦那様、私らいろいろ知恵を絞ってますよ！」彼女は陽気に言った。「今夜の料理はどれも直火焼《じかび》きで。まあサラダはべつだけんど。サラダはそのまんま！　だけどステーキは上等ですよ。電気はないけど雪のおかげで食物がよく保存できますんで」

「ありがとう、ジェニー」

各々の皿にごちそうをいっぱい載せて、ろうそくの明かりに照らされたテーブルについたときも、客たちはまだ上機嫌だった。暖炉では楽しげに火が燃えている。サブリナは物静かで、優雅にほほえみ、笑い、まわりの連中の話に相づちを打っている――だがジョンには相づちを打たない。彼を無視しているわけではないが、隣に座っているくせに、なんとなく避けようとしている。いったい何があったのだろうかとジョンはいぶかった。

そしていつしか、数年前にサブリナが姿を消していなかったらどうなっていただろうかと考え始めていた。あれからずっといっしょにいて、そのうち結婚したのではないだろうか？ こういうパーティを開いて、楽しんでいたに違いない。サブリナは城の仕事を手伝い、僕を支えてくれていただろう。僕の最もよい部分を引き出してくれていただろう。もし僕たちがあのままいっしょにいて結婚していたら、キャシーは今も生きていて、今晩この客でいたのではないだろうか？

そしてサブリナは以前のように、今とは違う目で僕を見つめてくれただろう、こんなふうでなく……。

何があったのだろう？ ジョンは当惑した。

サブリナが突然ジョンを見つめてほほえんだ。だがまだ用心深い目つきだ。青い瞳は暖炉の光を映して、目が眩《くら》むほど美しい。「何を考えているの？」彼女はおしゃべりや笑い声にまぎれて、そっと尋ねた。

「きみが僕から逃げ出したりしなければよかったのにって。そうしたら運命は変わっていたかもしれないって」

サブリナはちょっと顔を赤らめてテーブルを見下ろした。「私を過大評価しているんじゃないかしら」

「どういう意味だい？」

「そうね」彼女は穏やかに答える。「私にもっと強さや自分を信じる勇気があったらと思うの。でもあの日、あなたのところにキャシーが来たとき――」

「どうしたの？」

「縮み上がってしまって」サブリナは悲しげに言った。

「だがそれはずっと前のことだ。今度は僕のほうからきくが、きみこそ今何を考えているんだい？」

「べつに何も」顔を背ける。

「嘘《うそ》だ」

サブリナは肩をすくめた。

「言ってごらん」

「なんでもないわ……本当に」

「何かあるんだ」

彼女はかすかに頭を振った。「ただ急に……どこもかしこも血だらけなんですもの！」

「本当かい？」

サブリナはじっと相手を見つめた。「ええ」

ジョンは疑わしそうに眉を上げた。

「あなたのローブは血だらけだったわ」

「髭剃《ひげそ》りのときに切ったと言ったじゃないか」

「でも、まるで喉でも切り裂いたようだったわ」

彼は驚いて身を反らした。「僕が何をしたと思っているんだい？」ほかの人に話を聞かれないように、サブリナに身を寄せる。「僕の妻は刺し殺されたわけじゃない――バルコニーから落ちたんだ。それに僕の知る限り、ほかに死体なんかありゃしない、埋葬室にずっと前から埋められているの以外はね」

サブリナは返事をしなかった。眉をひそめて二人を観察しているアンナ・リーのほうを見ている。

アンナ・リーはジョンの視線をとらえるとにっこりした。「私が何を残念がってるかわかる？」

ジョンが答える前に、ブレットが答えた。「わかるよ。ジョンの恐ろしい罪の告白を聞いてないことさ」

アンナ・リーは笑い声をあげた。「そのことを言ったんじゃないのよ。でもそうね、それもそうだわ」

「僕に罪なんかないよ」ジョンは軽く受け流して、ワイングラスをアンナ・リーに向かって掲げた。

「嘘だ」ブレットが抗議する。「キャシーから聞いたぞ、きみが誰かとつきあっているって」彼は言ったとたんに顔を赤くした。「すまん、僕はその……」椅子の中で身を硬くして、肩をすくめる。それでもきかずにはいられないらしい。「誰だったんだい？」

ジョンは椅子の背にもたれた。「それは――」

「私じゃありませんよ」気取って髪をふくらませるしぐさをしてみせながら、レジーが言った。

「私でもないわ」V・Jも笑いながら宣言する。

「義理の娘でもありません」ダイアンが皮肉っぽく言った。

「まあモーションはかけたけど、私じゃないわ」アンナ・リーが呟く。

「スーザン？」みんなが声を揃《そろ》えて言った。

「違うよ！」ジョンは首を振って、もう一度ワインをすすったが、サブリナがショックを受けた様子もなく、むしろおもしろがっているのではほっとした。「ここにいる誰かじゃないんだ」

「でもどこかの誰かさんね。誰なの？」V・Jが尋ねる。

ジョンは降参した。「きみたちの知らない人だし、ほんのときたまのことだったんだ。お互いによく旅行していたからね。彼女の家はエジンバラだが、会うのはアメリカだった。室内装飾家で、僕のニューヨークの家を手がけてくれたんだ。さあ、これで満足しただろう。それとももっと詳しく聞きたいかい？」

「何もかも事細かに聞きたいわ！」アンナ・リーがからかう。

「その話は怪しいな。ここにいる誰かをかばっているんじゃないか！」ジョーが言った。

「でも私たちはみんな関係を否定したじゃないの。あのころは私にも夫がいて、それだけで手いっぱいだったわ。私には若いアンナ・リーほどのスタミナはないし。あらごめんなさい、あなたをどうこう言うつもりはないのよ、アンナ・リー」

「かまわないわ」アンナ・リーがさりげなく答える。

「ジョンは義理の娘に指一本触れようとしなかったわ」ダイアンはジョンを見つめ、そっとつけ加えた。「たとえ娘のほうがそう望んだとしてもね」

「みんな私を見ないでちょうだいよ！」レジーが大声を出す。

「私はここにいなかったわ」サブリナが静かに言った。

「そこで残るのは……」ジョーが言いかける。

「スーザンだ！」トムがもう一度言って、顔をしかめた。

「そのとおり。なぜジョンはスーザンをかばうんだい？　スーザンに庇護《ひご》が必要だなんて考える者がいるのかね？」セアーが尋ねる。

「だがジョンだってまったく清らかな身とは限らんぞ。禁断の情事があったかもしれない。城主が料理や掃除のために村から来ているかわいい小娘を誘惑するとか」ジョシュアが目をきらめかせてからかったので、みんなが笑った。

「ほんとだわ！　恐怖の部屋に知らない顔の無邪気な若い蝋《ろう》人形がいないかどうか調べてみなくちゃ！」V・Jがふざけて眉をひくつかせた。

「どこでも好きなだけ見ればいいさ」ジョンが言った。「だがアンナ・リー、最初にきみがききかけたのは僕の〝罪〟じゃないだろう。きみが残念がっていると言ったのはなんのことだい？」

「ああ、まだミステリー・ゲームを解決していないと言いたかっただけよ。とてもおもしろかったし、よくできていたじゃないの。狂人ディック、あなたのお兄さんを殺したのは誰だったの？」

「その謎《なぞ》を今解きましょうよ」V・Jが言った。

「まだ手がかりの半分しかもらってないぞ。ゲームをやめてしまったんだから」セアーが抗議する。

「じゃあとにかく徹底的に話し合って、容疑者や手がかりを整理してみましょうよ。そしてそれぞれの結論を出すのよ！　どう、ジョン？」ダイアンが言った。

「いいとも」ジョンが答える。

サブリナが身を乗り出した。「私たちのうちの二人が犯人なんでしょう？」

「じゃあ僕は無実だ、チャペルであんなふうに殺されたんだから」ブレットが呟いた。

「そうね、執事のバトル氏は殺された――たぶん、何か知っていたからだわ」サブリナが言う。

「僕の推理では、ダリルを殺したのはセアーのジョジョ・スクーチだな」ブレットが言った。「なぜって情事がうまくいかなかったからさ。それとも……ジョジョ・スクーチはスーザンの役の淋病《りんびょう》持ちのコールガール、カーラと関係してたんだ。だからカーラに病気を移したダリルを殺したのかも！」

「狂人ディックとダリルの父親の僕は無実だよ、それは確信できる」トム・ハートが言った。

「僕の役の男装趣味のティリーも無実だと思う。だいいち、二人の母親なんだからね――どうして母親になれたのかわからんが。母親の僕自身あまりにもいかれてるし、自分の心理的な問題で頭がいっぱいだから、ほかの人間なんか殺せないよ」ジョーは確信ありげだ。

「私は公爵夫人——サブリナ——がやったんだと思うわ」ダイアンが推論する。「ダリルは嘘をついて公爵夫人に借りているお金を返すまいとしたんじゃないかしら。彼女は気位の高い公爵夫人のふりをしているけれど、じつはいかがわしい女たちの女王でしょ。執事は彼女の商売のことを知ってしまったのよ。いろんなことを知りすぎたんで殺されたんだわ」

「ブレットが殺されたとき、サブリナがチャペルにいたのを忘れてない？」V・Jが言った。

「やっぱり彼女には共犯者が必要だということになる」ジョーが言う。

「カミー」ジョンが助手を見やった。「もう少し手がかりが必要だ。殺人者は二人なのかい？」

カミーは情報をもらしてゲームを台無しにしてしまうのがいかにも残念というようにジョシュアを見た。彼はカミーに肩をすくめてみせた。「教えてあげれば」

「ええ、殺人者は二人です。それ以上は教えられません。あとはみなさんで考えてくださいな」

「お願い、もうひとつ教えて」サブリナがせがんだ。「ブレット——バトル氏——は死んだわ、だから無実よね。それにコールガールのカーラも無実だと思うの。次に殺されるのはカーラだったんじゃないかしら」

「たぶんね」カミーが答える。

「スーザンのカーラは殺人犯じゃないんだ」ジョンが確認すると、カミーがうなずいた。

「ええ、違います」

「それに私の役も無実よ。クリシュナ教徒のメアリーは無実よね？」ダイアンがきいた。

「クリシュナ教徒だって？　それだけでも狂ってるよ、無実とは思えない」ジョシュアがからかう。

ダイアンは彼にほほえみかけた。ジョシュアもほほえみ返す。ジョンは義理の娘がこのアーティストに惹《ひ》かれているのではないかと思った。

「まあ、少なくとも容疑者の消去はできているわけだ」トムが言った。

「兄弟のママ、ティリーの僕も無実じゃないかな？」ジョーが尋ねた。「答えなくてもいいよ、カミー。当たっているかどうか顔を見ていればわかるから。僕が自分の産んだ子を殺すわけがない」

「きみの疑いは晴れたよ」ジョシュアが肩をすくめた。

「さあさあ、今晩あなた方にお教えする手がかりはこれでおしまいです」カミーが言った。

「ジョシュア、もうヒントを与えちゃだめ！」

「でもゲームはもうやめたんでしょう？」サブリナが静かに尋ねる。

「そうでもあり、そうでもなし」レジーが言う。「誰が犯人かはわからないけれど、誰が無実かはわかったじゃないの。私としては、もう少しゲームをつづけたいわ。どう？」

「まあゲームがすっかり終わってしまったとは言えませんね、誰も真実を知らないんですから」カミーが言った。

「そうですとも！」V・Jが小声で答える。

レジーが厳しい目つきでテーブルのまわりの人々を見まわし、手でちょっと髪をふくらませた。「私はこれを解決したいの。何がなんでも。生まれつきだわ、血が騒ぐのよ！」

血といえば、サブリナにローブの血のことを言われて――それほどの血とは思えなかったとはいえ――不安でならなかったのだが、ジョンは思わず吹き出した。まったくレジーはたいした女だ。

「わかった。ではこのままつづけるとしよう」ジョンは言った。「無実なのは？　クリシュナ教徒のメアリー、執事のバトル氏――これはもう死んでいる。それにコールガールのカーラと男装趣味のティリーだ。残るのはサブリナの公爵夫人、レジーの真紅の女、V・Jのふしだらな看護婦ナンシーに――」

「すごーくふしだらな看護婦だったりして」ダイアンがからかう。

「これこれ、お黙り！」V・Jが叱った。

「V・J、もうあなたはひとつ告白をしてるじゃない。だから今は無実の主張なんか結構よ」レジーもふざけて言う。

「それに私たちほかの者もそうだけど」ダイアンが思わせぶりに言った。「V・Jだって嘘の告白ができるんだし」

「そうだな」ジョンが相づちを打つ。「アンナ・リーのサディストのサリーも怪しい。それからセアーのジョジョ・スクーチ、秘密の営業をしているサブリナの公爵夫人、それにもちろん……」

「ほかに忘れている人物はいないかな?」ジョーが眉をひそめた。

「僕がいるよ」ジョンがさりげなく答えた。「狂人ディックの。僕は最後まで怪しいよね?」じっとサブリナを見つめて軽い調子できく。

サブリナは視線をそらした。

「今晩はこんなところでおしまいにしてもいいかい?」ジョンは尋ねた。

「だめよ、ミステリーを解きたいわ」レジーが答える。

ジョンがすかさず言った。「よし。僕もだ。だからスーザンのところに話をしに行こう」

「スーザンはミステリーなんかじゃないわ、ただの性悪女よ」ダイアンがこぼす。

「和気あいあいと夕食ができたじゃないか」ジョンはきっぱりと言った。「だから、さあ……」決然と立ち上がる。ほかの連中は気が進まない様子だったが、ジョンにはみんながついてくるとわかっていた。

彼は大ホールを出ると、階段を上っていった。すぐうしろからサブリナのかすかな香りが漂ってくる。トムがV・Jにささやきかける声、ブレットがせっかく楽しい晩だったのにこれですっかり台無しだとぼやいている声もあとにつづいた。

スーザンの部屋の前に着くと、みんなはしんとなった。ジョンが激しくドアをたたく。

「スーザン！」

応《こた》えがない。

ジョンはほかの人たちの顔を見て、もう一度激しくノックした。「スーザン、ジョンだ。話がしたいんだ、きみが大丈夫かどうか知りたいだけなんだよ！」

やはり返事はない。

「言ったでしょ！」サブリナがささやく。「私たちの誰とも関わりたくないのよ」

「私たちみんなをひどい人間だと思っているんだわ」アンナ・リーも言う。

「そのことなら、スーザンが正しいかもしれないよ」ブレットが口を挟んだ。「つまり僕らだってすごくいやなやつにもなれるってことさ」

「そんなことありませんよ」レジーが言った。

「ブレットは自分のことを言ってるのよ」アンナ・リーがからかう。

「うるさいぞ、女性軍」とブレット。

「みんな静かに」ジョンが厳しく言った。「彼女が返事をしても聞こえないじゃないか。スーザン！」もう一度大声で呼びかける。

「放っておきましょうよ」ダイアンが懇願するように言った。

「いや、ダイアン、そうはいかない」ジョンは首を振ると、拳《こぶし》で猛然とドアをたたいた。

「スーザン、返事しないと入っていくぞ！」

それでもスーザンは応えない。

「ドアを破るか？」セアーがきいた。

ジョンは微笑した。「いや、マスター・キーがある。スーザン！」彼女がトイレにいるか、裸か、パックでもしている場合を考えて、もう一度彼女に返事をするチャンスを与える。

もしそんなことなら、彼女に殺されてしまうだろう。

ヘッドフォンか何かをしていて聞こえなかっただけだったら？　だとすると、こちらは彼女のプライバシーを侵したことになる。彼女はみんなを憎んでいて、何がなんでもひとりでいたいのかもしれない。

それでも心配だった。

不安でならないのだ。

とにかく、これは尋常じゃない。

もし怪我《けが》でもしていたら？　ころんで助けを求めたのに、誰にも聞こえなかったとしたら？　もしシャワー中にすべったとしたら？　怪我をして血を流しながらシャワー室の床に横たわり、その血が水といっしょに配水管を流れ落ちているとしたら？

スーザンのプライバシーを気にかけるには、あまりにも心配なことが多すぎる。

ジョンは背筋がぞっとするのを感じた。何かよくないことが起きたのではというい やな予感がどんどんふくらんでくる。

サブリナは血のことで動揺していた。

あまりにもおびただしい血だと彼女は言っている。

本当はそんなにおびただしい血とは思えなかった。だがローブには確かに血がついていた。いったいどういうことなのだろう？

みんなの中に殺人者がいるのだろうか？　突然、彼の頭に最悪の光景が浮かんだ。何者かに刺し殺されたスーザンがベッドに横たわっていて、その傷口からシーツへと血が滴り落ちている。

ジョンは顔をしかめてまわりの人々を見まわした。

「ドアを開けなければ」

鍵をまわしてドアを開ける。

ジョンのうしろでみんながいっせいに驚きの声をもらした。

そして彼は目の前を凝視した。

18

何もない。

シーツの上に死体があるわけではない。

水が出しっぱなしになっているわけでもない。

血が流れているわけでもない。

身の毛がよだつような光景はどこにもない。

まったくなんでもないのだ。スーザンの気配はまったくなかった。

「まあ、いったいどこへ行ったんでしょう?」V・Jが言った。

「スーザン?」サブリナが呼ぶ。彼女はちらりとジョンの顔を見ると、さらに奥へ入り、半開きになっているバスルームのドアをさらに押し開けた。「スーザン?」

「ここにはいやしないのよ」ダイアンがにべもなく言った。

「ほかにどこへ行くんだい?」ジョーがじれったそうに言う。

「こっそり歩きまわって、自分が姿を消したことに私たちがどんな反応を示すか見ようと

った。

「お城は広いのよ。どこにでも隠れられるわ」サブリナも言う。

「そのとおりだ。どこにでも隠れられる」とジョン。

「なぜスーザンのことをそんなに心配するんだい？」トムはいらいらしている。「勝手に怒ってうろついていればいいんだ、あの性悪女。僕は彼女に親切にしてやったんだぞ。シャワー中には護衛もしてやった。それなのに何かにつけてむかっ腹を立て、僕とＶ・Ｊをプライバシーを侵す変態呼ばわりしやがって。すまん、ジョン、だがあの女にはほとほとうんざりだよ。スーザンに比べりゃキャシーも聖女さ」

全員が立ちすくんで、トムを見つめた。彼がこれほど激しく怒るのは珍しかったからだ。Ｖ・Ｊが彼の手の中にそっと自分の手をすべり込ませた。「でもね、トム、あの人は傷ついたのかもしれないわ」

「そんな女か」トムが呟《つぶや》く。

「そんなこと言っちゃだめ」Ｖ・Ｊがたしなめた。

トムはため息をつき、降参というように両手を上げた。「わかったよ、スーザンを捜しに行こう。ジョン、きみがそうしたいならね」

「手分けしたほうがいい」セアーが提案した。

「僕もそう思う」ジョンがうなずく。「全員が一列になって、ぞろぞろ城中を歩きまわるなんてばかみたいだからね」

「私はひとりではどこにも行かないわよ」ダイアンが断固として言った。

「当たり前じゃないか。二、三人のグループで行くんだ」ジョンが答える。「レジー、あなたは鍵《かぎ》を閉めて自分の部屋にいたほうが――」

「ジョン・スチュアート、私を部屋に閉じ込めておかなきゃいけない病人やすごい年寄り扱いしないでちょうだい！」レジーが言い返した。

「わかった、それなら――」ジョンが言いかける。

「レジー、私たち、あなたに怪我《けが》をさせたくないのよ」ダイアンが優しく言った。

「年のことならV・Jだって私とそう変わらないじゃないの」レジーは言いつのる。

「まさか！」V・Jが顔色を変えた。

「まあまあ、ご婦人方」ブレットがなだめる。

「どんなふうに手分けしましょうか？」カミーが尋ねた。

「そうだな」ジョンが言った。「セアーとジョーと僕は地下室を捜そう。トム、きみとブレットで一階を見て、そのあとV・J、サブリナ、アンナ・リーがこの二階を調べるのを手伝ってくれ。ダイアン、きみとレジーは大ホールで僕たちの連絡係を務めてほしい」

「僕は埋葬室と恐怖の部屋を捜すのを手伝おう」ジョシュアが言った。「そのあたりはよくわかっているから」

「私も手伝うわ」カミーも申し出る。

「いや、カミー、きみはダイアンやレジーといっしょに大ホールにいたほうがいい。いや、それより屋根裏部屋へ行ってジェニーに、スーザンが姿を消したので階上《うえ》のほうを捜してくれと伝えてくれないか」

「なあ、雄牛みたいに頑固で怒りっぽいスーザンのことだ、こっちの心配をよそに、さっさとここから出ていったんじゃないかな」ジョーが言った。

「どうやって？　雪に閉じ込められているんだぞ」ジョンが言う。

「馬で行ったとか？」

「厩《うまや》から馬が一頭消えていたら、アンガスがそう言ってよこすはずだ」

「僕たちが城に入ったあとで、こっそり出ていったのかもしれない」ジョシュアが言った。

「天候がだいぶよくなったからね」

「その可能性もなくはない。だが僕にはそう思えんな」ジョンが答える。「スーザンは自殺行為をする女じゃない。雪は深いし、村まではだってかなり遠いんだ。それに僕の記憶が正しければ、スーザンはあまり乗馬が得意じゃなかった。トム——」ジョンは呼びかけて、ポケットを探った。「マスター・キーだ。捜索を始めようじゃないか」

ジョンは一瞬サブリナを見つめ、背を向けて男たちの先頭に立って階段を下りていった。

サブリナにしても、むやみに人を疑いたくはない。だがジョンに見つめられると恐ろしかった。彼の視線は冷たく、その瞳は大理石の防御壁のように、サブリナが彼の心、彼の魂に寄り添おうとするのを拒んでいる。二度と彼と離れたくないと思っているというのに……。

だが、自分自身の生命も粗末にしたくはない。理性は怪しいことは疑えと教えている。愚か者にはなりたくない。考えれば考えるほど心が乱れる。ジョンのローブには血がついていた。普通では考えられないほどの血だ。

サブリナは怯《おび》えてもいた。ジョンのローブが今も彼女のベッドの足元に置かれているからだ。そのローブが――その血が、誰かの目に留まるかもしれない。彼女は怯えていた。だが同時に彼をかばってやりたいとも思った。

「さて、どうしたものかな?」ブレットが言った。

「とにかくいっしょに一部屋ずつ見ていきましょうよ」V・Jが答える。「まず私の部屋から徹底的に調べてちょうだい」

「僕たちのうちの誰かがスーザンをベッドの下に隠しているとでもいうんだろうか?」ブレットが言った。「悪いけど僕じゃないよ。恥知らずの女たらしと言われていたって、まだそこまでは落ちてないぞ」

「さあ、それは疑問だわね」Ｖ・Ｊが呟く。

「これこれ、口喧嘩《げんか》はおやめなさい」レジーがたしなめた。

「あなたとダイアンは持ち場の大ホールにいらして。カミー、あなたは階上へ行って、ジェニーやメイドたちに話をして。私たちもここで仕事にかかりましょう」サブリナが言った。

「わかりました」カミーは言って、ダイアン、レジーとともに歩き出した。Ｖ・Ｊは自分の部屋のドアを開け、ほかの者を従えてつかつかと中に入ると、ベッドカバーの裾《すそ》をめくってみせた。「ご覧のとおりスーザンなんかいないでしょ」

アンナ・リーはバスルームに入り、シャワーカーテンを引き開けた。「スーザン？」

「ここにはいないよ」ブレットが言った。「Ｖ・Ｊがスーザンをばらばらにして、灰しか残らないほど徹底的に暖炉で焼いてしまったんじゃなけりゃね」

Ｖ・Ｊはブレットをにらみつけた。

「よくもそんな――」トムが言いかける。

「冗談だよ！　スーザンがここにいないのは確かだと言いたかっただけさ」

「次に行きましょうよ」サブリナが声をかけた。

「ジョンのスイートルームは廊下のはずれだ。そこから始めて、こっちに戻ってこないか？」トムが言った。

「それがいい」

五人はトムを先頭に廊下を進んでいった。

サブリナはジョンの部屋に入ったことがない。

入ってみると、とてもいい部屋だった。

四本の柱がついたキングサイズのベッドが、部屋の真ん中の優雅な台座の上に据えられている。部屋は深い青と真紅の色調にまとめられていて、アンティークのタペストリーや家の紋章が壁を飾っていた。

ここにはカッサンドラを思い出させるものは何も残されていない。

ドレッシングルームが二つあり、一方にジョンの服がしまわれている。もう一方は特別広くて、どうやらオフィスとして使われているらしい。部屋から庭を見下ろすことができ、バルコニーへ出るドアもある。部屋の棚には書類ケースが並び、ワープロ、プリンター、ファックス、電話、コピー機が揃《そろ》っている。下調べのために現在ジョンが使っている本が、草稿や覚え書きとともにデスクの上にうずたかく積み上げられている。サブリナは思わず、彼の回転椅子に触り、彼の書類をめくってみたくなった。今彼が何を考えているのかのぞくことができたら。

「これを見て!」バスルームのドアの前で、アンナ・リーが叫んだ。

「どうした? スーザンがシャワー室で首吊《つ》りでもしてるのかい?」ブレットがきく。

「違うわよ、とにかくここを見て！」

アンナ・リーがなおも言うので、みんなはそちらへ移動した。

「なんてすてきなんでしょう！」アンナ・リーがため息混じりに言う。

確かにすばらしかった。巨大なジャクジー風呂、サウナ、シャワー。大きな鏡が備えてあり、黒、金色、赤、白のタイル張りで、取りつけられている器具も美しい。温熱機の上には柔らかなタオルが置かれていた。

ここでジョンはカッサンドラと暮らしていたのだ、とサブリナは思った。なんてすてきで豪華なのかしら。愛する人とこういうものを持てたら。でも……。

カッサンドラはここからほんの数歩しか離れていないバルコニーから落ちたのだ……。

「きみはこのバスルームを見たことがないって言うのかい？」ブレットがアンナ・リーに尋ねた。

「ないわよ。私がジョンのバスルームで何をするというの？」アンナ・リーがいぶかしげにきき返す。

ブレットがアンナ・リーを見つめた。「だってきみはキャシーと寝ていたんだろう？」

アンナ・リーは腰に手を当ててブレットをにらみ返した。「そうよ。でもキャシーのほうが私の部屋に来たの」彼女は下唇を噛《か》んで、一瞬口ごもった。それから肩を落としてため息をついた。「キャシーは誰にもここを見せようとしなかったわ。あの人にとってここは……ある意味での聖域だったんじゃないかしら」

サブリナがアンナ・リーを見つめていると、V・Jがみんなをせきたてた。「さあさあ、スーザンがこの部屋のどこにも隠れていないことを確かめて、次に行きましょうよ。トム、徹底的に調べてね。ベッドの下も見るのよ。女性軍、隅から隅まで見てちょうだい」

彼らはもう一度スイートルームを調べ終わると、いっせいにバルコニーに出るドアを見やった。

誰もそこから出たくはないのは明らかだった。

サブリナはため息をついた。「私が調べるわ」

彼女は外へ出た。

夜気は凍るようだ。サブリナは両腕で自分の体を抱えた。また風が出ている。まるで泣き叫んでいるようだ。スーザンが城を出たとしたら、今ごろつららになっているだろう。

バルコニーには何もなかった。誰もいない。だがカッサンドラが落ちて死んだのは、サブリナが立っているまさにその場所なのだ。突然、うしろから誰かに押されそうな気がして、サブリナはぞっとした。あわてて振り返る。

だがほかの四人はさっきいたところで彼女を待っていた。

この部屋のどこかに秘密の通路に入るドアがあることを、サブリナは思い出した。

きっとほかにも秘密があるんだわ。

今も誰かが私を見ているのかもしれない。

それに私は理性を失いかけているのかもしれない。

「ここには誰もいないわ。次へ行かない?」サブリナが言った。

「うん、そうしよう」トムが答える。

「次はダイアンの部屋よ」V・Jが言う。

「私は廊下の先の階段の上まで走っていって、レジーとダイアンに報告するわ。そして階《し》下《た》の男性軍から何か伝言はないかきいてくる」アンナ・リーが言った。

「頼むよ」トムがうなずく。

四人はダイアンの部屋に入った。

ダイアンは片づけ魔とはほど遠いようだ。鏡台にはブラシや櫛《くし》、化粧品や洗面道具が投げ出されている。ノートパソコンは窓際のテーブルに載っていた。

着るものはベッドや椅子の上に散らばり、靴は床にころがっている。

「スーザンはここには入らないよ。足の踏み場もないもの」ブレットが言った。

「私はバスルームを見るわ。殿方はベッドの下を調べて」V・Jが命じる。

ブレットがベッドカバーの裾をめくって、ぎゃっと叫んだ。ほかのみんながあわてて駆け寄る。

「どうした、どうしたんだ?」トムがきいた。「ブレット、大丈夫か?　何があったんだ？」

ブレットは身を起こした。「彼女の張り形に噛みつかれた」

「まあ！　まじめにやってよ！」Ｖ・Ｊが怒ってブレットの肩を殴りつける。

「ほんと言うと、僕はわざとまじめにやらないようにしているんだ」ブレットが言った。

「Ｖ・Ｊ、ダイアンがスーザンをこの部屋に隠すはずがないじゃないか！」

「でも何かわけがあって、スーザンはこっそり部屋から部屋へと移動しながら身を隠しているのかもしれないわ」サブリナが言う。

「とにかくつづけようじゃないか。この調子だと、何かわかる前に週末になってしまう！」トムが不機嫌に言った。「それに僕は少し眠りたいんだ」

「眠る？　猫が袋から逃げ出したというときに、きみはＶ・Ｊとまた寝袋にもぐり込んで、いいことをしたいというのかい？」ブレットが言った。

「マクグラフ、おまえというやつは――」トムが言いかけたが、Ｖ・Ｊが割って入り、トムの肩に手を載せた。

「トム、わかってあげて。ブレットはやきもちを焼いているだけなんだから。お相手なしのひとりぼっちに慣れていないのよ。かわいそうに、毎晩毎晩すぐ隣の部屋で、最愛の人――とブレットが呼ぶかどうかは知らないけど――がべつの人と〝寝袋にもぐり込んで〟いるというのに、ひとり寝をかこっているんだもの」

「ずいぶん意地悪なことを言うな」ブレットが抗議する。

「じゃあもっとお行儀よくしなさいよ」V・Jが言う。

「さっさと調べましょうよ」サブリナが三人を促した。

「わかったよ、わが最愛の人。さあ、つづけよう」ブレットが言った。

四人は次の部屋へ進んだ。

ジョシュアの部屋には制作のための道具、覆いのかかったイーゼル、粘土の作品などがあったが、スーザンはいなかった。大きなデスクに書類が山と積まれたカミーの部屋はきれいに片づいていた。だが、ここでもスーザンは見つからなかった。

アンナ・リーが戻ってきたが、階下からの報告は何もなかった。

ジョーの部屋に入ってみると――目も当てられないほど乱雑だった。セアーの部屋はきちんとしていた。洗面用具類は少なく、服は整然と吊るしてある。トムの部屋はジョーの部屋ほどごたついてはいないが、セアーのほどきっちりしてはいなかった。そしてやはりスーザンの姿はなかった。

アンナ・リーの部屋はとても個性的だった。彼女の香水の香りが漂い、スカーフがあちこちに置かれている。鏡台の上には宝石類がもつれたまま載せられ、衣類はそこら中にふわりとかけてあった。だがスーザンはいない。

サブリナは先頭に立って自分の部屋に入ったが、ジョンが着ていたローブ、べっとりと血のついたあのローブが置かれたベッドの足元を見るのが怖かった。

ところが、それがなくなっている。

ほっとすべきなのだろうか、それとももっと狼狽《ろうばい》すべきなのだろうか。

ほかの人たちは何も言わず、ただあちこちを見ながら歩きまわっている。

アンナ・リーはベッドの下を調べ、V・Jはバスルームを見た。トムはバルコニーへ出ていった。

「ばかばかしいったらありゃしない」アンナ・リーが言った。「誰が自分の部屋にスーザンを隠すというの」

「本当ね」サブリナはベッドの足元に座り込み、やっとの思いで言った。「でもスーザンは隠れん坊をして私たちをからかっているのかもしれないわ」

「もしそうなら、私たちが部屋から部屋へと捜しまわっているのが彼女に聞こえているでしょうね」V・Jが言う。

「でも、いつも私たちのほんの一歩先にいて、隠れつづけるなんてことができるものかしら?」サブリナは首を傾《かし》げた。

「スーザンのすることなんか誰にもわかるもんか」トムはいらいらしている。

「それにここには秘密の通路がいくつもあるのよ」アンナ・リーが言った。「スコットランド人は昔からつむじ曲がりだもの――ジョンの先祖はスチュアート王家の流れを汲《く》んでいるから、王家の人々を守ることに懸命だったのよ。若い王子のころのチャールズ二世をかくまったりしてね。先祖にはスチュアート王家支持派のジャコバイトの味方をして首をはねられた者もいるそうよ。僧侶《そうりょ》や牧師、無法者なんかもかくまったらしいし。もしかしたらスーザンは、私たちよりもっとお城の秘密を知っているのかもしれない」

「ここのことならジョンがよく知っているだろう。自分の城なんだから」ブレットが言う。

アンナ・リーは考え込んだ。「前に、幽霊が出ると言われているヨークのお城をいくつか調べたことがあるんだけど、〝幽霊の出現〟はじつは城の持ち主よりも秘密の通路やなんかに詳しい者の仕業だったという例がたくさんあったわ。スーザンもこのお城のうしろ暗い秘密を見つけたのかもしれない。それともどこかの壁の中に閉じ込められてしまったのかもしれないわ」

「そいつはうなずけるな。スーザンは黒猫を壁に閉じ込める話を書いたエドガー・アラン・ポーを評価していなかったし」トムが言った。

「残る部屋はひとつだけだ――僕のだよ」ブレットが言った。「それがすんだら、ひとり者の僕は階下へ行って一杯やるとしよう。それからベッドに戻るよ。そうとも、V・J、ひとり寂しくね。だが今はもううくたくただ、自分の運命をありがたく受け入れるよ」

「先へ行きましょう」V・Jが言う。

五人は揃ってブレットの部屋に入った。ほかの人たちが歩きまわっている間、サブリナは部屋の中央に立って、衣装だんすを見つめた。昨夜どんなに怖い思いをしたことだろう。昨夜はブレットが姿を消した。ジョンも姿を消した。誰も彼もが廊下をうろついていたらしい。

真夜中に——髭《ひげ》を剃《そ》ったり。

ランプか何かで手を切ったり。

サブリナはびくびくしながら衣装だんすを見つめていた。中に誰かいるのではないかしら。

今にも飛びかかろうとしているのではないかしら。

それともそれさえできない誰かがいるのではないかしら。切られて横たわったまま、血を流しつづけている誰かが……。

「ベッドの下は?」V・Jがトムにきいた。

「何もない」

「バスルームも空っぽ」アンナ・リーが言う。

サブリナは急に心臓がどきどきするのを感じた。どうしても衣装だんすを無視できない。

彼女は衣装だんすに向かって歩き出した。

「サブリナ!」ブレットが鋭く叫んだ。

その声を無視して、彼女は衣装だんすの扉を勢いよく開けた。

ここは僕の城だ。それに埋葬室に眠っているのは僕の死んだ親戚《しんせき》たちだ。ジョンは死人を恐ろしいと思ったことはなかった。まだ幼かった遙《はる》か昔、ホラー映画を観《み》たあとで、父親は言ったものだ。死人を恐れてはいけないよ。この世でいちばん安全な人たちなんだから。もうおまえに悪さをすることはできないんだからね。絶対に。生きている者のほうがよほど恐ろしいのさ。

ジョンは神を、至上の存在を信じていたが、神が人間を霊として甦《よみがえ》らせ、生きている者の世界に出没させるなどとは信じていなかった。彼は迷信深くはない。先祖から伝わった古い城の地下室を歩いていて恐怖を感じたことは一度もなかった。この城を特別な遺産として引き継いで以来、ずっと愛してきた。煉瓦《れんが》、石、モルタル、木材、そのどれひとつを取っても、彼に不安を感じさせたものはない。

今夜までは。

チャペルに人がいないのは明らかだ。それでも彼らは信徒席を一列ずつ調べ、祭壇のうしろをのぞき、陰になっているありとあらゆる場所を確かめた。

ボウリングのレーンも歩いてみたし、ピンの機械まで調べてみた。それから揃ってプールのほうへ向かった。

「溺《おぼ》れてはいないらしい」みんなで水をのぞき込み、セアーが言った。

「うん、そのようだ」ジョーもうなずく。

「男性用トイレを見たかい？」ジョンがジョシュアにきいた。

「女性用も見た。トイレには誰もいないよ」ジョシュアが答える。

「じゃあ、次は埋葬室だな」ジョーは平気そうに言ったが、どことなく不安げだ。

「うん、そうだな」大きな体のタフな元警官のセアーもなんとなく腰が引けている。

ジョンが先に立った。四人は墓のまわりに立ちこめる暗闇《くらやみ》を追い払おうとするように、灯油ランプを高く掲げて中に入ると、きちんと並んだ墓の間を一列一列見てまわった。

「ここにはいない」ついにジョンが言った。

「スーザンがここにいるなんて思わなかったよ」セアーがぶっきらぼうに言う。「大口をたたくが、すごく臆病《おくびょう》なのさ。そこへいくとダイアンのほうがよほど度胸がある。ひとりでここへ下りてきて、母親の幽霊のふりまでしたんだから。だがスーザンはこんなところで死ぬはずがないよ」

みんな一瞬黙り込む。

「死んでいたら、場所なんか選べないよ」ジョシュアがしばらくして言い、ジョンに向き直った。「彼女がいそうな気配はまったくないね。あんなに怒っていたんだ、雪の中を出ていったんだろう。きっと首尾よく村までたどりついて、今ごろ砂糖入りの熱いウィスキーでもすすりながら、テレビで最新映画でも観ているんじゃないかな」

「うん、そうかもしれない」ジョンは答えたが、そんなことは信じていなかった。露ほどにも。「では恐怖の部屋へ移ろう」

「ああ、そうだ、そいつは待ち遠しいな」

ジョーの一言で緊張がほぐれた。四人は笑い声をあげ、自分たちが強がっていること、不安でたまらないことを認め合った。

今度はジョシュアが先頭に立って恐怖の部屋に入った。

ほかの者も中を歩きまわり始める。

ジョンは入り口に立って、身動きひとつしない何列もの蝋《ろう》人形を見下ろした。どこにも変わったところはない。何ひとつ。

そこは寒かった。もともと蝋人形の保護のために室温を低くしてあるうえ、今は電気が切れているし、各部屋は完全に閉めきられている。だが気になるのは寒さではなかった。とはいえ、何が気になるのかはわからない。

ジョンは蝋人形の間を歩き始めた。ほかの男たちもランプを高く掲げて動きまわっている。

「スーザン、おーい、スージー、スージー！」ジョーが呼んだ。

「さあ、出ておいで、どこにいるんだい！」セアーも言う。

二人の声が石の壁にぶつかって跳ね返ってくる。男たちはそれぞれべつの通路を歩き、ときどきほかの者と交差する。蝋人形がみんなを見下ろしていて、無気味だ。

それになんとも言えないほどリアルだった。

ジョシュアはレディ・アリアナ・スチュアートが拷問にかけられている場面の前に立っていた。

「僕の腕はさすがだな」ジョンが近寄ってくるのに気づいて、ジョシュアが言った。「我ながらたいしたものだ。しかも暗い嵐《あらし》の夜で、停電ときている。僕は人一倍怖がりやだから、自分の作品が生き返ってきそうな気がしてくるよ」

セアーも近寄ってきて、ジョシュアの肩をたたいた。「きみの腕はすごい。いやになるくらいすごいよ。あそこのV・Jなんか僕らを夕食代わりに食べてしまいそうだ。お恥ずかしい話だが、ここにいるとぞくぞくするんだ。寒いなあ。ジョン、階上に行かないか？ここには人の気配なんかないよ」

「通路は調べつくしたぞ」ジョーも寄ってきた。この寒さなのに、額から汗の粒が噴き出している。「ここには誰もいない」

「となると、彼女はどこだと思う？」セアーがきいた。

「わからない」とうとうあきらめて戸口に向かいながら、ジョンが答えた。ほかの三人はあわててジョンより先に部屋を出ようとする。ジョンは思わず笑いそうになったが、両開き扉を閉めようとした瞬間、彼自身も背筋に奇妙な悪寒が走るのを感じた。手を止め、再びドアを開けてもう一度ランプを掲げ、中を見る。

何も変わったところはない。それでも何か気にかかる。なんだかわからないが、何かがほんの少し普段と違う。この感じは……。

やはりなんなのかわからない。

いらだたしげに頭を振りながら、ジョンは扉を閉め、階段を上がって大ホールへ向かう三人のあとにつづいた。

ダイアンは大きなワイングラスを前に、ひとりトランプをしていた。レジーはひどくいらだった様子で、指でテーブルをとんとんたたいている。カミーもテーブルの前に座り、組んだ両腕に頭を伏せていたが、男たちが入っていくと顔を上げて言った。

「ジェニーもメイドたちもスーザンを全然見ていないんですって」

「地下にも誰ひとりいなかったよ」セアーが陽気に言った。

「ここにも疲れ果てた意地悪女三人以外は誰もいませんよ」レジーも告げた。

ジョンはほほえんで、自分のグラスにウィスキーを注《つ》いだ。「飲み物がほしい人は？」

階上から金切り声が聞こえたのはそのときだった。

サブリナは衣装だんすから自分めがけて首がころがり落ちてきた瞬間、飛びのきながら悲鳴をあげた。

長い髪がまわりに大きく広がる。

「サブリナ！　それはマネキンの首と——かつらだよ！」ブレットがうしろからサブリナに走り寄って、彼女の体に腕をまわした。

そのとおりだ。

白い発泡スチロール製の頭と黒い髪のかつらだった。

「ほらほら、大丈夫よ！」V・Jも声をかける。

サブリナは恥ずかしくなった。確かにブレットの言うとおりだ。彼女は衣装だんすをにらみつけた。どうして何か恐ろしいものが衣装だんすの中にあるなんて思い込んでしまったのかしら？　中にあまりたくさん衣類がつめ込んであったので、開けた拍子にいちばん上の棚から首がころがり落ちただけなのに。なおも震えながら衣装だんすを見つめているうちに、ジョンを先頭にしてほかの人々が部屋になだれ込んできた。ジョンのあとにはセアー、ジョシュア、ジョーがつづき、ダイアンやレジーまでついてきている。気の毒にレジーは遅れまいとして走ったのかあえいでいた。

「どうした？　どうしたんだ？　何があったんだい？」ジョンがきいた。

「なんでもないの。ばかみたいなことでびっくりしただけよ」サブリナはあわてて答えた。

ジョンは発泡スチロールの首とかつらを拾い上げて、ブレットに尋ねた。「きみのじゃあるまいね？」

ブレットは首を振った。「色が違う」

ジョンは衣装だんすに歩み寄って、中身を調べた。「こんな物がここにあるとは知らなかったよ」

「キャシーの物なの？」V・Jがきく。

「そうだ。すまなかったな、ブレット、きみの物を入れる隙間《すきま》もなくて」

「僕に必要なのはここに入れるようなものじゃないから」ブレットが答える。

「そのとおりだわね！」V・Jが笑った。

「で……スーザンのいた気配はないんだね？」トムがみんなに尋ねる。

「彼女の髪の毛一筋ありゃしない」ジョーが答えた。

ジョンはサブリナの正面に立ち止まった。「大丈夫かい？」

サブリナはうなずいた。「私ってばかみたいね」

「僕たちみんな神経が高ぶっているんだ」

「きみは飲み物を作ってくれるんじゃなかったっけ？」セアーが催促する。

「そうだった」ジョンはなおも詮索《せんさく》するようにサブリナの目を見つめたまま答えたが、くるりと背を向けて部屋を出ていった。

ジョシュアが飲み物を作るのを手伝った。「信じられないことだが、氷が切れてしまいそうなんだ」

「僕は氷なんかいらないよ」ジョーが言って、自分でバーボンをツー・ショット注いだ。

サブリナはリキュールのティア・マリアを選んだ。グラスを受けとって行こうとしたとき、ジョンが言った。「それでもスーザンを捜し出さなければ」

「でも今夜はやめましょうよ！」V・Jが言った。

「そうだね」ジョンはため息をついて、腕時計に目をやった。サブリナも暖炉の上にかかっている時計を見上げた。もうじき夜中の一時だ。

「ジョシュア、セアー、明日は馬で外に出て、スーザンがどこかで迷っていないか捜してみよう。もう一日か二日のうちには道路の雪かきがすんで、電気や電話も通じるようになるだろう。だがもし、彼女が外に出たとしたら……」ジョンがつらそうに口をつぐんだ。

「もし外にいて、体を暖めることも身を隠すこともできなかったら、もう死んでいるよ。今捜しに行ったりしたら、こっちが凍死してしまう。それにこの暗さではどうせ何も見えやしないよ」ジョーが言った。

そのとおりだとサブリナは思った。今夜やれることはやったのだ。それはジョンもわかっているはずだ。ただ、どうしても納得できないのだろう。

「それじゃあ、諸君、やすむとするか？」ジョンは言ったが、目はサブリナを見つめたままだった。

面と向かうのがつらくて、サブリナはジョンから目をそらした。彼女は叫びたかった。

ローブが消えてしまったのよ！　あなたのローブ、血だらけのローブが。

だが、サブリナは黙って階段へ向かった。


一時間後、古城は静まり返っていた。聞こえてくるのはいつもの古い石や建材のきしむ音だけだ。

サブリナは部屋の中を行きつ戻りつしていた。

ほかの人々は疲れ果て、夜の休息を求めて部屋に閉じこもっている。

彼女は待っていた。彼が来ることを恐れ、彼が来ないことを恐れながら。

みんなで城中を捜しまわった。

でも秘密の場所は捜していないわ。あなただけが知っている場所は。サブリナはジョンにそう叫んでやりたかった。そして逃げ出してしまいたかった。もし……彼が来てくれなかったら。

だがバルコニーに向かって歩きかけたとき、突然彼の気配を感じ、振り向くとそこに彼がいた。

サブリナは距離を保ったまま、じっと彼を見つめた。なんて背が高く堂々として、ハンサムでセクシーなのかしら。べつのローブに着替えている。黒い髪は湿っており、V字形に開いた襟元から胸毛がのぞいていた。

彼は真剣な表情でサブリナを見つめた。「帰ってほしいかい？」

「あなたのローブがなくなっていたわ。あの血だらけのローブが」

「僕の家事担当のスタッフは気が利くんでね」

「そう……血が落ちたかどうか確かめてみなかったの？」

「いいや」ジョンが歩み寄ってくる。「血だらけの死体なんかどこにもなかったのは、きみだって知らないわけじゃあるまい？」

サブリナは目を伏せた。彼は真正面にいる。彼の石鹸《せっけん》、アフターシェーブ・ローション、それに彼だけの匂《にお》いがする。たちまち体の中の何かが溶けていき、自分がジョンを求めているのがわかる。もし彼に触れられたら……。

「どこに行ってたの？」サブリナは疑《うたぐ》り深く尋ねた。

ジョンは首を傾げた。「城の捜索に手抜かりがあってはいけないと思ってね。全部の秘密の通路を調べてきたんだ」

なるほど。サブリナも秘密の通路は調べてみるべきだと思っていた。

だが……。

それを彼はひとりきりでやったのだ。

「僕が怖い？」

「怖がらなきゃいけないことでも？」

ジョンはサブリナを見つめて首を振り、きっぱりと答えた。「いや」

サブリナは立ちすくんだまま、唇を噛んだ。

彼は体を巡らして、帰っていこうとする。

私は愚か者かもしれない。でも彼を帰してしまうことなんてできないわ。

「ジョン！」サブリナは叫んで、あとを追った。彼の背中に身を投げかけると、両腕で彼を抱きしめ、ローブに顎を載せる。彼は一瞬動きを止め、振り返った。それと同時に、サブリナはぎこちなく手探りして彼のローブの紐《ひも》をほどき、相手の胸に顔を埋《うず》めると、胸から腰へと両手をすべらせた。ローブの下は裸だ。かすかに指が触れただけで、彼はすぐに勃起《ぼっき》した。サブリナの両手がそれを優しく弄《もてあそ》ぶ。彼に顎を持ち上げられたとき、サブリナはようやく顔を上げて彼の唇を迎えた。

彼の体に沿って身を沈めながら、いたるところにキスを浴びせる。胴からさらに下へとすべり下り、口に彼のものを含むと、彼は喉からうめき声をもらした。だがそれすら彼女の耳には入らなかった。サブリナのうなじを抱いているジョンの指に彼女の髪がもつれている。彼はサブリナを引き上げ、抱き上げると、ベッドに押しつけた。今度は彼が唇と舌で飢えたように彼女の体中をおおう。彼は抵抗を許さず、容赦がなかった。彼の舌がサブリナの最も秘密の場所に火のように熱くゆっくりとすべり込む。彼女はジョンの下で狂ったように身もだえし、はずみで二人の体が重なり合った。相手の目を見つめながら、ジョンはゆっくりと彼女を刺し貫き、さらに深く身を沈め、優しく包まれる喜びを味わう。やがてサブリナは目を閉じ、体の中のジョンの動きが速まるにつれて、彼の興奮がさらに熱く高ぶっていくのを感じた。

すべてが終わったとき、サブリナは彼の腕に抱かれたまま、疲れ果てて横たわっていた、死ぬほど彼を愛していると思いながら。

そして、愛していなければいいのにと思いながら。

彼は何も言わず、彼女を抱いていた。

そうして身を絡ませたまま、二人は眠りに落ちた。

二時間ほどたったころ、ジョンはぎくりとして目を覚ました。起き上がってあたりを見まわす。いったいどうしたんだろう。なぜ目が覚めたのだろうか？

誰かに見られているような薄気味悪い感じがする。

彼は思わず身震いした。

きれいな寝顔を見せて、サブリナは眠りつづけている。美しい曲線を描く裸身がぴったりと彼に寄り添っている。

それなのに……。

何かがあるというのではない。夜の闇から奇妙な音が聞こえるわけでも、奇妙な臭《にお》いがするわけでもない。ただ、二人きりではないような、眠っているのを誰かに見られていたような感じがする……。

ジョンは起き上がってローブを着ると、そっと秘密の通路にすべり込んだ。

私は年こそ取っているけど、まだ死んだわけじゃありませんからね、今のところは。それにみんな何かを見逃しているのよ。まったく間抜けなんだから。

レジーは全員が眠りについたのを見はからって、起き上がった。寒くないようにベロアのローブを体に巻きつけてボタンをかけ、暖かな黄色いスリッパをはく。とても性能のいい懐中電灯も持っている。彼女はそれをつかんだ。

こうしてしっかり武装すると、レジーは寝室を出た。

廊下は静かだった。

死んだように静まり返っている。

この階にはなんの手がかりもないわ。彼女は一階に下り、大ホールを、それから図書室をのぞき込んだ。

誰もいない。まあ、ねずみぐらいはいるかもしれないわね！　何しろとてつもなく古いお城なんだから。

大ホールの中で、レジーはテーブルから重い燭台《しょくだい》をひとつ取り上げた。片手に棍棒《こんぼう》代わりの真鍮《しんちゆう》の燭台、もう一方の手に懐中電灯を持って、準備は整った。べつに誰かと対決するような事態を予想したわけではない。お化けも眠っている時間だ。ただ備えだけはしておかなくちゃと思ったのだ。

レジーはさらに下の階へと下りていった。

かすかな明かりに照らされてプールがさざ波を立てている。ボウリング・レーンのほうは静かだった。

チャペルで、レジーは十字を切った。

埋葬室では死者のために祈った。

恐怖の部屋では……殺人犯とでくわした。

レジーは部屋の奥深くまで入って捜していた……何をだろうか、彼女にもわからなかった。彼女はミステリーが大好きだ。ミステリーを愛している。だからこの謎《なぞ》を解くつもりだった。

そして謎を解いた。

だがそのとき……。

レジーは物音を聞いた。かすかな物音。そして振り返ると、そこに殺人犯がいた。

彼女は叫び声さえあげなかった。殺人犯が彼女に触れる間もなかった。殺人犯にもう一度人殺しをする満足感を与えてやらなかったのだ。猛烈な胸の痛みが原子爆弾のようなすさまじさで体中に広がった。ありがたいことに、苦しみは長くはつづかなかった。彼女は息をつまらせて目を据えた。目玉が飛び出しそうだった。

次の瞬間、彼女はくずおれた。

レジーは殺人犯の笑い声を聞き、自分が死にかけているのを悟った。

殺人犯のほうはもう彼女が死んでしまったと思った。

だがまだ……。

まだ息はあった。

19

太陽の光が窓から流れ込んでいる。

部屋に差し込むまぶしい光にサブリナはゆっくりと目を覚ました。すぐ隣に温かな体がある。ジョンがいてくれたのだ。サブリナは嬉《うれ》しかった。寝返りを打ってよく見ると、彼はもう目を覚ましており、眉をひそめて天井を見上げている。

サブリナに見つめられているのに気づくと、ジョンは表情を和らげて彼女のほうを向いた。「やあ」

「おはよう」

「ずっとよく寝ていたね」ジョンが優しく言った。

「ええ。ということは……?」

「まだ僕を心からは信用していないんだな?」

「信用しているわ……ただ……」

「僕のローブに血がついていたと言うんだろう。もうすぐみんなここを出ることになる。

法医学の専門家に調べてもらえばいい」

ジョンは苦々しげに言った。彼にいやな思いをさせるのはサブリナもつらい。

「ここで変なことが次から次へと起こっているのは認めるでしょう」

「解き明かさなければならない謎《なぞ》がたくさんある。みんないろいろなことを告白しているが、まだ肝心なことが明らかになっていない」

「キャシーに何が起こったのか、ね？　それにスーザンがどこに消えたのかも」

サブリナは身を起こしてシーツごと膝を抱え、彼を見つめた。「昨夜《ゆうべ》は私、疲れ果ててずっと眠っていたわ。あなたはずっとここにいたの？　それともどこかへ行っていた？」

ジョンは眉を上げ、一瞬ためらったが、すぐに認めた。「しばらくよそに行っていたよ」

「あら、そうなの？」

彼はうなずいた。「きみは誰かがこの部屋にいて、きみを見ていたと言った。そして、僕はそれは僕じゃないと答えたね、覚えているだろう？」

「ええ、もちろん。でも誰の姿も見なかったわ。そんな感じがしただけなのよ」

「僕も同じことを感じて目を覚ましたんだ」

サブリナは怪訝《けげん》な顔をした。「ここはあなたのお城よ。あなたはここの王様じゃない？　ほかの誰がここに入ってこられるというの？」

「わからない。だがいやな感じがした。とても気味悪かったんだ」

「それで暗闇《くらやみ》の中を走りまわっていたのね、ほかの誰かがまた何かやりかけているのじゃないかと心配して」

「まあね」

「誰かお城の中をうろつきまわって何かしようとしていた？」

ジョンは暗い顔でうなずいた。

「誰が？」

「夜中眠っていたのはわずか二人だ。きみはそのうちのひとりだよ」

「え？」

「僕がここを出ると、ちょうどアンナ・リーがジョーの部屋から出てくるところだった」

「なぜなの？」

「知らないよ。きかなかった」

「それから？」

「カミーは仕事をしていた。V・J、トム、ブレット、ダイアン、ジョシュアは大ホールで夜食を食べていたよ。眠っていたのはどうやらきみとレジーだけらしい。僕はまるで夜更かし族のパーティを主宰しているみたいだ」

「じゃあ、レジーと私抜きでパーティをやったわけね？」

ジョンはうなずいて、にやりとした。「みんなは僕が殺人犯だという結論に達したよ」

サブリナは一瞬心臓がどきりとするのを感じた。だがもちろん、ゲームの話だ。「あなたが殺人犯なの？」

「言えないよ。もう一度全員が集まるまでは、何も認めないし否定もしないことにしようとみんなで決めたんだ」

「でもいつ――」

「あとで。今夜にでも。さて、もう起きて行かなきゃ。ジョシュアとセアーを連れて、スーザンがここから出ていこうとした形跡があるかどうか調べてみるつもりなんだ。もっとも、本気で大雪の中へ出ていく気なら、なぜあんなメモを残したのか……」

「なぜなのかしら？」

「出ていかなかったんじゃないかな」

「それならどこにいるというの？」

「わからない。正直言って、スーザンを発見するのがだんだん恐ろしくなってきたよ。だが昨夜あれだけ城中を捜しまわったんだ、あとは馬で外を捜すしかあるまい。だから起きなくちゃね？」

サブリナはうなずいた。ジョンは彼女の目をじっとのぞき込んでいる。彼女は吹き出して、彼の腕の中にすべり込んだ。彼の隣で目を覚ますなんてめったにないチャンスだわ。これを無駄にするなんて。彼に抱かれ、愛を交わしたい。それは抵抗しがたい誘惑だった。

だがそのあと、ジョンはぐずぐずしていなかった。立ち上がるとすばやくシャワーを浴びた。それから彼女にキスし、二、三歩行きかけてから戻ってきてもう一度キスすると、秘密の通路から急いで出ていった。彼が行ってしまうと、サブリナも勢いよく立ち上がり、シャワーを浴びると、ジーンズ、カシミアのセーター、ブーツ、厚手のジャケットに身を固めた。

階下に下りてみると、いちばん遅れて大ホールに入ったのはどうやらサブリナのようだった。電気がないというのに、ジェニーは今でも手際よくすばらしい料理を用意してくれている。カミーが手渡してくれたコーヒーを受けとりながら見まわすと、ほかの人たちは卵、ハム、サーモン、かりかりに揚げたポテト、それに小さな金属の網かごを火の上に置いて焼いたトーストを食べていた。

「外へ出かけるような格好だな」ブレットが言った。

「ええ、そうよ。ずっと閉じ込められていたから、厩《うまや》まで散歩でもしたいの」

「連れては行かないぞ」ジョンが釘《くぎ》を刺す。

「どうして?」サブリナは問いかけるように眉を上げた。

「ジョシュアと僕はこのあたりの地理や道の状態に詳しいからね。馬を進める際にどこが危険でどこがそうでないかわかるんだ」

「私にだって馬の乗り方ぐらいわかるわ」

「だがこのあたりの地形を知らないじゃないか」

「じゃあセアーはどうなの？」

「この前ここに来たとき、ずいぶん馬に乗ったからね」セアーがすまなそうに答えた。

「あの前に……」言いかけて、居心地悪そうにまわりを見まわす。

「キャシーが殺される前のことだ」ジョンはぶっきらぼうに言うと、ほかの二人を促して大ホールを出ていった。

サブリナが男たちのうしろ姿を見送っていると、背後からブレットが近寄ってきた。

「ジョンはきみの身を案じているんだよ」

「なぜ？」

「わかりきっているじゃないか」

サブリナが振り向いてブレットの顔を見ると、彼はほほえんで肩をすくめた。「きみを愛しているんだよ。ところで雪だるまでも作らないか？」

サブリナは一瞬ためらったが、すぐに答えた。「そうね」

二人は外に出た。日は差しているが空気はまだ氷のように冷たい。それでも爽快《そうかい》だった。ほかのメンバーもまたぶらぶらと出てきた。V・Jとトムは戸口に立ち止まっていたが、カミー、アンナ・リー、ダイアン、それにジョーは出てきて仲間に加わり、巨大な雪だるまを作りにかかった。だが、ダイアンが雪の塊を雪だるまの胴体につけ損なってブレットを雪だらけにしたとたん、みんなの芸術的な制作意欲はどこかへ吹き飛んで、またしても大雪合戦が始まった。

だがそのうちに、サブリナは体が冷えきってしまったのに気づいた。見上げると、太陽はすでに落ち、夕暮れが迫っている。「ねえ、中に入らないとみんなしもやけのアイスキャンディになってしまうわよ！」彼女は叫んだ。

「鼻が取れちゃったみたい。全然感覚がないわ！」ダイアンが声をあげる。

「僕のは大きすぎるから取れてもいいよ」ジョーが答えた。「だが足はないと困るな。足も感覚がなくなってるぞ！」

雪だらけになって笑い崩れながら、彼らは城に入った。V・Jはもう中にいて、入り口近くの通路を行ったり来たりしている。サブリナは彼女にほほえみかけた。「びしょ濡《ぬ》れになっちゃった！」

「子供が遊ぶといつもそうよ」V・Jは答えたが、気もそぞろのようだ。

「どうかしたの？」

「レジーがまだ下りてこないの」

「私、シャワーを浴びて着替えをするの。いっしょに階上《うえ》へ行って、部屋にいるかどうか見てみたら」

「そうね」

二階の廊下で二人は別れ、サブリナは自分の部屋へ、V・Jはレジーの部屋に向かう。サブリナはV・Jがノックしている音を聞きながら、自分の部屋のドアを閉めた。

熱い湯がずっと出つづけてくれるとは限らない――しかも今はみんながいっせいにシャワーで体を暖めている。それを考えて、サブリナはすばやくシャワーをすませた。体にタオルを巻きつけていると、激しくドアをたたく音がした。「はい？」

「私よ。V・Jよ」

ドアを開けると、V・Jが緊張した心配そうな顔つきで入ってきた。灯油ランプを手にしていて、話をしながら火をつける。そのとたんにいくつもの影が揺らめき、二人は初めて、あたりがすでに夕闇に包まれていることに気づいた。

「レジーは部屋にいないわ」V・Jが言った。

「どうしたんだい？」シャワーをすませてちょうど廊下に出てきたブレットが、サブリナの部屋の開け放されたドアの前に立ち止まった。

「レジーのことを心配しているのよ」V・Jが答える。

「ちょっと待って。今着替えるから。また捜索だわ」

サブリナは服をつかんでバスルームへ急いだ。ブレットも部屋に入ってきて、V・Jと話している。

「スーザンは自分から姿を消したかもしれないけれど、レジーは違うわ」V・Jがきっぱり言った。

「V・J、落ち着くんだ」とブレット。

サブリナが大急ぎで乾いたジーンズにはきかえ、バスルームを出ると、V・Jが頭を振っていた。「知らないでしょう。レジーは強がっているけど、いろいろな種類の心臓の薬をのんでいるのよ」

「ジョンはそのことを知っているの?」サブリナがきいた。

「ずっとどこか悪いんじゃないかと疑ってはいたようだけど、何しろレジーは頑固でしょ。必死に元気なふりをしていたんだと思うの、ジョンに仲間はずれにされまいとしてね——少しでも具合が悪そうだと思ったら、ジョンはきっとそうしたでしょうから。私はレジーに何かあったんだと思う。直感でわかるのよ」

「わかった。だがどこへ行ったんだろう?」ブレットが尋ねる。

「とにかく、大ホールにも図書室にもいなかったわ」V・Jが答えた。

「階下《した》へ行ってみましょうよ。地下室へ」サブリナは言ったものの、自分でも不思議なほどそうするのが怖くなってくる。

「さあ、行こう」ブレットが言った。

V・Jとサブリナがブレットのあとについて廊下へ出ると、やはりシャワーを浴びたばかりのジョーが自分の部屋から出てきた。「何かあったのか?」

「レジーがいないの」Ｖ・Ｊが答える。「もう一度捜索を手伝ってくれない？」

「いいとも。トムはどこだい？」

「図書室よ。私がレジーといっしょだと思っているんじゃないかしら」Ｖ・Ｊが言った。

「よし、トムを呼んでから捜しに行こう」ジョーが答えた。

「そうだな」ブレットがうなずく。

四人は図書室へ下りていった。トムとダイアンが暖炉のそばのテーブルでトランプ・ゲームをしている。サブリナは、Ｖ・Ｊが部屋に入ったとたんにトムの顔が輝くのに気づき、二人はよくもこんなに長い間ほかの人たちの目をくらましていたものだとあきれた。

だがトムのほうはみんなの表情に気づいて、眉をひそめた。「どうかしたのか？」

「レジーが見当たらないの」Ｖ・Ｊが言った。

「地下へ捜しに行くところなんだ」ジョーも言った。

そのとき、城の正面のドアが開く音がした。サブリナは図書室のドアまで行って、正面入り口のほうをのぞいた。ジョン、ジョシュア、セアーとともに、冷たい風が吹き込んでくる。三人とも凍え、疲れきった様子で、鼻を赤くし、涙目になっていた。

「だめだったのか？」ブレットが尋ねたが、答えは聞くまでもなかった。

「だめだった」ジョンは首からスカーフをはずしながら答えた。「だが崖《がけ》の上から見ると、村の除雪隊が道をふさいでいた雪をかいてくれたようだ。明日には出ていけるだろう」彼はほっとしたようだった。

「ああ、火が恋しい！」セアーが図書室に入ってきながら大声で言う。「ひどいもんだ。訴えてやりたいよ。きんたまが凍ったぜ」

サブリナはそばを通り過ぎるセアーにほほえみかけ、それからジョンの目を見た。彼の目は厳しく、暗い不安の色を浮かべている。

「どうかしたのかい？」ジョンはサブリナを見つめて、用心深くきいた。

「V・Jが心配しているの。レジーがいないのよ」

「なんだって！　レジーが？」

「ええ、何かわけがあって地下にいるのかもしれないと思って、下りていこうとしていたところなの」

「ちくしょう！」ジョンは呟《つぶや》き、コートと手袋を脱いでコート掛けに載せた。そして、靴につけてきた雪にはおかまいなく、地下への階段へと急いだ。サブリナがすぐあとを追い、そのあとにブレットが従う。さらにそのあとから残りの人々がつづいた。

階段を駆け下りながら、ジョンは壁からランプを取り上げた。「レジーか！　ちくしょう！」

「ジョン？」V・Jが心配そうに声をかける。「何か知っているの、悪いことでもあるの？」

ジョンはちょっと立ち止まって、振り向いた。「そうなんだ。レジーのことにもっと気を配ればよかった。僕たちがスーザンを捜している間、大ホールに座っていろとレジーに言っただろう。あれで侮辱されたと思ったんだ。だからみんなが眠ったあと、ひとりで捜索を始めたに違いない。何がなんでも自分が年だと認めようとしないんだから！」

V・Jは真っ青になり、残りの階段をジョンのすぐあとから駆け下りた。

「僕はチャペルを見るよ」ジョーが叫んだ。

「私はあなたにぴったりくっついていく」ダイアンがジョーに言う。

「埋葬室を調べよう」セアーが申し出た。

「埋葬室か、いいね。僕もきみといっしょに墓を調べるとするか」トムが情けなそうに言う。

「ブレット、プールとボウリング・レーンのほうを頼む」恐怖の部屋に向かいながら、ジョンが言った。サブリナとV・Jはジョンにつづいた。

「ああ、なんてこった！」恐怖の部屋に入ったとたん、ジョンがあえぐように言った。なぜなら、そこにレジーがいたからだ、レディ・アリアナ・スチュアートが拷問されている場面の真ん前の床にくずおれて。

「レジー、レジー！」ジョンがすぐさまひざまずき、慎重に彼女の脈と息を確かめる。

「レジー！」V・Jも金切り声をあげ、レジーのそばに膝をついた。

ほかの者も駆け込んでくる。

「なんてことだ。死んでる」ジョーが言った。

「切られたのか？　撃たれたのか？　どうしたんだ？」セアーがきく。

「いや……心臓だと思う」彼女のそばにひざまずいたまま、ジョンが言った。「レジー、レジー……」再びレジーに身を屈《かが》めるジョンの声には老作家への愛情があふれていた。

「まあ、レジーが死んじゃったわ」ダイアンがあえいだ。

V・Jはジョンを見た。「蘇生術《そせい》よ」

ジョンは肩をすくめた。レジーは死んでしまったのだ。だが……。

V・Jはレジーの顔に屈み込み、数を数えながら人工呼吸を始めた。ジョンも心臓マッサージにかかる。突然、ジョンの目の色が変わった。「待てよ……もしかすると……ああ神様、脈があるぞ。ごくかすかだが、息もあるようだ。V・J！　レジーは息をしているぞ！」

「今は脳への重大な損傷のことを考えるべきじゃないかしら」ダイアンが口を挟んだ。

「このままそっと……」そう言いかけて言葉を切る。V・Jににらみつけられたからだ。だがダイアンは静かにつづけた。「このままいかせてあげましょうよ」

「すっかり治るかもしれないじゃないの」V・Jが言い返す。

「なんだって？」トムが叫んだ。

「昏睡《こんすい》しているだけかもしれないわ。ショックを起こしているのかもしれない」V・Jはいらだたしげに言う。「暖かくしてあげさえすれば……」

「階上へ運ぼう」ジョンが言った。

彼は小さな子供でも抱えるように軽々とレジーを抱き上げると階段を二つ上って彼女の部屋まで運び、そっとベッドに横たえた。V・Jが枕《まくら》を整え、スリッパを脱がせ、両手をこすって暖め始める。ジョンがそっと毛布をかけ、のぞき込んだ。

そのころには、カミーとアンナ・リーも何事かと部屋から出てきた。

「どうしたんですか?」カミーが尋ねた。

「レジーが……」ジョーが説明し始める。

「レジーが死んだのね!」アンナ・リーが言った。

「いや……死にかけているだけだよ」ブレットがため息をつく。

「すぐ村へ下りて、助けを呼ばなくては」ジョンが呟いた。「さもないと死んでしまう。V・J――レジーのそばについていてくれるね?」

「もちろんよ」

「だがひとりじゃいけない。必ずいつも三人ついているんだ」

「私がまずシフトにつくわ」ダイアンが申し出た。

「必ず三人つくんだよ。それ以外の人は鍵《かぎ》をかけて自分の部屋にいるか、固まっていてくれ」

「ジョン、僕もいっしょに行こう」ジョシュアが言った。

「いや、ひとりのほうが速い」

ジョンは部屋を出ようとして振り向いた。彼の視線が戸口のすぐ外に立って様子を見ていたサブリナに落ちる。「鍵をかけて部屋にいるんだぞ！」それから彼女のそばをすばやくすり抜けていった。

大股で廊下を歩み去る足音が聞こえる。

サブリナは少しためらってから、彼のあとを追った。

一階に下りるともう彼の姿は見えなかったが、まだコート掛けからコートがなくなっていない。サブリナは不思議に思って眉をひそめたが、彼が地下室に戻ったのだと気づいた。

ジョンはレジーを見つけた場所をめざして階段を駆け下りた。さっきはレジーを死なすまいとするのに必死で、目の前にあった何かを見落としたような気がする。

レジーをベッドに横たえるまでは、気に留めなかったのだが。

灯油ランプは、彼がレジーのそばにひざまずいたときに置いたままの場所にあった。そのランプが床に淡い光を投げかけている。

さっき、レジーの手は薄く積もったほこりと蝋《ろう》人形の舞台からこぼれ落ちたわらの上に載っていた。

ジョンは気にかかっていたものを見つけ出した。そう、レジーはほこりの中に何か書こうとしていたのだ。とても読めない――手が痙攣《けいれん》していたのだろう。だが、いや。ほこりの中に確かに文字がある。き・り・さ・こ――いや、き、だ。きりさき……〝切り裂きジャック〟だ。

ジョンはうずくまったまま、顔をしかめて切り裂きジャックの蝋人形を見やった。この前ここに来たときに感じた妙な感覚の正体はこれだったのか。この臭《にお》いはまるで……。動物がどこかに閉じ込められて死んだときのような。ここは寒い。とても寒いが……。なんてことだ。

彼は切り裂きジャックに向かって歩き出した。お定まりのケープに黒い帽子をかぶっている。そして足元には彼の餌食《えじき》が倒れている。メアリー・ケリーが。

いや、メアリー・ケリーではない。

スーザンだ！

メアリー・ケリーが着ていた服を着て死に、腐敗しかけている。切られた喉にこびりついているのはペンキではなく、本物の血だ。

彼女は目を見開き、空を見つめている。

この状態ではもう見誤りようがない。生き返る望みはまったくなさそうだ。

スーザンは死んでいる。

「なんてことだ！」声に出してあえぐように言ったとたん、異臭と恐怖が彼をつかんだ。吐かないように体を二つ折りにする。そうしながら、ジョンは自分の客の中に、想像していたよりも遙《はる》かに危険な狂った殺人者がいることを悟った。

もう疑いの余地はない、キャシーが殺されたことに。スーザンが何かを知っていたことに……。

知っていたためにスーザンは命を失ったのだ。

「ばかだよ！」ジョンは歯噛《はが》みした。「スーザン、なぜ僕たちに本当のことを教えてくれなかったんだ？　なぜ危ない駆け引きをしたんだ？」スーザンに腹が立った。そしてぞっとした。彼女は権力を保ちたいという欲望を弄《もてあそ》び、そのために命を失ったのだ。

「ジョン？」

彼は名前を呼ばれたのに気づいた。サブリナだ。まずい。

「サブリナ、来ちゃいけない！」

だがサブリナはもう彼のほうに駆け寄っていた。

そして見つめていた。

スーザンの見開いた目を。首のまわりの乾いた血を。その恐怖を……。

それからジョンに視線を移した。彼女の瞳には恐怖が浮かんでいた。

20

「まあ！」サブリナは血の臭《にお》いと死臭に気づいてあとずさりした。口を開いて叫び声をあげかけると、ジョンが手で彼女の口を押さえた。息がつまるほど強く。「やめろ、やめるんだ！」

そうだわ。

ばかだった。ジョンこそが殺人犯だったんだわ。

「ばかな想像をするな」彼は小声で激しく言った。「僕がやったんじゃない。たった今スーザンを見つけたんだ。レジーはこの地下室で真実を知ったとたんに心臓発作を起こしたんだよ。手がかりを残しておいてくれた。ほこりの中に〝き・り・さ・き〟と書いてあったんだ。僕はレジーを病院へ運び、助けを呼んで、ほかのみんなをここから連れ出さなければならない。レジーは殺人犯が誰なのか知っている。レジーが知っているんだ。わかったかい？」

ジョンが話している間も、サブリナのところからスーザンの姿が、スーザンの喉が見える。でも、本当にこれを見逃していたのかしら？　あのすさまじい切り傷や血は本物なのかしら？　前にはなぜ気がつかなかったのだろう？

スーザンに似せた蝋《ろう》人形の出来があまりにも見事だったから、あまりにも真に迫っていたからだ。そうと知らない限り、この臭いを嗅《か》がない限り、わかるはずがない。変わったところはまったくないのだから……蝋が肉体に変わり、ペンキが血に変わっただけで。

ジョンがやったのではない。そう彼は言った。もし彼がやったのなら、私の首も絞めるだろう、今ここで……。

だが、サブリナの口を押さえている手は緩みかけている。「なんとかしなくちゃならん」

「どうすればいいの？　ほかの人たちに言う？」

「言わなければ。スーザンの死に気づいたことをみんなに知らせないと、生きているレジーの存在が殺人者にとっていっそう危険になるんだから」

ジョンに手を取られて、サブリナも階段を駆け上った。ジョンが図書室に飛び込むと、二階のレジーの部屋にいるV・J、トム、ダイアンを除いたほかの全員が顔を揃《そろ》えていた。

ジョンはみんなを見まわした。「スーザンを見つけたよ」

「彼女は……？」

「死んでいた」

アンナ・リーが不安そうに立ち上がる。「まさかスーザンも心臓発作じゃないでしょうね？」

「いや、殺されたんだ。喉を切られている」

「どこでだ？」セアーが尋ねた。「なぜこれまで見つからなかったんだろう？」

「切り裂きジャックの場面の中にいたからさ」ジョンが答える。

「なんてこった！」暖炉のそばで紅茶を飲んでいたジョシュアが叫び、カップを置いて立ち上がると、階段に向かって駆け出した。

「待て！」ジョンが追いかけながら叫ぶ。「待てったら、ジョッシュ、彼女に触るんじゃない！　今警察を呼ぶから！」

それでもジョシュアは階段を駆け下り、ジョンとセアーがすぐあとを追った。ジョシュアは二人が引き留める間もなく切り裂きジャックの場面の前まで行き、スーザンに触れた。ジョンとセアーに引き離されると、彼は泣き叫ばんばかりの声をあげた。「なんてこった、なんてこった……」

サブリナもあとからついていったが、戸口で立ち止まった。そばに来たアンナ・リーが叫び声をあげ始める。「まあ、なんてこと、なんてひどい……私、吐きそうだわ」

彼女はまわれ右すると、口を押さえてトイレに駆け込んだ。

「やめろ！　触っちゃいけない！　誰もスーザンに触るな！」ジョンが強く命じた。「ジョーとセアー、ジョッシュをここから連れ出すのを手伝ってくれ。カミー、アンナ・リーを頼む。みんな、ここから出るんだ！」

ジョンは全員を部屋の外に出して、扉を閉めた。サブリナもまだ気分が悪かった。ジョンと目が合うと、彼はサブリナに手を差し伸べた。彼女はほんの一瞬ためらったが、その手を取った。

カミーがアンナ・リーを抱え、みんな一塊になって階段へと向かう。図書室に入るときにも、全員が機械人形のように呆然自失《ぼうぜんじしつ》の体だった。

ジョンが酒を注《つ》いでアンナ・リーに渡し、カミーを見やった。「きみは大丈夫か？」

カミーはうなずいた。「私にもブランディがいりそうですけど、自分でやりますから。みなさんにも差し上げましょう」

「気つけを飲んだら、自分の部屋に入って鍵《かぎ》をかけてくれ。今すぐだ。僕が出かける前に」ジョンが全員に言った。

「V・J、トム、ダイアンはどうする？」ジョーがきいた。

「三人はいっしょだからいいよ。V・Jは犯人のはずがない。彼女がいなかったら、僕はレジーのかすかな脈に気づかないところだったんだから」ジョンが答えた。

「じゃあダイアンはどうなんだ？」ジョーがきく。

「スーザンを殺したやつがキャシーも殺したんだ。どんなシナリオを想像するのも自由だが、この〈ミステリー・ウィーク〉をもう一度やろうとうるさくせっついたのはダイアンなんだよ。だから犯人じゃない。あの子は絶対に自分の母親を殺したりはしないよ。だから残りの人たちは部屋に戻って鍵をかけてくれ」

「ジョーの部屋に行ってもいい？」アンナ・リーが静かにきいた。「あなたがいいと言うならだけど」あとのほうはジョーに言う。

ジョーはにっこりした。「いいとも、いいに決まってるだろう」

「さあ、みんな階上《うえ》へ」ジョンが言った。

彼らは二人ずつ組になって階段を上がり始めた。ジョンはこの状況をトム、V・J、ダイアンに説明してくれとジョシュアに頼み、カミーにも、ジェニーやメイドたちに部屋にこもっているよう命じさせた。

ジョーとアンナ・リーは手をつないで、ジョーの部屋に向かった。

「僕にサブリナの護衛をしてほしくないかい？」ブレットが期待を込めてジョンにきく。

「二人とも自分の部屋にいてほしいな」ジョンが答えた。

ブレットがサブリナを引き留めて言った。「僕が殺人犯じゃないのは認めるだろう？女たらしかもしれないが、殺人者じゃない。もしヒーローのお留守に助けが必要なら……」彼はそこまで言うと、自分の部屋に入った。

サブリナの部屋にジョンも入ってきた。彼は秘密の通路につながる羽目板の前に重たい椅子を据えた。それから暖炉の煉瓦《れんが》のひとつを強く押した。するとべつの煉瓦が飛び出してきて、その裏には引き出しがあった。中に小さな拳銃《けんじゅう》が入っている。

「使い方を知っているかい？」ジョンが尋ねた。サブリナが首を振ると、彼は拳銃を取り上げた。「安全装置をはずす。つかんで、狙《ねら》い、引き金を引く。狙って、引き金を引くんだ。六連発さ」

サブリナはうなずいて、乾いた唇をなめた。ジョンは拳銃を引き出しに戻し、煉瓦を元の場所に押し込んだ。

「さあ、初めからやってごらん」ジョンが命じる。

サブリナは言われたとおりにした。

彼はうなずき、サブリナを抱き寄せて強くキスした。「すまない、とてもすまないと思っているよ！」それからちょっと口をつぐんでから言った。「こんな〈ミステリー・ウィーク〉なんかずっと前にやめるべきだったんだ」

「殺人犯を野放しにして？何度も人を殺させていいの？　この殺人者は精神異常なのよ。今なら捕まえられるかもしれないわ」

「スーザンは死んだ。レジーも死ぬかもしれない」

「あんなひどい殺し方をするなんて許せないわ。でもスーザンは何か知っていたのよ。それを私たちに教えてくれていたらよかったのに。それにレジーは――」

「レジーは僕の友人の中でも最高の人だ」ジョンが言った。

「きっと生き延びてくれるわ」

「僕たちもね」彼の目がサブリナの目を探る。「今は最適の時とは言えないが、きみは僕の前から消え失《う》せるのが得意だから、今のうちに言わせてほしい。僕と結婚してくれないか？」

サブリナが答えようとして口を開きかけると、ジョンは彼女の唇に指を当てた。

「まだ答えなくていいよ。僕が戻るまで待ってくれ」

「まあ、もうこんな時間よ。外は凍るように寒いし。きっとあなたは――」

「大丈夫。下のほうの道路はすっかり除雪されているようだから。ちくしょう、スーザンはそんなに遠くへは行ってないという気がしてたんだ。全然遠くへなんか行ってなかったじゃないか」彼は苦々しげに言ってから、もう一度サブリナにキスした。「愛しているよ。初めて会ったときからずっと」

サブリナはほほえんだ。「私もあなたを愛している。ブレットにキャシーを誘惑されても文句を言えないわね。私のせいであなたはほかの男の人たちをずいぶんひどい目に遭わせてしまったわ」

「僕が殺人犯でないと納得してくれたんだね？」ジョンは彼女の頬をそっと撫《な》でた。

サブリナがうなずく。

「だが、ここにいる誰かだ」

彼女はもう一度うなずいた。「ちゃんと錠をかけて、誰が来ても開けないわ。ピストルのありかもわかっているし」かすかに身震いする。

ジョンはサブリナを見つめ、キスしてから身を離した。「行かないと」

絶対にドアの鍵を忘れるなと荒々しい声で命じると、彼は振り返りもせずに部屋を出ていった。

サブリナは錠をかけた。

彼の足音が遠ざかると、城の中はしんと静まり返った。

彼女はしばらく部屋の中を歩きまわっていたが、やがて腰を下ろし、本を読み始めた。時間のたつのがとてものろく感じられる。何時間もたったと思って腕時計を見た。

三十分しかたっていない。

いつになったらジョンは戻ってくるのかしら。

また歩きまわり始める。やがて物音がしたような気がして、サブリナは立ち止まった。確かに聞こえた。きしるような音。とてもかすかだ。ほとんど聞き分けられないほど。ドアまで行って耳を押し当て、目を閉じて耳を澄ます。

きしるような、こするような音。ドアが少しずつ開くような。

部屋の外ではない。中だ。

サブリナはくるりと振り向いた。そして、以前なぜ誰かに見られているような気がしたのかを悟った。そしてなぜジョンも同じように感じたのかを。部屋の反対側、バルコニーに面して右側にもうひとつ偽の羽目板があったのだ。それが開いていて、ブレットが立っていた。

顔は真っ青で、苦痛に歪《ゆが》んでいる。彼が歩み寄ってくるのを、サブリナはおののきながら見つめた。

「ブレット……ブレット……いったい何が……？」

それじゃあブレットだったの！　彼が殺人犯だったの！　なんてこと！　声をあげなければ、ドアまで行って、助けを呼ばなければ……。

ジョンが厩《うまや》で馬の背にサドルを載せたとき、誰かが肩に触れた。殺人犯が引き留めようとしてつけてきたのか。彼は内心身構えて振り向いた。

だがそれは老アンガスだった。「旦那《だんな》？」

「アンガス、城の中に危篤のご婦人がいるんだ。それにもっと悪いやつも。殺人犯だよ」

「旦那の奥方を殺したやつですかい？」

ジョンはアンガスを見つめて、ゆっくりうなずいた。

「そいつを捕まえましょうや、旦那」

「だが僕は馬で出かけなければならないんだ」

「旦那、まずお知らせしたいことがあるんで」アンガスは重々しく言ったが、唇にかすかな笑みが浮かんでいた。


サブリナには叫び声をあげる暇もなかった。

ブレットが「サブリナ！」と叫びながら、彼女の腕に倒れ込んできたからだ。

彼は目を閉じていた。体は背中の傷から流れ出た血にまみれている。

「ブレット！」彼にのしかかられ、その重さによろめきながらも、サブリナはブレットをベッドまで運んだ。そして必死に止血を試みた。彼は意識を失っている。サブリナは枕《まくら》カバーやナイトガウンを丸めて傷に当て、ベッドカバーをはがして傷を縛った。手当てに夢中で、最初彼女には何も聞こえなかった。

そのうち物音に気づいた。

誰かがブレットのあとから入ってきたのだ。

血の滴る大きなナイフを振りかざし、ケープを着て山高帽をかぶった誰かが。

ベッドの足元に立っている。

顔は見えない。見えるのは鼻と口をおおったスカーフだけ。帽子のつばを深く下げている。その人物は出口をふさいでいる。そしてサブリナに近づいてくる。

大声で助けを求めても間に合いそうにない。

逃げ道はひとつ。その秘密の通路だ。

だが、どこへ通じているのか。

しかしほかに逃げ道はない。

サブリナは念のために声を限りに叫び、次の瞬間、開いたままの羽目板に駆け寄って、通路に飛び込んだ。


ジョンは地下の防風ドアから城に戻った。ボイラーや給水装置のある部屋を抜けると、その先はチャペルだ。

チャペルに置かれた古い服の中にフード付きの黒いケープがあるのを見つけ、それをかぶると、ジョンは再び恐怖の部屋に入った。そして蝋人形が演じているそれぞれの場面を調べ、どこで待機するかを決めた。

彼は振り返った。

目の端に動くものをとらえたからだ。

蝋人形が動いている。レディ・アリアナ・スチュアートの場面の拷問者だ。それが突然ジョンめがけて飛び出してきた。

ナイフを振りかざして。

ジョンは相手の腕をつかんだ。二人は取っ組み合ったまま床に倒れ、揉《も》み合った。ナイフが大きく上下する。ジョンはすばやく身をかわしたが、腿を切られるのを感じた。痛みに歯を食いしばりながら、あまり血を失わないようにと祈る。殺人者は再びジョンを狙ってくる。彼は相手の腕を殴りつけてナイフから身を守り、顎にも一発食らわせた。ナイフが床に落ちる。殺人者は立ち上がってナイフを追おうとし、振り返った。

足音だ。誰か来る。城の壁の中のどこかから。

共犯者だろうか？

もし二人の敵に襲われたら……。

あえぐ声、叫ぶ声がする。誰かが誰かに追われて逃げているのだ。

どうなっているんだ！

ジョンはもう一度相手を殴りつけた。

暗闇《くらやみ》の中で絶望的な恐怖におののき、よろめきながらも、サブリナは自分たちがどこへ向かっているのかを悟った。

地下室だ。

曲がりくねった階段の行き止まりまで来たが、なおまわりは暗く、正面には固い壁が立ちふさがっている。パニックに襲われて、サブリナはその壁をたたき始めた。

すると奇跡的に羽目板が開き、彼女は通路から外へころがり出た……。

恐怖の部屋へと。

切り裂きジャックがいない。だがスーザンの死体はまださっきの場所にある。そのとき背後に動くものの気配がした。殺人犯だ。切り裂きジャックが生き返ったんだわ！「やめて！」サブリナは叫び、逃げようとした。男は彼女の髪をつかんで振り向かせようとする。彼女は死に物狂いで身をもがき、抵抗し、引っかいた。うなり声、うめき声がした。

男はサブリナを蝋人形のほうに引きずっていく。床に押さえつけられたとき、自分と同じ顔、レディ・アリアナ・スチュアートが見えた。それにたくさんのロープも。殺人者はロープに手を伸ばそうとしている。縛ってしまえば、好きなときに私を殺せるわけだわ……。

サブリナは叫びに叫んだ……。

私の上にのしかかっている相手も蝋人形じゃない。

ジョン。

ジョンが、サブリナを押さえつけている男に突然飛びかかった。二人はすさまじい勢いで床にころがり、激しく争う。

ナイフが飛んだ。サブリナがあわてて手を伸ばしたが、ナイフは蝋人形の下のわらの中にすべり込んでしまった。ジョンと相手の男は素手で殴り合っている。サブリナはわらの中を探るのをあきらめて、殺人犯を攻撃できるものを探した。

　そのとき、ぐしゃりといういやな音がした。

マントを着た二人のうちの一方がやられたのだ。もう一方がサブリナのほうを振り向き、マントのフードをはねのけた。

「ジョン！」

　サブリナは叫んで彼に駆け寄った。ジョンがサブリナを抱き寄せる。「ああ、神様！」

サブリナはまず彼にキスしてから、身を引いた。「でも誰が……？」

「ジョシュアだよ」彼は静かに言った。

「ジョシュアがキャシーを殺したの？」信じられない。

「違う！」

　倒れていた男がもがきながら両肘をついて身を起こした。ジョシュアの整った顔は醜い打ち身だらけだ。両目のまわりは黒ずみ、鼻は曲がって腫《は》れ上がっている。口をきくこともつらそうだ。骨を折り、呼吸困難になっている。

「僕はキャシーを殺しちゃいない。だが……」

「カミーが殺したんだな。そしてきみはカミーを守るためにスーザンを殺したんだ」

　ジョシュアは笑いかけて、息をつまらせた。「いや、カミーがスーザンも殺したんだ。それにレジーも……だが……」彼は目に涙をためて、顔を上げた。「きみはカミーを殺してしまったんだね？　ジョン、きみの足元に倒れているのはカミーだ」

サブリナはジョシュアの頭がおかしくなってしまったのかと思った。ジョンの足元には誰もいない。だがすぐに、ジョンの顔をした蝋人形の足元にくずおれている者のことを言っているのだとわかった。

「あれは――カミーさ。きみに生き写しの蝋人形のところにいるだろう、ジョン？」

「死んではいない。気を失っているだけだ」

「だがどうでもいいことだな？　もう死んだも同然だよ。どうせ僕たちは死ぬまで監獄から出られないだろうから」

信じがたい思いでジョシュアを見つめながら、サブリナは尋ねた。「どうしてなの、ジョシュア、わからないわ」

「僕にも信じられない」ジョンがつらそうに言った。「きみたち二人を信用していたんだ。何から何まで。心の底から」

「最初は……ほんのはずみだった。キャシーがカミーを首にしようとし、ジョンと僕の関係をぶちこわそうとしたのがいけないんだ。きみも知っているとおり、僕の腕はすばらしい」ジョシュアは顔を歪めて笑った。「だが、美術も書くことと同じだ。優れているからといって有名になれるわけでも金が儲《もう》かるわけでもない。どんなに僕が優れていたって、名声が得られるのはジョンが興味を持ってくれればこそだ」彼は苦痛に顔を歪めながらもジョンを見つめている。「カミーは僕に、はずみでキャシーを殺してしまったと打ち明けたよ。だがそのあとで……ほかにも事故が起きた。僕が親しくしていた村の娘が去年崖《がけ》から落ちたし、それに」ジョシュアは言葉を切って、肩をすくめた。「そうそう、廊下の弾丸についてきみの言ってたことは正しかったよ、ジョン。カミーがやったことだ。僕は彼女に気でも狂ったんじゃないかと言ってやったが、彼女はそれもゲームの一部だと答えたよ。それから、僕たちが馬で出かけたときに、馬を撃ったのも彼女だ。本気できみかブレットのどちらかを殺そうとしたのかどうかはわからないが、馬がさお立ちになれば死人が出ても不思議じゃない。きみが殺人者だという偽のメモを書いて送りつけたのもカミーだ。きみたちの間で面倒を起こすためにやったのさ。そして注意をそらすためにね」

また痛みが戻ってきたとみえて、ジョシュアは顔をしかめた。

「どうしてわかったんだい、ジョン？　どうして戻ってきたんだ？　どうしてカミーと僕が怪しいと……」

ジョシュアの声が消えかける。彼は両肩を上げた。

「二人で逃げ出すところだったんだ。今じゃ捜査技術が進んでいるから、誰がスーザンを殺したのかはどうせわかると思った。だがそんなことはどうでもよかったのさ。それまでには消え失せているつもりだったからね。メキシコかグァテマラかアフリカか――どこかへ。ところがブレットが名探偵気取りで鼻を突っ込んできた。何度もここに下りてきて、とうとうカミーと僕がいっしょのところを見てしまった。だから僕がやつを黙らせようとしたんだ。だが、なぜここで何かが起きるかもしれないとわかったんだい、ジョン？」

「アンガスもきみたち二人がいっしょのところを見ていたんだ、きみとカミーを」

「なぜ出かけなかったんだ？」ジョシュアは壁にすがってゆっくりと立ち上がろうとしながら、悲しげにきいた。「なぜレジーのために助けを呼びに行かなかったんだい？」

「アンガスの息子が父親の手助けをしにようやく城へ来たんだよ。彼が代わりに馬で村へ向かってくれた。そして、きみたち二人が――しばしば、それもこっそり――会っているのを見たとアンガスから聞かされたとたん、もし僕が出かけたら、もっと恐ろしいことが起こりそうな気がしたんだ」

「もっと恐ろしいことはまだこれから起こるのよ！」突然の激した声に、サブリナとジョンはぎょっとして振り返った。ジョンの顔をした蝋人形の足元で気を失っていたはずのカミーが立ち上がっている。彼女はマントのポケットを探って、銃を取り出した。「これの使い方なら知っているのよ――一生懸命覚えたから。荒野の古い城でときどきひとりきりになる女は……武装して身を守らなきゃなりませんからね。ジョン、どうしてあの性悪女を静かに死なせておけなかったの！　本当はあなたをひどい目に遭わせたくはなかったんだけど。ご存じのとおりキャシーは人非人だったわ。でもスーザンはもっとひどかった、だから――」

「村の娘はどうしたんだ？」ジョンは静かに尋ねた。

カミーは一瞬嘘《うそ》をつこうかつくまいかと迷ったような顔をしたが、肩をすくめた。「邪魔だったのよ。競争は嫌いなの。ジョシュアがあの娘をきれいな子だと思っていたんですもの。立つのよ、ジョシュア。ごめんなさい、ジョン、でもあなたにも死んでもらわないとね」

ジョンは彼女をにらみつけ、胸の前で傲然《ごうぜん》と両腕を組んだ。「そうはいかないよ。ジョシュアも今ではきみが精神異常者だと知っている。きみを助けはしないよ。それに僕もむざむざきみに殺されはしない」

「カミー、全員を殺すわけにはいかないのよ！」サブリナも言った。

カミーはサブリナを見て笑った。「正直言って、あなたをこんなことに巻き込んで悪いと思っているわ。あなたは優しい人だから。それにレジーも。ただあんなに詮索《せんさく》好きでなきゃよかったのにね！ それでもあなたの部屋をたびたび訪れるのはおもしろかったわよ。あなたたちはみんな自分をお利口さんだと思ってる。ジョンは城の秘密の通路をすっかり知っているつもりらしいけど、全部知りつくし、上手に使わせてもらっていたのは、この私なのよ。そうよ、みんなを見ているのは楽しかったわ。あなたが寝ているところも見たわよ。あなた方は自分を頭のいいミステリー作家だと思っているでしょうけど、権力を握っているのはこの私なのよ。あなたたちを生かすも殺すも私次第なんだから。スーザンを殺《や》ったあと、体についた血をジョンのローブで拭《ふ》いてやった。愉快だったわ。サブリナ、あなたを観察するのはとても興味深かったわよ。死ぬほど恋していながら——妻殺しに恋するなんてばかだと迷ったり！　今の今まで彼のことを疑っていたんじゃないの？」

「いいえ」サブリナは言って、ジョンのように胸の前で腕組みした。「違うわ。私たちこれから結婚するのよ」

「あんたたちはこれから死ぬのよ！」カミーは言って、笑い出した。

「カミー、きみは人でなしだ」ジョンが言った。「サブリナ、結婚してくれるんだって？」

「できるだけすぐに。時間を無駄にできないわ、人生は短いんだから」サブリナが答える。

二人に無視されて不機嫌になったカミーがどなった。「どんなに短いか思い知らせてやる！」

「きみこそ正真正銘の人非人だよ、カミー。おまけに僕の生活をいやというほどめちゃくちゃにしてくれた！」ジョンはよろめきながら、彼女に近寄っていった。

「離れてなさい、ジョン、撃つわよ！」

「やってみろ！　よくよく狙ったほうがいいぞ！」ジョンは怒り狂って言った。「一発で殺せるようにな。さもないと、おまえを捕まえたが最後——」

「待ってくれ、ジョン！　カミー、もうやめよう。終わったんだ——」ジョシュアが言いかけたが、カミーは冷酷な顔つきで狙いを定めた。

「やめて！」サブリナが悲鳴をあげる。

銃が発射された。

「ひどいわ！」サブリナはうめいた。

カミーがジョシュアを撃ったのだ。肩に銃弾を受けて、ジョシュアは壁にたたきつけられ、そのままずるずると床に倒れた。

サブリナが駆け寄ろうとすると、カミーは銃口をサブリナに向け、引き金を引いた。弾がそれた。サブリナは床に突っ伏し、ジョンがカミーに突進する。

カミーはでたらめに二発発射しながら、蝋人形の陰に飛び込んだ。

「ジョン！」サブリナが起き上がりながら叫ぶ。

「伏せてろ！」ジョンが命じた。

だがサブリナは伏せてなどいられなかった。サブリナと同様にジョンにもわかっていた、弾がなくなるまでカミーに撃たせなければならないと。

サブリナは銃が六連発であることを祈った。

彼女はもう一度部屋の反対側へと走り出した。カミーが撃ったが、これもはずれた。

残る銃弾はあと一発。

「やめろ、サブリナ、伏せてろったら！」ジョンが言う。

その瞬間彼女は身を伏せた。三人とも蝋人形の陰に隠れていて、自分以外の人間がどこにいるのかよくわからない。

そのとき、カミーがサブリナの背後にぬっと立ち上がり、にやりとして狙いを定めた。

「あんたを殺してやるわ。そうしたらジョンだって死んだも同然ですもの」カミーは静かに言った。

彼女の指が引き金に伸びる。

しかし次の瞬間、ジョンがレディ・アリアナ・スチュアートのうしろから、灰から甦《よみがえ》った復讐《ふくしゅう》の不死鳥のようにすっくと立ち上がり、部屋の向こう側まで身を投げるようにしてカミーの足首にタックルした。

カミーは叫び声をあげながらも狙いをつけ、撃とうとする。

だが彼女はよろめいた。そして倒れながら、なおもジョンに狙いを定めようとした。

カミーの銃が炸裂《さくれつ》する。

同時に部屋のどこかで、もうひとつの銃がうなった。

カミーがぐらりとした。目を見開き、虚空を見つめている。死んだのだ。

間に合わせにサブリナに巻いてもらった包帯姿のブレットが、幽霊のように真っ青な顔で、秘密の通路の入り口でぐらぐら揺れながら立っていた。

「ジョン？　遅かったかい？」彼は弱々しい声で言った。

「ほんのかすり傷さ」ジョンが二の腕を手で押さえながら立ち上がる。

「きみが喧嘩《けんか》に強いのは知ってるよ、相棒」ブレットがジョンに言った。「それにもうカミーから武器を取り上げているかもしれないと思ったんだが、僕としては親友を失う危険は冒したくなかったんでね」彼はにっこりしたかと思うと、床にくずおれた。

ジョンは歩み寄ってサブリナを助け起こした。

カミーは死んだ。ジョシュアは怪我《けが》をしただけなのか死んでしまったのかわからない。ブレットも倒れている。生きているのはサブリナとジョン二人きりのように思えた。

「終わった」ジョンがささやくように言った。「ああ、やっと終わった。ジョシュアに息があるかどうか、助かる見込みがあるかどうか見てくれ。僕はブレットを階上へ連れていき、もう一度止血をして、安静にさせる。驚いたな。やつが僕の親友だったなんて」ジョンはブレットの傍らにひざまずいて、用心深く彼を抱き上げた。それから、サブリナを見上げた。「本当に僕を信じているかい?」

「心の中ではずっと」

「でも疑っていただろう?」

「頭では。でも……」

「でも、なんだい?」

「私の心はちっとも頭の言うことを聞いてくれないの」

ジョンはにっこり笑い、よろめきながらも先に立って、恐怖の部屋を出た。

エピローグ

名前を呼ばれて、彼は振り返った。

「ジョン！」

バルコニーにサブリナが立っている。彼に呼びかけながら。

彼は立ち止まり、ほほえんで手を振り返した。

城へ救急車や避難誘導隊が飛んできたり警察が調べに来たりしたあの夜から、一年が過ぎている。

レジーとブレットは回復した。ジョン自身の傷はすぐに治り、小さな傷跡が残っただけだった。ジョシュアは手術台の上で死んだ。

マスコミはジョシュア・ヴァリーンの死についてあれこれ取り沙汰《ざた》し、この異色のアーティストの行為を病理学の面からつつきまわしたりもした。彼の作品は――死後に――有名になり、注目を集めることとなった。だがさまざまなゴシップはジョンを悲しませた。確かにジョシュアは罪を犯したが、それは恋に落ち、感情に溺《おぼ》れてしまったからなのだ。

恋のために非道な犯罪の従犯者になってしまった。ジョンはときどき考える、あのアーティストが何年も何年も監獄の中で生き延びることができただろうかと。結局、カミーの銃弾と、ジョンを守ろうとするブレットの友情に満ちた決意によって、この事件は法廷に持ち出される前に終止符が打たれたのだった。

あの晩、サブリナはブレットに──友人として──つき添って、救急隊とともに城をあとにした。事件から二週間たって警察の取り調べがすっかりすむと、ジョンもロックライア城を離れた。逃げ出す必要があったのだ、起こったすべてのことをあるがままに受け入れるために。しかもそれはひとりで乗り越えねばならない試練だった。

しかし、やがてついに彼はサブリナのもとに赴いた。そして彼女の前で初めて涙を見せた。それまでは泣き方さえ忘れたような気がしていたし、知らず知らずのうちに、キャシーのこと、スーザンのこと、彼の城で起こったすべてのつらい出来事を自分のせいだと考え、わが身を責めつづけていた。だがサブリナのもとに戻ったあの最初の夜から、自分を許せるようになっていった。そして改めて恋に落ちたのだった。

二人は静かな結婚式を挙げ、式にはサブリナの両親、妹夫婦と赤ん坊の甥《おい》が出席した。ジョンはこの上なく幸せだった。

最初の結婚記念日に、息子が誕生した。アメリカを離れてロックライア城へ帰ろうとサブリナがジョンを説得したのはそれからすぐのことだ。お城が悪いんじゃないわ。悪い人がいただけよ。私はあのお城が大好きなの。きっとあそこを幸せな場所にしてみせる。二人ならきっとそうできるわ。

そしてそのとおりになった。

「ジョン！」

「なんだい？」

「私の顔をじろじろ見つめてどうしたの」

「だってきみが僕を呼んだんだよ」

「V・Jとトムから葉書が届いたの。二人は今スペインにいるのだけれど、一週間ほどここを訪問したいんですって」

「いいじゃないか！　ぜひ来るように言ってくれよ！」

胸いっぱいに幸せな思いがあふれてきて、ジョンは自分でも驚いた。僕はこの城が大好きだ。しかも嬉《うれ》しいことに、ほかの人たちもここに来たいと言ってくれている。

「V・Jはそのうちまた〈ミステリー・ウィーク〉をやってほしいんですって」

「考えてみようじゃないか？」

「いいわよ！」

サブリナの瞳は太陽の光にきらきらと輝いている。微風《そよかぜ》が彼女の髪をなびかせる。バルコニーに立つサブリナはなんと美しく魅惑的なんだろう。ジョンはポセイドン像を取り払ってしまった。その代わりに、中庭にはさまざまな花が植えてある。

サブリナが髪を撫《な》でつけた。「ジョン……」

「まだ何かあるのかい？」

「そうなの！」

「なんだい？」

「赤ちゃんは眠っているわ……」

「え？」

「ちょっと戻ってきたいんじゃないかと思って……」

ジョンはにっこりと手を振り、城へ戻っていった。そここそ、まさしく彼がいたいと思うところだったから。

ヘザー・グレアム刊行作品

『容疑者』
『炎の瞳』
『視線の先の狂気』
『ミステリー・ウィーク』（本書）
最新作　Night of the Blackbird　（二〇〇二年　ＭＩＲＡ文庫より刊行予定）

訳者　笠原博子

1984年よりハーレクイン社のシリーズロマンスを翻訳。主な訳書に『オートクチュール』（MIRA文庫）がある。

ミステリー・ウィーク
2002年1月15日発行　第1刷

著　　者／ヘザー・グレアム
訳　　者／笠原博子（かさはら　ひろこ）
発 行 人／溝口皆子
発 行 所／株式会社ハーレクイン
東京都千代田区内神田1-14-6
電話／03-3292-8091（営業）
03-3292-8457（読者サービス係）

印刷・製本／大日本印刷株式会社

装 幀 者／林　修一郎

ISBN4-596-91026-X

MIRA文庫の新刊

ヘザー・グレアム
風音さやか 訳
視線の先の狂気
不思議な能力を持つマディスンはFBIの捜査に加わる。繰り返し見る悪夢の謎が解けたとき、待ち受けていた衝撃の事実とは……。

ジャスミン・クレスウェル
米崎邦子 訳
夜を欺く闇
放火事件を最後に財閥の相続人クレアは姿を消した。7年後、クレアを名乗る女性が現れる。欲望が絡み合う家族の絆は解き明かされるのか?

メアリー・リン・バクスター
霜月　桂 訳
終われないふたり
殺人事件、脅迫…。でも彼女が本当に恐れているのは、捜査を担当する元夫なのかもしれない。愛と陰謀が交錯するロマンティック・サスペンス。

テイラー・スミス
山田有里 訳
殺意の法則
マフィアを追う記者クレアは、恋人のFBI捜査官が殺された原因は自分にあると思い調査を開始するが、彼の妻と恋人の共謀との情報が!

テイラー・スミス
山田有里 訳
最強の敵
平和な町を襲った爆弾事件。レヤはFBI捜査官と協力し事件を追うが、彼はレヤの父への復讐を狙っていた。元情報分析官によるサスペンス。

テイラー・スミス
安野　玲 訳
沈黙の罪
マライアの家族を襲った悲惨な事故。犯人探しを始めた彼女に、暗殺者の影が忍び寄る。元情報分析官の著者が放つノンストップ・サスペンス。